碎片折射的光

当代文化名人寻访记

常敬竹 著

文化发展出版社
·北京·

图书在版编目（CIP）数据

碎片折射的光：当代文化名人寻访记 / 常敬竹著 . —— 北京 : 文化发展出版社，2024.4
ISBN 978-7-5142-3863-1

Ⅰ. ①碎… Ⅱ. ①常… Ⅲ. ①回忆录－中国－当代Ⅳ. ① I251

中国国家版本馆 CIP 数据核字（2023）第 047824 号

碎片折射的光：当代文化名人寻访记

著　　者：常敬竹

出 版 人：宋　娜
责任编辑：张雨嫣　　　　　　责任校对：岳智勇
封面设计：云间 Book　　　　 责任印制：杨　骏
出版发行：文化发展出版社（北京市翠微路 2 号 邮编：100036）
发行电话：010-88275993　010-88275711
网　　址：www.wenhuafazhan.com
经　　销：全国新华书店
印　　刷：固安兰星球彩色印刷有限公司

开　本：880 mm×1230 mm　1/32
字　数：308 千字
印　张：12.5
版　次：2024 年 4 月第 1 版
印　次：2024 年 4 月第 1 次印刷

定　价：68.00 元
ＩＳＢＮ：978-7-5142-3863-1

◆ 如有印装质量问题，请与我社印制部联系　电话：010-88275720

一颗露珠,也能晖映太阳的光辉
一片树叶,也能解读日月的轮回

我不知道
这些身影墨迹文字
能否折射他们眼中的光
传导他们心中的暖
呈现他们清晰抑或模糊的足迹?

——题记

序言　一位寻访者的足迹
| 文洁若

常敬竹先生是老伴儿萧乾和我的忘年交。20 世纪 90 年代，他光临寒舍，当时我们正在赶译《尤利西斯》。我们热情地接待了他，我带他参观了我们各自的书房。

1997 年萧乾因心肌梗死住进了北京医院，常先生经常来探望老伴儿，萧乾为他抄录了自己的座右铭："尽量讲真话，坚决不说假话"。1999 年 1 月 27 日，萧乾先生在北京医院病房里度过九十大寿时，常敬竹先生带着鲜花与蛮大的寿字老早就赶到病房，帮助我们接待来宾，还为这次祝寿活动的全过程拍摄了照片。及至萧乾先生于 1999 年 2 月 21 日仙逝，他参加了告别仪式，并为我们留下了珍贵的影像资料。老伴儿萧乾驾鹤西游后，我们依然保持着很好的友谊。我年事已高，

文洁若手迹

他对我十分关照，帮我解决了一些困难与问题，我也经常向他提供与推荐优秀的图书资料。

常先生 18 岁时，从山东农村的家乡参军，来到北京。部队的生活是紧张的，生机勃勃的。他开始学习文学写作，1991 年考入解放军艺术学院文学系，逐渐展露才华，出版了几部诗集与纪实文学作品。他先后几次在军内外荣获了奖项，逐渐成长为一名作家。

大约在 1995 年，《人民日报》（海外版）约请他为报纸采写文化名人的文章，此后多年，他深入京城大街小巷，为近百位文化名宿拍摄照片，撰写文章。或许是他身上山东人正直善良的秉性，使他与许多文化老人成了朋友。老作家严文井先生生前肠胃不好，经常腹泻，他每次去看望，严老都让他给带黄连素。作家王愿坚先生住院时，医生禁止吸烟，王愿坚先生就让他偷偷把烟带进病房。画家张仃先生住在门头沟山上，他去送生活用品，还每年张罗为张先生过生日。柳亚子的女儿柳无非去世时，家人选用他拍摄的照片做遗照……

这些近距离的接触与交往，使常先生真切了解文化名人的日常生活，倾听到他们的真挚心声，见证了他们有些作品的创作过程，感受到他们的人格魅力。常先生还用手中的笔和相机，为他们留下了一份份难得的文字与照片记录。对他本人而言，这是一份常人难以企及的宝贵人生经历。对读者而言，为我们了解这些文化艺术名人打开了一扇全新的窗口。对当代文化史而言，他的这些努力则为后世提供了许许多多碎片化的鲜活资料。

岁月犹如一条浩浩长河，从未停止奔流。人世间的代谢亦是如此。随着时间的流逝，许多文化艺术大家先后离我们而去，然而，人类文化记忆的链条却环环相扣，从未中断过。也正是因为有众多像常敬竹先生这样热爱文化艺术的人，付出辛勤汗水，致力于记录文化名人身影与脚印,才使得我们的文化艺术大观园如此芬芳艳丽。

基于这一点,我们应该向常敬竹先生致敬,还应该向他学习。

2017 年 10 月 1 日写于北京木樨地

| 目录 |

序　言　一位寻访者的足迹……………………………………001

第一辑

楼适夷，从左联走来的世纪老人……………………………002
臧克家，白发依旧不呼翁……………………………………010
张中行，朴素一生真名士……………………………………014
萧　乾，奋力跑完生命的最后一圈…………………………017
杨　绛，难忘那一面之缘……………………………………022
季羡林，崇尚简朴的国学大师………………………………027
冯亦代，"七重天"上度春秋 ………………………………031
严文井，光阴如白驹过隙……………………………………035
吴祖光，生正逢时……………………………………………039
汪曾祺，生活总是充满趣味…………………………………044
郑　敏，最后一片叶子在风中飘动…………………………048
管　桦，门前一片青青竹……………………………………054
牛　汉，铁骨柔情的汉子……………………………………057
吴小如，传承北大文脉………………………………………061
屠　岸，文坛谦谦君子………………………………………065

冯其庸，努力拓展生命的宽度…………………………………070
贺敬之，书家原本是诗人…………………………………………074
成幼殊，那幸存的一粟……………………………………………079
高莽，是"杂家"也是大家………………………………………085
文洁若，文章皆岁月………………………………………………089
灰娃，愿命运依然见证……………………………………………096
李凖，中国文坛的"老黄牛"……………………………………104
顾蕴璞，"隐居"在未名湖畔……………………………………108
谢冕，苦过才知甜滋味……………………………………………113
邵燕祥，归去仍是少年……………………………………………119
叶廷芳，用独臂撑起一片天空……………………………………125

第二辑

贾兰坡，找寻失踪的北京人化石…………………………………132
吕骥，从延安走来的音乐大师……………………………………137
张岱年，性情温和的哲学大家……………………………………142
任继愈，传承古人之风……………………………………………148
爱泼斯坦，在中国见证时代变迁…………………………………152
欧阳山尊，中国话剧的守望者……………………………………157
谢添，"倒行逆驶"的书法家……………………………………162
徐肖冰与侯波，爱到深处情更浓…………………………………166
凌子风，带着很多梦想离去………………………………………172
盛婕，舞坛美丽的常青树…………………………………………176
马少波，乐耕园里一戏翁…………………………………………182

陈　强，反派演员的六次历险……187
于　蓝，时代为她打下红色烙印……191
廖静文，我代表悲鸿活在这个世界上……196
于是之，晚年失语的话剧大师……200
赵友兰，了却辛之未竟的心愿……206
谢　飞，传承红色血脉与家风……210

第三辑

周怀民与计燕荪，半路夫妻翰墨缘……218
王朝闻，朝闻道夕不甘死……224
萧淑芳，百花无言最寄情……230
力　群，那串在风中回响的木铃……235
溥松窗，从"松风画会"走来的皇室画家……241
黄苗子，大师自称小票友……247
华君武，让人在笑声中顿悟事理……253
彦　涵，用激情谱写壮美人生……258
罗工柳，"不怕死"的油画家……263
吴　劳，一蓑烟雨任平生……268
张　仃，家在山中"大鸟窝"……274
娄师白，白石艺术的传承者……284
方　成，在人间播撒欢笑……289
周令钊，为开国大典绘制毛主席画像……296
古元与蒋玉衡，一对老实夫妻……304
王　琦，在黑白世界里求索……309

齐良迟，画界尊称"齐四爷"……………………………314
韦启美，镌刻在墓碑上的自画像………………………321
李　铎，在书写中体味快乐……………………………326
侯一民，用画笔记录时代………………………………331
袁运甫，"大美术"理念的践行者………………………336
刘文西，黄的是土红的是心……………………………342
刘勃舒，画马的热心"伯乐"……………………………348
田　镛，为花鸟传神写照………………………………352
韩美林，永葆一颗纯真的童心…………………………356
杜大恺，"光华路学派"的传灯人………………………360
王　镛，看似寻常最奇崛………………………………368
孔　紫，足迹、心迹、画迹……………………………375

后　记　寻觅抑或挽留……………………………………380

第一辑

楼适夷 臧克家 张中行 萧乾

杨绛 季羡林 冯亦代 严文井

吴祖光 汪曾祺 郑敏 管桦

牛汉 吴小如 屠岸 冯其庸 贺敬之

成幼殊 高莽 文洁若 灰娃

李凖 顾蕴璞 谢冕 邵燕祥 叶廷芳

楼适夷，从左联走来的世纪老人

我曾数次拜见文坛老人楼适夷，却没有过一句交谈，因为那时他已经不能讲话了。

北京协和医院洁白安静的病房里，92岁的楼适夷侧身躺在病床上，极度消瘦的身躯蜷曲在薄薄的白被下，面色呈现出一种病态的红润，与两道雪白的长寿眉形成强烈的反差。他的气管已被切开，吸氧机在不停地工作着，床前一些叫不出名的仪器不停地闪烁着数字和曲线。

楼适夷早年就患有肺气肿病，没有及时治疗落下病根，晚年时常发病，已经是协和医院的"常客"了。1995年10月，90岁的楼适夷因为呼吸衰竭再次住进了协和医院，由于气管被切开，已经不能进食和说话，医护人员只好把配制好的营养液通过鼻腔输入他的食管，以维持他的生命。

躺在病榻上的楼先生平日里有什么话要对老伴说，会通过转动的眼睛和幅度很小的手势来表达。毕竟是几十年的夫妻了，黄炜总能准确地猜出老伴的用意，每当这时，楼先生的脸上会绽放出些许笑意。这样的精神交流，大概也只有心有灵犀的夫妻才能做到吧。

听说我要给楼先生拍一组照片，黄炜用手轻轻理顺楼先生额前那缕稀疏的白发，并伏身在楼先生耳边，提醒他："常同志要给你拍照片，眼睛睁大些，精神些。"楼先生显然是听懂了，使劲把眼睛睁大了。终究是长年躺在病床上的人，楼先生的眼睛里已经没有什么神采。在按动快门的瞬间，我的心里突然有些酸楚，作为世纪的同龄人，楼先生的身后留有一串十分辉煌的足迹。他的名字对如今的年轻人来说或许有些陌生，但他在中国现代文学史、编辑史上却占有十分重要的地位。

早在五四时期，楼适夷在上海结识了郭沫若、成仿吾、郁达夫等作家，开始创作诗歌、小说、剧本、评论，还学习外语，着手翻译外国文学作品。他接受革命思潮，后来加入中国共产党领导的左联，秘密从事进步文化活动，并成为这一时期同鲁迅先生密切交往者之一。现在语文课本中鲁迅先生的《为了忘却的记念》中写到的林莽便是他的化名。当时左联五烈士遇难的真相，就是通过楼适夷编辑的《文艺新闻》公之于众，才引发社会震惊和关注的。楼适夷在左联召开的会议上、在鲁迅先生家中、在内山书店一次次与鲁迅先生见面，聆听教诲，汇报工作，领受任务。甚至在他被捕入狱时，还通过书信请鲁迅先生为他开列了长长的阅读书目。他在狱中翻译的许多文章也都是通过秘密渠道辗转送到上海，经由鲁迅帮助联络发表的。鲁迅先生十分赏识楼适夷的文学才华，赞赏他的翻译作品没有"翻译腔"，是像写中国小说一样翻译外国文学作品，很能打动读者。

楼适夷与鲁迅先生在交往中建立了深厚的师生情谊，这也是左联与鲁迅先生联络的一条不被关注的重要渠道。

黄炜对我讲过这样一件事情：1952年楼适夷的老领导冯雪峰发表了一篇《回忆鲁迅》的文章，讲述了陈赓"唯一"一次面见鲁迅的经历，其中写道：

> 那是1932年，大约夏秋之间，陈赓同志从鄂豫皖红四方面军来到上海，谈到红军在反对国民党围剿中的战斗的烈、艰苦和英勇的情形，大家都认为如果有一个作家把它写成作品，那多好呢？于是就想到鲁迅先生了。……几天之后，鲁迅先生还请许广平先生预备了许多

菜,由我约了陈赓和朱镜我同志到北四川路底的他的家里去,请陈赓同志和他谈了一个下午,我们吃了晚饭才走的。(冯雪峰《回忆鲁迅》人民文学出版社出版)

楼适夷读到此文后,感到十分疑惑,因为他分明记得是他按照党的安排,带着陈赓去面见鲁迅的呀!但他并没有公开站出来予以澄清。1973年6月7日他写给老友黄源的信中,谈及鲁迅时说:"我在(19)28年认识先生,(19)31—(19)33年一段,与先生有接触,但不多,记忆力也很坏,如(19)32年陪陈赓同志见鲁迅,实际是我不是雪峰,谈话约六七小时,可是具体的话,能记清的就不多了。"(阎晶明《一桩事实的诸多谜团——鲁迅与陈赓》,下同)

虽然只是寥寥数语,但还是十分明确地想还原历史事实。

其实,这是一个天大的误会,事实是鲁迅与陈赓见过两次面,第一次由冯雪峰陪同,第二次由楼适夷陪同,只是因为高度保密,几十年后两人也互不相知,所以冯雪峰在文章中说只有一次相见。

作为当事人的陈赓是心知肚明的,可他在1956年纪念鲁迅逝世20周年时说:"鲁迅先生不顾危险,一定要找我这样一个被国民党到处追捕的人去他家,也证明了他对红军的关心。他本来约我再去谈一次,我也答应了愿意再去一次,可惜不久我就被捕了,从此再未得见鲁迅先生。"

作为当事人的楼适夷,对这件事始终耿耿

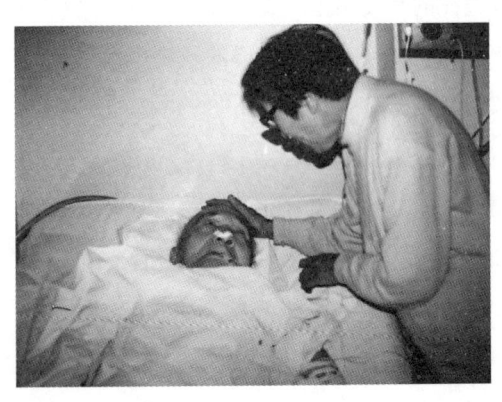

楼适夷与夫人黄炜

于怀,他经过反复考证,还是发现了冯雪峰回忆中的见面时间、经过都与自己的记忆有出入,其中有一个特别重要的细节——陈赓在谈话时为鲁迅先生现场勾画了一张解放区的草图,居然未被提及,他由此认定鲁迅与陈赓应该见过两次,所以他在1978年初夏发表了《鲁迅二次见陈赓》一文。早先上海鲁迅纪念馆在清理鲁迅遗物时偶然发现了一张纸片,上面用铅笔画了一幅草图,标注着许多地名,经鉴定,正是陈赓当时的手笔,这也有力佐证了楼适夷的考证。

显然,在这件事情上冯雪峰始终不知还有第二次见面。

十多年后,有个叫戴其尊的同志,原是陈赓下属,他在一篇短文中提及,1957年夏,他到陈赓家中汇报工作,问起当年会见鲁迅一事,陈赓说:"冯雪峰的回忆录早已公开发表了,他坚持说是见过一次,我如果说见了两次,群众会说:两个老共产党员都声称如何尊重鲁迅,如何受到鲁迅思想的影响,可是连见过鲁迅一次还是两次都记不清,真不像话!我也只好说见过一次了。不过我也没作原则让步,说了鲁迅还要我再去讲一次,我也立即答应了。这表达了鲁迅对了解苏区红军英勇斗争情况的渴望和我立即答应的态度。两次会见的内容是一样的,第二次只是补充了一些具体事例。改说见了一次,不是什么原则问题,于鲁迅、于我们党的真诚均无影响,但不能说未见成是由于一方失约,只好说由于被捕未见成,让群众骂国民党反动派去罢。"

陈赓有出于更高站位的考虑。而楼适夷"不唯上、不唯书、只唯实"的求实精神,则令人肃然起敬。

新中国成立前后,楼适夷长期担任文学界、出版界的重要职务,在风云激荡的时代大潮中,无数次面对信仰、良知和情感的抉择与困惑,自己被批斗和打倒过,也无数次参加过对别人的揭发批斗,内心倍感痛苦和煎熬,许多事在当时特定的历史条件下无疑是正确的,但后来事实证明是个错误。而时过境迁,那些错误永远也无法弥补,成为他心中永远的痛，永不愈合的伤疤，这些无法抹去的人生经历给重情重义的楼适夷带来了很大的内心愧疚。他晚年多次表达自己内心的忏悔，在纪念胡风的文章中说，"胡风落井，众人投石，其中有一块是我的"。如果说遭遇苦难、承受苦难是一个人的无奈之举，那么勇于对苦难反思、反省，就是一个人的巨大勇气和灵魂觉醒。

作为新中国的一代大出版家，楼适夷的眼界和格局也是一般人难以企及的。他组织出版的朱生豪先生在贫病交加中翻译的《莎士比亚戏剧全集》，云南边陲的阿拉伯语翻译家纳训翻译的《一千零一夜》，上海的丰子恺先生翻译的世界上第一部长篇小说《源氏物语》，旧文人周作人、钱稻孙翻译的日本古典杰作《浮世澡堂》和《近松门左卫门选集》等，早已成为我国外国文学宝库中的耀眼明珠。20世纪80年代初，他得知好友傅雷留下了大量与儿子傅聪的通信，便亲自撰写序言，推动出版了《傅雷家书》，至今畅销不衰。

楼适夷被文学界誉为"革命文艺的先驱，文化史上的功臣"是名副其实的。他为左翼进步文化所做的重要贡献可能在他去世很长一段时间都不为人知，有的甚至成了永远的不解之谜。

楼适夷90岁那年，人民文学出版社编辑出版了他的一本散文集，这一年他还获得了专为老一代翻译家设立的"彩虹翻译奖"荣誉奖，可见他在文学翻译领域的泰斗级地位。楼适夷得知获此大奖，不以为意地说："这些对我来说，都是浮名。"

夫人黄炜说，楼适夷生病后，还想日后能再次拿起笔，把自己经历的沧桑往事写出来留给这个世界。为了保持记忆力，他还经常艰难地用手指在眼前一笔一画地"写字"，在心中一遍遍地背诵古诗词。

1998年1月3日，是北京少有的一个大风天，楼适夷先生在病房里迎来了自己的93岁寿辰。我特意手捧一束鲜花，去医院为他祝寿。因为元旦放假，他的孩子有事已经提前一天为他过了生日，人民文学出版社的领导打招呼说第二天上班时再来祝寿，所以那天到病房里祝寿的人并不多。楼老脸色红润，显得十分高兴，黄炜说，他还自己执刀切开了生日蛋糕，可见他的生命力是多么顽强。

楼适夷这代人的人生实在是太苦了，革命、战争、饥荒、运动、改革……一生都处在极度动荡之中。即便是在新中国成立后，他蹲过三年"牛棚"，下过四年"干校"，还因为新中国成立前曾被捕入狱被定为"叛徒"，又被"挂"起来五年多。足足十多年就这样白白荒废了。等安定日子到来的时候，他已经垂垂老矣，疾病缠身了。这样一位中国文坛"活化石"一样的人物，至今都没有留下一本个人传记，的确是一件憾事。

得知我收藏文化名人墨迹，黄炜专门回家从楼先生以前的书法中挑选出两张送给我。望着躺在病床上的楼适夷，想到他以后大概很难再执笔写作或题字了，我更觉得这两幅书法作品十分珍贵。

对于楼先生的婚姻情况我并不知晓，但看上去黄炜阿姨似乎比他小了很多。有一次文洁若回忆说，她曾在人民文学出版社楼适夷的办公室里碰到黄炜去取什么东西，就随口问楼适夷："这是你女儿吧？在哪里上班？"惹得楼适夷哈哈大笑说："她是我老婆。"

楼适夷去世后，黄炜开始为他编辑出版文集、整理遗稿、捐赠文献、筹建文学馆。我原来并不知晓黄炜的人生经历，只是觉得这位身材瘦削、满头白发的老太太待人十分真挚热情、和蔼可亲。后来查阅资料时竟吓了一跳：黄炜1922年出生于江苏崇明（今属上海）的一个大户人家，13岁时就加入了当地的抗日救亡团体，1941年1月从复旦大学投笔从戎参加苏北新四军。在异常艰苦的对敌斗争中，这位花季少女经受战火硝烟、出入生死的洗礼，成长为一名出色的中国共产党党员。然而天有不测风云，1942年她在新四军错误清理托派分子时蒙受不白之冤，被迫离开革命队伍，其间她历经挫折磨难却始终对党忠贞不渝、信仰不改。1947年经楼适夷介绍，黄炜秘密打入国民党台湾基隆港务警察局潜伏，后因任务变化，转移至香港接受潘汉年领导继续从事地下工作。在出入生死的地下工作中，她与楼适夷建立深厚感情并经组织批准结婚。

新中国成立后，黄炜先是在中宣部干部处工作，后调入中国科学院（简称"中科院"）办公厅，1961年春天，组织安排她赴中国自然科学史研究室工作，为后来的中科院自然科学研究所做了大量的奠基性工作。这样一位资历非凡的革命女性，却从来不事张扬，默默无闻地生活工作着。个人蒙受的不白之冤直到1987年才彻底解决。楼适夷晚年在北京协和医院住院六年，她就一心一意地陪护了六年，每天在医院和家之间奔波，尽心护理，风雨无阻，对楼适夷的一片深情至爱令人动容。

一次，我去看望黄炜，她正坐在台灯下清理登记楼先生的往来书信，准备为他整理编辑一本书信集。桌子上的书信堆成了小山，通信的人都是响当当的大家，黄炜埋头其中，灯光映照着稀疏花白的头发，看上去吃力又专注，我只好留下来帮她做。三个多小时的时间里，我们就坐在那里，一边分拣书信一边聊天，一直到中午时分，也只是完成了很少的一部分。黄阿姨说："书信很多，

楼适夷书法作品

我也不着急,慢慢由着性情做吧,我们洗个手,先去外面吃饭吧。"

记得是在她家不远的大鸭梨烤鸭店吃的家常菜,那也是我最后一次见到黄炜。

楼适夷(1905年1月—2001年4月),浙江余姚人,现代作家、翻译家、出版家,年轻时就在《创造日》《洪水》等刊物发表作品,后从事地下工作和文学活动,出版短篇集《挣扎》《病与梦》。1929年赴日本学习,回上海后参加左联、文总工作,编辑左联机关刊《前哨》《文学导报》。被捕入狱后坚持翻译高尔基《在人间》等作品,1946年编辑《时代日报》《作家》《小说》月刊。新中国成立后历任东北军区后勤政治部宣传部长、人民文学出版社副社长兼副总编辑。出版有《适夷诗存》《话雨录》《适夷散文选》等。

臧克家，白发依旧不呼翁

斑驳的门扉，灰色的老房子，这座陈年的四合院在北京的老城区里，实在是太平常了。然而，当你信步入院，走进北面的正房时，你的眼前会为之一亮，灵魂会为之一振，因为房间四面的墙壁上，赫然张挂着王统照、郭沫若、茅盾等十几位文学大师的书法墨迹。醉人的书墨香气，使这间看上去有些破败的房间蓬荜生辉。

说起房子的主人，大概不会有人感到陌生，这位1905年生于山东诸城的诗人，以世纪同龄人的身份在中国当代诗坛上高高屹立，成为一道美丽的风景。

他就是著名诗人臧克家。

虽然已是垂暮之年，又有多种疾病缠身，然而，臧克家的性格依旧乐观而开朗，创作激情依旧火焰般亮丽地燃烧。他每天黎明即起，由夫人郑曼或女儿小平陪着去街上散步。这是一段颇为惬意的时光，在清新的空气里，在拂面而来的晨风中，他一边散步一边活动身体，等身子骨完全活动开了，才回到家中吃早饭，然后开始一天的工作。

臧老每天的日程都安排得很满，爱女臧小平一直在协助他整理文集和创作回忆录。这是一项烦琐而浩大的工程。从1933年出版第一本诗集《烙印》至今，臧克家以诗人的热情和敏锐，关注着祖国和人民的命运，以其纯朴凝练的语言，汹涌澎湃的创作激情写出无数优秀作品。现在出版文集，就是要用一根红丝线，把这些遗落在生命沿途的珍珠串连起来，奉献给所有的后来者，这项工程耗费了臧克家父女许多时间和心血。

除此之外，臧克家也时时为名所累，各种应酬令他应接不暇，要求题书名的、题贺词的、写匾的、作序写跋的、采访照相的、出席会议的、参加典礼的，电话、信函、请柬几乎每天都有。臧老尽管忙得不可开交，却依然高兴地说："只要对社会有益，对扶植文学新人有帮助，累一些我也情愿。"但对那些以赚钱营利为目的的商业活动，臧老从不参加，对有些所谓的文人打着他的招牌招摇骗钱的行为，他愤怒不已。他说："我作为一个两袖清风的诗人，决不允许有人玷污我的名声。"

臧克家虽然一生辗转多地，最后定居京城，但内心总有一种浓得化不开的乡情，无论是日常说话，朗诵自己的诗歌作品，还是与外国友人交谈，总是操着一口浓重的山东乡音，作为他的老乡，我听起来分外亲切。

我第一次登门拜访臧克家，是在20世纪90年代初，因为搞不清赵堂子胡同的具体位置，问路时又被人指错了路，所以很是费了一番周折，到达时早已过了约定的时间，心中十分忐忑。臧老看到我满头大汗、气喘吁吁的样子，爽朗地大笑着安慰我。听说我喜欢写诗，

罗雪村为臧克家画像

011

他专门送我一幅他自作的诗歌书法。这份厚爱家乡晚辈、扶植写作青年的热心，多少年后回想起来，我心中还有一股暖流。

我的中学校长酷爱绘画，退休后画兴更浓，写生创作了一本《临朐八景》书画集，要我代求文化名人题字，我首先想到的就是臧老。登门说明来意，臧老爽快应允，而且题写了三幅供我挑选，付给他润笔费的时候还坚辞不收，可见那一代文化老人的品德与情怀是多么的高尚。

臧克家说人生如梦，几十年的时光仿佛只是白驹过隙。在他晚年的时候，许多同他有着很深交情甚至是至交的文朋诗友先后离开人世。每当消息传来，平生最重感情的臧克家总会泪如泉涌，伤心动容，一连许多晚上辗转反侧，不能成眠。那些逝去的时光在缓缓倒流，与仙逝者的交往逸事在眼前萦绕不去，这对于一位 90 多岁的老人该是多大的痛苦啊！

晚年的臧克家深知时光宝贵，他仿佛是在用青春的脚步同时间赛跑，他常把自己最喜欢的一首小诗写给朋友们共勉：

臧克家书法作品

自沭朝晖意葐蒀，
休凭白发便呼翁。
狂来欲碎玻璃镜，
还我青春火样红。

其实，这也正是晚年臧克家鹤发童心、青春常驻的秘诀。

臧克家（1905年10月—2004年2月），山东诸城人，现代诗人、作家、编辑家。曾任中国作家协会名誉副主席，中国文联荣誉委员，中国诗歌学会会长，中国毛泽东诗词研究会名誉会长，中国写作学会名誉会长。作品《说和做——记闻一多先生言行片段》，被选入人教版初中语文教材。出版十二卷本《臧克家全集》。2004年2月5日20时35分，在北京逝世，享年99岁。

张中行，朴素一生真名士

在当代作家中，张中行先生的确与众不同，没有人像他这样直到80多岁才开始在读者中"走红"，更没有人像他这样在晚年依旧"高产"，《顺生论》《流年碎影》《桑榆自语》《张中行文集》等一部部力作不断问世，成为中国文坛上一道亮丽的风景。

然而与此相对的，却是他数十年来一贯的淡泊和素朴。张中行说他居住的那栋楼房里，如果有人问起谁家没有装修居室，立刻就会有人说是张中行家。的确如此，如果不是亲眼所见，没人相信他的居室、他的生活会是如此简朴。他的寓所坐落在北京北沙滩的一座塔楼里，客厅里摆放着一张小木桌，桌子两侧分放着两把做工极简的本色木椅，书房右侧井然有序地摆放着六个装满书籍的大木柜，左侧是一张单人床，与门相对的窗前是一张写字台，上面整齐地摆放着张先生正在写作的手稿。尽管已是90多岁的高龄，但先生依旧每天笔耕不辍。

一位远在海南的朋友来他家中小坐，看到房间如此简朴，当即表示要拿出几十万元为他装修，结果当然是被张先生婉拒了。他说不是装修不起，而是没那份心思，也觉得大可不必。他喜欢在朴素无华的环境里起居生活，这叫"萝卜白菜，各有所爱"。一位邻居对他说："张老爷子，您不装修房子，人家说您朴素、有品位，我们要不装修，人家准笑话我们贫穷、寒酸。"

张先生不置可否地一笑，没有说什么。然而对于时下这种追求浮华包装、装饰的社会风气，他是颇有微词的。他说有一年中秋，一位友人提着一个硕大的礼品盒来家中探望。他心中很是惊奇，这么大的礼品盒里，足可以装下十几斤月饼吧，如果真是这样，倒给他出了一道难题，一家人要几天时间才能吃完啊！待友人离去后，他同家人小心翼翼地打开礼品盒，从里面取出了一只精美的铁盒，将铁盒打开，里面是一个素雅的硬塑盒，上面有四个方形凹陷，每个里面放有一块还算精致但却小得可怜的月饼。张先生对此哭笑不得，心中生出诸多感慨，不由得想起早年间在乡下过中秋，走亲戚时用草篮提月饼，月饼吃完了，草篮子扔进灶中一烧了之。不像现在，吃完四块小月饼，要抱一大堆包装用品去街上扔垃圾。

保持生活的简单、朴素，是张老一贯的生活原则。

虽然年过九旬，但他始终坚持每天黎明即起，到户外散步，沿着古老的北土城遗址走很远的路才往回返。先生上午和下午的时间则用来写作，中午通常要休息一个小时，晚上的时光大都用来看电视，最喜欢的电视节目是京剧表演和足球比赛。此外，他每天晚上入睡前照例要打一套太极拳，这几乎是雷打不动的"必修课"。

饮食方面，先生向来以粗茶淡饭为主，每天都要喝一碗玉米粥，在他看来，这要比那些被誉为药膳或大补的汤水更有滋有味。对于老北京的小吃，先生也十分钟爱。曾有人请他回到早年任教过的通州吃了一顿小烧饼，令他生

张中行与夫人

出几分怀旧之情，不止一次对人说起那种烧饼的美味可口。

　　晚年的张先生同老伴一起生活。他的老伴姓李，是一位勤快贤淑而又十分通情达理的家庭妇女，当时也快90岁了，身体十分清瘦。她与张老育有三个女儿，大学毕业后，一位留在了北京工作，另两位分配到了外地。逢年过节的时候，全家人聚在一起，三代同堂，其乐融融，这也是老太太最为开心的时刻。平日里想念孩子们的时候，老太太就把几大本厚厚的相册搬出来，一张一张地翻看，许多照片都能勾起她对往事的回想，老年人爱回忆，这大概也是人生的一大乐趣吧。

　　先生对生死问题向来达观。他同书法家启功先生是多年的朋友，每当谈及生死，两个人总是开玩笑地说："只要阎王爷不来叫，我们两个人就在世上混下去。"

　　先生所说的"混"，自然是谦辞，其实他活得是非常认真的。

　　张中行（1909年1月—2006年2月），河北香河人，著名学者、哲学家、散文家。1935年毕业于北京大学中国语言文学系，新中国成立后任人民教育出版社编辑、特约评审，曾参加编写《汉语课本》《古代散文选》等，编著有《文言常识》《文言津逮》《佛教与中国文学》《负暄琐话》《顺生论》等。

萧乾，奋力跑完生命的最后一圈

说起来，萧乾算是一个苦命的人，还没来到这个世界父亲就去世了。作为遗腹子的他在极度贫穷的家庭里长大，比普通人更深地体味了世态炎凉。及至后来的求学、写作、婚恋、仕途也没有一样顺风顺水。或许正因如此起伏跌宕，才造就了他生命的波澜壮阔。我认识他的时候，他已经很老了，快要走到生命的尽头了。

萧乾一生在北京住过很多地方，搬过十几次家，这些在他和爱人文洁若的文章里都有详细的叙述。晚年的时候他住在长安街边上的木樨地，相邻的两个小单元房合并起来使用，客厅、书房、卧室、阳台……到处都罗列和摆放着书报，显得十分拥挤，外人去了几乎下不去脚，看上去乱极了，简直是乱得不能再乱了。萧乾和爱人文洁若却不这么认为，萧乾说："我们忙着写作、翻译，没有时间刻意整理，如果房间里整整齐齐、一尘不染，说明我们已经在享受晚年了。再则，外人看着乱，我们可不觉得。什么资料在什么地方，伸手就能拿到。"萧乾担任中央文史研究馆馆长后，有关领导几次要给他调换大房子，他家马路对面和南沙沟部长楼都可以挑。每次萧乾都拒绝了，连声说："再不敢折腾了，搬一次家，我至少几个月归置书报、适应环境，资料也没法查找，对我的写作影响太大了。"这件事就这样不了了之，再无人提起。

或许是年轻时浪费消磨的时光太多，想要写的文章太多了，所以对他来说，最宝贵的东西就是时间。为减少应酬，他在门上贴上一则告示:"病魔缠身,仍想工作,谈话请短,约稿请莫"。人们习惯了萧乾在公众场合西装革履的模样,很少有人知道萧乾在家里的穿着完全是另一种风格,常常是一双老布鞋踩着后帮趿拉着,衣着更是随便,喜欢宽松随意,怎么舒适怎么穿。他解释说:"作家写东西,需要让自己完全松弛下来,只有这样才能进入状态,才能出好东西。"萧乾的生活作息也十分规律,每晚8点就上床睡觉,凌晨两三点钟起床写作。当人们从睡梦中醒来,当长安街上车水马龙的时候,萧乾的眼前已经放着写完的厚厚一沓稿纸了。顺手的时候,萧乾一天能写作一万多字,被誉为最勤奋、最有活力的老作家。他的老朋友、作家冰心生前这样说:"你真能写,哪都有你的文章,我篇篇都看。你真是快手!"

20世纪90年代,译林出版社打算在国内翻译出版世界名著《尤利西斯》,许多翻译家对这部号称"天书"的文学作品纷纷望而却步,但生性喜欢挑战的文洁若很想承接这份差事,萧乾在她的劝说下,勉强答应下来。两个人既有分工又有合作,文洁若负责翻译初稿,萧乾负责加工润色。此后整整四年的时间,两位白发老人每天凌晨就悄悄起床,分坐在不同的写作间里,为同一部书稿拼命。他们几乎婉拒了一切不重要的交往和访客,专注地忙碌这一件事,累了就站起身活动一下,困乏了就冲一杯咖啡提提神,两个人甚至约定翻译时间只讨论有关书稿的问题,不交谈其他事项。如此紧张繁重的翻译工作,对两位老人来说,是一个巨

萧乾与文洁若

大的挑战，好在他们都是"工作狂人"，再苦再累也乐在其中。1994年，三卷本100多万字全译中文本《尤利西斯》顺利出版，一时间好评如潮。这一年也恰好是萧乾和文洁若结婚40周年。萧乾说："如果有人问我，人到老年，夫妻怎样才能增进感情，我会毫不犹豫地建议说，共同干一件十分吃力的事。等到干成了，就会情不自禁地感到由衷的欣喜。"

萧乾在《我这两辈子》里这样描写自己拥挤而杂乱的书房："这书房就是我的归宿。我将在此度过余生，跑完人生最后一圈。我希望在这里能多出些活儿。然后，等我把丝吐尽时，就坐在这把椅子或趴在这张书桌上，悄悄地离去。"

一次，我去看望萧乾和文洁若，谈及自己的座右铭，萧乾在一张中央文史研究馆的信笺纸上写道："尽量讲真话，坚决不说假话。"看我有些不解其意，他解释说："我不能保证一辈子不说错话，但我能保证一辈子不说假话。如果环境特殊，不能讲真话，我宁愿选择沉默。"

萧乾晚年，因为患有肾病，所以经常住院，即便如此，他也没有中止自己的写作。病房里小小的饭桌被利用起来，在上面阅读写作，无论怎么说，总没有在家里自在，所以他总是向医生和爱人提出要回家去，还写信要儿子帮着做工作。但大家都认为他已经切除一个肾，仅有的这个情况也很不乐观，还是老实待在医院里好些。就这样，萧乾只好少数服从多数，但心里总有些不服气。我在《人民日报》（海外版）发表了一篇短文《萧乾想家》，把报纸拿给他看，他无奈地笑了，说："你真是懂我，我太想回到家中了，做梦都想，让我少活几年，我都想回去，还是在家生活写作自在。"

萧乾最后一个生日是在北京医院度过的。文阿姨告诉我日期后，我早早就请书法家杨陌在大红宣纸上书写了大大的"寿"字，带着相机赶到北京医院。一见面，文阿姨就兴奋地告诉我，时任国务院总理朱镕基写来了贺信，时任统战部副部长刘延东专程前来祝贺华诞，之后是文学艺术出版界的领导和朋友陆续赶来，安静的病房里一下变得拥挤喧嚣起来。萧先生精神很好，始终微笑着一一应付。

1999年2月11日，萧先生在过完生日15天后，于北京医院溘然长逝，直到离世也没有再跨进熟悉的家门。

萧乾先生为自己撰写了这样一段墓志铭："死者是度过平凡一生的一个平凡人。平凡，因为他既不是一个英雄，也不是一个坏蛋。他幼年是从贫困中挣扎出来的，受过鞭笞、饥饿、孤独和凌辱。他有时任性、糊涂，但从未忘过本。他有一盏良知的灯，它时明时暗，却从没熄灭过。他经常疏懒，但偶尔也颇知努力。在感情漩涡中他消耗——浪费了不少精力。中年遭受过沉重打击，如晴天霹雳。他从不想做官，只想织一把丝，酿一盅蜜。历史车轮，要靠一切有志气的中国人来推进，他也希望为此竭尽绵力。这是一个平凡人的平凡志向。他是微笑着离去的，因为他有幸看到了恶霸们的末日。"

2019年初夏，我受萧乾夫人委托，去八宝山革命公墓为萧乾先生办理了骨灰续存。手续极简单，就是交一些费用，把骨灰存放证延长存放日

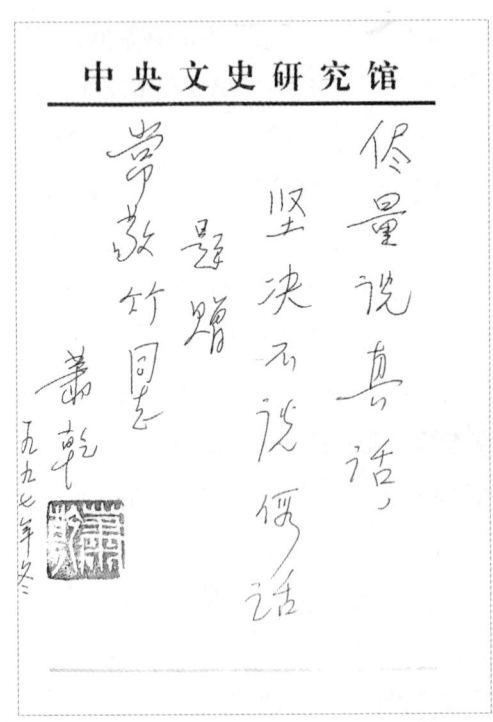

萧乾手迹

期，就可以继续存放在骨灰墙上了。这时，距他去世已经整整20年了，不知什么时候他能埋入墓园，竖一方墓石，将这段碑文镌刻在上面。

萧乾（1910年1月—1999年2月），北京人。中国现代记者、文学家、翻译家。出生时为遗腹子，13岁成为孤儿，在亲友资助下上学长大。1928年萧乾到南方一所中学里任教，一年后回北京考入燕京大学，不久转入辅仁大学学习英国文学和新闻专业。毕业后在《大公报》主编《文艺》副刊，后成为《大公报》驻外记者，也是二战期间欧洲战场上仅有的两位中国记者之一。新中国成立后，历任《人民中国》（英文版）副主编、《译文》编辑部副主任、《文艺报》副总编、人民文学出版社编辑、中央文史馆馆长等。1998年出版的《萧乾文集》（十卷）收集其主要著译作，译作《尤利西斯》获第二届全国优秀外国文学图书一等奖。

杨绛，难忘那一面之缘

因为喜爱文学，早在少年时代就读过钱锺书和杨绛先生的书，但真正见到两位先生，却是在 20 世纪 90 年代初。那时的三里河南沙沟国管局宿舍区，集中居住了一大批文化名家，我先后在这里采访过从延安来的文化人古元、华君武、贺敬之、蔡若虹、林蓝等人。有一次同漫画家华君武先生聊天，说到住在这里的文化人，他无意中说到了钱锺书、杨绛夫妇就住在楼上。真是"说者无心，闻者有意"，我大喜过望，当即提出想去看看两位我自小就崇敬有加的大作家。华先生笑着说，他们很少接待客人，尤其是生人，但我还是抱着试试看的想法，按响了钱先生家的门铃。不一会儿，大门徐徐拉开，一位个子不高、十分清瘦文弱的老太太站在门里，轻声细语地问我找谁，我上前说明自己冒昧来访的缘由。老太太显得有些为难，略微沉思一会儿，告诉我说，她和钱先生身体都不好，要做的事情很多，实在没有能力接待客人来访，但我既然来了，可以到家里看看，至于采访、拍照的事就免了。

就这样，我第一次走进了钱锺书和杨绛的家。黄昏时分的光线透过养有许多绿植的阳台照进来，使得房子里有些朦胧而暗淡，我的目光在房间慢慢地、轻轻地巡视着，很快就在一个地方定住了——在客厅的东侧，有一把老式椅子，钱锺书先生正半躺在上面看书，静静的，没有一丝声息。钱先生显然已经注意到我在看他了，慢慢抬起头来,朝我微微笑了一下,算是打过招呼,就又低下头去自顾看书了。这样的情形是我不曾经历过的,我显得有些无所适从,没有同钱先生讲话,也没有上前打扰他的想法。多年前,我曾听朋友讲过这样一件事:钱锺书因为电视剧《围城》的热播而声名大振,许多崇拜者都想上门拜访他,钱锺书觉得这种想法十分可笑,他在拒绝一位崇拜者来访的信中说:"如果你喜欢我的作品,就去看我的作品好了,我一个老头儿有什么好看的呢?这就像你喜欢吃鸡蛋,你会去看是哪一只母鸡下的吗?"

这是我唯一一次走进这对大作家的家门,只作短暂停留,就带着一种难以说清的心情向杨绛先生告辞了。这次钱锺书先生并没有给我留下什么深刻的印象,杨绛先生给我的印象就是"轻",说话声轻,走路脚轻,就连脸上的笑意也是轻轻浅浅的。

此后数年间,这个家庭发生了许多变故,爱女钱瑗、丈夫钱锺书先后病逝,这对已是耄耋之年的杨绛来说,会是怎样的打击啊,她以后的生活还怎么继续?我同许许多多关心杨绛先生的人一样,心中充满了担忧。

再后来,我陆续读到了杨绛先生的两本新书,一本《我们仨》,一本《走到人生边上——自问自答》,有时看着看着就不由暗自落泪。我甚至拿起了多年不写诗的笔,写下了《致杨绛》:

没有人会想到

一个柔弱女子

罗雪村为杨绛画像

能以这样细碎的脚步

走过一百年的风雨

成为中国文坛的

老祖母

走到人生边上

透过布满浓荫或有些萧瑟的窗口

你静静地凝望这个世界

那些曾经的人和事

那些照耀发丝的阳光和月色

那些细碎的快乐和忧伤

毫无规则地散落在

你走过的

某年某月

某个地方

小小心灵

怎能容得下这么多人和事

你只好一边铭记

一边遗忘

岁月就这样漫不经心地流逝着

总让人不由得思念什么

思念也是一种力量

让从前的日子

变得温暖

让眼前的时光

变得悠长

我把这首诗和我写的一幅书法作品寄给杨绛先生赐教，不想很快就收到了她的回信，她在信中写道："承赐诗及对联，并用毛笔书写，诗和对联都好，诗尤佳，当加意珍藏。"

是年春节前夕，我去和平里办事，见到一家工艺品小店出售陕西凤翔手工制作的泥塑和布艺玩具，十分喜庆吉祥，惹人喜爱。我精心挑选了一个大大的布艺老虎，我很想登门送给年逾百岁的杨绛先生，并向她祝贺新春。但我深知对于杨绛先生来说，最宝贵的莫过于时间，对她最大的爱戴和尊重，莫过于减少对她的打扰，让她在宁静的时光里做自己喜欢的事情。所以我最终还是选择了通过邮局给她寄去布老虎贺岁。几天后，收到了她打来的电话，慢声细语地向我致谢，并祝我和家人新春如意。

就是这样一次短短的见面，一段浅浅的交往，留给我一份暖暖的回忆。

杨绛书信

杨绛（1911年7月—2016年5月），江苏无锡人，中国现代作家、文学翻译家、外国文学研究家、中国社会科学院荣誉学部委员。1928年进入苏州东吴大学，1935—1938年留学英、法。1943—1944年其剧作《称心如意》《弄真成假》陆续在上海公演。1949年后在中国社会科学院外国文学研究所工作。1978年出版《堂吉诃德》中译本，后出版散文集《干校六记》《将饮茶》，长篇小说《洗澡》等，晚年出版散文集《我们仨》《走到人生边上——自问自答》等。

季羡林，崇尚简朴的国学大师

1998年初夏时节的北大未名湖畔，草绿花红，景色迷人，但我无心观赏，按照电话约定匆匆赶去拜访学界泰斗、北大老人季羡林先生。

这一年，季羡林先生87岁。

一身蓝色卡其布中山装，一头稀疏的白发，瘦长红润的脸上挂着淡淡的、谦和的笑意，这几乎是见过季羡林先生的人对他的共同的印象。在一座简朴陈旧的小楼里，季先生笑吟吟地站起来与我握手，一只雪白的大猫亲昵地在他身边跑来跳去，季先生坐下来，用手轻轻抚摸它一会儿，白猫就安静地依偎着他，像是在听我们聊天。

得知我所在单位的前身是闻名全国的"8341"部队时，季先生便问起当年在北大支左的一些人的名字和后来的情况，当时他是受批判和冲击的对象，作为后来者我对那段历史极不熟悉，这个话题也就没有继续下去。

在季先生的生命中，看得最重、最想拥有的当数书籍。先生六岁便入私塾读书，在济南上完中学后，进入清华大学西洋文学系（今外国语言文学系）学习，后赴德国求学，回国后便一直在北京大学任教。读书、教书、写书、藏书几乎成了他生命的全部。他的七间房子中，有六间外加走廊都排满了书架和书橱，只留下窄窄的通道。书架上整齐地摆放着不同年代、不同语种、不同版别的数万册图书。坐拥书城，是这位学富五车的老人最为得意和自豪的事情，但这却未能使他满足，他还是图书馆里的常客。北大图书馆向来以藏书多而闻名,据说,绝大多数人进该馆借书和查资料通常是需要别人指引的,但季先生例外,他能在里面自由查找,其熟悉程度自不必说。

季先生崇尚简朴,日常生活从来都是低标准,衣能遮体,食能果腹足矣。许多年前,中国人民对外友好协会举办"泰戈尔诞辰130周年纪念大会",中外文化界众多名流到会,联合国教科文组织亦派要员出席。季先生作为中国研究泰戈尔的专家参加纪念会,他身穿陈旧的中山装,脚穿一双黑面圆口布鞋健步走入会场。与西装革履的先生们和雍容华贵的女士们相比,的确有些"土气",但神清骨峻的季先生,一身朴素的布衣,依然难掩其学者风度、大家风范。

即便是在那个时代,廉价的卡其布在农村也很少有人穿了,在大都市更是难以见到,但先生却依旧保持着几十年的老习惯,坦然大方地穿在身上,丝毫也没有别扭或过时的感觉。

北大人也常以拥有这样一位布衣教授而倍感自豪,每逢先生举办讲座,总会座无虚席。据说,有一次,只能容纳200人的报告厅里竟硬生生挤进了四五百人,听众从门口一直坐到先生的脚边,很难想象当时是怎样一种场景。毫无疑问,是季先生广博的学识、闪光的才智、耿介不阿的人格操守和令人倾倒的精神魅力吸引了莘莘学子。

季羡林先生向来重情义,晚年时承受了许多痛苦和不幸,他的师长、挚友相继病逝,他

季羡林

的婶母、爱女、夫人、女婿也离他而去。巨大的精神打击令老人伤心动容、无限感伤。先生说："老年人注定要寂寞，要孤独，这是人间正道，我不想例外，也不能例外。"

季先生家有两只可爱的波斯猫，是有人从他家乡山东给他带来的。两只猫很快就成了家里的新成员，先生写作之余，常常给这依人的小生灵喂食，逗它们嬉戏。午休时，猫会亲昵地、懒懒地趴在他的膝盖上睡觉，给他的晚年生活增添了些许温暖和情趣。

据诗人臧克家的女儿介绍，季先生同臧克家、邓广铭是山东老乡，又是多年文友，在漫长的人生岁月中建立了深厚的友情。由于他们都年事已高，又居住在北京不同的地方，平素少有走动，但每年春节，季先生总要同邓广铭一起到臧克家家中拜访小聚，聊叙一番感兴趣的话题，并一同饮点小酒，很是惬意畅怀。多少年过去了，这个风雨无阻、雷打不动的习惯一直不曾改变过。不幸的是，三人中邓广铭先生最先因病作古，这在季先生原本痛苦的心灵上又添新痛……

即便如此，季先生也从没消沉过，他知道自己已是耄耋之年，来日无多，所以异常珍惜生命中的每一个晨昏。晚年的季羡林像是一座上满了弦的老钟，在同流逝的时光赛跑。他每天凌晨四点钟便准时起床工作，朗润园里这盏最早亮起的灯为一届届北大学子所熟悉，并成为他们心中一簇精神火焰，照耀着学子们奋力攀登求知的高峰。季先生通常在工作一个上午后，吃完午饭小憩一会儿，下午继续做学问。谈及如何提高工作效率，他的"绝招"是把三张写字台分别设置在家中和系里，如果这篇文章写累了，就换到另一张写字台上去写另一篇文章，以此换换脑子，消除疲劳。他的这种做法被大家戏称为"游击工作法"。正是凭着这股干劲，他以老迈之躯，先后主编了《传世藏书》《四库全书存目丛书》等巨著，并完成了20余卷800万言的《季羡林文集》。他的散文创作也进入巅峰时期，

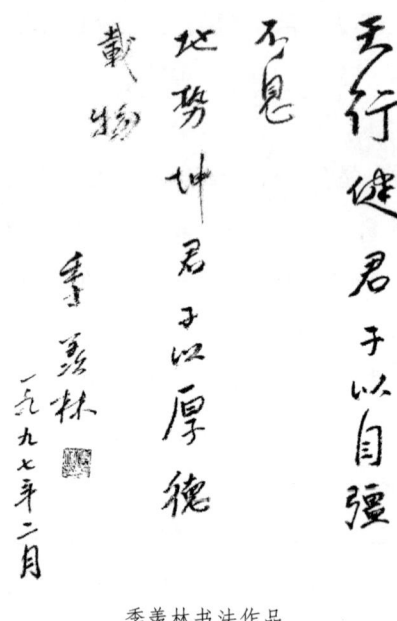

季羡林书法作品

被人们称为"老生代"最具代表性的作家。

我迁入新居后,终于有了自己的书房,附庸风雅地给书房起了一个"抱朴居"的斋号。请谁题写斋名好呢?我脑海里首先想到的就是学富五车的季先生。我给季先生写信,请他抽暇为我题写,信发出好久,一直不见动静,我以为季先生年事高,事务多,无暇顾及,不敢再提此事。原本以为事情就这样不了了之了。季先生去世后,中国美术馆举办了一个当代文化名人手迹展,一幅季先生的"抱朴居"手迹赫然在列。我好生奇怪,难道也有人请先生题写了一个同样的斋号?我赶忙给季先生的助手李老师打电话问询,她说季先生接到信后不久就为我题写了斋号,记得好像已经寄出了,而且季先生肯定没有写过第二幅"抱朴居",至于这幅斋号怎么流出去的,到了何人之手,就不得而知了。

季羡林(1911年8月—2009年7月),山东聊城临清人,东方学大师、语言学家、文学家、国学家、佛学家。曾任北京大学副校长。通英文、德文、梵文、巴利文,能阅俄文、法文,尤精于吐火罗文。著作汇编为《季羡林文集》,共24卷。2009年7月11日逝世,享年98岁。

冯亦代,"七重天"上度春秋

第一次见到冯亦代先生是在1995年初冬,印象中他家的房子狭小局促,光线也有些昏暗,因为到处堆满了图书、杂志,看上去显杂乱。冯先生的书房里更是满当,地面上似乎只有一条小道通向座位和书案,书案上更是堆积如小山,外人很难想象冯先生那么多隽永的文章就是在这间"作坊"里诞生的。或许是年龄差距太大,又是初次相见,冯先生并不健谈,甚或有些木讷。我去之前临时做了功课,知道冯先生一直生活在文化圈里,无论新旧社会都一直有着极好的口碑,而且朋友至交多,这对一个文人来说尤为难得。我问他这辈子的处世原则是什么。他略一沉思,然后提笔写道:"宁人负我,万不可我负人。"冯先生解释说:"这算是我一辈子做人做事的信条吧。"

冯先生的一生都在与书打交道,读书、写书、译书、编书、藏书几乎成了他生活的全部,到了晚年依旧乐此不疲,每天伏案笔耕不辍。这既是他生命的支柱和生活的乐趣,同时,也是为了偿还永远也还不清的"文债"。有时写作累了,他就坐在窗前,凭窗远望。白天大街上总是一派车水马龙的景象,相比而言,晚上的景色更令他心旷神怡,远处的立交桥上一串串斑斓的灯光,犹如一条游龙向天际奔腾而去。这样的远望常常使他想起许多久远的往事,更令他感到生命的匆匆流逝,触发"人生苦短,时不我待"的喟叹。他说自己已是80多岁的老人,经历了许多人世沧桑,现在疾病缠身,身体大不如从前,可还要好好活下去，珍惜晚年时光，不枉来这尘世上走一遭。

冯亦代先生原来的书斋名为"听风楼"，晚年住到了北京小西天一座居民楼的第七层，他就给自己的书斋命名为"七重天"。

冯先生除了把凭窗远望作为写作时的一种休息，还蕴藏了他对远方的思念和牵挂。几年前，81岁的冯亦代与68岁的黄宗英欢欢喜喜地领回了一对大红的结婚证书，两个年龄加起来快150岁的老人生活在了一起，给彼此的晚年生活平添了许多情趣。这在当时成为文坛上一件新闻，老作家袁鹰写了一首诙谐的小诗祝贺："白发映红颜，小妹成二嫂，静静港湾里，归隐书林好。"

冯亦代还像从前那样亲切地称黄宗英"小妹"，黄宗英依旧顽皮地叫他"二哥"。冯亦代说自己是年少老成、老来天真，说黄宗英是70岁的年龄、17岁的脾气，因此他总是像兄长那样知冷知热地关爱和牵挂着黄宗英。由于黄宗英是影视界的"名角儿"，所以总有人请她外出参加这样那样的活动，在家的时间并不多，这令晚年的冯亦代成了"老牛郎"。"七重天"上的这页窗扉，自然成了他放飞思念的地方。

后来，冯亦代的老毛病又犯了——第四次脑血管栓塞，先是入住解放军总医院，后转入中日友好医院接受治疗。在病房里，他凭借顽强的意志同疾病搏斗着、抗争着。黄宗英推掉了所有的活动和应酬，全身心地在医院陪伴他、照料他。这段长时间共处的时光，他们成了真正的老伴儿。病中的冯亦代被迫放下了手里的笔，原定的创作任务也无法如期

冯亦代

完成了。东方出版社拟出版一套"楼外楼书系",徐城北选编的冯亦代的《水滴石穿》也在其中,书稿已经编完,独缺冯先生的自序即可付梓。冯先生为此急得火烧火燎,无奈重病在身,徒呼奈何。黄宗英"勇敢"地站出来主动请缨,她给编者打电话:"二哥的这篇自序我代劳了,称不上序,就叫'垫补'吧。"黄宗英把代写的文章不叫序而叫"垫补",显然是自谦,这种特殊的体例也给当代文坛留下了一段佳话。

冯亦代先生接受了多种手段的精心治疗,终于一步一步从死亡的边缘地带走了回来。黄宗英说:"二哥每大病一次,大折腾一次,总能多一番生之感悟,长一番能耐道行。"

冯亦代出院后,黄宗英陪伴他到北戴河海滨去休养,他们在那里看苍茫的大海潮起潮落,听不绝于耳的澎湃涛声。惯于思考人生的冯亦代,坐在海边的长椅上久久不愿离开,他不由得想起了建安十二年曹操在这里写下的《观沧海》,想起毛泽东1954年夏天在这里写下的《浪淘沙·北戴河》,不禁感叹沧海横流,世事变迁,他对

冯亦代书法作品

生命的真谛也有了更深的思考。

然而，疾病并没有完全放过他，92岁的冯亦代再次因病住院，不久便永远地离开了人世。两个相爱的人，总会有一个人爱对方更多一些。在冯亦代和黄宗英的这段短暂的爱情中，却很难说得清谁更痴情。冯亦代去世后，黄宗英有很长一段时间住在北京中日友好医院的病房里，我曾经去看望她，并为她拍摄过一大组照片。一辈子都爱美的黄宗英再三告诉我，拍得不好看的照片就毁掉。但我觉得即便是很老了，她身上的那种形象与气质的美，都是少有人能比拟的。最终，黄宗英还是回到了上海，一边治病，一边写作。她还细心整理了自己与冯亦代多达数百封的往来情书，给这份珍贵的爱情记忆取名《纯爱》，由作家出版社出版。

2020年12月14日凌晨，95岁高龄的黄宗英与世长辞。

冯亦代（1913年11月—2005年2月），浙江杭州人，翻译家、作家。1936年毕业于上海沪江大学，曾任重庆中外文艺联络社经理、中国人民救国会中央常务理事、民盟上海市委负责人、全国美国文学研究会常务理事、中国翻译工作者协会常务理事兼副秘书长，国际文化出版公司副董事长，全国政协委员，民盟中央委员会委员。1926年开始发表文学作品，出版有《悔余日录》《冯亦代文集》（五卷）等。

严文井，光阴如白驹过隙

1997年5月22日，我去红庙北里看望文学家严文井先生。82岁高龄的严文井看上去的确有些苍老了，牙齿全部脱落了，头发也早已谢顶，走起路来颤巍巍的，但那双眼睛依旧炯炯有神。我是下午应约来他的寓所的，第一次与他的眼睛对视时，那慈祥、正直、豁达而又极具穿透力的目光，令我印象深刻。

严文井原名严文锦，早在湖北省立高中上学时，就已经开始发表散文作品。1938年，他怀着满腔热血，奔赴延安抗日军政大学学习，不久调到陕甘宁边区文化协会、鲁迅艺术学院（简称"鲁艺"）文学系工作，严先生就是沿着这最初的几座驿站开始人生历程和创作生涯的。在文学创作方面，他1941年创作的《南南和胡子伯伯》，显露出了他在儿童文学创作方面的才华，后来创作的童话《丁丁的一次奇怪旅行》《蚯蚓和蜜蜂的故事》《下次开船港》等，成为他的代表作。严先生说，他只是一个普通的儿童文学作家，离孩子们的要求还差得很远。

谈及创作，我说大家都希望他有新作问世，严先生说，他晚年极少动笔创作，只是懒散地活着。当我们谈到他经历这么丰富，应当写作自传时，他谦和地说："我的一生，只是一个普通人平凡的一生，实在没什么好写的，免得无谓地浪费别人的时间。"

严先生得知我的工作单位后，感到很亲切，他说他原来在中宣部工作，上班的地方就在中南海，出入走西门，他的孩子们还经常去玩耍。

后来他到人民文学出版社工作,还闹了个大笑话。有一天晚上大半夜,他在睡梦中被叫醒,坐上车直奔中南海丰泽园,来接他的人说是毛主席要召见他,等到了才知道闹错了,毛主席要找的是《人民文学》杂志社,而不是人民文学出版社的负责人。

严先生讲完,我们两个人忍不住哈哈大笑。或许是一个老人长期独自生活,有些落寞,严先生很喜欢和我聊天,偶然说起中国女排,严先生就又说起一件趣事,他说:"过去日本女排很厉害,中国女排一直打不过她们。有一次单位发了票,我去现场观看比赛,坐在离比赛场地很近的地方,看到有个中国女排队员突然跑到场边呕吐,吐了一地饺子皮儿。那时候中国人穷,生活不好,可能是觉得队员打比赛消耗体力大,需要吃好一些的东西,什么东西好吃呢?当然是饺子啊!队员们比赛前大吃一顿饺子,还没有完全消化就开始剧烈运动,导致这个队员吐了。那个时候不觉得什么,现在看来这样的饮食,根本就不科学啊,怎么能打得过日本队呢?"

之后,我有时打电话给他,约定去看他的时间,他会叮嘱我给他带些黄连素之类的药物。可能是他爱人身体有病,经常住院,他自己在家,吃饭总是凑合,造成了肠胃不好吧。他的生活也极不规律,生活作息完全颠倒了,晚上总是失眠,到深夜还不能入睡,而上午睡到12点多还不能醒来,所以不管什么人有什么事,上午都不要给他打电话,因为他吃过安眠药后,再大的动静都很难惊醒他。

有一次,搞文学创作的朋友问我是否加入了作家协会,我说没有,他就怂恿我申请入会,我便打电话问严先生可否做我的介绍人。他说当然愿意。我就将表格送去,他当场签署了意见。回来后我觉得入不入会无所谓的,倒是这份表格很有纪念意义,就将表格誊抄一份交了上去。后来入会之事不了了之,这份表格和严文井先生的手迹却留了下来。

2002年,为纪念《在延安文艺座谈会上的讲话》发表60周年,我去红庙为严文井先生在屋里和阳台上拍下一组照片。记得当时房间里光线十分昏暗,一只肥硕的老猫在严先生身边跑来跑去,为昏暗幽静的房子增添了些许生机。照完相,我拿出一本册页请先生题字,他深思片刻挥笔写道:"如梦幻泡影,如露亦如电。"严先生解释说:"时光流逝得太快了,我虽然已经80多岁了,却仿佛是在挥手之间,难怪古人感叹光阴如白驹过隙啊。"说到这里他突然转过头来问我:"你今年多大?"我告诉他年龄后,他看着我慢慢地说:"我比你大50多岁,你可能觉得我很老很老了,但多少年后,你到了我这把年纪,另一个年轻人去拜访你时,你若回想起我们对坐在这间屋子里的情景,会觉得像是发生在昨天的事情,你相信吗?"

我那时从没有想过这样的问题,对生命也没有什么深刻感悟,一时不知如何回答。

谈及人的一生,严先生说,生命只是一个或短或长的过程,而往事犹如深浅不同的履痕留在生命的过程中,人在年轻的时候只顾得向前看,到了晚年才喜欢怀旧,喜欢回忆往事。严先生说到这里,重新点燃一支香烟,深深吸一口,又悠然吐出来,丝丝缕缕的烟雾在眼前徐徐飘散开来。

我在突然之间顿悟了严先生为什么要抄录《金刚经》中的这段话赠我。我缓缓抬起头,望着先生那双深邃的眼睛,连连点头。

严文井

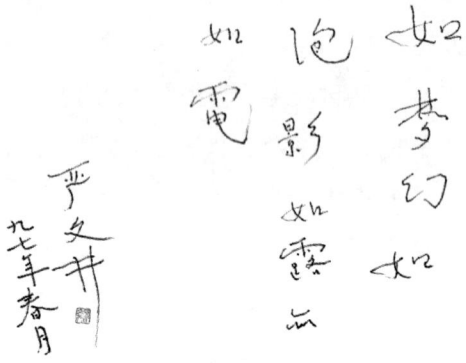

严文井书法作品

先生见我领悟了他的心意，脸上展现出孩子般纯净的笑容。

严文井先生是2005年7月20日去世的。十年后，"严文井百年诞辰纪念座谈会"在中国现代文学馆举行，我陪同翻译家文洁若出席纪念活动，领回《严文井选集》和《严文井童话选》两套书。后来，每当阅读他的童话作品时，总会不由得想起与他交往的一幕幕情景。

严文井（1915年10月—2005年7月），湖北武昌人。现代作家、散文家、著名儿童文学家。1935年到北平图书馆工作，1938年赴延安，历任延安鲁迅艺术学院文学系教师，《东北日报》副总编辑，中宣部文艺处处长，中国作家协会书记处常务书记，《人民文学》主编，人民文学出版社社长、总编辑，国际儿童读物联盟中国分会主任，中国作家协会主席团委员，儿童文学委员会主任，当选过全国人民代表、全国政协委员。著有《南南和胡子伯伯》《丁丁的一次奇怪旅行》等。

吴祖光，生正逢时

吴祖光晚年常常将"生正逢时"四个字写给向他求字的人，我对此大为不解。他的一生大都是在20世纪度过的，经历了战争、灾难、饥荒、运动、变革……作为个体的知识分子，在时代大潮中，命运跌宕起伏，承受了数不清的苦难与挫折，吴祖光怎么会认为是生正逢时呢？

1917年，吴祖光生于北京的官宦之家，父亲吴瀛既是政府官员，又擅诗文书画，还是一位学养丰厚的文物鉴赏大家，家中收藏大量珍贵的古玩字画。这使得吴祖光从小受到浓郁的文化熏陶和教育启蒙，少年时代他就开始创作发表诗歌和散文作品，并逐渐对京剧艺术产生浓厚兴趣，常常去戏院观看演出，这对他后来的戏剧创作产生启蒙作用。中学毕业后，他进入中法大学文学系学习，一年后便凭着过人才华出任南京国立戏剧专科学校任校长室秘书，后任国文及中国戏剧史等课的教师。

如此优越的生活和成长环境，使吴祖光在少年时代就比寻常人家的孩子眼界开阔得多。

抗日战争爆发后，吴祖光原本平静的人生出现了转折和变化。作为一名热血文艺青年，他随学校一路辗转湖南长沙、重庆、四川江安等地。这期间，他完成了自己的话剧处女作《凤凰城》，剧作在内地和香港一经演出，便引起很大轰动。吴祖光深受鼓舞，并确立了要成为职业剧作家的志向。此后十年，尽管时局动荡，生活也极不稳定，但吴祖光初心不改，埋头写作，完成了《正气歌》《风雪夜归人》《林冲夜奔》《牛郎织女》《少年游》等11部话剧，成为受人瞩目的青年剧作家。

新中国成立后，吴祖光以其才华和艺术成就受到青睐和重用，先后担任北京电影制片厂导演，牡丹江文工团编导，中国戏曲学校、中国戏曲研究院、北京京剧院编剧，文化部艺术局专业创作员等职，导演了电影《梅兰芳的舞台艺术》《洛神》《荒山泪》，为梅兰芳、程砚秋两位大师保留了极其珍贵的资料，创作了《武则天》《三打陶三春》《闯江湖》《新凤霞传奇》和《三关宴》等大量作品。他和爱人新凤霞合作改编的评剧《花为媒》，堪称戏曲经典，深受观众喜爱。

至此，吴祖光的人生还是春风得意，顺风顺水，称得上"生正逢时"。人的境遇是很值得玩味的，有时候明明危机已在眼前了，自己却偏偏浑然不觉。1957年夏，上级有关部门已经反复动员知名人士给党提意见。吴祖光的爱人新凤霞是从旧社会过来的演员，对党无限感激，吴祖光几次想提意见，都被新凤霞压了下去。但吴祖光生性耿直，心里有什么话不愿意藏着掖着，他开诚布公、推心置腹地向上级提出了自己对文艺工作的意见建议。他做梦也没想到，后果很快就来了，他的发言被冠以《党"趁早别领导艺术工作"》的醒目标题在报上公开发表，吴祖光由此成为右派。

吴祖光

吴祖光创作了那么多充满想象和推理的故事，对这件事情为什么没有任何预感？几十年后，有人问及这个问题时，他苦笑着说："还是知识分子的天真吧。"

1957年农历春节即将到来，家家户户采购年货准备欢度新春的时候，上级紧急通知吴祖光和其他右派赴北大荒黑龙江垦区接受劳动改造。那天天刚蒙蒙亮，新凤霞就帮吴祖光提着行李，顶着刺骨的寒风去集合地点集合等车。春节是阖家团聚的日子，他们却被迫与家人分离，这样的场景，吴祖光一辈子也不会忘记。

经过两年改造，吴祖光于1960年重新回到北京，先后在中国戏曲学校（今中国戏曲学院）实验京剧团和北京京剧团担任编剧。爱人新凤霞受他牵连，处境也艰难，开始长期参加体力劳动，甚至有七年是在地下十几米挖防空洞。1975年的一天，新凤霞头晕得厉害，去剧团医务室检查，血压很高，单位还要她第二天去平谷下乡劳动，第二天早晨还没出发，新凤霞就一下子摔倒在床边，经过抢救治疗，命保住了，左半身却瘫痪了，从此告别心爱的舞台。

一个专业评剧演员，不能唱戏了，这辈子还能做什么呢？

看上去，是新凤霞的身体出了问题，但家庭生活是一个绑定的整体，一个成员的问题必然会给整个家庭生活带来很大影响和改变。

吴祖光为新凤霞设计了新的人生，他教新凤霞学文化，鼓励她拿起画笔学画画。说起来，新凤霞还师从国画大师齐白石学过画呢。那是20世纪50年代，吴祖光带着她去拜访齐白石，齐白石很喜欢新凤霞，收她做干女儿并教她学画。齐白石说："历史上夫妻画很少，你来画，让祖光题字，这个叫'霞光万丈'。"新凤霞生性能吃苦，画画的技艺提高很快，每天作画不止，吴祖光耐心地给她指导帮助，选出画好的作品，一一题款题字，夫妻二人有了新的寄托。

1998年4月，吴祖光接到邀请，回故里江苏常州参加一项艺术活动。新凤霞病后很多年没有出过远门了，作为常州的媳妇，她特别希望能随丈夫去看看，可谁也没有想到，一次满心欢喜的出行，竟是一个没有任何征兆的噩梦——新凤霞在宾馆里突发脑溢血，抢救了一周，奇迹还是没有出现，她在常州离开了这个世界，也离开了与她相依为命的吴祖光。

吴祖光心痛地说："我与妻子凤霞在一起生活47年，虽然经受了那么多摧残折磨，但还是苦尽甘来，有一段堪称幸福的日子。新凤霞残疾以后的23年，留下了几千张画作和400万字的作品，这是我们爱的结晶。就在我们准备较为安定地共同走完这最后几年太平岁月的时候，她却突然走了，我感觉像是天塌了一样。"

新凤霞去世后，吴祖光仍然和女儿吴霜住在北京东大桥的老房子里，屋子狭小昏暗，里面堆满了书报。吴祖光常常坐在窗前，久久地陷入沉思。他们这一代知识分子，个人的前途命运始终是和国家民族紧紧联系在一起的。老友黄苗子曾经赠他"生不逢时，才气纵横"八个字。吴祖光在历经人世间的繁华与苍凉后，对社会、时代、人性、个人命运等有了更深的理解与感悟。对于一个艺术家，苦难或许是上苍宝贵的赐予，让生命在凄风苦雨中更加绚丽地绽放。所以他把黄苗子的赠语改为"生正逢时，死不介意"，还常常书写"生正逢时"，与友人共勉。

终究还是老了，吴祖光的身体每况愈下，由于血管硬化引起脑血管栓塞，他先后三次住院，但他很是达观，习惯了与疾病共存的晚年生活。平日里，他就坐在家中读书，或者应报刊之邀写一点短小的文章。有时天气晴好，就坐在轮椅上由保姆陪着下楼去遛弯儿，或者去理发馆刮脸洗头。可生命还是抵不过无情岁月，2003年4月9日，吴祖光平静地告别人世，享年86岁。

三天后，家人为吴祖光与新凤霞在北京西郊的万佛园举行合葬仪

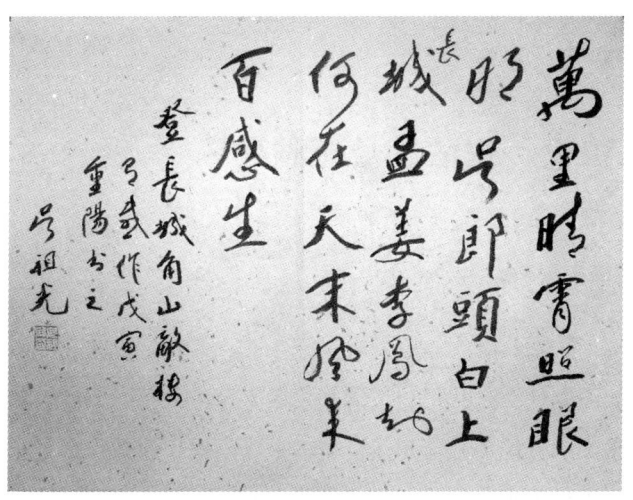

吴祖光书法作品

式，墓碑上刻有女儿吴霜撰文、儿子吴欢手书的八个字："铁骨高风，惊才绝艺"。

吴祖光（1917年4月—2003年4月），祖籍江苏武进，戏剧家、作家、书法家。中学开始发表诗歌散文，1937年完成话剧处女作《凤凰城》，演出后引起轰动。1945年在主编的《新民报》重庆版副刊率先发表毛泽东词作《沁园春·雪》，1949年后任北京电影制片厂导演，牡丹江市文工团编导，中国戏曲学校、中国戏曲研究院、北京京剧院编剧，文化部艺术局专业创作员，中国戏剧家协会副主席等。代表作有话剧《凤凰城》《正气歌》《风雪夜归人》，评剧《花为媒》，京剧《三打陶三春》，有《吴祖光选集》六卷本行世。

汪曾祺，生活总是充满趣味

不知道为什么，我拜访过的文化名人家中大都光线比较暗。想来可能是他们居住的多是老房子，室内采光不好；也或许是老年人不太喜欢屋子里过于明亮吧。

汪曾祺家的光线就很暗。他坐在椅子上，手里拿着一支点燃的烟，不时地深吸一口，聊天打手势时，一缕乳白色的烟线会随着手的挥动留下一道奇妙的痕迹，但很快就消失得无影无踪了。这样的场景被我用照相机固化下来，每次看到照片，当时的场景就会在我的脑海里复活。

汪曾祺晚年住在虎坊桥的一座老式居民楼里，胡同窄，楼也有些破旧。我同北京一家杂志社的主编去拜访他，主编是一位漂亮女性，为撰写一篇专访约我结伴去，我一直想为汪先生拍摄一组照片，自然求之不得。由于事先有预约，加之主编同汪先生相熟，所以交谈很是愉快，话语中不时还穿插着笑声，不觉小半天就过去了。我因为忙于摄影，所以主要是主编对汪先生进行聊天式采访。采访结束前，主编开口向汪先生求画，汪先生爽快答应，起身从书案上找出一幅小画和一幅书法作品，坐下来，往砚台里倒入一点点墨汁，然后取出一支小楷毛笔，在小画上认真地题写了主编的名字。小画是窄长的竖幅，画的是藤萝，很有笔墨情趣。汪先生在主编的感谢声中转过身来，把书法作品赠送给我，书写的内容是"一朝风月，万古虚空"。汪先生定定地看着我，用十分舒缓的语气说："这是一句禅语，也可以两句话倒过来念的。"我回来后查阅方知此语出自《五灯会元》卷二，但原句是"万古长空，一朝风月"，可能是汪先生记忆有误吧。

第一次见面，就能得到汪先生的墨宝，是意外的收获，我心里很是高兴，临时决定和主编去街上的饭馆吃一顿，庆贺一下。

汪曾祺先生是著名作家，在小说、散文、戏剧创作上都成就斐然，是京派作家的代表人物。我最早知道汪先生的作品应该是他参与编剧的革命现代京剧《沙家浜》，这部剧是根据《芦荡火种》改编的，里面的唱词真是绝妙经典，令人拍手叫好。那时我还是生活在沂蒙乡村的孩子，晚上就跟着公社放映队到附近村庄看这部京剧拍成的电影，所以对里面的人物形象和唱段更是耳熟能详。后来参军来到北京，开始诗歌创作，那时的《北京文学》编辑部就在六部口的电报大楼下面，距我单位只有半站地。不记得是编辑部举办什么活动了，我曾有幸见到汪先生，只是远远地投去崇拜的目光，但没有真正接触过。这一时期，我入迷地阅读过汪先生的《受戒》等作品，被他高超的小说语言艺术和讲述故事的能力深深折服。有评论家认为汪先生是"中国最后一个纯粹的文人，最后一个士大夫"。他身上有一种文人雅士的闲适、恬淡和从容，我深以为然。

汪曾祺先生的儿子写过一篇回忆父亲的文章，讲他有一次考试成绩不好，怕受责备，犹豫了好久才硬着头皮拿试卷去找父亲签字。不

汪曾祺

想父亲看到他怕怕的样子,先是嘿嘿地笑了起来,然后对儿子说:"我上学的时候,数学特别不好,常常只考几分,看起来你比我强多了。"说完,头也不抬地就在试卷上签了字,弄得儿子愣在那里半天没回过神来,事先精心准备的说辞一句也没用上。汪先生自己也写过一篇文章《多年父子成兄弟》,跟儿子亲如兄弟,平等交流,孩子们亲切地叫他"老头儿",但对他的爱却是满满的。这种对待儿子学习的理念和与儿子相处的方式,对我有很大影响,及至我做父亲后,就是按照这样的理念教育孩子、与孩子相处的。

与汪曾祺相熟的朋友都知道,老爷子是酒不离口、烟不离手的人,年轻时候便与酒结下不解之缘,号称"酒仙",他开坑笑说烟酒是他的第一生命,文章和书画是他的第二生命。我曾在一篇文章中看到过这样的故事:1987年9月,汪曾祺赴美前夕,朋友为他送行,在香港北角燕云楼宴请他,酒席上,他足足喝了大半瓶大号茅台。席后意犹未尽,朋友们又拉着他去附近餐厅喝啤酒,直至尽兴方归。汪曾祺在美国一住就是三个月,要返回香港时,他提前写信给朋友,嘱咐去机场接他时,带瓶好酒好让他一下飞机就能喝到,可见汪曾祺先生对美酒有多么迷恋。

长期抽烟喝酒,可能有助于汪曾祺产生创作灵感,却损害了他的身体健康。他晚年被诊断出肝癌,但他豁达开朗,依旧没有完全终止喝酒,可见他对酒的喜爱的确非同一般,已经深入骨髓,到了常人不能理解的程度。有一次在酒桌上,他向朋友们透露曾遇一位大师,看面相说他能活到90岁,但他认为自己由于饮酒成性活不到那么大,不过活到80岁肯定没问题。

1997年初夏,我和汪先生约定去给他送照片。见面的时候,他正在收拾行李,说是要去四川,参加友人组织的四川五粮液作家访问团。他一张张地看着我为他拍摄的照片,有几张比较满意,挑完照片,他点上一支烟,然后认真地问:"我送过你我的字没有?"

看来他的确不记得了,我想都没想,就说:"没有。"汪先生当即拿起毛笔,在一张不大的宣纸上写下"万古虚空,一朝风月"八个字,我心头一惊,与上次送我的书法作品完全一样的内容啊!

没想到这竟是他人生的最后一次出行。从四川返回北京后,汪曾祺的病情开始恶化,他没能实现自己的预测,1997年5月16日,他因肝癌医治无效去世,享年77岁,比大师的预测少了13年,比他自己的预测只少活了三年。

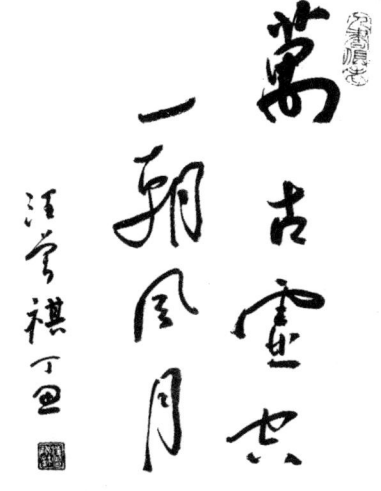

汪曾祺书法作品

汪曾祺(1920年3月—1997年5月),江苏高邮人,当代小说家、散文家、戏剧家。1939年考入西南联大中国文学系,次年开始创作小说,1949年春参加中国人民解放军第四野战军南下工作团,1950年调入北京,历任《北京文艺》《说说唱唱》《民间文学》编辑。创作以短篇小说成就最高,被誉为京派作家代表人物。

郑敏，最后一片叶子在风中飘动

一百岁的女人会是什么样子？

一百岁的女诗人又会是什么样子？

2020 年 7 月 18 日，诗人郑敏迎来了自己的百岁华诞，尽管头发白了，牙齿掉了，脸上布满了皱纹，行动极其迟缓，但端坐在椅子上的郑敏，依旧那般雍容、端庄、沉静、美丽。这是 100 年的春花秋月浸润出来的，是 100 年的诗书哲理滋养出来的，是 100 年的风雨苦难雕刻出来的，这是一种不可复制的独特的美。

当时，持续了大半年的疫情还没有过去，亲朋诗友们无法登门贺寿，女儿想出一个主意，举办家庭的"云上聚会"，开通视频，让郑敏讲几句话，同关心她的人见个面儿，报个平安。女儿告诉她首先要自报家门说"我是诗人郑敏"，可郑敏一开口却说"我是念书的郑敏"，可见在郑敏心中自己从来就是个读书人。

郑敏坐在镜头前，脸上带着微微的笑，缓缓地说："我已经 100 岁了，可是，我每天都觉得，我的路还没走完呢，我想和大家说好些话呢。有点像一晃而过，我从这个到那个，从那个又到那个，始终呢，还没觉得我已经达到最高处了。"

其实，郑敏在不经意间，已经走到人生的最高处了。她的生命如此，她的诗歌创作成就亦如此。1942 年，郑敏在昆明的一家报纸上发表了自己的处女作，后又在《明日文艺》上发表了包括她的代表作《金黄的稻束》在内的九首诗，从此成为一颗诗坛新星。读者熟知的由杭约赫、辛笛、陈敬容、郑敏、唐祈、唐湜、杜运燮、穆旦和袁可嘉九人组成的"九叶诗派"，最后就只有郑敏健在了。

十几年前，我第一次给郑敏打电话，她的声音那样清澈而年轻，听不出一丝苍老，我错以为她是家里的保姆，以致闹出了笑话。与郑敏的第一次见面就颠覆了我对年龄的成见：一头银灰色的头发梳理得十分精致，大红的毛衣将脸庞映衬得神采奕奕，走起路来步履稳健。尽管郑敏不停地对我说她已经老了，但她依旧思路敏捷，谈笑风生，从她身上全然感受不到人生的老迈。

郑敏的家在清华大学的宿舍区，那是紧挨着圆明园的一个新建小区，环境十分优雅清静。她的房子位于二层，阳台上摆放着十多盆并不名贵却长得十分茂盛的花草。郑敏相濡以沫的丈夫、清华大学知名教授童诗白先生于2005年病逝，郑敏从此开始了一个人的生活。为寄托对丈夫的思念之情，她为丈夫深情创作一首诗歌，并亲手抄写下来摆放在书柜上。郑敏一辈子都在读书、教书、写书，却到老也没有一间专门的书房。她的书房是和卧室兼用的，她平时习惯于坐在客厅的沙发上读书、给博士生上课，只有要写作的时候才会坐到卧室的电脑前。郑敏算得上是新中国早期的"海归派"，很早就开始用电脑写作，但当我走进她的房间时，却看到在她的书桌上、墙壁上张贴着很多大小不一的纸片，上面是她手书的自作诗。看到我在认真地欣

郑敏

赏，郑敏笑着解释说："中国的汉字很美，每一个字都像是抽象画，比如三点水，看上去就有水灵灵的感觉。我对汉字向来充满兴趣，闲暇的时候就喜欢书写研究它，我可不是书法家，只是喜欢书写罢了。"我请郑敏写几句话给我，她愉快答应，几天后就收到她挂号寄给我的信件，几张纸片上用钢笔写着她喜欢的诗句，这成了我十分喜爱的收藏品。

按规定，郑敏早就应该从学院赋闲回家了，但北京师范大学外国语言大学学院一直对她进行延聘，安排她带博士生，每周都会有学生到她家里来上课，郑敏就在自己家的客厅里为学生们讲课。在教学方式上，郑敏是十分宽松的，她鼓励学生放宽眼界，多思考，多与世界交流。她说："一个同世界不断交流的人，必然会面对很多选择，人就是在不断的选择中成长起来的。"谈及自己的大学生活，郑敏说："我在西南联大上学时，老师里面有很多'怪人'。闻一多总是一边叼着烟斗吸烟，一边给学生讲课，一个黑板字也不写；沈从文给我们讲'中国小说史'，刚好相反，他特别爱写黑板；冯至是我们的德文老师，要求极为严格，他最像现代的老师。我很喜欢这些老先生的个性，我希望自己也是一个有个性的老师。"

在郑敏的培养下，一批又一批博士生在专业上都很有建树。许多年过去了，她培养的学生也有资格带博士生了，学院安排郑敏在87岁的时候正式离开了自己的工作岗位，从此不用再担负具体的教学任务。

回到家中的郑敏，并没有停止工作，她觉得还有很多问题需要静心思考，还有好多感兴趣的事情需要去研究。当我问及她近来的工作时，郑敏透露，她正在写一篇关于中国诗歌从文言文向白话文转变的文章。对于这个问题，她已经思考很久了，她始终以为现代诗歌的语言问题没有得到很好的解决，现在的写作反映

郑敏诗歌手稿

不出新诗的深刻。比如，自由诗怎么传达出汉语的音乐性、新诗是否应突破口语化问题、新诗能否建立起古体诗那样的创作路数等，都应该引起关注和研究。作为一位成名于20世纪40年代的著名诗人，郑敏差不多是与中国新诗风雨兼程的发展历程共同走过来的，早年就加入了著名的"九叶诗派"，年逾90依然保持着旺盛的创作激情，作品数量、质量都不减当年，在诗歌理论研究上也有自己的建树。郑敏认为中国新诗的问题在于五四前后，胡适等人把白话文、口语引入文学语言中，连"打倒文言文""我手写我口"这样的口号都提出来了，却没有意识到口语不能代替文学语言。这个问题长期以来都没有引起人们的重视，更没有得到解决。她说："汉语是了不起的语言，有着几千年的生命力。但我

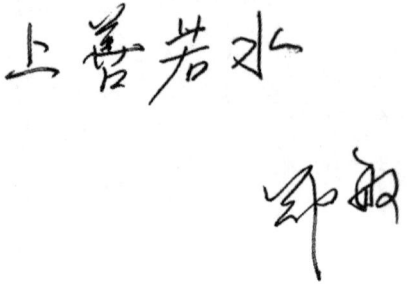

郑敏书法作品

们今天的新诗创作不能老是停留在'五四新文化运动'的突破上,也不能'套红'在现代汉语上,新诗是一定要解决与中国文化如何衔接继承问题的。诗学研究、诗歌创作,都应该尽快全面深刻总结诗歌艺术的问题。"

郑敏喜欢不停思考。她说:"近年来,我非常关注自然,关注人类的生存方式,每每看到有关破坏环境、破坏自然的报道,我心中就会变得异常痛苦。我们对地球完全是剥削、掠夺和侵略,可地球是我们人类赖以生存的家园,不关注现在就是放弃未来,失去了地球,我们和我们的子孙还能到哪里去寻找栖息之地啊。"

谈及自己的生活,郑敏说她每天会看看书,看看电视,看看社会发生了什么大事,看看大家怎么辩论。在阅读和写作之外,有的时候也会感到寂寞,她认为现在知识分子之间学术上正常的争鸣与交流太少了,总觉得大家都在忙,都在忙自己的事情,而且目标明确,目的性很强。静下心来思考些什么,与朋友悠闲地交谈,对于很多人来说已经是一件很奢侈的事情了。因为年龄关系,郑敏到外面的活动少了,她的时光大都是在家中度过的,她说:"我愿意过一种简单的生活,平素最喜欢书籍,算起来,我这一辈子同书打交道的时间比同人打交道要多得多。在生活中,我的原则就是尽量不卷入无聊的纠纷之中,我觉得自己有时候更像是一个旁观者。我喜欢在书中畅游、思考,对我来说,这是一种莫大的快慰和享受。我现在虽然年龄大了,但身体还算硬朗,只要活着,我的大脑就会不停地思考,就是想停也停不下来的，就像翅膀生来就是为了飞翔一样，大脑天生就是用来思考的。"

郑敏（1920年7月18日—2022年1月3日），著名诗人、诗歌评论家、学者。1943年毕业于西南联大哲学系。1952年在美国布朗大学研究院获英国文学硕士学位。学术著作有《英美诗歌戏剧研究》《结构——解构视角：语言·文化·评论》《诗歌与哲学是近邻—结构—解构诗论》《思维·文化·诗学》等。2012年出版了六卷本的《郑敏文集》。2022年1月3日在北京逝世，享年102岁。

管桦，门前一片青青竹

在京城西坝河那片林立的楼群里，如果向附近的居民们打听作家管桦的家并不容易，但是，如果你问哪座楼前有一片茂密的竹林，居民们都会热心地指给你看，找到那片小竹林，就找到了作家管桦的家。

这片竹子是管桦十多年前亲手栽种的。那时他刚刚搬入这座楼房，托人从外地捎来十几株幼竹，细心地种植在楼前楼后并加以精心呵护。繁殖力极强的竹子很快便长成了竹丛、小竹林。居住在二楼的管桦，随便推开哪一页窗扉，映入眼帘的都是青幽幽的竹竿、竹枝和竹叶，每当清风徐来，竹子晃动发出悦耳的声音，惹人心动，令人心醉。

1922年1月生于河北丰润县的管桦，在自古多慷慨悲壮之士的燕赵大地上度过了自己苦涩的童年。在他很小的时候，就常听大人们讲述老百姓为了祭奠敢于为民请命的清官寇准，把干枯的竹竿插入泥土，想不到竹竿生根发芽，长成了一片片竹林的故事。或许从那时起他便深深喜欢上了竹

管桦

子。他的母亲虽然只是一位乡村妇女，却有绘画的艺术才能，这使得他从小受到母亲的熏陶，常常在地上、墙上信笔涂鸦。高小毕业后，他曾在税务局当过三个月的邮差，后因父亲参加冀东暴动，母亲带着他和妹妹避居天津，他插班入志达中学（现天津市第四十一中学），并开始着迷美术，每天放学回家，便摊开《芥子园画谱》，挥毫临摹。但这样的时光并不长，1940年他毅然参加八路军，投入抗日战争。在革命队伍里，管桦很快显露出了文学才华，歌词、剧本、文艺通讯和小说都会写，创作出许多人民大众和部队官兵喜闻乐见的文艺作品。新中国成立后，管桦走上文坛，成了一名专业作家。

然而，对绘画的喜爱和对竹子的情有独钟，却一直让管桦无法放弃心中那个遥远的梦想。1973年，过了知天命之年的管桦再次拿起画笔，开始画墨竹。他说竹子在中国人的心目中是极受尊敬的，松、竹、梅被称作"岁寒三友"，梅、兰、竹、菊被喻为"花中四君子"，而"宁可食无肉，不可居无竹"的诗句更是妇孺皆知。竹子的高风亮节、不畏强暴、刚直不阿使他决心用笔墨丹青描绘竹子。他在绘画形式和技巧上不拘泥于古人，大胆探索尝试，不仅得到美术界同人的认可，也受到了人民群众和国际友人的赞美。1977年，他在深圳首次举办的画展获得很大成功，从此一发而不可收。管桦在人们的心目中不仅仅是一位作家，同时又是一位风格独特、自成一家的画竹高手。

管桦绘画作品

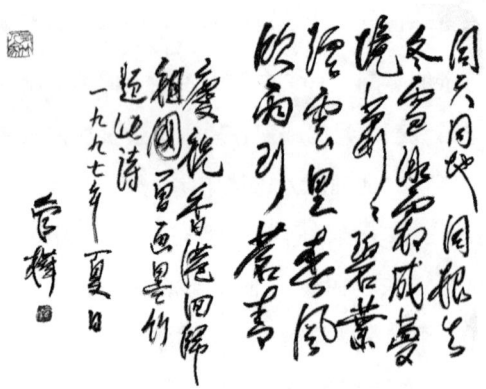

管桦书法作品

管桦说,能够与竹为邻、以竹为友是他今生今世最大的福气。他给自己的书斋取名为"苍青馆",他的每一幅画上都钤有一方闲章"有竹人家"。同时,他也把竹子优秀的秉性和品质融入了自己的文品、画品和人品之中。他说做人最重要的是膝盖和腰板要硬,万万不能缺"钙"。他这一辈子只跪母亲和大地,除此之外,决不屈服于任何外力。在他的书斋里,我曾有幸见到了一张照片,那是他晚年回到故乡时一位摄影师拍下的。他双膝跪倒在苍凉的大地上,头颅深深地低下去,稀疏的华发被风吹得有些凌乱,深深表达着对大地母亲的敬畏与感恩。那情那景,着实令人感动。

管桦(1922年1月—2002年8月),著名诗人、作家。历任北京市文联主席、中国作家协会北京分会主席、北京市老舍研究会会长。曾出版诗集《儿童诗歌选》《管桦叙情诗集》,画册《管桦墨竹》《苍青集》,文集《管桦中短篇小说集》《管桦文集》等。代表作《小英雄雨来》入选小学语文课本,创作的儿童歌曲《听妈妈讲那过去的事情》《我们的田野》《快乐的节日》等广为传唱。

牛汉，铁骨柔情的汉子

2013年9月30日，诗人牛汉的儿子给我发来一条短信，牛汉先生于9月29日上午吃早饭时在家中发病去世。我赶忙回到办公室，撰写一副悼联，然后驱车到牛汉位于朝阳区八里庄的家中吊唁。是日，天降大雨，车前的刮雨器不停地疾速摆动着，但我眼前依旧一片迷蒙，这样的景象正好反映了我当时的心境。

我很小的时候就读到了牛汉的诗歌，但真正见到他的时间却很晚。记得他当时刚同陈小曼女士结婚，两人住在北京师范大学东门对面的一栋临街的居民楼里，同我住的地方很近，我去看望过他几次。初见牛汉，突出的印象就是身材高大，足有一米九多，而且身板笔挺，80多岁了依旧十分挺拔，完全没有弯腰驼背的迹象。另一个突出印象就是他的面部肤色黝黑，黑里泛着红，像是刚从高原上下来的人。

后来得知牛汉的母亲是蒙古族后裔，姓牛，从身材、肤色到性情，牛汉都忠实继承了母系血统。母亲刚烈的性格深深影响了牛汉，他幼年时就开始放牛、拾柴、练拳、摔跤、打架，胆子很大，很难管束，是村里最顽皮的孩子。牛汉在晚年回忆说："我出生的村庄边上有一条河，叫滹沱河，发大水时浊浪滔天，一路咆哮，祖母对我说，我这脾气，就是个小滹沱河。"

牛汉的倔强，树立了他在当代文坛的鲜明形象，也使他一辈子历经了许多磨难。牛汉高中毕业前，学校要求他加入国民党，否则不发毕业证。很多人照做了，牛汉却当即拒绝。新中国成立前，组织上考察他，想把他调入中央内卫部队工作，他同样拒绝，因为他太了解自己的秉性了。

他曾对我说："无论什么时候，我都没有低头认错过，没有屈服过，我也没出卖过任何人。"

1980年，牛汉主持《新文学史料》杂志的编辑工作，因为坚持刊发一些有争议的文章，领导委婉地提出批评。牛汉却不领情，对找他谈话的人说："到底是什么具体问题？拿到桌面上来说。"谈话因此不欢而散。总编辑只好出马："牛汉，现在杂志办起来困难，有些问题也不好处理，要不就停了吧。"牛汉还是没有退让，坚持据理力争，《新文学史料》最终没有停刊。

诗人艾青对牛汉说："你可真是一头牛，有角的牛！"

牛汉晚年，遇到了新的爱情，在老伴去世后，经友人撮合，与陈小曼走到了一起。陈小曼是牛汉在人民文学出版社的老同事，彼此十分了解，走到一起后生活十分和谐，经常一起参加文学活动。牛汉离开八里庄的家，与陈小曼一起居住过新街口外，也居住过昌平的一家老年公寓。这或许是牛汉一生中非常难得的一段幸福时光，每次见到他，他脸上都是满满的笑意。但天有不测风云，陈小曼在一次意外受伤后，一病不起，高龄的牛汉失去了陪伴和照料，只好又孤独地回到了自己从前的小屋。这样的遭遇，对他的打击可想而知。

牛汉

我曾经两次驾车接牛汉参加过活动。一次是张仃先生在故宫神武门展厅举办书画展，牛汉拎一个蓝色的旧布袋从家里出来，我搀扶着他坐上车。那时他的腿脚已经很不灵便了，他先把屁股坐上车，我再帮他将两条又长又僵的腿蜷起来放进车里。到达故宫神武门，我照料他下车后，又搀扶着他沿东侧长长的甬道去往展厅。他走得很吃力，中途两次停下来休息，尽管如此，他还是坚持着认真地观看了张仃先生的所有展品。

开幕式结束后，举行了张仃作品研讨会，晚上还安排在故宫的御膳房用餐。可能是参加开幕式的人太多了，活动结束的时候，牛汉发现展览方发给他的车马费放在布包里却找不见了。他嘴里一直唠叨着，情绪很是失落。我马上告诉了张仃先生的夫人灰娃这个情况，灰娃说："给他重新补一份车马费，你好好安慰一下他吧。"

我第二次接他参加活动，是在清华大学甲所举办的灰娃诗歌研讨会。牛汉、屠岸、叶廷芳、何西来等一大批文化老人出席。牛汉发言时十分动情，用时也格外长，我真切感受到了一位老诗人对诗歌创作与现实的感慨和无奈。

牛汉在朝阳区八里庄的家我去过许多次，房间十分拥挤，牛汉在朝南的一间小屋里读书写作。印象最深的是那环绕着半间屋子的顶天立地的书架，这大概是一个作家最引以为豪的了。有一次我带了宣纸、毛笔和墨汁，去请他写幅字，他爽快答应，并动手在书桌上清理出一小块空地，一连写了好几张。除了我指定的内容，他还为我书写了他创作的诗句，那份热情着实令人感动。

最后一次见到牛汉先生，是在北京大学"中坤国际诗歌奖"颁奖典礼上。牛汉以其卓越的诗歌创作成就，同诗人痖弦一起获此奖项。此时的牛汉已经只能坐在轮椅上了。想到从此再也看不到他站立着的高高大大的样子，我的眼中顿时噙满了泪水。

牛汉书法作品

2013年10月9日,牛汉遗体告别仪式在北京八宝山举行,我陪同诗人灰娃前往,诸多文学名家赶来为这位文坛硬汉送行,场面甚是浩大。我为他撰写的挽联"世间孺子牛,文坛钢铁汉"就挂在门外西侧,远远望去,在风中轻轻舞动着,犹如我的心,在轻轻颤动。

牛汉(1923年10月—2013年9月),山西省定襄县人,蒙古族。著名诗人、文学家、作家,"七月派"代表诗人之一。1940年开始发表文学作品,曾任《新文学史料》主编,中国作家协会全国委员会名誉委员、中国诗歌学会副会长。诗歌《悼念一棵枫树》《华南虎》《半棵树》等广为传诵,出版《牛汉诗文集》等。

吴小如，传承北大文脉

第一次见到吴小如先生，是2001年春天在北京中关园他的家中。那时的他，已从北京大学退休十年了。

坐在我面前的是一位垂垂老翁，头上白发稀疏，使得额头看上去更加宽大明亮，只有那双阅尽沧桑流年、熟读经史子集的眼睛深邃而明亮，甚至有些逼人的感觉。吴先生坐在拥挤而凌乱的书斋里，穿着亦不讲究，看上去显得十分疲倦。谈及自己的一生，他说："我一辈子做学问，可归纳为两条：一是传信，一是订讹。"

回望其人生经历，此言虽然极为简单，却也大致概括了他的主要成就。

吴小如是著名书法家、诗人吴玉如先生的长子。说起来算是出身书香门第，家学深厚，他又天资聪慧，读书学习理应如鱼得水才是。但事实并非如此，吴小如的学习经历十分曲折，他曾经辍过学、转过学，还曾为了生计去中学教过课。后来好不容易进入燕京大学文学院学习，他又认为老师的授课"洋味太浓、官气太重"提出退学，反正是经历了好一番折腾。后来他作为插班生进入清华大学中文系学习，本以为可以安生下来了，又因为他早早娶亲，难以解决生活来源问题。为方便到城里去兼职，他听从了老师沈从文的建议，从那时还算是北京西郊的清华大学转学到当时还在沙滩红楼的北京大学。那时沈从文正担任《华北日报》的主编，他安排吴小如负责这家报纸的文学副刊，这才帮助吴小如渡过了生活上的难关。据说时任清华大学中文系主任朱自清对吴小如的转学很是惋惜，他曾对人说："好不容易招了个好学生，可还是没有留住。"

真是"失之东隅，收之桑榆"。如此曲折的求学经历，却使吴小如拥有了另一番意想不到的收获：读多所名校，受教于众多名师。陈寅恪、朱自清、俞平伯、废名、游国恩、章士钊、梁漱溟、魏建功、顾随等名家的课吴小如都曾经上过，这可是一般人做梦都不敢想的事情。

工作后，吴小如曾任教于津沽大学、燕京大学。1952年全国院系调整，吴小如开始任教于北京大学中文系。那时青年袁行霈是他手下的一名助教，曾编写过《中国古代文学史》。有意思的是很多年后行霈被任命为中央文史研究馆馆长，吴小如退休后被聘为中央文史研究馆馆员，两个人的领导关系反转了。据说袁行霈对吴小如依旧十分尊重，这当然是后话了。

吴小如除了教书育人，也酷爱诗词、书法和戏曲。受父亲吴玉如影响，他自小开始临摹名家碑帖，童子功深厚扎实。但奇怪的是他在后来对人谈及学书之要时，却说："学写毛笔字，首先要求的不是写字，而是文化素养，要多读书阅世，写出字来才能脱俗，有'书卷气'。然后才是认真临帖，在练基本功上下功夫。"这应该是他的切身体会，也是对众多学习书法和专业从事书法创作者的忠告。有一次，我提出请他为我题写斋号，不几天，他就通过挂号信寄来了用楷书工整题写的"抱朴居"三个字。对于很多人认为当时中国书法创作正处于繁荣期的说法，吴先生很不认同。他认为中国书法正处于低谷阶段，书坛浮躁之风甚浓，对书法艺术的继承与发展甚是不利。现在看，吴先生此言不谬，而且切中时弊。

在戏曲方面，吴先生的造诣更是常人所无法比拟。他五六岁就跟着父亲去剧院看戏，到十多岁时已经能写出有独到见解的剧评了。父亲见他对戏曲如此喜爱，就让他拜师学戏，算下来他玩票学过的戏不下四五种，恐怕现在的许多专业戏曲演员都做不到。后来，吴先生在给学生讲授戏曲课时，一时兴起，就会按捺不住地当堂演唱起来，引得学生们一阵叫好。即便是到了晚年，他应邀参加戏曲活动，许多专业演员也都对他尊敬有加。

作为北大中文系的老教授和研究中国古典文学的知名学者，作诗填词更是他的看家本领。2014年3月，他创作的《吴小如诗词选》荣获《诗刊》社的"'子曰'诗人奖"。主办方盛邀他出席颁奖典礼，但他终因身体原因没有到场，只好在现场播放他事先录制的一段视频。面对镜头他平静地说："我只是一个教书匠，不是诗人。当我听说获得2013年年度'子曰'诗人奖时，我在高兴的同时，更多的是感到惭愧……也许是评委先生们考虑到我年纪大了，权当给我个安慰奖吧。"

吴小如到了这般年龄，已经不十分看重这项迟来的荣誉了。但他很感谢这笔数目不菲的奖金，他的老伴从生病到去世十多年间花销很大，他自己老年又病倒这么多年，雇用保姆、购买自费药等费用，着实让他有些吃不消。据说他连学校新建的蓝旗营的房子都没有买，一直居住在中关园的老房子里，可见对他来说这笔奖金自然很是需要的。

早在十几年前，吴先生原本硬朗的身体出现了不适，时常感觉疲劳，后来发展到在与人交谈时，会不知不觉沉睡过去。医生诊断为脑供血不足，建议他除了药物治疗，还应当加强脑力劳动，这使得做了

吴小如与吴空交谈

吴小如书法作品

一辈子教书匠的吴小如在晚年必须坚持读书写作。吴小如只好请来一个钟点工,帮助做饭和整理家务,自己能腾出时间做学术研究,他说:"我每天坚持写作两个小时,由于年龄和健康原因,不敢再进行大的研究了,只能零打碎敲,写点杂谈随笔之类的小文章。"即便如此,吴小如先生晚年的著述也是令人惊叹的,先后出版了十多本个人著述。

后来,原本就老迈多病的吴小如突发脑梗,虽经抢救保住了命,但身体状况却每况愈下。去世之前一年多的时间里,只能靠进流食维持生命,但他还是凭着一辈子不认输的心劲儿,顽强延伸着自己的生命。

2014年5月11日傍晚,吴小如感到十分难受,自觉不久于人世,就艰难地给在外地工作的儿女打电话,说:"回家吧,我可能不行了。"

吴小吴预感很准,他就是在这一天离去的。

吴小如(1922年9月—2014年5月),安徽泾县人,诗人吴玉如先生长子,北京大学教授、学者、作家、历史学家、书法家。曾任教于津沽大学、燕京大学、北京大学等,系中央文史研究馆馆员。在中国文学史、古文献学、俗文学、戏曲学、书法艺术等方面有很高造诣,著有《京剧老生流派综说》《古文精读举隅》及《当代学者自选文库·吴小如卷》等。

屠岸，文坛谦谦君子

屠岸先生住在和平家园居民楼内一个小单元房里。房子是文联系统20世纪七八十年代建造的，屠岸住在一层，光线十分昏暗。房子面积很小，没有客厅，屠岸先生就将朝南的那间作为书房兼会客用。即便是到了晚年，他依然保持每天六七个小时的工作时间，伏案阅读、写作、翻译、记日记、给读者回信，每天都过得忙碌而充实。

从1941年18岁的屠岸第一次发表诗作《美丽的故园》算起，他的创作翻译生涯长达70多年，可谓著作等身。

1950年，屠岸翻译的《莎士比亚十四行诗集》是第一部中文全译单行本。多年来，此书先后修订500余次，累计印数60万多册，堪称经典。屠岸先生一辈子翻译、写诗，诗意地活在尘世里，他说："我是诗的恋者，无论是古典、浪漫、象征、意象，无论是中国的、外国的，只要是诗的殿堂，我就是向那里进香的朝圣者。"2001年，屠岸历时3年翻译的《济慈诗选》获第二届"鲁迅文学奖翻译奖"。同年他还荣获了中国翻译协会颁发的"翻译文化终身成就奖"。2015年又荣获北京大学"中坤国际诗歌奖"。获得这些重要奖项，对屠岸先生来说是实至名归，也是莫大的心理慰藉。

后来，屠岸先生年岁更大了，女儿章建只好回到他身边，照料他的生活，同时帮助他整理文稿资料。

诗人灰娃听说屠岸先生每次复印稿件、信件资料，都要去离家很远的一家复印店，既费时费力，又很不安全。就委托我帮忙购买了一台小复印机，屠岸先生很是感激。

一次，灰娃对我说："我在延安时，黄华教我们唱的歌曲《菩提树》与很多译本不一样，屠岸先生是翻译方面的权威，你抽时间去听听他的意见。"我领命后，专门去请教屠岸先生。他听后略一沉思，拿出一张纸，很快就把济慈的这首诗默写了出来，然后与我拿去的版本进行对照，我坐在一边暗暗惊奇，想不到屠岸有如此惊人的记忆力，可见他从前做学问时用功之深。我离开时，屠岸先生还签名送了我他新出版的自传《生正逢时》，还在我带去的册页上写道："诗，是人类灵魂的声音"。

屠岸先生对灰娃很是敬重，亲切地称灰娃为大姐，为灰娃写过数篇诗歌评论，灰娃诗集《山鬼故家》《灰娃的诗》《灰娃七章》举办研讨会时，屠岸先生每次都提前准备好文稿，亲临现场作重要发言。对张仃先生的画展、纪念会他也是有请必到，可见他对张仃和灰娃的敬重之情。

灰娃与屠岸最后一次相见，大约是在2017年春天，灰娃与诗人屠岸、谢冕，文化学者汪家明等人在北京王府井的一家餐厅聚会。屠岸先生的儿子、女儿陪同他前往，他身体有些老态，但脚步还算稳健。这次聚会，屠岸先生兴致颇高，席间用儿时母亲教他的"常州吟诵调"吟唱了杜甫的《闻官军收河南河北》："白日放歌须纵酒，青春做伴好还乡"，中气十足，引得大家拍手叫好。

谈及灰娃的诗，他十分肯定地断言："在当代中国诗坛，灰娃的诗有独特地位和贡献，编写当代中国文学史，应当有所体现。否则，这部文学史就是不公正的，也是不完整的。"

聚会结束，两位老人握手言别，互道珍重，但谁也不会想到，此别竟再不能相见。

2017年是张仃先生百年诞辰,灰娃不顾九旬高龄,全身心地投入丈夫的纪念活动,撰写纪念文章,赴外地出席纪念活动,直到深秋时节才稍有空闲。她几次委托我同屠岸先生联系,询问近况,想去看望。

后来突然听说屠岸先生生病住进了医院,灰娃急得不行,要马上前去探望。我联系屠岸先生家人,孩子们说他已经从协和医院转到和平里的社区医院,再三劝阻灰娃不要去,并把她的关心转达给了屠岸先生。

说起来那的确是一段煎熬人的日子,灰娃不断问询屠岸先生的病情,而从孩子们那里传来的总是病情加重的消息。

屠岸先生对生死的达观和病中的坚强,十分让人钦佩。一次,他同女儿聊天,女儿问他如果有来生,他希望来生做什么,屠岸说:"还是做诗人。我不会当小说家,爱画画,但也不一定当得成画家;如果是当动物,最好变成一只小鸟。"病中,他看到孩子们忧伤的表情,劝导他们说:"生老病死是自然规律,我总要去见上帝,什么时候上帝要我去我就去,你们也要想得开,生老病死原本就是一件寻常事。"

早在青年时代,屠岸就有一个独特的习惯,每天晚上入睡前吟诵诗歌,从李白、杜甫、白居易,到莎士比亚、华兹华斯、济慈等中外诗人的作品他都熟记于心,躺在床上默诵或轻声朗诵,顿觉心平气和,心境愉悦。他曾对朋友们说:"我从来不吃安眠药,我吃的是'诗药'。"这或许也是他的养生秘诀。直到去世前一两天,他还在默默背诵济慈

屠岸

屠岸书法作品

的诗。孩子们想给他放点音乐，调节一下病房里沉重的气氛，问他要不要放《命运交响曲》，他说："不，要放《欢乐颂》。"

早在屠岸先生生病前，灰娃的孙女婿、画家冷冰川就倡议，出版一部屠岸先生诗歌手迹作品。这部诗画合集由冷冰川绘制插图。得知屠岸先生生病后，他加快了编辑出版过程，可惜的是，屠岸先生终究未能在离世前看到样书。

2017年12月16日下午，94岁的诗人、翻译家屠岸先生悄然离世。12月20日，屠岸先生的告别仪式在北京八宝山举行，灰娃因患重感冒，无法前往，我代她前去吊唁。我书写了一副挽联：

世间大名士，
文坛真君子。

屠岸（1923年11月—2017年12月），江苏省常州市人。著名诗人、翻译家、出版家。20世纪40年代初与朋友创办"野火"诗社，1946年开始写作并翻译外国诗歌。曾任上海市军事管制委员会文艺处干部，中国戏剧家协会研究室副主任，人民文学出版社总编辑。译著有惠特曼诗集《鼓声》《莎士比亚十四行诗集》《英美著名儿童诗一百首》《英语诗歌精选读本》《济慈诗选》《英国诗选》等，获"第二届鲁迅文学奖——全国优秀文学翻译彩虹奖"。屠岸被中国翻译协会列入文学艺术资深翻译家名单。

冯其庸，努力拓展生命的宽度

冯其庸先生本名冯迟，字其庸，号宽堂。他很喜欢自己的号，经常题写在书画作品上。"宽堂"寓意大致有二：一是胸怀宽广，宽厚待人；二是兴趣爱好宽泛，不断拓展人生的宽度。纵观冯先生的一生，他的确也做到了这两点，可谓名副其实。

冯先生是研究红学的大家，著有《曹雪芹家世新考》《论庚辰本》，主编《红楼梦》新校注本、《红楼梦大辞典》等，有自己独到的观点见解，至于存在的学术之争，则另当别论。冯先生是位爱好广泛的作家、艺术家，这也是不争的事实，他在写作、书法、绘画、摄影、考古等方面都有自己的创作成果。除此之外，他还在研究中国文化史、古代文学史、戏曲史、艺术史等方面有不凡成就。他担任过中国艺术研究院副院长、中国红学会会长、中国戏曲学会副会长、中国汉画学会会长、中华炎黄文化研究会副会长、中国人民大学国学院首任院长等职务。

我几次见到冯先生，都是在出席一些书画展览和艺术活动的时候。冯先生给人的印象身材很高，块头很大，脑袋、脸盘、眼睛也都很大，脸膛红红的，很像戏曲里关公的形象，出现在哪里气场都很足。但岁月总是无情的，冯先生在我眼中的形象慢慢发生着变化——一年比一年衰老，行动也逐渐迟缓。最后一次在活动中见到他，是在北京画院举办的张仃先生书法作品展上，冯先生由家人陪伴坐着轮椅出现在现场，满头银发，表情十分平静，熟识的观众纷纷上前打招呼，还有人要求合影留念，冯先生都谦和地一一满足大家的要求，直到疲惫了，才坐着轮椅离去。

不知道是不是冥冥中的巧合，冯其庸是红学大家，他晚年居住的北京通州张家湾，曾出土曹雪芹的墓碑。张家湾是个很大的村庄，街道和院落分布都显得杂乱，我第一次去拜访冯先生，按照高德地图导航，还费了不少周折。冯先生家有个不大的院子，里面栽种了不少树木，还摆放着一些雕塑和观赏石。进入北房，就是客厅，我坐下不久，冯先生颤巍巍地拄拐杖从里屋出来，谈及近况，冯先生说："现在行动不便，已经极少出门，集中精力整理过去留下来的文稿，东西很多很杂，时间跨度很长，做起来困难很多，不是一件容易的事情。"

"您在红学研究，在诗、画、影、书、文等诸多方面都有涉猎，而且成就很大，这是一般人做不到的。"我说。

冯先生点点头说："我一生经历很多动荡，许多时光白白地浪费了，想来真是让人痛惜。人生不过百年光景，真正用来做事的时间并不多，如果专注于一个领域可能会取得更大的成就吧。但我天生对很多事情有兴趣，割舍不下，就由着心性去做了，在做的过程中体验到了很多快乐，所以也不后悔。"

谈及读书与行走的关系，冯先生也很感慨，他认为古人倡导的读万卷书与行万里路同样重要。一个人读过的书、汲取的学养、游历过的自然和人文景观，最终都会成为成长的养分。冯其庸很喜欢游历。他一生因公务活动和学术研究去过

冯其庸

071

很多地方,曾经七次去新疆,六次去甘肃,70多岁的时候还登上海拔四五千米的红其拉甫口岸和明铁盖达坂。游览神奇的大自然,他禁不住诗兴大发,吟诵而成许多诗篇;他出行时总是带着相机,频频按动快门,拍摄记录下奇幻美妙的瞬间。有些美和灵感都是稍纵即逝的,必须紧紧抓住并把它们记录下来,没抓住就再也找不回来了。

冯其庸家的客厅里,悬挂着一块匾额,上面刻有"瓜饭楼"三个字。冯其庸解释说,这是他的斋号,他童年时生活十分拮据,很多时候没有粮食吃,只好吃南瓜充饥,这样的童年记忆,使他一生都感念大地的馈赠。他每年都在自家小院里种南瓜,也曾在创作的《南瓜图》上题诗:"老去种瓜只是痴,枝枝叶叶尽相思。瓜红叶老人何在,六十年前乞食时。"

因为喜欢收藏文人手迹,我请冯先生为我写一个"寿"字和一个"福"字,几天后,他的夫人打电话告诉我冯先生已经写好了,让我抽空去家里取回。我同琉璃厂曹氏宣纸的沈经理驱车前往,冯先生颤巍巍地从里屋出来与我见面,他指着卡纸上的"寿"字说:"人的寿命长短,是由多方面决定的,还是顺其自然的好,关键是活着的时候要珍惜生命和健康,不要无谓地虚度。"说到福气,他说:"我觉得读书是福,有书读,有好的书读,我就感到高兴和满足。"

冯其庸一直在文化单位上班,日常工作总是很忙,白天很难有时间坐下来读书,他就把晚上的时间利用起来,夜深人静的时候,坐在灯下读书学习,常常到深夜两三点还不肯上床睡觉。他的艺术修养和成就,就是随着他读过的一本本书摞起来的高度而不断提升的。

年事渐高的冯其庸,心中有一件放不下的事,就是几十年的作品、手稿和个人收藏都在家里堆放着,它们的归宿在哪里呢?他的家乡有意愿建一座"冯其庸学术馆",冯其庸以拳拳赤子之心回报家乡,慷慨捐赠了作品,并亲自题写了馆名。在他生病住院期间,青岛出版社隆

冯其庸书法作品

重出版了他的"瓜饭楼丛稿",内含《冯其庸文集》十六卷、《冯其庸评批集》十卷、《冯其庸辑校集》七卷、《瓜饭楼丛稿总目》一卷、《冯其庸学术简谱》一卷,共计三十五卷,1700多万字。著述如此丰富,可见冯先生多么勤奋刻苦。

丙申猴腊月二十九日是冯其庸的生日,令人惋惜的是他没有等到这一天,腊月二十五日在医院悄然谢世了,享年93岁。

冯其庸(1924年2月—2017年1月),江苏无锡人。红学家、史学家、书法家、画家。历任中国人民大学教授、中国艺术研究院副院长、中国红学会名誉会长、中国戏曲学会副会长等职,曾被聘任为中央文史研究馆馆员。著有《曹雪芹家世新考》《论庚辰本》《梦边集》《漱石集》《秋风集》等专著20余种,并主编《红楼梦》新校注本、《红楼梦大词典》《中华艺术百科大辞典》等书。荣获文化部颁发的"中华艺文奖"终身成就奖,中国人民大学首届吴玉章人文社会科学终身成就奖,曾当选第27届全国图书交易博览会"致敬读书人物"。

贺敬之，书家原本是诗人

最早知道贺敬之先生和夫人柯岩的名字，是从小学语文课本中。那时候，我还是山东沂蒙山区的一个小男孩，坐在教室里背诵他们诗歌的时候，我做梦也不会想到，有一天，会在北京见到这两位崇拜的文学家，但现实偏偏就有这样的事情。

20世纪80年代中期，我开始诗歌创作，那时也的确是中国文艺创作的春天，北京经常会举办一些不同规模的诗会，我热衷于跟着一些诗友去参加活动。贺先生有时会作为嘉宾应邀到场，第一次远远地看到他，他眼睛不大，带着微微的笑意，十分谦和，给人很亲切的感觉。后来去家中造访，那时，贺先生住在钓鱼台东侧的南沙沟，进门是不大的客厅，有沙发可以招待客人，墙上挂有许多贺先生自己的以及与夫人的合影照片。我送上自己新出版的诗集请他指教，他仔细翻看了其中的内容，勉励我多读书，特别是多阅读学习中国的、外国的著名诗人的优秀作品。过后不久，山东张店陶瓷厂做艺术瓷器，我代他们请贺老题词，贺老爽快地答应了，没有收取任何报酬，只是提出厂家收到后要把题词拍张照片寄给他存底。后来厂家迟迟没有把照片寄回来，贺老通过省文化厅的一位同志才要来一张拍得偏色的小照片，这件事让我对贺老深感歉意。

大约是在1991年，贺敬之被医院诊断为癌症。医生建议他手术治疗，但他最终还是采纳了爱人柯岩保守治疗的建议，每天坚持服用中药,积极乐观地同病魔斗争。我去看望他时,感觉他同往常没有什么不同,完全不像是一个肿瘤病人,这可能同他宽广的胸襟、达观的人生态度有关吧。还有一次我去看望漫画家华君武先生,在楼下碰到柯岩老师散步,柯岩知道我收藏文化名人手迹,她家里有好几本这方面的书,让我有时间上楼去取,考虑到正值中午,贺老可能在休息,我就没有上楼。后来工作忙,很久没有去看望贺老,直到突然看到柯岩老师去世的消息,心里一惊,赶忙买了花篮前去吊唁,可电话却一直没有人接听,坐车去直接敲门,也无人应答,我这才意识到贺老已经搬家了,但搬到什么地方,却无从知晓。现在想起当时手捧花篮却无处相送的情景,心中依旧隐隐作痛。

或许是因为创作的诗歌、戏剧作品太广为人知了,也或许是因为他为人谦逊,从不参加书法界的评比展览活动,也不让人宣传研究他的书法,因而多数人只知道诗人贺敬之、剧作家贺敬之、文艺界领导贺敬之,却很少有人了解贺敬之的书法艺术成就其实也很高的。

贺敬之自幼喜爱书法,七八岁时就在老师指导下习字,颜真卿和柳公权的楷书他都反复临习过,特别是《多宝塔》和《玄秘塔》,不知摹写过多少遍,小小年纪,毛笔字就已经写得有模有样了。人就是这样,有些东西一旦喜欢,就无法放下,会长长久久地与生命相伴,甚至一生都难以舍弃。或许,书法之于贺敬之就是这样,即使是战乱年代从四川去延安的路上,只要遇到碑刻匾额,他都不忘揣摩学习;即便是在物质极度匮乏的延安,没有纸笔写字,他就在办墙报时练,在地上、在延河边的沙滩上用树枝练。新中国成立后,贺敬之担任繁重的文艺组织领导工作,创作了大

贺敬之

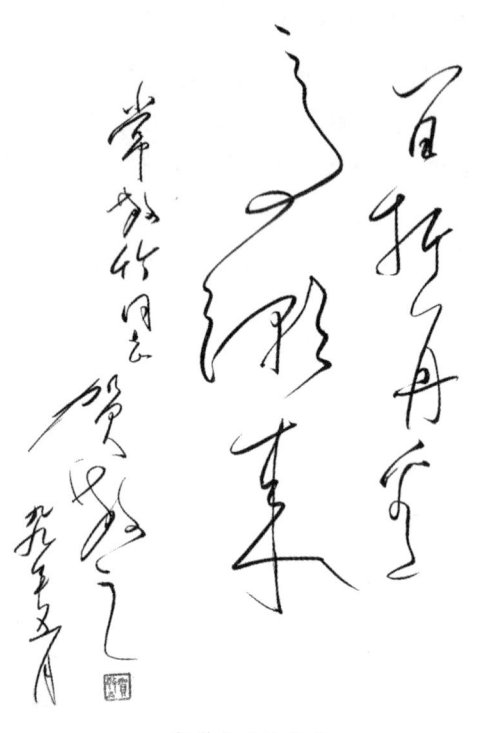

贺敬之书法作品

量的优秀诗歌作品，又处于各种政治运动的风口浪尖上，能够用来学习研究书法艺术的时间少之又少。但他对书法的热情丝毫不减，在潜心临习篆、隶、楷、行、草书体的基础上，把主攻方向锁定在了行草艺术上。他认为行草最能表达人的心境和思想，最能抒发人的情感和兴致，最适合表达他对祖国、对社会、对民族的高昂激情和忧患意识。或许与他热烈奔放的诗人气质有关，他喜爱王羲之、黄庭坚、米芾、郑板桥等人的草书作品，更喜欢怀素、毛泽东的狂草作品。他深有体会地说："赏析他们的字帖，学他们的技法，是一种难得的精神享受。我尤喜米芾和毛泽东。我把米芾比作京剧中的程派，他的字帖我爱不释手。毛泽东不仅是革命家、军事家、文学家，也是一个伟大的书法家。他的字和他的人格、胸襟、境界、修养、风度等都是一致的，毛书气势磅礴，能引起我的共鸣。"

绳锯木断，水滴石穿。贺敬之正是凭借这种坚韧不拔的毅力，年复一年坚持不懈地潜心研习书法艺术，对古今书家的用笔、结字、章法熟记于心，取其精华，为我所用，逐渐形成了自己洒脱奔放、舒展

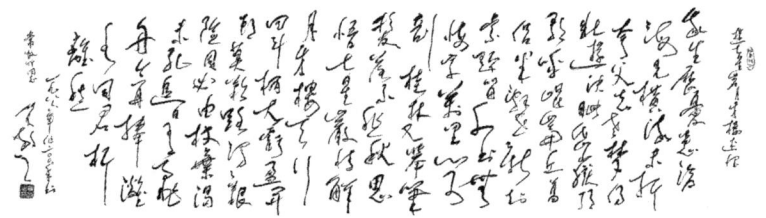

贺敬之书法作品

俊秀的鲜明风格。熟悉贺敬之书法的人，不管他落不落款、盖不盖章，一看便知是贺敬之的作品。

众所周知，贺敬之是著名作家和诗人，他所书写的内容无论是诗词还是对联，都是自己创作的。他很多作品是为活动、单位、藏家进行的针对性创作，有的还是现场即兴创作，具有高度的艺术性，其文学功力与艺术修养之高，令人叹为观止，《贺敬之诗书集》中200余首新古体诗，就是最好的佐证。

一次，贺敬之在西安一家叫"德发长"的饺子馆品尝水饺。餐馆老板听说大诗人贺敬之来了，赶忙拿出一本册页请他留言，他没有推辞，微笑着挥笔写道："宴文宴友饺子宴，长忆长安德发长"。后来，此联还荣获陕西省楹联评选金奖。还有一次贺敬之在吉林省长春市观看长春京剧团演出，演出结束后剧团的领导同志把他请进休息室，请他为剧院题词，他略一沉思，便即兴题诗一首，最后两句是"长春有京剧，京剧能长春"，剧团负责人和在场观众不禁连连称奇、拍手叫好。因为当时正是京剧不景气之时，业内正在探索如何振兴京剧艺术，贺敬之这首诗，特别是后两句对大家的鼓励极大。2002年夏季贺敬之应邀去河北保定的白洋淀游览，他观赏了白洋淀茫茫芦苇荡和数千顷鲜艳夺目的荷花淀后，心情十分愉悦。当地领导请他为白洋淀题词，他满含深情地写道："百里芦苇塘常思小兵张嘎，千顷荷花淀永怀巨笔孙犁"。这其中饱含着他对白洋淀革命老区和抗日小英雄张嘎的赞美、对文学家孙犁先生的追忆和怀念。

贺老赠我的几幅书法作品，都是他的自作诗词，我尤喜他《富春江散歌》里面的两句："一滴敢报江海信，百折再看高潮来"。这是贺敬之先生的心声，也是他生命历程的真实写照。

贺敬之，(1924年—)，山东峄县人。诗人、剧作家。1939年参加抗日救亡活动，1940年步行到延安，曾入鲁迅艺术学院文学系学习。1942年随文艺工作团奔赴华北，在华北联合大学文艺学院工作。新中国成立后曾任文化部副部长、代部长，中国作协副主席，鲁迅文学院院长，中共中央宣传部副部长等职。1945年与丁毅联合执笔创作歌剧《白毛女》，获1951年斯大林文学奖。抒情诗有《回延安》《桂林山水歌》《三门峡歌》，长篇政治抒情诗有《放声歌唱》《十年颂歌》《雷锋之歌》《西去列车的窗口》《中国的十月》《八一之歌》等。

成幼殊，那幸存的一粟

2020 年 12 月 19 日，是北京极其寒冷的一天，北京方庄芳古园的居民楼上却异常温暖。

我按照同成幼殊女儿陈朋山大姐的约定，去送女诗人灰娃新出版的诗集《不要玫瑰》。96 岁的成幼殊穿着白色衣衫，盖着薄被，仰卧在床上，我上前轻轻握住她细软的手向她问好。女儿俯下身在她耳边轻轻告诉她我的来意，她让女儿拿起诗集给她看看。女儿告诉她灰娃还在扉页上给她签了字，她就问写了什么，女儿轻声念道："幼殊诗友雅正"，她听后轻轻地"嗯"了一声，告诉女儿有时间再读里面的诗给她听。

1924 年出生的成幼殊，当时已经整整 97 岁了，原本可以慢慢走动的身体一年前躺在了床上。家人怕她长期卧床再也坐不起来了，曾经将她抬到轮椅上小坐，但她不一会儿就感到浑身乏力，难以支撑，要求重新回到床上躺着，此后就再也没有坐起来过。在饮食方面，女儿专门为她订购了一种营养粉，富含人体需要的各种营养成分和微量元素，味道也很可口，成幼殊非常喜欢。此后的日子，这种营养粉就替代了日常饮食。实践证明食用效果的确不错，老人的肠胃很适应，面色也还红润，以此维持了她生命的基本需求。

日常照料和陪伴她的是女儿陈朋山。说起来也挺不容易的，女儿从外地退休后回到北京，住在西郊门头沟，过来陪伴母亲，要坐很长时间的公共交通，但这也是没有办法的事情，毕竟母亲已经如此高龄，她愿意多一些陪伴母亲的时光。

　　印象中，成幼殊在日常生活中异常安静，说话慢声细语，微笑也是浅浅地挂在脸上，就连走路也几乎没有什么声响，像一个薄薄的影子在房间里飘动。让人完全看不出一个这个如此谦和的女人会是民国时期著名报人成舍我的千金，看不出这么柔弱的身躯是怎么追随丈夫陈鲁直作为新中国第一代外交家纵横四海，看不出她沉静如水的心灵怎么能迸发出那么多激情澎湃的诗句。

　　我知道这种外表形象与精神世界不相符的人，还是挺多的。

　　成幼殊儿时就读于南京、香港等地，长大后考入上海圣约翰大学。对她来说，这所大学有着非同寻常的意义，她是在这里开始参加进步活动，走上革命道路，也是在这里邂逅爱情，与同学陈鲁直结为伴侣。

　　新中国成立后，作为第一代女外交官，成幼殊与陈鲁直出使印度、丹麦等国，也曾在联合国秘书处任职。在长达半个多世纪的岁月里，她参与和见证了新中国的外交历程。作为外交事业的活化石，不断有人对她进行访谈或求证，只要身体允许，成幼殊总是尽力满足他们的要求。她说："有一些重大事件的确应该记载下来，下手晚了，许多当事人都不在了。"

　　现在的读者对成幼殊的名字是陌生的，极少有人知道早在20世纪40年代，她的诗情就已喷涌。无论是写时代风云，写国家命运，写热血青年的壮志豪情，还是写人世间的骨

成幼殊与丈夫陈鲁直在交谈

肉亲情，大学校园的青春故事，社会大众的日常生活，一切都自然地在她笔下流淌。学生时代，她以"金沙"为笔名发表了大量诗歌，许多作品被学生争相传抄。她和诗友一起创办了诗歌刊物《时代学生》，还成立了"野火诗歌会"，后来成为著名作家的屠岸、左弦都曾是这个诗社的成员，直到晚年他们还亲切地互称"火友"。抗战胜利后，她创作的纪念昆明死难烈士的歌曲《安息吧，死难的同学》《姐妹进行曲》曾广为传唱。

从事外交工作后，成幼殊仍痴迷于诗，在繁忙的外交工作之余，在奔波于世界各地的旅途中，在万籁俱寂的深夜里，她总能抽时间将心中的灵感诗情记到随身携带的笔记本上，这样的习惯几十年没间断过。诗人的生活远比其他人生动、丰富、精彩，外交官诗人的生活就更加丰富多彩了。在诗人的眼中，时代是壮阔的，生命是激情的，思想是深邃的。成幼殊也不例外，她投身火热生活，笔下涌流出一首首深情优美的诗。

很多年，这些记录她心灵历程的诗稿一直静静地躺在抽屉里，原本也无意发表。直到晚年，与她亲近的文友想为这位老诗人做点事情，想不到读了这些诗稿后，像是发现了一座金矿，执意要帮助她出版诗集。作为一名被埋没在历史风烟中的"祖母诗人"，成幼殊何尝不愿意让自己的诗作出版，寻求更多的心灵知音呢？对于这次迟来的出版，她格外用心和重视，尽管已经80多岁了，但她还是事必躬亲，每一张照片、每一首诗作都是她自己选定和排序的，诗集的名字《幸存的一粟》也是她自己确定的。我曾经向她求证这个名字的用意，她淡然一笑："其实也没有什么特别用意，作为波澜壮阔的20世纪大时代下的小人物，我是渺小的，但我经历和见证了这个时代，我的身体和心灵存储了许多时代的印痕。与我同时代的许多人都走了，这是生命的代谢，自然规律是谁也无法改变的。相对于他们，我是个幸存者，我的生命已经足够长了,但再长也是有终点的,我希望在我活着的时候,能留下一些我们这代人的东西。当然,这只是我的心愿。"

成幼殊年近八旬才出版的第一本个人诗集,想不到在读者中引发关注和好评,还获得鲁迅文学奖诗歌奖。这是成幼殊所欣慰的,也激发了她继续写下去的愿望。那段时间,她和陈鲁直两位高龄老人,吃完饭就一人一个房间,一人一台电脑,开始思考写作。陈鲁直撰写回忆录和学术著作,她创作诗歌,各忙各的,甚至连交流的时间都没有。多少年后,她又积攒了大量的诗歌作品,需要出版一本新诗集,按常理应该起一个新的书名,但成幼殊执意地把这本诗集还叫作《幸存的一粟》,作为上一本的续集。

细细想来,其实她心里比谁都清楚,自己如此高龄还能活在人世,是幸存,是幸运,甚至是一种侥幸了。

与她携手走过半个多世纪的陈鲁直因病去世,生前两个人就相约,后事从简,不发讣告,不举行告别仪式,不开追思会,不惊动任何人,悄悄地离开这个世界。

2015年7月,她81岁的弟弟成思危病逝,成幼殊含泪写下一首悼亡诗,情真意切,让人不忍卒读。

或许在那个时候,她就已经有了离开这个世界的心理准备,她着手把自己需要交代的事情一一告诉孩子们,当真正卧床不起的时候,心里也能坦然地接受了。

女儿朋山没事的时候,就去书

成幼殊手稿

房里整理母亲的物品。成幼殊身体好的时候，桌子上的一个小纸片也不让孩子动的，因为什么资料放在哪里她最清楚，动过就找不到了。但现在成幼殊躺下了，大概今生也没有下床工作的可能了。在这样的境地下，陈朋山开始整理母亲和已经去世的父亲的物品。在日复一日的翻阅和整理过程中，她一点点加深着对母亲的了解，有时候她会在阅读母亲一首诗的草稿时默默地流泪，心里说不出是什么滋味。

2021年5月5日早晨，97岁高龄的成幼殊无疾而终，在家中悄然离开这个尚未从疫情中走出来的世界。

她真实地来过，又从容地走了。回望成幼殊漫长的一生，最直观的感觉，是她给这个苍凉的世界留下了许多温暖，比如她的目光、笑容、身影和诗句，都是有温度的，不是炙热，而是淡淡的温热，那种沁人心扉的暖。不知道她写下的这首《自我评估》能不能作为她生命的注释：

我曾觉得，前半生是浪费，
写了些诗，做什么？
我又觉得，后半生是浪费，
没有写多少诗，怎么还活着？
也许我一生都是浪费，
世界不缺少我这一个；
但是，也不算是浪费，
既然每一棵树都摇曳出绿波。

成幼殊（1924年—2021年5月）原籍湖南湘乡，生于北京，少儿时期先后就读于南京、香港，后考入上海圣约翰大学。1946年起在上海、香港、广州当外勤记者。1953年初参加中国外交工作直至离休，曾先后外驻于新德里、纽约、哥本哈根等地。早年开始诗歌创作，出版诗集《幸存的一粟》《成幼殊短诗选》《成幼殊诗集》（四卷本）。诗集《幸存的一粟》获鲁迅文学奖诗歌奖。

高莽，是"杂家"也是大家

未曾见到高莽，就听不少人说他是文坛有名的"杂家"。细问起来，竟有两种解释。一则因为他家房子拥挤，物品、书籍无法从容摆放，只好堆积在地上。既是堆放，必少章法，看上去自然杂乱，想来这种"杂家"一定有许多苦衷，也是高先生所不愿的。被人们称为"杂家"的另一种原因是他在艺术领域里涉猎广泛，且多有建树，对文学翻译、绘画、文学创作、图章篆刻甚至剪报、缝纫衣服都充满了浓厚的兴趣。他的爱好之广之杂，为常人所不及。

我真正见到高莽先生是在 1998 年春天，尽管我早有心理准备，但他家中的拥挤杂乱程度还是令我感到吃惊。这是一套三居室的单元房，高莽先生苦笑着解释说："家里人口多，杂书多，所以每间房子都是多功能的，有的是客厅兼画室和书库，有的是卧室兼贮藏室，甚至连卫生间里也堆满了书。"由于屋小书多，书本只好摆在书箱上，而书箱又挡住了柜子。高先生在写作中如果查阅资料，常常是翻箱倒柜。高先生说，两年前，为纪念京剧大

高莽

师梅兰芳先生100周年诞辰，他硬在地板上腾出约两平方米的空间，趴在地上创作了一幅长五米、高两米的水墨长卷——《赞梅图》。那是他画得最苦最累的一个长卷，丈六宣纸根本无法展开，他只好把纸卷部分打开，一点点地绘制，有时为审视总体布局和人体比例，他只好站到桌子上去。即使如此，他也从不言苦。

离休前，高莽长期从事文学翻译、文化交流和编辑工作，1997年11月，俄罗斯总统叶利钦亲自签署命令，授予他一枚友谊勋章，以表彰他为促进中俄两国人民的友谊和文化交流事业所作出的特殊贡献。对于这份荣誉，高先生十分珍惜。他说这应当感谢他已经去世的老母亲，是母亲教会了他怎样做人，怎样生活，是母亲不断鞭策他不懈追求，锐意进取。他的老母亲没有文化，却在83岁高龄时照着别人先写好的字形，在宣纸上为他写下了"人贵有自知之明"的人生格言。母亲活到102岁去世时，高莽把母亲写下的这幅字装裱好挂在墙上。他说母亲是他心中的一盏灯，将永远照耀着他前行。

高莽十分喜欢绘画，油画、漫画、水墨画和钢笔画都能画。他曾经为茅盾、田汉、梅兰芳等中外文化名人画过肖像画，许多作品被国内外文学馆收藏。

已经步入人生晚年的高莽看上去有些疲惫之态，他说："人最大的不幸，是无法预知生命在何时终结。我现在忙着写回忆文章，算是向朋友还情，向社会还债吧。"他创作的《妈妈的手》《诗人之恋》《画译中的纪念》等散文随笔集陆续同读者见面。他还有一个愿望，就是想写100篇介绍俄罗斯

高莽为作者画像

高莽作品

名人墓地的文章，透过他们的生命轨迹，剖析人生的真谛。这无疑是一项艰巨而沉重的工作，当时他已写出了20多篇。在这之余，他还想再创作一些带有荒诞色彩的随笔，对作品风格进行一番创新和尝试。他不愿意重复自己，更不想去重复别人，因为他喜欢新奇，喜欢新的体验和感受。

再一次见到高莽先生时，他已经迁居到东三环的农光里小区。一见面，老先生就开玩笑说："我换房子应该感谢你，你在《人民日报》海外版发表的那篇文章，很有反响，许多人可怜我房子小，连单位领导都关注到这件事情了。"我看高先生心情大好，连忙提出请他为我画一幅肖像。高先生爽快答应，并把一个小凳子放到屋子中央，让我坐在那里，他拿起纸笔，就一边聊天一边画了起来，不一会儿工夫，肖像就画好了。我不由得感慨高先生的创作能力，观察和抓取人物相貌特点又快又准。

这帧肖像画，我很喜欢，一直摆放在我的书柜里。

高莽（1926年10月—2017年10月），笔名乌兰汗，生于哈尔滨，作家、翻译家、画家。长期在中苏友好协会及外国文学研究所从事俄苏文学研究和中外文化交流活动。2013年11月，凭借译作阿赫玛托娃叙事诗《安魂曲》，获得"俄罗斯－新世纪"俄罗斯当代文学作品最佳中文翻译奖。

文洁若，文章皆岁月

2000年8月29日，对73岁的著名翻译家文洁若来说，是一个非同寻常的日子，日本外务大臣河野洋平在北京向她颁发了"日本外务大臣表彰奖"。当她从河野洋平手中接过奖状和银杯时，她的眼睛禁不住湿润了，心中无限感慨。在近半个世纪的人生岁月里，她一直在默默无闻地从事着日本文学研究和翻译工作，从而成为我国至今个人翻译日本文学作品字数最多的人，她准确、严谨的翻译风格被同行们誉为"一个零件也不丢"。她根据日文原著、英文版翻译出版了14部长篇小说、18部中篇小说、100多篇短篇小说，把川端康成、水上勉、三岛由纪夫等日本著名作家的作品介绍给中国读者，为中日文学交流做出了巨大贡献。

"我相信'苦心人，天不负'这句话。"文洁若说，"在我的生命中，遭遇了数不清的社会风浪和生活磨难，我一直在坚守和忍耐，但却从没有对生活失去信心，更没有放弃和中止翻译工作。"

说起来，文洁若与日语还真有缘。民国时期，她的父亲文宗淑曾担任驻日外交官。1934年，刚刚七岁的文洁若随全家迁往日本，由家庭教师为她补习了半年日语后，入东京麻布小学学习。父亲文宗淑十分喜欢这个聪明好学的女儿，给她买回许多小人书，让她把小人书里的人物对话一句句改成中文。晚年的文洁若回忆说："当时，我并不知道这就是翻译，但是我很喜欢这么做，我对这件事情很有兴趣。"

1936年，东京发生了日本法西斯军人武装政变的"二二六"事件，日本军国主义势力猖獗，父亲便携全家回到北平。日本发动全面侵华战争，北平很快沦陷。由于父亲不愿屈从敌伪，找不到工作，家中没有了收入，只能靠典当家产生活。这种情形下，父亲也没有放松对文洁若的培养，他要求女儿把一套《世界小学读本》日译本转译成中文，这对只有九岁的文洁若来说，无疑是一项巨大的文字工程。她每天晚上一吃完饭，就乖乖地坐到父亲对面，与父亲合用一盏台灯，以蚂蚁啃骨头的精神一字一句地翻译着整整十本书。同别的孩子相比，她或许失去了很多童年的乐趣，然而，她用了整整四年的时光，坚持完成了父亲交给她的"任务"。当她把一摞厚厚的译稿送到父亲面前时，父亲欣慰地笑了。父亲疼爱地抚摸着她的头，语重心长地说："我一辈子最大的遗憾，就是没有出版一本自己的著作，让你通过自己的努力，将来翻译作品、著书立说，是我最大的心愿。"

"我没有让父亲失望。"文洁若坐在书房里，回想着这些陈年旧事。令她欣慰的是，在后来的人生岁月中，她一直没有忘记父亲的嘱托，并努力做到了这一点。

文洁若

1942年9月，文洁若插班入辅仁大学附属中学女校学习，四年后以优秀的成绩考入清华大学外国语言文学系。文洁若是个勤奋好学的学生，大学二年级的时候，她就在完成学业的同时选修三年级的课程，到大学三年级时她选修了四年级的两门课程。在清华大学的三年，她成了图书馆的常客，每天吃罢晚饭，就匆匆赶去图书馆选个僻静的座位看书、摘抄卡片。直到1949年因家庭变故,她被迫中止学业回到家乡贵阳,转入贵州大学继续学习。然而,清华大学并没有忘记这个出色的学生,时隔46年后的1995年,当文洁若回母校参加校庆活动时,时任清华大学副校长余寿文代表学校为她补发了毕业文凭。为此文洁若还专门补交一份毕业论文。

1950年9月18日,文洁若考入三联书店,当上了一名校对员,之后不久,她又被调入新成立的人民文学出版社工作。由于精通英语、日语,在大学期间还学过两年法语、一年德语,参加工作后还自学过俄语,她被安排在出版社的整理科工作,任务是对列入发排的稿子进行最后的整理加工。正是在这里,她认识了萧乾并以身相许。此时的萧乾先生已经44岁,比文洁若大17岁,而且已经离了三次婚。很多人出于善意劝文洁若三思而行,但她认准了萧乾是个善良正直而又才华横溢的人,是我国现当代优秀的小说家、杰出的记者和出色的翻译家。作为一个爱国的知识分子,他有一颗勇敢而率真的心灵,有一种洋溢着热情与温暖的自由精神。他们没有举行婚礼,也没有到外地欢度蜜月。1954年4月30日,两人利用午休时间去民政局办理了结婚证。下班后,萧乾雇了两辆三轮车,文洁若坐一辆,另一辆拉

文洁若手迹

着一个旧衣柜和装有她随身衣物的小黄皮箱,这便是她仅有的"嫁妆"。萧乾则骑着那辆1946年从英国带回来的破自行车在前面引路,两人来到了北京东城东总布胡同46号中国作家协会宿舍后院,在这里开始了他们共同的生活。这个新组建的小家只有三间小西屋,每间不足十平方米,一间保姆住兼做厨房,一间是饭厅兼萧乾与前妻所生儿子的卧室,还有一间用作二人卧室。新婚之夜,文洁若在卧室里挑灯夜战,突击看一部等着退厂的书稿校样,不看完决不上床,令第四次做新郎的萧乾目瞪口呆,哭笑不得。

第二天是"五一"节,文洁若一大早就去街上游行,萧乾则上了天安门观礼台,直到下午,两个人才以那个衣柜为背景,萧乾坐在单人沙发上,文洁若坐在沙发扶手上,请人帮忙照了一张合影作为结婚纪念。在这里,他们共同度过了三年美好的家庭生活,并翻译出版了一部部外国文学作品。就在他们全身心投入心爱的文学编辑和文学翻译事业时,厄运突然降临了。萧乾于1957年被划为右派,到远离北京的唐山柏各庄农场劳动,"文革"期间,又被抄家、被批斗,被下放"五七干校"劳动,深受迫害,直到1979年才由中国作家协会正式平反昭雪。在这段特殊岁月里,文洁若以一个女性柔弱的双肩,挑起了照料老人、抚养孩子的生活重担,同时,她以妻子的挚爱给了萧乾生活的勇气和信心,温暖了萧乾最寒冷的人生岁月。

由于生活上的动荡,文洁若与萧乾先后辗转搬了十次家,复兴门外的一座居民楼成了他们的最后人生驿站。他们的三个孩子都不在身边,两位老人把写作和翻译当成了人生的最大乐趣。已经退休的文洁若又编又写又译,反而比在出版社工作更忙了。1990年8月,译林出版社社长亲自登门约请他们夫妇合译爱尔兰作家詹姆斯·乔伊斯的代表作《尤利西斯》,他们爽快地答应了。文洁若比萧乾年轻,所以尽可能多地工作,以减轻丈夫的负担,有时每天工作十五六个小时,累得头昏眼花，依旧乐此不疲。让文洁若想不到的是，他们的翻译工作在国内外引起了强烈反响，美国、加拿大、葡萄牙等十几个国家都作了报道，他们把《尤利西斯》的中译本看作中国文艺方面改革开放的象征，他们认为在20世纪50年代中国翻译出版的《简·爱》和《约翰·克利斯朵夫》都遭到批判，如今要翻译出版20世纪30年代在西方也有争议的《尤利西斯》，这表明中国已经真正地走向世界了。

文洁若回忆说："从动手翻译这本书到1995年5月在北京社会科学院召开第一届《尤利西斯》国际研讨会，是我与萧乾共同度过的45个年头中最充实、最愉快、最富有成果的五年。我们吃了那么多苦，心里却异常欣慰，我们把家当成了车间和作坊，我们愿意做这些自己喜欢做的事情，我们在这里找到生命的乐趣。"

文洁若的书桌摆在卧室里，上面堆满了手稿和各种工具书，萧乾的书房设在客厅，两个人埋头创作和翻译。萧乾的手稿写得十分随意，经常用一些废纸的反面接起来创作。每当他写完一篇，文洁若不论手头有什么工作总是立即放下，替萧乾誊写手稿，同时还提出许多修改意见。在这段时间里，他们除共同翻译了《尤利西斯》，萧乾还创作和翻译了近百万字的作品。

1987年，文洁若应邀到香港中文大学演讲，校方把她历年来所译的书陈列在讲坛下的长桌边，真的是著作等身啊！在家里，萧乾替她设计的书架几乎要挨着天花板了，但她并不因此满足，依旧拼命地从事着写作和翻译工作。文洁若是个惜时如金的人，她常对人说："人活着就要做事情，这样的日子才是充实的，才对得起一日三餐。"

1997年2月，萧乾先生因大面积心肌梗死住进北京医院，文洁若为了照顾丈夫，在医院借了一张又窄又小的折叠床，白天晚上在医院陪伴照料萧乾，有时十天半月也回不了一次家。即使是在这样的环境，她也没有放弃写作和翻译。在一天的忙碌之后，她在夜深人静的时候，坐在一张低矮的床头柜旁边从事着写作，直到1999年2月1日萧乾先生病逝才含泪回到家中。她在整理丈夫遗物时，偶然发现了丈夫写给她的一封信："洁若，感谢你，使我这游魂在1954年终于有了个家——而且是幸福稳定的家。同你在一起，我常常觉得自己很不配，你一生那么纯洁、干净、忠诚，而我是个浪子，谢谢你使我的灵魂自1954年就安顿下来，我有了真正的家，我的十卷集，一大半是在你的爱抚支持下写的……"捧着这封信，文洁若禁不住潸然泪下，门庭依旧，而与她相濡以沫的丈夫却已离她而去了，这令她心如刀绞，痛不欲生。

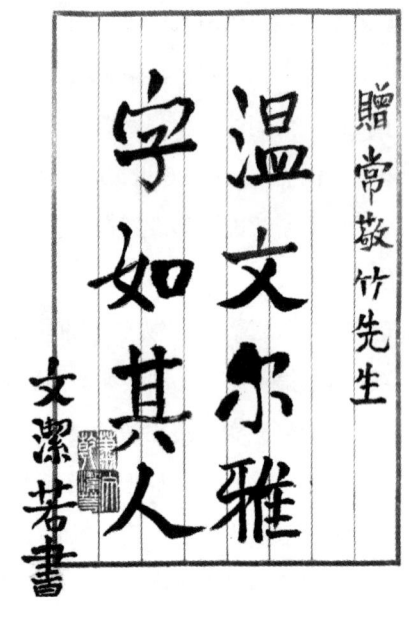

文洁若手迹

从痛苦中走出来的文洁若，在北京木樨地家中开始了一个人守着老屋过的日子。她把萧乾先生的照片一幅幅放大，悬挂在客厅的墙壁上，以此怀念丈夫。

文洁若虽是90多岁的人了，说话依旧那样快言快语，做事依旧那样风风火火。在萧乾先生去世后的两年时间里，她先后为萧乾编辑出版了纪念文集《微笑着离去——忆萧乾》《英国版画集》等多部书。对于自己的晚年生活，这位著名作家、翻译家和资深编辑还有很多梦想，她说："我会不停地写作和翻译下去，直到不能拿笔的时候。这是我的心愿，也是对萧乾最好的怀念。"

文洁若（1927年7月—），出生于北京，是中国翻译日文作品最多的翻译家。日本作家川端康成、三岛由纪夫等人的作品多数是经由她手被引荐给中国读者。其译著有《高野圣僧——泉镜花小说选》《芥川龙之介小说选》《天人五衰》《东京人》以及与萧乾合译意识流开山之作《尤利西斯》等近千万字，晚年著有《萧乾文洁若》《我与萧乾》《文学姻缘》等。

灰娃，愿命运依然见证

沿京西门头沟九龙山蜿蜒的山路攀缘而上，半山腰处茂密的杂树中坐落着一处不大的院落，这里便是诗人灰娃的家。

灰娃与丈夫张仃先生在这里度过了他们一生中最为快意的时光，2010年初春，张仃先生去世后，家中就只剩下灰娃一个人了，任凭什么人劝说她都执意不肯下山，在一位护工的照料下，灰娃犹如一只倦归的山鸟，蛰居在这所叫作"大鸟窝"的房子里，守着心中的梦和记忆，在这里一住就是十多年。

没有了往日的忙碌，也没有了访客的喧哗，一切归于山林的沉寂。灰娃的心也一点点归于沉静，犹如一条昼夜蜿蜒流淌的小溪流入一个幽潭里，她在人们的视线之外，离群索居，读书思考，回忆往事，写作诗歌……

说起来，这里距离北京市区甚至距离天安门广场并不远，无论行政管辖，还是自然地理，都是北京不可分割的一部分，但这里的生活却与市区大不相同。这里远离繁华与喧嚣，更接近自然和本真。细想起来，这似乎与灰娃的际遇和命运有着某种内在的隐秘联系，她是我们这个国度、这个时代的一分子，但她又似乎一直游离于某些东西之外，行走在社会的、政治的和大众生活的边缘地带。她是我们大多数人以外的少数中的一个，甚或在许多人眼中，她就是一个"另类"，一个不合时宜的人。她的存在，从另个角度来看，为这个时代保存了一个不一样的"样本"。

灰娃12岁被姐姐带到延安，进入儿童艺术学园学习成长，后跟随部队行军转战，新中国成立后进入北大俄文系学习，曾在北京编译社工作。尽管她是"红小鬼"出身，又是志愿军烈属，但在新中国成立后一段时间，她还是被贴上了资产阶级大贵族的标签。细究起来，并不是因为她生活多么富有奢侈，穿戴多么雍容华丽，恰恰相反，她因为离开军队后就进北大学习，工资是按照院校毕业生定级的，后又常年有病回家休养，生活很是清苦窘迫。说到底，还是因为她的心性、品位和精神追求与那个年代的风尚有偏差，有时甚至是完全背离的，这使得她像一块拒绝磨去棱角的石头被奔涌的洪流抛在了荒芜的河边。

与灰娃相近的朋友都知道，她柔弱瘦小的躯体里，却有一副坚硬的骨骼，如果以锤子敲击，会发出金属质地的声响。她不认可、不接受的东西，无论施以什么手段都无法令她服从和转变。灰娃从不肯在陌生人面前流露自己的痛苦和忧伤，她在一首短诗中写道："没有谁／敢／擦拭／我／的眼泪／它那印痕／也／灼热烫人"。

灰娃说："我不会在那些人面前流泪，那么做，换来的只能是对方更加的轻蔑，对自己是附加的伤害。"这个不肯流泪的女人，在因为肺病独自躺在医院等待死亡时，在听闻丈夫在朝鲜战场阵亡的噩耗时，在一遍遍修改检查却不能过关时，在送别至爱的导师和伴侣张仃先生时，没有流过一滴眼泪。

灰娃

"我的眼泪没有从眼眶滴落,却都流进了内心,那是一种无法言说的悲伤。"灰娃说,不是她选择了坚强,从来都是生活所迫。

灰娃天性爱美,不是一般的爱,是爱得痴迷,爱得入骨入魂。即便生活拮据时,贫穷也没能限制她对美的向往。没钱买新衣裳,她就把旧衣服翻新改造,在开领、纽扣、衣袖的地方做一点装饰,变着法儿让衣服好看起来,走在大街上常常引来羡慕的眼光。在月光皎洁的夜晚,她会和孩子们一起燃起烛光,用留声机听中外经典乐曲或朗诵外国诗歌。春天来了,她会带着孩子们从永安里的家中去日坛公园踏青赏花。半个多世纪后,她依然能准确说出日坛公园和附近马路两侧的白杨树,每年必定会在4月下旬吐露绿油油、毛茸茸的新芽儿。灰娃喜欢去京郊八达岭、十三陵、香山踏青,回城时采回一束野花插在花瓶里,装点清寂的生活。她一直觉得生活再清苦,也要追求美、享受美,也要把日子过得有意思、有滋味。及至晚年,灰娃依旧延续着这样的生活趣味。刚搬到山里住的时候,她和张仃先生常常沿着弯弯的山路散步,走累了就在路边的山石上坐下来小憩一会儿,看到喜欢的野草也会采一束回来,插放在陶罐里,野草慢慢干枯了,却依旧那样好看,好多年都不舍得更换。后来两个人都变老了,再也走不动了,就在天气晴好的日子,坐在院子平台上的老藤椅里,看草长莺飞,看花开花落,看不知名的鸟儿鸣叫着从眼前飞过。在张仃和灰娃的眼中,自然中的山石草木都是有灵性的,都是神奇之手化育出来的。

早些年,有客人来访或是外出聚会,灰娃都会换上整洁的衣服,化淡淡的妆,她说这样自己体面,也是对客人尊重。对于居家生活的衣服,灰娃则穿得十分随意,以舒适为主。她对衣着有自己的原则,如果不喜欢,料子款式再好,价格再昂贵都不入法眼。她的衣服大都是孙女陪她选购的,有时我也开车去山上接她来城里的秀水街、新光天地、燕莎商城等,用轮椅推着她去看服装,她看得很仔细,一家一家地转,但喜欢的衣服终究太少了。那次在新光天地意外发现店员的工装朴素简洁,她就喜欢得不行,跟店员讲了半天,希望能定做一件,结果自然是可想而知。

灰娃对天地自然一直心怀敬畏,每逢春节、清明、端午、中秋、重阳等节日,都会和家人按传统习俗度过,对祖先传承下来的这些节气时令从来不曾马虎,特别是春节,她早早就会打扫房间,挂上彩灯,张贴吉祥喜庆的剪纸和门钱儿。因为有了这些节日,平淡的日子变得生动亮丽起来,生活也变得有滋有味。这样的人生态度,自然地延伸到了她的诗歌作品中。她写故乡,常常会写到时令节气,写到婚丧嫁娶,写到乡规民俗,读起来是那般的凄婉柔美。一个12岁坐着马车离开家乡的小女孩,从延安一路辗转,后长期定居京城,在长达80多年的时间里,几乎没有回过故土,故乡何以给她留下了如此深刻的生命记忆?

在我的感觉中,诗人灰娃对张仃先生的爱是情深意切、至真至纯的。张先生在世时两人共同生活的时光自不必说,张仃先生的离世,更是给灰娃带来一段极其灰暗的日子。她的精神支柱一下子倒塌了,房子突然变得空空荡荡,如同她原本充实的内心变得空寂与凄冷。伴随了她几十年的抑郁症变得空前严重,一些多年前逝者的面容身影萦绕在身边,最严重的时候,她甚至感觉自己已经"走"了,正生活在另一个世界里。有一次,她说自己晚上一直无法正常入睡,老是梦到身处诡异险恶之地,被叫不出名的恶兽追赶,怎么跑也摆脱不了,直到被吓醒,在长夜里睁着惊恐的双眼等待黎明。我专门找心理专家咨询,专家说这是生活中出现重大变故,精神受到打击,极度缺乏安全感所致,建议去看精神医生和加强亲情陪护。那段时间,她不得不多次去医院就诊,我和她为数不多的朋友也常去山上看望她。灰娃的生命比常人要坚韧得多,经过半年多的治疗以及她的精神自救,她还是顽强地活过来了。

张先生去世后，无论身体、天气怎么样，每年清明，灰娃都会去为张先生扫墓。后来日渐衰老，去墓地的时候，走那段长长的坡道很费力气，我们就用轮椅推着她上去。每年扫墓准备什么花，菊花是黄的还是白的，花束里面放不放百合，还应该放什么，灰娃都会吩咐。扫墓的时候，她会艰难地弯下腰去，把花束摆到墓前整理好，然后慢声细语地向张仃先生叙说一年来"这边"的情况，真的有种对面交谈的

张仃创作的灰娃肖像

感觉，这样的场景很是让人动情动容。她的新诗集里，第一章的篇目都是纪念张仃先生的。这是人世间真情相爱的一段佳话，老诗人屠岸先生写过一篇评论文章，把灰娃对张仃的一往情深作了精到诠释，认为可与王维的悼亡诗相提并论。

灰娃一向把诗歌看得神圣，她的生活本身就是诗意的。在我的印象中，她向来不关心一般女性所关注的细碎的家长里短，而是对哲学的、宗教的、历史的思想文化成果、艺术精华、前沿观点、重大发现等知识和问题天然地怀有兴趣，读到好的文章总是欣喜不已。她说许多文章的思想和观点，就是她切身的所思所感，只是她没有这样的理性认知，这样的文章使她豁然开朗，看过就很难忘。她不仅自己喜爱，也愿意分享给朋友们。灰娃的生活作息毫无规律可言，常常半夜三更向朋友转发文章。认识灰娃的人都会感叹她超强的记忆力，而她却不以为然，她认为产生过心灵和情感共鸣的东西，自然让人难以忘怀，

在 90 多岁的时候她还能完整吟唱十几岁时学过的歌谣。

在我接触的文化老人中,她是为数不多的一生都在仰望星空的人。灰娃的灵魂是高贵的,散发着神性的光芒,置身于满是烟火气息的尘世,而她对眼睛不能见的另一个世界却充满思考与向往,这使她看上去更像是一个生活在别处的人。尽管 90 多岁了,但她对现实生活的批判,比年轻人要深刻和犀利。这样一位老人创作的诗歌,比大多数诗人的作品厚重、深邃、高古,有什么奇怪的呢?

灰娃写诗的时候很是投入,一旦进入写作状态,完全是一种常人难以想象的样子——原有的一切生活秩序统统打乱,脸顾不上洗,头发不梳理,穿衣也不再讲究,说话也常常不在状态,完全就是沦陷于诗境的样子。她的诗集有很多作品是我帮着打印的,原稿总是写了改,改了写,有的地方改得像天书一般,交给孙女或者我打印后,变动依然很大。我感觉她修改的过程,更多的是想准确表达她的思想和观点,语言的修改并不在于追求语言本身而在于表述思想和观点。从她最初思考,到开始创作,再到修改调整,一条思考和写作的脉络一点点从混沌走向澄明,直到定型定稿。这种严肃认真,像朝圣一样对待诗歌的态度着实让人敬畏。

毕竟是老了,灰娃生活的领地在一点点"失守",她已经几年没有走出家门了。她的卧房原本设在楼上,自从有次夜里上楼时摔了一跤,就把铺盖卷搬到了楼下客厅的沙发上。一辈子生性要强的灰娃,也只能无奈地接受不可更改的自然法则,在小得不能再小的空间里从容地活着。尽管如此,她的身体还是不时出现毛病。2017 年秋天的一个深夜,照料她的护工给我打电话,说她呕吐、头晕、发烧,第二天天刚亮我就开车去山上接她去航天中心医院。这时的灰娃已经坐不起来了,昏昏地躺在后座上。望着她单薄瘦弱而又痛苦的样子,心里有一种想哭的感觉。此前在我的心目中,灰娃是慈祥的祖母、尊崇的导师,给我以关爱、批评和教诲,她内心的强大和淡定,总让我忽略她其实是一位年迈、瘦弱还长期抑郁的老人。

灰娃向来把生死问题看得通透,她微信推荐给我哲学家罗素的文章中有这样一段话:"每一个人的生活都应该像河水一样——开始是细小的,被限制在狭窄的两岸之间,然后热烈地冲过巨石,滑下瀑布。渐渐地,河道变宽了,河岸扩展了,河水流得更平稳了。最后,河水流入了海洋,不再有明显的间断和停顿,而后便毫无痛苦地摆脱了自身的存在。"我觉得这正是她自己所秉持的生死观。

2022年岁末,在山中离群索居的灰娃感染新冠病毒,出现严重的发烧呕吐,孩子们给予她及时的救治。眼看着那么多高龄老人因病离世,我心中暗暗为她捏着一把汗。一天晚上,她挣扎着给我打来电话,话筒里传来极度苍老沙哑的声音:"我现在躺在床上,病得没有一丝力气,太痛苦了,简直没法活啊。你给我找普希金的诗歌《给奶娘》《致凯恩》,我要读普希金的诗。"我把这些诗歌发到她的平板电脑上,保姆用手举着平板,她躺在床上,用气若游丝的声音,艰难地吟读着这些诗歌,心绪才渐渐平复下来,眼神慢慢变得坚毅起来。深夜里无法入睡,她又叫醒保姆,打开这些诗无声地吟读起来……

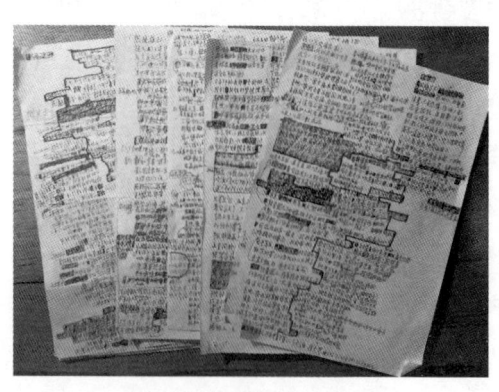

灰娃手稿

一位96岁的老人,强忍着病痛,在万籁俱寂的深夜里吟诵普希金的诗歌,这样的人病魔能把她击倒吗?数周后,灰娃果然神奇地慢慢康复了。

记得乔治·斯坦纳说:我喜欢山中,山是

严厉的挑选者,你气喘吁吁地越爬越高,遇到的人越来越少,可以说,山在考验你的孤独。人越是孤独,灵魂就越自由。这种精神与心灵的自由,正是灰娃一生所求,为此,她愿意舍弃所有。蛰居山中的灰娃,自然知道如果身体突然有疾,是无法及时送医的,孩子们动员她回城居住,她断然拒绝了,因为她喜欢这种生命状态,也喜欢在这里终老山林。

灰娃(1927年9月—),原名理召,祖籍陕西临潼。12岁进入"延安儿童艺术学园"学习,后到第二野战军工作。1948年因肺病在南京医疗。1955年入北京大学俄文系学习,后分配至北京编译社工作,因长期有病办理病退回家休养。1972年开始写诗,出版诗集《山鬼故家》《灰娃的诗》《灰娃七章》《不要玫瑰》《张仃灰娃诗画集》等,著有个人传记《我额头青枝绿叶:灰娃自述》。2000年诗集获人民文学出版社50周年纪念之"专家提名奖",2016年荣获第24届柔刚诗歌奖荣誉奖。

李凖，中国文坛的"老黄牛"

初见李凖，他给人的印象是黑红色的脸膛，大而明亮的脑门，头发早已不存，大脑门宽阔而明亮，敦实的身材也有些发福，浑身上下透着一股农民式的淳朴与厚道，陌生人很难相信他就是以小说和电影剧作享誉中国文坛的老作家李凖。

1928年5月17日生于河南农村的李凖，做过学徒工、邮递员、银行职员、语文老师等许多工作，丰富的人生经历为他后来的文学创作打下了坚实的基础。他用一支关注和同情中国农民人生命运的笔，在平凡而琐碎的乡土生活中挖掘真善美。茅盾先生赞誉他的作品"洗练鲜明，平易流畅，有行云流水之势，无描头画角之态"。李凖在40多年的创作生涯中，塑造出一大批栩栩如生的人物形象，成为一名高产作家。

时光荏苒，埋头笔耕的李凖，在不知不觉中跨入了古稀之年的门槛。孩子们早已长大成人，为各自的事业和生活忙碌着。他与老伴共同生活在北京虎坊桥附近的一座老楼里，尽管已经在大都市里生活了很多年，尽管早已是全国著名作家，还在中国作协担任了重要职务，然而，他却依旧保持着农民后代节俭朴素的生活方式。他家的室内陈设极其简单，直到20世纪90年代还使用着一台只能收看八个频道的老式电视机。多少人劝他换台带遥控的，他都没有付诸行动。有一年夏天，北京出现了历史上少有的高温天气，李凖家那台老掉牙的空调总是出故障，害得老两口吃了不少苦头，但李凖依旧敝帚自珍，舍不得换掉。

李凖早年间身体健康硬朗，朋友们开玩笑说他壮得像头牛。李凖在文坛素有"拼命三郎"之称，创作长篇小说的时候很是投入，常常夜以继日地"赶活儿"，每天除了吃饭睡觉，其他时间就在书房里埋头创作，有时十多天都不下楼。这样的创作状态，使他成了一名高产作家，但也严重透支了他的健康。李凖在为谢晋导演赶写一部电影时，因过于拼命导致中风，幸亏救治及时才保住了性命。他遵从医嘱戒掉了抽烟喝酒的习惯，减少了社会活动和各种应酬，闭门静养调理了许多时日，使身体得以恢复，但毕竟不及从前了，这使得李凖不敢掉以轻心，创作量大大减少。在热心读者和朋友们的敦促下，他开始创作自传，要把自己风风雨雨的人生历程和不平凡的创作生涯尽可能准确、翔实地反映出来。

谈及写作自传的初衷，李凖说："一个人来到这个世界上，真实地生活过，总会留下一些深深浅浅的脚印。这些足迹是个人经历，也是时代见证。我撰写自传，也是想为这个波澜壮阔的大时代留住一些记忆。"这对他来说无疑是一项浩大而艰巨的工程。由于健康状况不允许他太劳累，加之眼睛昏花得厉害，他思虑再三，决定采取先用录音机录音，请人协助整理出来，他再修改定稿的办法。这使他的创作速度加快了许多。记不清有多少个昼夜，这位老作家静静地坐在桌前，对着一台徐徐转动的录音机，仿佛面对

李凖

李凖书法作品

着一位知心老友,他开启记忆的闸门,任凭往事像一条汩汩流淌的小河从心头涌出。他用浓重的河南乡音娓娓讲述这些人生往事,这样的时光对他来说是多么幸福、祥和而充实啊!

北京《十月》杂志先期刊登了李凖传记的部分章节,一经发表就在读者中引起很大的反响。

创作之余,李凖喜爱收藏碑帖和研习书法,他的书法古朴稚拙、笔道遒劲,具有深厚的魏碑功力。李凖的书法水平在现当代作家中是公认的,北京的一些画廊也标价出售他的书法作品,而且价格不菲,但李凖谦逊地说研习书法只是他的一种休息方式和养生之道,创作疲惫的时候,捧读收藏的书法名帖,或研墨展纸书写自己喜欢的诗句,顿感神清气爽。许多朋友向他求字,他也来者不拒,尽量满足大家的愿望,这无端耗费了他许多的写作时间,但他并不介意,还开玩笑说:"人家求我写字,是看得起我,抬举我。"

我几次拜访李凖先生,他都赠送书法作品给我。当时不觉得什么,现在想来是多么珍贵啊。

李準（1928年7月—2000年2月），河南省孟津人，著名编剧、作家。著有短篇小说《不能走那条路》《李双双小传》《王结实》等，长篇小说《黄河东流去》获得第二届茅盾文学奖。曾任中国作家协会河南分会副主席、中国现代文学馆馆长。

顾蕴璞，"隐居"在未名湖畔

在北大的历史上，从来不乏个性鲜明、学术观点高扬之人，当然也不缺少性情温润如玉的谦谦君子，年届九旬的老教授、著名翻译家顾蕴璞先生便是其一。

2019年初春，诗人灰娃告诉我，她的北大老同学顾蕴璞先生要去西郊山上看望她，让我开车接送他。这是我第一次见到顾先生，他红润清秀的脸上挂着浅浅的笑意，性情十分温和，待人彬彬有礼，即使是快90岁的老人了，在灰娃家中坐在沙发上，坐姿还是十分端庄，腰板挺得直直的，两个多小时下来一直如此。与灰娃聊天的时候，几乎都是灰娃在不停地说，顾先生十分耐心地坐在那里静静地听，全程极少说话，我心中暗暗惊叹顾先生的日常修养。

傍晚时分，灰娃准备了极简单的饭菜招待大家，其中有个猪肉的荤菜，顾先生一口没吃，大家觉得奇怪，一问才知道，原来顾先生的爱人因个人信仰，不吃猪肉。顾先生结婚后在饮食上就遵从了爱人的禁忌，大半辈子时间从没开过戒，现在爱人已经去世了，他依旧一丝不苟地按照爱人的习俗生活。

在此之前我对顾先生了解并不多，回到家中开始查阅资料。真是不查不知道，一查吓一跳，直到这时我才知道顾先生是著名的俄罗斯文学翻译家。我年轻时在部队做图书管理员，图书馆常年订阅着《世界文学》杂志，读过许多他翻译的俄罗斯文学作品，却没有记住他的名字，说来实在惭愧。

顾蕴璞先生很有天赋，青少年时代就开始自学俄语，经年累月，逐渐达到了能翻译小文章的水平，他笔译的农业科学资料还被正式出版过。考入北京大学俄语系的时候，26岁的顾蕴璞已经在家乡参加工作了，这在当时并不是什么新鲜事。在北大学习俄罗斯文学史时，他第一次听老师讲授莱蒙托夫的诗歌作品和生平经历时，心灵就受到了深深的震撼。莱蒙托夫是俄国19世纪的天才诗人，与普希金、果戈理齐名，他独辟世界散文叙事的蹊径，在俄国他还是普希金和后普希金时期的作家、诗人之间的中介，起着俄国近代文学与白银时代文学之间承接的特殊作用。顾蕴璞被这位俄国天才诗人的精神世界所深深吸引，从心底里萌生出强烈的敬仰之情。但那时的他并没有想到，自己会一生致力于向中国读者推介莱蒙托夫的文学作品。

说起来，顾蕴璞并没有读完大学的全部课程。1959年组织上安排他提前一年毕业并留校任教，他先是被借调到国家对外文委，参与接待国庆十周年来华巡回演出的苏联芭蕾舞团，担任口译工作，历时两个多月完成任务后又回到北大，在公共俄语教研室任教，负责教授数学系的俄文课。

酷爱莱蒙托夫诗歌的顾蕴璞，工作后开始利用业余时间翻译莱蒙托夫的诗歌作品。正当他干得起劲的时候，却被戴上了走白专道路的帽子，把他担任的公共俄语教研室理科组小组长这个芝麻大的职务也

顾蕴璞

给免了，让他无数次地写检讨，受批判。但这并没有影响他的翻译热情，他坚持译完了计划中的100首莱蒙托夫诗歌，满怀希望地寄给了当时的人民文学出版社，想不到这部译稿在出版社搁置了整整18年，直到后来他才费尽周折把书稿找了回来。经过修改加工后，这些诗歌才得以在1980年的《苏联文学》第二期上发表，顾蕴璞的翻译作品由此出现在了读者面前。

许多事情就是这样的，如果认准了就放手去做，遇到困难和挫折不要放弃，暂时不被人理解和认知也不要灰心，坚持不懈地做下去，总会有收获的。这样的例子比比皆是，顾蕴璞的经历同样佐证了这一点。他的译诗一经发表，立刻获得读者和专家好评，外研社向他组稿出版了《莱蒙托夫抒情诗选》，很快销售一空，第二年再版后同样销售一空，受到读者一路热捧。

对于这种现象，顾蕴璞有自己清醒的认识，他说："这是因为改革开放之前我们长期处于封闭的环境下，国门刚一打开，读者对域外经典文化有一种渴求心理。另一方面，在俄罗斯文学史上莱蒙托夫是以反思历史著称的，他的赞歌成了人们对时代反思的一根导火索，这是一种特定的历史原因。"

已经进入天命之年的顾蕴璞就这样大器晚成，一路走红。这一时期他全身心投入，翻译了大量优秀的俄罗斯诗歌作品，成为翻译推介俄罗斯诗歌的重要学者。

1992年初夏，顾蕴璞应邀参加独联体语言文学研讨会，在会上作了《莱蒙托夫与七八十年代的中国青年》的发言，他深情讲述了自己的经历，引发与会外国学者的浓厚兴趣，许多人向他提问有关莱蒙托夫诗歌在中国读者中的反应。这使他萌生主编一套《莱蒙托夫全集》的念头，会后他联手一批资深翻译家开始这一工程，四年后终于如期完成，成为介绍俄罗斯文学的重要成果。

顾蕴璞书法作品

1998年，顾蕴璞的译作《莱蒙托夫全集2·抒情诗Ⅱ》获中国作协首届鲁迅文学奖。

对于诗歌翻译，顾蕴璞有自己鲜明的艺术主张，他始终秉持力求忠实地传达原诗的意境、神韵、情态、语气，尽量采用接近原文的译文形式。如此看来，他的翻译作品最大限度地还原了作者的创作构想和作品的原汁原味，做到这一点实在不是容易的事情，需要翻译者有深厚的艺术修养和外语功力，而这正是顾蕴璞的优势所在。

顾蕴璞长期研究和翻译俄罗斯文学作品，特别是对莱蒙托夫、普希金等重要诗人更是投入了巨大的时间精力，在年复一年的翻译工作中，这些诗人的文学作品和思想对他的人生也会有着潜移默化的影响。顾蕴璞说："这些俄罗斯诗人不但有大爱，而且有傲骨，他们忠于自己的信仰，在任何情况下都不虚伪，不说谎言。我最敬仰的俄罗斯诗人是普希金、莱蒙托夫、叶赛宁、布宁、曼德尔施塔姆、阿赫玛托娃、茨维塔耶娃、帕斯捷尔纳克……"

这席话，让我看到了顾蕴璞温和的性格中不为人知的另一些东西，而这些东西是常被人所忽略的。

在这个物欲横流的世界上，形形色色的诱惑实在是太多了，多少人都在诱惑的驱使下整日里奔波忙碌。顾蕴璞好像不是这样的人，他的欲望很低，一个岗位、一件事就能做一辈子。至于外面的社会，身边的人热衷什么、追求什么似乎对他没有多少冲击和影响。生活中这样的人有，但很少，顾蕴璞就是这很少中的一个。

进入人生暮年，顾蕴璞活得更加纯粹了，每日里就是平心静气地读书，作些思考，偶尔也会翻译点作品，完全是由着性情生活。

一次，我带了信笺宣纸，想保留他的手迹。我为他铺开纸，倒出墨汁，他很谦虚地说，好多年都没有用毛笔写字了，但真正写起来，倒也得心应手，并不显得生手。之后我把剩余的纸墨留给他，让他有时间时写字消遣，他不停地笑着道谢，这让我很是不好意思，是我向他求字，应该我感谢他才是。

顾蕴璞（1931年6月—），江苏无锡人。1959年毕业于北京大学俄罗斯语言文学系。历任北京大学俄罗斯语言文学系讲师、副教授、教授、文学教研室主任。1982年开始发表作品，有译著《圣经故事》《莱蒙托夫抒情诗选》《莱蒙托夫诗选》《普希金诗选》（合作）、《帕斯捷尔纳克抒情诗选》《叶赛宁诗选》《叶赛宁书信集》，论著《莱蒙托夫》等。译著《叶赛宁诗选》获1991年北京大学文科科研奖，《莱蒙托夫全集》第2卷获鲁迅文学奖。

谢冕，苦过才知甜滋味

谢冕先生一辈子在北大教书，弟子不计其数。我在军艺读书的时候，我的老师张志忠是他的研究生，如此说来，他应该是我的师爷了。

我参军后开始学习诗歌写作，久闻谢冕的名字，知道他是中国新时期诗歌的有力引领者，但我却是因为老诗人灰娃才与谢先生相熟的。谢冕和灰娃都曾经是革命队伍里的人，后来先后进入北大学习，灰娃的年龄和资历更老一些，所以谢冕总是亲切地称她为"灰娃大姐"。灰娃是组织安排进入北大学习的，在俄文系学习，后因病中途离开学校；谢冕是退伍考入北大的，报的是中文系，毕业后留校任教。当年在校学习时两人互不认识，没有交集，直到几十年后，灰娃的诗歌创作引起社会关注，两位北大校友才因为诗歌有了交往。谢冕为灰娃撰写过多篇诗评，为诗集《灰娃七章》下大功夫写了洋洋洒洒的序言，还多次参加灰娃的诗歌研讨活动，我就是在这些活动中与谢冕交往相熟起来的。

因为谢冕有过从军经历，是解放战争时期参加革命的老军人，作为当代军人，我对他心存敬意，有一种本能的亲切感。"文革"时期，我所在的部队还派出人员到北大支左，他至今记得王连龙等人在学校的事情。毕竟那是一个失去理性的年代，谢冕对那时的人、那时的事都有着客观理性的认识。

一次，灰娃邀请谢冕小聚，席间80多岁的谢冕说到自己母亲的时候十分动情。他说那时家里兄弟姐妹多,每天天一亮,家里就有八九张嘴等着吃饭,每年一到换季,一家人的衣服都要准备出来,日子过得很是拮据。母亲没日没夜地操劳,谢冕记得小时候,有时半夜醒来,还会看到母亲静静地坐在灯下缝补衣服,而第二天天刚蒙蒙亮,又会看到母亲忙碌的身影。这样的境况,让谢冕很小就懂得了生活的艰辛,有时学校组织外出参观游览,要向家里伸手要钱,他就找借口请假,一个人躺在家里读白居易的诗,那些质朴的诗句、优美的意境,让少年谢冕暂时忘却现实的贫穷带给他的自卑与心痛。当时光过去七八十年,满头白发的谢冕回忆起自己的童年时光,依然动情动容,他说:"那时当然不会想到自己这辈子会从事诗歌研究,但诗歌带给了我心灵的慰藉,让我觉得很温暖,我开始喜欢上了诗歌,并开始诗歌写作。"

谢冕读中学的时候,一学期的学费是几百斤大米,家里穷得交不起,有时是亲戚接济,有时是出嫁的姐姐变卖嫁妆帮他,可见日子有多么窘迫,当时谢冕的感受更是可想而知。

谢冕

1949年夏天,谢冕的家乡福州解放了,在酷热多雨的季节里,一队队士兵身穿军装,背着长枪,从谢冕眼前走过。这对谢冕来说很是陌生新奇,他站在街上一看就是半天,那时他还没有想到这支队伍和他的命运会有什么联系,直至有一天,队伍上的人到学校动员学生入伍,谢冕才隐隐感到,一种新生活在向他招手,那是他向往和憧憬的,他甚至没有征求家人的意见,就报

114

名参军了。

  作为一名军人，谢冕在部队里一干就是六年，长年驻守海岛，出操训练、长途行军、修筑工事、战备演练……先是当士兵，后来提拔为军官，生活是那样地单调、清苦、艰辛和寂寞。谢冕是穷苦家庭的孩子，紧张艰苦的军营生活中，他的作家梦还在延续着，就在新中国开国大典前夕，谢冕在当地的报纸上，发表诗歌《我走进了革命的行列》："我并不孤独，因为，我和人民生活在一起。我也不会失望，因为，我有信仰！我有勇气，所以我能够毅然地向前走去。"

  读着这样铿锵的诗句，可以想象，当时的谢冕是多么地意气风发，壮志昂扬。他在这支功勋卓著的队伍里经受磨砺，锻造成长。但铁打的营盘流水的兵，谢冕在军队实行军衔制之前退役，为自己的军旅生涯画上了句号。

  如果说从军岁月为谢冕的人生打上军人的底色和烙印，那么，在北大谢冕则完成了自己的成长和跨越，一步步走向人生的辉煌。他在北大从学生到老师再成长为学科带头人。他参与了北京大学中国当代文学的学科建设，在他的影响下，北京大学建立了国内中国当代文学的第一个博士点，他成为该校第一位指导当代文学的博士生导师。一届届硕士、博士及博士后在他的指导下毕业、出站。毫无疑问，如今的谢冕已经成为北大的一种精神象征。在北大中文系，谢冕参加诗社，编辑《红楼》刊物，撰写诗歌研究与评论，与同学一起编写《中国新诗发展概况》，由此一步步与新诗结缘。几十年来，谢冕为新时期中国诗歌鼓与呼，成为中国新诗发展的见证者、引领者、守望者。

  谢冕很懂得取舍，他深知人生只有短短几十年的光景，只有把有限的时间精力集中使用，坚持有所为，有所不为，才有可能在某个领域有所建树。他经常对人说，自己一辈子只专注于文学，文学中只专注于诗歌，诗歌中只专注于现当代诗歌研究与评论。可谓一生只做一件事。这的确是领悟了人生的真谛,是一种大智慧。

尽管经历了许多的人生苦难与挫折,但谢冕从不消沉,总是充满乐观,与学生们在一起,与诗人们在一起,脸上总是带着浅浅的笑意。他愿意生活在快乐中,也有意把这种快乐的情绪传递给朋友们。谢冕说:"快乐生活是一种人生态度。"他的老学生说起这样一件事:一次,谢冕去南方一个文化圣地参加诗歌活动,当地主办单位汇报说,晚饭后要召开协调会,就明天的诗歌活动进行研究安排。谢冕听了非常不高兴,说这么多外地诗人来到这里,明天搞完活动很多人就要返回,为什么不只召集相关人员开个小协调会,把大块的时间留给大家自由活动,让诗人们像古人那样乘兴夜游,在生命中留下一份美好记忆,说不定会产生许多好诗呢。这个建议得到了采纳,谢冕也和大家一起出游,当地一位陪同人员一边走,一边不厌其烦地向谢冕汇报他们近年来文化建设的情况,结果搞得谢冕不胜其烦,原本的大好心境也变成兴味索然。

谢冕喜欢有烟火气的生活,不喜欢板着面孔、端着架子做学问。他的学生都很喜欢这个老头儿,活得很真实,很有趣儿。和朋友们聚餐饮酒,谢冕号称酒仙,没有人记得他失态过,和诗人弟子们定期举办别开生面的吃馅饼大赛,已经成为文坛佳话。坚持快乐生活的谢冕,年过八旬,依旧充满朝气和活力。我有次去北京北郊的海德堡小区看望他,请他为我写几张小书法作品。他问清楚有什么要求后,上楼去书房铺开摊子就开始工作,不一会儿工夫,三张信笺书法作品就写毕钤好印章送到我的面前。我暗暗惊诧,这样的节奏与效率,恐怕年轻人也不及呢。

在贫苦中长大的谢冕,在清苦的课堂里求知,在艰苦的军营里服役,在孤苦的书斋里做学问,一生吃过很多很多苦,但他一生都在追求快乐,向往幸福。苦难是人生最好的老师,教会人思考,鼓舞人斗志,让人懂得珍惜。谢冕在途经苦难的时候，总有自己的船和桥，总能在奋然前行中把苦难抛在身后。即便到了人生晚年，他也极少对人提及受过的苦和人生的不如意，而是在追求生活的快乐中，享受快乐，也把这种快乐传染和分享给他人。

　　回望自己的人生历程，谢冕很是感慨，他认为是喜欢读书改变了他的命运。他说："人们读书学做人，从那些往哲先贤以及当代才俊的著述中学得他们的人格。人

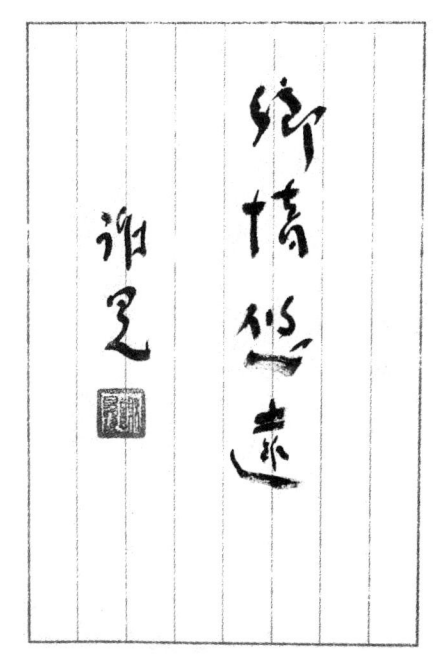

谢冕书法作品

们从《论语》中学得智慧的思考，从《史记》中学得严肃的历史精神，从《正气歌》学得人格的刚烈，从马克思学得人世的激情，从鲁迅学得批判精神，从列夫·托尔斯泰学得道德的执着。歌德的诗句刻写着睿智的人生，拜伦的诗句呼唤着奋斗的热情。一个读书人，是一个有机会拥有超乎个人生命体验的幸运人。"

谢冕（1932年1月—），福建福州人，文艺评论家、诗人、作家，曾任北京作家协会副主席、中国当代文学研究会副会长、中国作家协会全国委员会委员、北京大学教授、《诗探索》杂志主编。出版《文学的绿色革命》《中国现代新诗人论》《新世纪的太阳》《论二十世纪中国文学》《1898：百年忧患》等专著，散文随笔《世纪留言》《流向远方的水》《永远的校园》等。

邵燕祥，归去仍是少年

2020年8月3日，邵燕祥先生女儿谢田的微信中发出一段文字："父亲前天上午没醒，睡中安然离世。之前读书写作散步如常。清清白白如他所愿，一切圆满。遵嘱后事已简办，待母亲百年后一起树葬回归自然。人散后，夜凉如水，欢声笑语从此在心中。"

猛然看到这条信息，心头一惊，有点蒙，毕竟太突然了。

邵燕祥先生在这个疫情尚未退的夏天悄悄地走了，走得很是突然，毫无征兆，不仅朋友们觉得惊诧，就是家人也没有心理准备。他的夫人谢文秀说："走得太突然了，如果躺在病床上我守着他、照顾他几天，再走了我心里也不会这么难过。"了解邵燕祥健康状况的友人透露，十几年前，邵燕祥曾做过心脏搭桥手术，这次或许是因心力衰竭去世。

我私下里将文人归为三类：一是早熟早慧，少年成才；二是后知后觉，奋发努力终成才；三是生性愚钝，误入文坛，终生难成大器。很显然，邵燕祥先生属于第一种。他13岁时就开始发表诗歌和文章，坊间流传有一次他去《新民晚报》领取稿费，工作人员见他是个半大小子，就笑着问他给家里什么人领稿费，他不紧不慢地说：是领本人的。一屋子的人都抬起头来盯着他看，这反倒让他不好意思了。

邵燕祥是土生土长的老北京人，1947年他还是一名中学生，就开始参加革命活动，身上有着鲜明的红色烙印。1949年10月是一个难以忘却的特殊时间，他同全国人民一道迎接一种崭新的社会制度的诞生，他满怀革命激情，书写着赞美的诗句，在《光明日报》发表长诗《歌唱北京城》，引起很大轰动。两年后，他出版了以这首诗为名的诗集，可见这首诗在他心中的分量。

随着社会的发展和时代的变迁，邵燕祥对创作的追求也几经变化。早年间他对新生活满是憧憬和向往，同那一代人一样心中充满激情，笔下流露出的是真切的赞美与歌颂。在经历了许许多多的人生挫折与磨难后，他心中有了沉思和疑虑，文章的基调和风格渐渐有了变化。改革开放后，他重新出山，文章开始充满了反思和批判精神。及至晚年，他的文章更具思想性、批判性。很多时候，一个人的理想与现实社会的前行轨迹是很难完全重合的，甚至会有完全背离的时候，个人无法改变社会，又不肯舍弃理想中的愿景，这就会使人在痛苦与困惑中产生反思。不同心境下创作的作品自然有着完全不同的追求与意境。如果把邵燕祥不同时期的诗歌和文章放在一起比对，一个当代文人走过的心路历程就很自然地显现出来了。

我与邵先生相识，是因为诗人灰娃，她几次委托我给邵先生送诗集或其他资料。2009 年 5 月，灰娃出版了新诗集，举行作品研讨会，邵燕祥作为老友在受邀之列。我打电话联系他，他正在外地写作，无法赶回北京参加，就要了我的邮箱，写了一段话发给我，建议由会议主持人代为宣读，算是作一个书面发言。为写作此文，我从邮箱里又下载了这篇文章，从中摘录了三段内容：

邵燕祥与作者

我在上世纪末从朋友处读到您（灰娃）的《山鬼故家》，即为之惊"艳"，除了昌耀以外，久不见此个性化的诗了。语言和意象的独创，使我感到惟（唯）此人有此诗思，有此诗境，有此诗句。有一种不可复制性，别人是模仿不来的，硬要模仿也只能是邯郸学步。而且，由于您忠于自己的感觉——诗的感觉，您也不会复制自己，这是屠岸先生说到了的。您的那些诗，曾让我重新思考所谓现实（写实）主义与浪漫主义的关系问题，是不是像有些理论家看得那么两不相干，又像有些理论家设想的那样可以从外部生硬地"结合"？

这一回我重读您的诗，包括曾结集为《山鬼故家》那部分，还有新增加的部分。在我的心里忽然浮现"纯诗"两个字。"纯诗"，这是有人论述过的，有人追求过的，也有人认为不可能存在的。关于它，有这样那样的定义，莫衷一是。我不想从定义出发来探讨。我的这个反应，纯粹是出于对灰娃的诗的直觉，和对母语中的"纯"字的最朴素的理解。

从诗的生成来说，诗人作为主体是第一位重要的，也就是诗人的精神层面，灵魂层面。心地纯净，排除各种藉（借）口的功利之念，才有可能为真正的诗人。王国维说，诗人是"不失其赤子之心者也"，赤子之心，是天真，也是纯真。灰娃对童年家乡亲人的回忆，对少年时期延安生活的怀念，是直觉的，是天真或称纯真的，是理性的思辨所不可替代的。这样的心地，如海绵一样吸纳了各样的表象，感受，形成心象，营造出一个不同于客观世界的诗的世界。这个过程，是从生活"提纯"的过程。在这个意义上写出的诗，称之为"纯诗"，不是恰如其分的吗？

记得邵先生的这篇书面发言，当时是由主持人王鲁湘先生宣讲的。我受张仃先生委托，为他选编了一本《张仃书法近作选》，给邵先

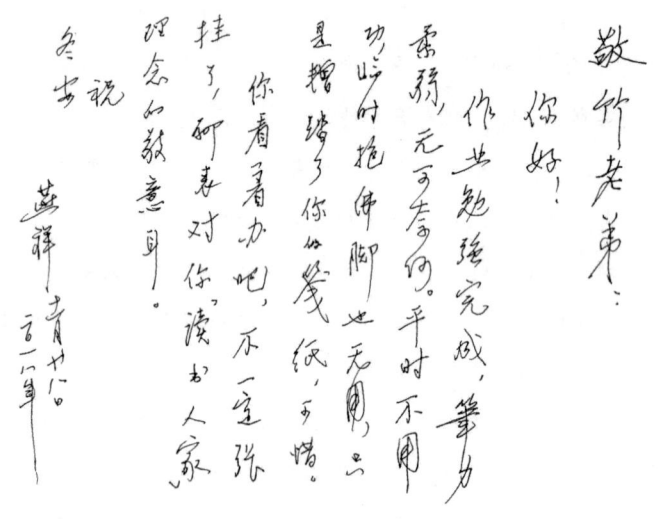

邵燕祥书信

生送去一本。没想到,平素里并不专门研究书法的他,不仅认真翻阅了此书,而且对每一条释文都进行了研究,对有出入或他认为有误的地方写信与我商榷。这让我大为感动,因为这本书赠送了许多人,像他这么认真对待的不多。

革命老人何方,曾任张闻天秘书,晚年对中国与世界的发展形势有许多深度思考,去世后家人在北京协和医院举办小型告别仪式,邵燕祥专门赶来送老友最后一程。告别仪式是在地下室一个不大的房间里举行的,狭小的空间里一下子聚集了很多人,温度升高了许多,邵燕祥参加完告别仪式出了一身的汗,回到地面冷空气一吹,回家就感冒了,好长时间身体才得以恢复。毕竟是80多岁的人了,出行越来越不方便,但邵燕祥重情在文化圈里是出了名的,老朋友作品研讨会、华诞、纪念会等,他都会抽出时间参加。一位与他相熟的朋友说,十几年间,曾邀请邵燕祥为数十位文化学者的文集撰写序言,其中不乏争议性人物。邵燕祥不在意世俗,总是会按照自己的良心和是非尺度客观地看待人、衡量人，他乐意去做这些不为名、不为利，甚至可能会给自己带来麻烦的事情。对于社会和文坛上的恶人恶事，邵燕祥并不容忍退让，而是选择斗争，他在一首小诗中这样写道："老来脾气恶，万事但随心。人善有人欺，神鬼怕恶人"。人生在世，总会受到名利、情感、世俗、法度等众多因素的困扰，很难完全活出自我、真我。晚年的邵燕祥，少了很多羁绊，为人为文都进入了新的境界。

不知是为了躲避城里的喧嚣，让自己安静写作，还是贪图郊区的怡人景色和清新空气，邵燕祥和夫人谢文秀每年都会有很长时间住在北京北郊，天气渐冷了才会回到城里居住。城里的单元房狭小而昏暗，邵先生书多，所以房子里到处都放满了书。邵先生写作的时候伏在桌前，房子、桌子、一摞摞的书，还有温馨的灯光，完全交融在了一起，看上去那么和谐，那么美，那么令人心动。

有一年春节前几天，我去看望他。君子之交淡如水，想了半天，手头也没有什么可带的东西，就从单位食堂买了一箱新鲜蔬菜，好在邵先生和谢文秀阿姨很喜欢。尽管要过年了，但邵先生还在埋头写着

邵燕祥书法作品

什么，谢阿姨在收拾东西，一会儿俩人还要出门办事。邵先生还是亲切地拉我坐下聊天，找出新出版的著作签名送我，我当然知道他的时间宝贵，小坐一会儿就匆匆告辞了。可谁也想不到，再听到他的消息，竟是他在疫情严重的日子里，悄然离去了。

可以想见，邵燕祥年轻时的英俊帅气，及至老年，他依旧面目清秀，眼神清澈，身材瘦削挺拔，谈吐优雅，笑声朗朗，仿佛80多年的岁月风烟并没有对他的体魄、心灵造成什么侵蚀熏染。没有强大的内心坚守与抵御，怕是难以做到这样。邵燕祥做到了，睡梦中离开的时候，他才这般从容安详。

邵燕祥（1933年6月—2020年8月），祖籍浙江萧山，生于北京，诗人、作家、评论家。北平中法大学肄业，后在华北大学结业。新中国成立后曾任中央人民广播电台编辑、记者，长期在《诗刊》社工作。曾任中国作协理事、主席团委员。著有诗集《到远方去》《在远方》《迟开的花》，出版《邵燕祥抒情长诗集》等。

叶廷芳，用独臂撑起一片天空

对叶廷芳先生，我一直怀有深深敬意，这份敬意与他的身残志坚无关，与艺术成就也无关，而是来自他对生命的参悟和他生活的态度。

叶廷芳有着高大的身躯，饱满光亮的额头，总是穿一身西服套装，那只空空的衣袖更是惹人关注。接触的次数多了，这些外在的直观印象就没那么扎眼了，我开始关注起他的发言——每每都是做了认真的准备，每每都有自己独到的思想见解，难怪他在京城文化圈儿里那么受人尊敬。

第一次去叶廷芳府上拜访他，才知道他住在北京东南二环的边上，是社科院分配的房子，房子不大而且陈旧，靠墙立着许多装满了图书的书架。那个时候，叶廷芳的身体已经大不如前了，叶廷芳因恶性肿瘤做了膀胱整体切除手术，手术做了六个多小时，此后开始带着尿袋生活。术后不到一年，他头上又长了个瘤子，手术后太阳穴凹进去一个坑。这两次他都扛过来了，算是大难不死吧。

说起来，命运对叶廷芳着实残酷，在他九岁的时候，因为一次原本平常的摔伤没有及时治疗，意外地失去了一条胳膊。很难想象一个人怎样从九岁开始带着一条空荡荡的衣袖在这个世界奋力行走了80多年的，但这个九岁的孩子用他后来的人生证明了自己的成就。他从浙江一个偏僻落后的小村庄出发，开始了自己艰难的人生旅程，他硬是考入了北京大学西语系，成为时任系主任的冯至先生的门生。这个独臂男孩的人生跨越，许多人会用一串励志故事做出很是合理的诠释，但我觉得将这些归结于一个人在苦难的绝境中迸发出来的本能的求生欲望可能更合理些。

人生最无奈的事情，莫过于无法选择父母，无法选择出生地，也无法选择什么时候以什么方式来到这个世界，这一点叶廷芳感触尤深。他7岁的时候母亲因病去世，父亲患有严重的痨病，无法从事重体力劳动，贫穷的光景使得叶廷芳的童年被浸泡到了苦水中，在这样的家庭生活中甚至失去一条手臂也不会觉得十分意外。但这还不是叶廷芳最为糟糕的生活，他失去手臂后父亲因为内疚自责，变得十分颓废，叶廷芳毫不例外地成了这种坏情绪的受害者，来自肉身和精神的双重摧残，让叶廷芳压抑窒息得透不过气来。

无法逃避，无处逃避，这样的生活怎么不让人绝望呢？

叶廷芳把所有的希望放到了拼命读书上，想以此改变自己的命运，但在报考中学的时候他因为上肢残疾，被拒之门外。生性倔强的叶廷芳并不认输，辍学一年后终于考取衢州中学。当时的学费以实物计算为70斤米，父亲不准他用家里的口粮，一口回绝了他，说拿不出这笔学费，否则会影响全家口粮。虽然一心一意想上学，但叶廷芳丝毫不敢争辩。可他又不想放弃这次求学机会，报名截止的日子到了，那是一个大雪天，他冒雪步行四五十里，去县城苦苦哀求堂兄，从那里借到了大米。苦心人天不负，几年后叶廷芳以优异成绩叩开了北京大学的校门。

这一年是1956年，叶廷芳背着睡觉的铺盖和吃饭的锅碗瓢盆，离开出生地，来到北京未名湖畔开始了自己的求学生涯。此后数年间，这位空荡着一条衣袖的高个子学生的身影留在了北大师生的记忆中。叶廷芳选择了德语专业，当时的北大西语系真可谓名家云集，朱光潜、冯至等许多著名学者都任教于此。朱光潜讲授西方美学史，冯至讲授德国文学史，这样的教育环境对叶廷芳后来的艺术研究产生了重大影响。

叶廷芳从北大西语系毕业后，先是留校任教，后追随诗人冯至调入中国社会科学院，成为该院外国文学研究所的一名德语译者，同时还是研究所主办的《世界文学》杂志编辑。而原本一直默默工作、名不见经传的叶廷芳，却因为一个叫卡夫卡的作家，逐渐引起学界关注，走进了公众视野。

叶廷芳与卡夫卡的机缘开始于1977年的一次偶然淘书。那是他刚从干校回京不久，听说通州的北京外文书店仓库有一大批外文书在清仓甩卖，就和北大同学何其芳一起去淘书。叶廷芳在那里见到了东德出版的卡夫卡的两本重要作品。那时国内称卡夫卡"颓废派"作家，他的书也是"禁书"，叶廷芳问何其芳买不买。何其芳说：作为研究者，先不管进步与反动，研究以后再下结论。

叶廷芳买回了卡夫卡的作品后，就连夜坐在灯下阅读《变形记》。读着读着，心中不由得生发出许多疑问和感慨，他开始质疑国内将卡夫卡定性为颓废派是不是合适，他的人生态度也不是用悲观就能完全概括的。也正是从这时开始，他产生了研究卡夫卡这个人的兴趣，并撰写了《卡夫卡和他的作品》，发表在1979年第一期《世界文学》上。

那时候，中国刚刚改革开放，长期关闭的窗子打开了，人们的思想不再封闭，许多禁区也开始解放。尽管如此，叶廷芳在发表这篇文章的时候，还是谨慎地使用了"丁方"这个笔名。因为老家的人用方言称

叶廷芳

呼他时，就会念成丁方。文章发表了一段时间后，并没人提出异议，叶廷芳的胆子就变得大了起来，他又写了《西方现代艺术的探险者——论卡夫卡的艺术特征》，后来还陆续以专著形式"再论"卡夫卡，成系列地发表，逐渐在社会上引起很大反响。

至于为什么会选择卡夫卡作为研究对象，叶廷芳认为卡夫卡对人类命运的悲悯、对生存危机的关注、对制度和道德的批判，以及他对生命的困惑和迷茫、他巨大的孤独感沮丧感，都与自己内心许多说不清的东西之间有一种隐秘的联系，一经接触就被深深触动了，像是在漫长的旅程中突然遇到了一位喜欢的同行者，抑或在等待了多少年后，终于见到了自己的心灵知音。这种精神上的认同和喜悦是常人无法感受的。

还有一点，是因为他与卡夫卡对父亲的共同感受。

卡夫卡一直不被家人理解，父亲厌恶他，父子关系十分糟糕。这一点与叶廷芳和父亲的关系惊人地相似。他回忆说："我一读到《变形记》，就联想到自己的人生境遇，一个童年时遭受的创伤，无论肉体上还是精神上的，都会伴随一生的，这一点几乎无法改变。我九岁时一下子从宠儿变成家里的累赘。父亲总觉得我残疾的样子给他丢脸，而且长大了根本无法自食其力，所以日甚一日地厌烦我，生气时就忍不住打骂我，我在他的面前总是战战兢兢，生活得很屈辱，性情也变得自卑孤寂。"

卡夫卡写过一篇《致父亲》，是一篇反家长制思想、反父权文化的宣言书。叶廷芳没有这样的勇气。他说："我后来因为一件事改变了对父亲的看法，他背着我大哥做了份田契，将家里最好的一亩半地偷偷写在我的名下。还凶巴巴地对我说将来他死了，不能养活我了，这一亩半地让我糊口，老婆就没有办法给我娶了。我虽然没要父亲的地契，但这件事对我的影响很大，颠覆了我对父亲的认知。"

因为人生经历和精神遭遇上的高度重叠，叶廷芳对卡夫卡的研究和认知自然比同行更为深刻和独到，他被称为"译介卡夫卡于中国学界第一人"也就毫不奇怪了。

作为全国政协委员，叶廷芳对很多社会问题也十分关注。有人提出重建圆明园，恢复这座皇家园林的昔日景象。叶廷芳坚决反对，专门写了《废墟之美》一书，阐述自己的观点。他认为"复建圆明园"是一种"弱国心理"，废墟文化可以唤起民族觉醒，同时废墟也是一种无可替代的美。1998年，他从报纸上看到要建设国家大剧院的消息，马上在报纸上撰文，提出天安门周围已经形成建筑群格局，新建筑"再与它协调势必臃肿，采用反差的审美原理倒是可取的"。对于新建筑的风格，他提出一看是美的，不愧是一座建筑艺术的杰作；一看是现代的，能与世界建筑新潮流衔接，也与我国的对外开放态势合拍；一看与天安门周围的群体建筑不争不挤，单门独户，相得益彰，相映生辉。后来选中的法国设计师保罗·安德鲁颇具现代艺术气息的"巨蛋"设计方案，和叶廷芳"三看"的美学建议暗合。在推动全面放开"二孩"政策的出台方面，叶廷芳也发挥了积极作用。2007年他与28名全国政协委员联名提案，尽快停止执行独生子女条例，这一提案后来成了国家决策，彻底改变了中国的人口政策。

叶廷芳平日里并不用毛笔写字，所以我找他题字时专门带了宣纸和毛笔去，没有带砚台，他找出一个吃饭的盘子替代。当他挥动右手开始书写时，我才发现他其实有着厚实的书法基础，字迹厚重朴拙，极具质朴之美。

叶廷芳是研究卡夫卡的大学者，我自然希望他能书写卡夫卡的话语给我，他没有推辞，挥笔写道："生命之所以有意义，是因为它会停止。"

谈及自己的人生，叶廷芳说："我的命并不好，甚至是很糟糕，是

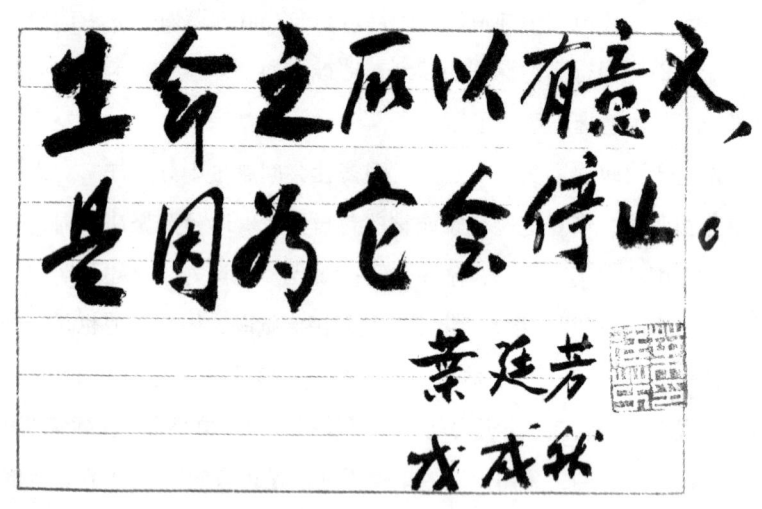

叶廷芳书法作品

置之死地而后生,但我从没有抱怨过,我所能做的,就是努力改变,不停地向好处修正自己的人生道路。世界以痛吻我,我要报之以歌,在命运的激流中生存并前行,有一分光,发一分光。"

2021年9月27日凌晨,叶廷芳在新冠疫情严重的北京,悄悄离开了这个让他悲欣交集的世界。他转身远去的背影,那条空空如也的袖管,是一份残缺,但又何尝不是他所独有的区别于常人的风度与洒脱呢?

叶廷芳(1936年11月—2021年9月),浙江衢县人,作家、翻译家、卡夫卡研究专家。1961年毕业于北京大学西方语言文学系德语专业。历任北京大学教师、《世界文学》杂志编辑、社科院外国文学研究所中北欧文学室主任、全国政协委员、中国德语文学研究会会长、中国肢残人协会副主席等职。2021年9月27日逝世,享年85岁。

第二辑

贾兰坡 吕骥 张岱年

任继愈 爱泼斯坦 欧阳山尊

谢添 徐肖冰 侯波

凌子风 盛婕 马少波

陈强 于蓝 廖静文

于是之 赵友兰 谢飞

贾兰坡，找寻失踪的北京人化石

1999 年 11 月 25 日，贾兰坡先生在北京西郊的家中平静地度过了 92 岁生日，就这样开始了生命中的又一个年轮。

之后不久，我去家中拜访了他。虽是耄耋之年，可贾先生的身子骨还算硬朗，日常生活还能自理。只是严重的白内障和青光眼给他的生活带来了极大不便，即便是在自己生活了几十年的书房、卧室、客厅里走动，他也要迈着细碎的步子，用手摸着墙壁或其他物什摸索着前行。从贾老 22 岁考入中国地质调查所新生代研究室算起，已经 70 年了，为了人类的考古事业，他跑遍了中国的山山水水，曾领导周口店北京人遗址发掘工作多年，并担任丁村人遗址和蓝田人遗址等重要的遗址发掘队队长，先后发表了有关第四纪地质、古脊椎动物、古人类和旧石器时代考古等方面的论文 300 多篇，著书十多部。

坐在摆满了各类版本考古书籍的书房里，贾老摸索着按亮了写字台上的台灯，窄小而昏暗的房间里顿时明亮了许多。贾兰坡先生感慨地说："真怀念那些在野外考古的日子，虽然风餐露宿，却也苦中有乐。现在我已经极少出门了，只能多读些书，把工作重点转移到案头。"贾兰坡先生每天早晨起床后，要做的第一件事情是散步，这是他几十年不曾改变的习惯，也是他十分钟情的健身之道。后来，由于患有严重的眼疾，这种户外活动只好改在室内进行。贾兰坡先生要遛完 1000 步才肯罢休。上午的时间他通常从事写作，戴着 200 倍的放大镜，外文打字机上的字在眼前还是一片模糊,他只好在稿纸上"爬格子"。在长期的考古工作中,他养成了严谨认真的学风。若非亲眼所见,没有人会相信那厚厚一摞稿纸上工整、隽秀的笔迹出自一位患有眼疾的老人之手。

回忆自己的考古经历,贾兰坡说,1936年11月是他生命最辉煌的一段时光。正是在那些日子里,他在北京周口店主持考古发掘工作,连续发现了三块北京人头骨。虽然是60多年前的事,可贾兰坡在回忆这段往事时还隐隐有些激动。那时他还是一个技佐(相当于助研),带领100多名挖掘工人、20多名技术工人在周口店从事挖掘工作。他白天在现场奔波忙碌,晚上读书、写报告。对于古人类发掘和研究,认骨头是最难的基本功,为此,他付出了巨大心血,在他的白大褂口袋内总是装有骨头,他一有空闲时间就摸几下,终于练就一手过硬的鉴别功夫。碰上骨头,只需用手一摸,便知是哪块骨头,叫什么名字。在周口店的挖掘现场,他的这手绝活发挥了重要作用。当时,一名工人挖出一块核桃大的东西,贾兰坡问:"是什么东西?""韭菜。"那位工人回答。

"韭菜"是行话,指没用的东西。

贾兰坡说:"不要扔了,让我看一眼。"

贾兰坡接过来,只看了一眼,就断定这是一块头骨化石,他马上让人用绳子围起现场,无关人员不得进入,只有他和几位有经验的工人在里面挖掘。在此后11天的时间里,这位年轻的地质学家和工人们又连续挖掘出三个北京人头盖骨化

贾兰坡

133

石和各种石器、用火遗迹等。这一重大发现，使周口店在一夜之间名扬天下，成为中外瞩目的考古学圣地。

此前七年，考古学家裴文中曾在这里挖掘出第一片北京猿人头盖骨，他的发现和贾兰坡先生的再次发现，被认为是20世纪古人类学研究中最具价值的贡献，将人类历史推前了数万年，是迄今全球范围内发现的最丰富、最完整、最具价值的早期人类活动遗存。

然而，令人万分痛心的是，这些珍贵的古人类遗物却在第二次世界大战中神秘地"失踪"了。

那是1941年北平沦陷后，日军开始占领北平的一些机关，当时存放在北京协和医学院的北京猿人头盖骨及其他化石标本变得越来越不安全，中国地质调查所和协和医学院的有关人士，在考虑到运往抗战后方的重庆和在北平秘密掩埋都不安全的情况下，决定运往美国保存。这批化石被分别装入两个大木箱，准备交给驻天津的美国海军陆战队从秦皇岛乘军舰运到美国本土。不料这时爆发了太平洋战争，运送化石的美国海军陆战队的专用军列被日军截获，这批珍贵的中国古人类化石也从此下落不明。

"这些北京人标本化石，就像是我的孩子，我对它们的感情是常人难以理解的。这些年来，我一直被失踪的北京人头骨折磨，我今生最大的心愿，就是能把它们找回来。"贾兰坡说到这里，眼里隐隐闪现着泪花。

或许是为了活跃一下有些沉重的话题，贾兰坡先生说起一些关于化石下落的传闻。有一个美国妇女向外界宣称她丈夫去世时，留给她两箱北京人化石作为遗产，引起不小的轰动，后来经有关部门鉴定，全是复制品，不知这位美国妇女的丈夫用心何在。一位曾在华工作过的日本友人反映：当年进驻协和医学院的731部队头目告诉过他，北京猿人头骨化石被侵华日军掩埋于北京日坛公园东侧的一棵大树下。

这位日本友人曾先后数次来华核实，中国科学院古脊椎动物与古人类研究所闻讯后，也十分重视，秘密派专家对地下进行了地球物理勘探，进行深坑试掘，结果一无所获。美国自然博物馆名誉馆长夏皮罗曾在《纽约时报》撰文披露，美国医生费利曾是北京协和医学院的工作人员，并亲自担负了护送北京猿人化石转移出国的任务，他在天津被捕时，两只装有北京猿人化石的木箱没有运出去。1980年9月，夏皮罗先生来华旅游时，专门向有关部门反映，那两只箱子藏在当时美国海军陆战队兵营大院里六号楼地下室木板层下面。中国有关方面以高度负责的态度派人员同他共同查找，由于年代久远，原来的兵营已几易其主，现隶属于天津医科大学附属卫生学校，六号楼也早已在1976年那场大地震中倒塌，夷为平地，后被学校改作操场。至此，查找工作再次不了了之。

1999年是已故古人类学家裴文中先生在北京房山周口店发现北京人头盖骨70周年，来自世界各地近20个国家和地区的400多位学者在北京人民大会堂隆重集会，纪念这一重大发现。贾兰坡先生作为北京猿人头盖骨发现者之一，出席了大会。他说："正是这一发现，将人类起源的时间向前推进至50多万年前，在世界人类起源史上树起了一个新的里程碑。这些珍贵的北京人化石作为人类共同的财富，已经列入联合国'世界文化遗产'清单，现在却杳无音讯，真让人牵肠挂肚，扼腕痛惜。"

为了找回这批珍贵的国宝，贾兰坡先生曾做出过许多努力，但结果却总是让人失望。1999年，他与中科院14名院士联名发表公开信，信中写道："随着多数当事人和知情人的辞世或年逾古稀，我们寻找丢失的北京猿人头盖骨化石的希望也愈来愈急切……在人类将告别这个世纪的时候，它们仍然不能重见天日，即便是它们已经毁于战火，我们也应该努力找到一个确切的下落。否则，我们又该如何面对后人。"

令人遗憾的是，奇迹没有出现，这是贾兰坡先生一生莫大的遗憾。

2001年夏，贾兰坡因病去世。遵照他的生前遗愿，家人将他安葬在了北京房山周口店的龙骨山上。他的墓地在西侧半山腰上，从那里远远望去，就能看到"北京人"头盖骨的出土地。

即便是离开了这个世界，贾兰坡依旧没有放下找寻北京人化石的心事。

贾兰坡（1908年11月—2001年7月），河北玉田人，考古学家、第四纪地质学家，中国科学院学部委员、美国国家科学院外籍院士、第三世界科学院院士，中国科学院古脊椎动物与古人类研究所研究员。主要从事中国石器考古学研究，对周口店遗址的发掘和研究有特殊的贡献。1931年进入中国地质调查所新生代研究室，参加周口店北京人遗址的发掘工作；1936年11月连续发现3个北京人头盖骨。

吕骥，从延安走来的音乐大师

"黄河之滨，集合着一群中华民族优秀的子孙。人类解放，救国的责任，全靠我们自己来担承……"在抗日烽火中，这激昂豪迈、令人热血沸腾的旋律，从陕北延安传向大江南北，激励中华儿女，同仇敌忾，奋勇杀敌。我想象中，能写出如此气概的作曲家，一定是一位顶天立地的高大汉子，但当我在北京崇文门南小街见到吕骥时，这种想法被完全颠覆了。

吕骥的个子很小，大概只有一米六几的样子，说话语调也不高，听着很是亲切。我进门的时候，他正在桌前写一篇理论文章。按说像他这种名望和成就的人，媒体的采访和报道应该很多，但事实恰恰相反，网上仅有的一些文章也大都是关于音乐理论方面的。我想这可能与他不喜欢张扬的性情有关吧。

说起抗日军政大学校歌的创作，吕骥清楚地记得，1937年1月，为适应抗日形势需要，刚刚移驻延安的中国人民抗日红军大学更名为中国人民抗日军事政治大学。他10月从山西去延安，11月初到抗大报到，罗瑞卿同志安排他负责抗大的歌咏工作。为激发抗大学员的学习热情和救国使命，毛泽东在同当时的中宣部副部长凯丰谈话时，要他为抗大创作一首校歌。凯丰领受任务后，很快就写出歌词，把毛泽东为抗大写的"团结、紧张、严肃、活泼"八字校训完美地融入其中。毛泽东审阅歌词时满意地说："写得不错，完全符合抗大的办学方针。"

对于找谁作曲，凯丰和抗大教育长罗瑞卿都想到了吕骥，这是因为吕骥来延安之前，就已经是很有名气的作曲家了，他创作的《自由神》《新编"九一八"小调》《中华民族不会亡》《保卫马德里》《射击手之歌》《武装保卫山西》等歌曲在解放区广为传唱。吕骥一到延安就被这里热烈的民主氛围所感染，被抗大学员高昂的抗日爱国热情所打动。吕骥回忆说："那些日子，我原本就有一种很强的创作冲动，只是还没有想好写什么，怎么表达。拿到凯丰创作的歌词，我禁不住眼前一亮，太好啦，我心里的创作冲动一下子找到了抒发的出口。"此后整整两天的时间里，吕骥就像魔怔了一样，饭吃不下，觉睡不着，一直沉浸在奔涌的旋律中，犹如黄河奔流、澎湃、激越、浩荡、升腾……

他感觉这旋律不是他苦思冥想出来的，仿佛已经在脑海里很久了，现在和着凯丰的歌词浮现在了眼前，从笔端流泻到了纸上。直到创作完成，吕骥还没从巨大的兴奋中完全走出来，他找到凯丰，接着开始哼唱给他听，一边唱，一边不由得随着节拍挥动起手来，凯丰显然也被他的情绪感染了，不再坐在那里，而是站起来听他唱。吕骥一唱完，凯丰就兴奋地说："很好，很成功，把我心里的东西完全表达出来了，你的曲子和我的歌词结合得很好。我没有任何意见，尽快交给罗瑞卿教育长吧。"

吕骥见到罗瑞卿后，同样为他哼唱了一遍，罗瑞卿把手稿接过去却什么都没说，就让吕骥先回去了。吕骥心里好生纳闷，罗教育长

吕骥在北京音乐厅举办音乐会

是什么意见？难道有什么不满意？后来想来，还是吕骥多虑了，按照延安当时的民主气氛，既然要作为大学的校歌，必要的程序还是要走的，罗瑞卿肯定要召集大学党委表决通过，要上报主要领导同志过目。果然，两天后，吕骥就突然在操场上听见了熟悉的旋律，直到这时，他才一下子释怀了。

这首抗大校歌是1937年11月9日完成创作的。总校宣传科很快印了歌片，抗大俱乐部主任谭冠三负责组织学唱工作，他召集各学员队的音乐骨干先行学唱，然后回去推广教唱。很快，这首校歌在抗大、在延安、在各解放区传唱开来，鼓舞着无数热血男儿奔赴战场，奋勇杀敌，成了中华民族的经典抗战音乐。今天来看，这首校歌无论从哪方面讲，都不仅仅是一首校歌了，尽管历史早已远去，但这首校歌却历久弥新，被一代代中华儿女传唱不息，并成为中国人民解放军国防大学校歌，激励当代军人常思奋不顾身，以殉国家之急。

"您那时想到过这首歌会传唱这么广、影响这么大吗？"我问这个问题时，已经距他创作的时间过了一个甲子了。

吕骥温和地笑笑，说："完全没有想到，但能有这么大的影响力，我很欣慰。"

吕骥的革命经历可以追溯到1931年冬加入左翼戏剧家联盟。两年后他又在上海加入由聂耳负责的左翼剧联音乐小组，聂耳出国后这个小组就改由他领导。吕骥十分尊崇鲁迅先生，1936年10月19日鲁迅逝世，吕骥眼含悲伤的泪水为张庚作词的《鲁迅先生挽歌》谱曲："你的笔尖是枪尖，刺透了旧中国的脸，你的声音是晨钟，唤醒了奴隶们的迷梦。"三天后上海万余人为鲁迅先生送葬，送葬队伍中专门组织了挽歌队，一路齐声高唱《鲁迅先生挽歌》。鲁迅灵柩安葬时，吕骥又指挥大家诵唱他创作的《安息歌》。深沉悲凉的歌声，抒发了人们对一代文豪的深切怀念。

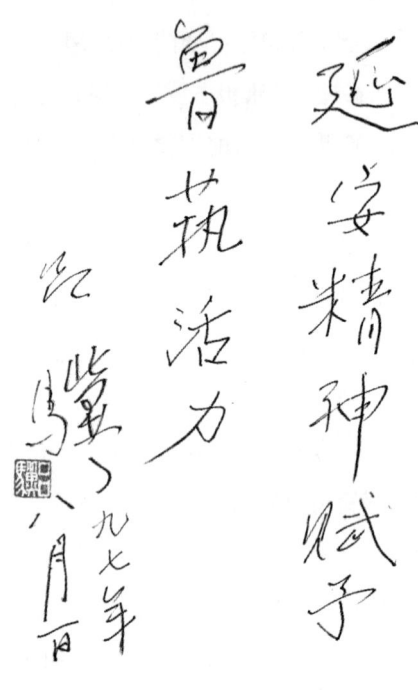

吕骥书法作品

他的音乐成就为世人所公认,他创作的《自由神》《新编"九一八"小调》《中华民族不会亡》《抗日军政大学校歌》《陕北公学校歌》《"五四"纪念歌》《毕业上前线》《大丹河》《开荒》《参加八路军》《华北联合大学校歌》,《凤凰涅槃》《祖国颂》等300多首优秀歌曲,早已成为永恒的经典。不可否认的是,每个艺术家都有属于自己的时代,吕骥在充满黑暗和压迫的年代,以一腔热血谱写奋起抗争的时代最强音,留下了一首首永不消失的经典旋律。新中国成立后,他虽然也创作了大量歌曲,但其影响力却远不及从前,个中缘由不得而知。

吕骥是一位优秀的音乐家,也是一位著名的音乐工作的组织领导者,他曾参与创建延安鲁艺、东北鲁艺、中央音乐学院,1949年中华全国音乐工作者协会(中国音乐家协会前身)成立,吕骥当选为首任主席,在此后30年里,连续四届当选为主席,1985年考虑到他的年龄关系,改任名誉主席直到去世。这样的任职经历在当今中国大概不会有第二人了。1999年是吕骥90华诞,为表彰他在当代音乐创作的非凡成就和卓越贡献，中宣部、中国文联、中国音乐家协会等在北京音乐厅隆重举办"吕骥作品音乐会"。国家领导人及全国相关单位发来了贺信，吕骥的老友、学生纷纷前来祝贺。当我带着相机赶来时，吕骥早已精神矍铄地坐在贵宾室里，迎候陆续到来的朋友嘉宾，热情与新朋老友握手、合影。我去家里送照片时，他还抑制不住内心的激动和喜悦，说："一下子见到这么多朋友学生，心里真是高兴。"

2001年，吕骥荣获首届中国音乐金钟奖颁发的"终身荣誉勋章"。一年后，吕骥在北京协和医院逝世，享年92岁。

吕骥（1909年4月—2002年1月），湖南湘潭人，中国新音乐运动先驱者之一，中国著名作曲家、理论家、音乐教育家。1930年入上海国立音乐专科学校（现上海音乐学院）学习，加入中国左翼戏剧家联盟，1937年赴延安参加筹建东北鲁艺，后任院长、东北音乐工作团团长。他创作的《新编"九一八"小调》《中华民族不会亡》《抗日军政大学校歌》《参加八路军》等歌曲，在军民中广为传唱，并产生很大影响。新中国成立后，历任中国音乐家协会一、二、三届主席和第四届名誉主席。出版两卷本《吕骥文选》。2001年吕骥获得首届中国音乐金钟奖颁发的"终身荣誉勋章"。

张岱年，性情温和的哲学大家

我见到张岱年先生的时候，他就已经80多岁了，走起路来颤巍巍的，听力也不济，常年戴着一副助听器，因为有哮喘病，说话时总是气短。无论与什么人交往，他都是那般温和谦恭的样子，全然没有大哲学家的神气和派头。我先后访问过张先生4次，心中留下了很深的印象和诸多感慨。

1997年夏天，北京出现了历史上少有的持续高温天气，在送走一个热浪滚滚的白昼之后，我选择了黄昏时分去拜访张岱年先生。

行将90岁的张先生与老伴冯让兰共同居住在北京海淀区中关园的一套单元房里。张先生只穿着一件灰色的卡其布短裤，上身穿白色背心，鼻梁上架一副眼镜，手里摇着一把蒲扇。天气真的是太热了，张先生脸上汗涔涔的，他苦笑着对我说："家里的空调坏了，热得人受不了，我这种样子见客，实在不成体统，你不会怪罪吧。"

望着先生坦荡而真诚的目光，我心里颇为不安，赶忙说："是我不该在这种时候来打扰您，好在我们不必拘于旧礼。"

先生听罢，温和地笑了。

我把上次给先生拍摄的一组照片呈上请先生过目，先生接过逐一仔细端详，手里的那把蒲扇却一刻也没有停止摇动，看着他费力的样子，我提出为他扇风，却被他婉拒了。

"我到北京快15年了，还不曾见过这样的鬼天气。"我说。

先生看着照片，头也没抬地说："我来北京快80年了，也不曾经历这样的闷热。"

在这位老北京面前，我不好意思地笑了笑。但先生说的是实言，若实究起来，先生与这座城市的缘分还要早些。他1909年5月27日生于北京，三岁时回乡下居住，1920年初夏举家回到北京，至今不曾离开。从孩提时代走到了耄耋之年，从追梦少年成为学界泰斗，已经白发苍苍的张岱年先生，在历经近90年的风雨磨难后，身体像是一台负重的老机器还在顽强地运转着，久治不愈的哮喘和另外一些老年病症时常困扰着他。即便如此，他的大脑却一刻也没有停止过对人生、对社会的哲学思考。1997年那个酷热难耐的夏天，他的桌子上依旧堆满了正在写作的书稿，没有人能够想象出一位89岁的老人穿一条短裤，赤裸着上身，左手摇着蒲扇，右手执笔写作会是一种多么感人的场景！

1998年深秋时节，我再次走进中关园，只见满地落叶在秋风的吹拂下徐徐翻卷飘飞着，而一株年迈的老树在铅华褪尽之后，依旧慈祥而温和地伫立着，看云卷云舒，春来秋去。见面后，我对张岱年先生谈起自己刚刚见到的这番景象。张先生沉思良久，才慢声细语地说："这如同人生。人生一世，草木一秋，只是人的生命比树木短，所以要珍惜时光，多做一些有意义的事情。"

"张先生，您的生命是非常有意义的，您在历史、哲学方面的成就，在当今中国应该算是第一人了。"我说。

先生摇摇头，显然不同意我的观点。他说："我只是比别人长寿，成就远远不及他人。我目前所取得的这些成绩，除了我自身的努力，也靠许多学界前辈的指导、帮助、提携、教诲。他们虽然早已过世，但我对他们心存感激，一生无法忘怀。"

正午的阳光透过窗口漫射进来，户外秋风阵阵，先生拥挤、杂乱的书房里却暖意融融。先生摘下头上的帽子，一边用手梳理着稀疏雪白的头发，一边同我交谈。他说生命的孕育从来都是圣洁的，但是要在这个世界上活下去却充满艰辛，这就需要人与人之间多一些爱，多一些坦诚，多一些关怀。亲情和友情是人心中永远不会熄灭的两盏灯，纵然是在黑夜，你也会看到光明；纵然是在严冬，你也会觉得温暖。人不能一味地索取，要懂得付出，受人滴水之恩，当以涌泉相报。先生谈及自己的母亲时，显然动了感情。他的母亲是河北省交河县赵家庄人，他三岁时随母亲从北京回到河北献县一个叫小垛庄的村子，在那里度过了一段美好的童年时光。在他的记忆里母亲生活节俭朴素，待人慈和宽厚，含辛茹苦地养育了四子二女。母亲的身上有许多中国劳动妇女的传统美德，是母亲教会了他如何做一个善良而正直的人。他说，不幸的事情发生在 1918 年秋天，邻居家场院的柴堆失火，熊熊燃烧的火团把天空都映红了，而且直逼他家的房屋，母亲由于极度惊吓，第二天就得了半身不遂病。接下来的事情更是雪上加霜，他的活泼可爱的四弟独自去村边池塘戏水时溺死，病中的母亲承受不住痛失亲子的打击，不久便去世了。

张岱年

张先生说到这里，眼里噙满盈盈泪光，他说："母亲去世时年仅 52 岁，我那时才 11 岁，母亲生病时，主要是二姐服侍，我年幼无知，未能尽孝道，思之甚愧。"

一位年近九旬的老人回忆 70 多年前的母亲时还如此动情动容，是我所始料不及的。

谈及在学业上对自己有所帮助的人，张岱年先生更是如数家珍，随口就说出长长的一串名字。他说他发表的第一篇文章题为《评韩》（批评韩非），那时他是高中一年级的学生。这篇文章原本是一篇作文，班主任十分欣赏，在课堂上对全班同学说："张岱年这篇文章写得很好，大学三年级学生的论文也不过如此。"随后汪老师把这篇文章推荐发表在《师大附中月刊》上，这是张先生第一次发表文章。汪伯烈老师是他的领路人，在文学、哲学、心理学方面给了他诸多启发。

在张岱年先生后来的学术研究中，哲学界前辈熊十力先生、金岳霖先生和冯友兰先生都曾给过他许多指教和帮助。这些恩情，张岱年时时铭刻心中，在这些老夫子们去世许多年后，他还在时时怀念着他们。

张岱年先生生活的20世纪，是多灾多难的，战争、政治运动、自然灾害……张岱年也经历了数不清的风风雨雨，他劳筋骨、苦心志，却从不抱怨什么，他说："抱怨是不能解决任何问题的，在那种环境里，如果无法抗争，就只能调整好心态，等待转机出现。"

"宠辱不惊，是一种很高的人生境界，要做到这一点很难，但我做到了。"张岱年先生说到这里，嘴角处隐隐露出了些许笑意。

张岱年算得上是一位性情中人，一生埋头学术研究，对于名利地位看得很淡。20世纪80年代初，他加入中国民主同盟会，同时，在他的心中，始终有一个美好的愿望，那就是加入中国共产党。他觉得自己的命运始终与祖国和人民连在一起，他一贯信奉辩证唯物论，历经风雨却从不曾做过一件昧良心的事情，几经磨难却从不曾熄灭心灵深处的希望之火。1983年，74岁的张岱年终于加入了中国共产党，圆了自己毕生的梦。

从1978年中国哲学史学会成立至1988年，张岱年连续三届当选会长，直到1989年，在他的坚辞下，才被推举为名誉会长。中华孔子研究所成立时,他又被大家推举为所长。1982年,北京大学开始招收博士研究生,由他担任哲学系中国哲学史博士研究生导师,但他很快就急流勇退,把机会让给系里的年轻教授。张岱年先生说,自己现在真的老了,许多事情做起来都是心有余而力不足。他说人要服老,不服老是跟自己过不去。他现在没有任何大的写作计划,只是由着性情写一些小文章而已。

张岱年先生的夫人冯让兰,是冯友兰先生的堂妹,1932年毕业于北京师范大学中文系,毕业后到天津南开中学任国文教师,经冯友兰先生介绍,他们于1935年在北京结婚。我那次去拜访时冯让兰女士也是89岁高龄了,但身体比张先生要硬朗得多。老两口生活节俭朴素,平时自己起火做饭,通常是炒一两个家常菜,吃不完下次再接着吃。张先生说一辈子节俭惯了,倒掉会觉得非常可惜。

晚年的张岱年很少出门,年复一年、日复一日地坐在自己的陋室

张岱年手迹

里，看书、写作或静静地回忆往事。在穿越历史的重重烟云之后，他的心态更加开朗而平和，他甚至很有兴致地把陈子昂的诗改为：

前既闻古人，
后亦观来者，
念天地之长久，
独欣然而微笑。

这便是晚年的张岱年先生乐观情趣的写照。

张岱年（1909年5月—2004年4月），河北献县人，北京师范大学教育系毕业。哲学家，哲学史家，国学大师，北京大学哲学系教授。曾任中国社会科学院哲学研究所兼职研究员、中国哲学史学会会长、中华孔子学会会长、清华大学思想文化研究所所长等。1936年写成专著《中国哲学大纲》。长期从事中国哲学史研究，著作等身，有极高造诣和建树。

任继愈，传承古人之风

任继愈的家在三里河南沙沟宿舍楼的一楼，楼前是一片茂密的竹园子，阳光透过竹丛照射进来有些斑驳，有风时还会有沙沙的竹叶声传来，尤其是夜里，听着这美妙的声音，坐在台灯下读书写作，更令文人雅士心向往之。即便到了晚年，他也在遵从朱子治家格言，每天黎明即起开始读书写作，即便是右眼失明，左眼视力也只有0.1左右的时候，也没有改变这样的习惯，任继愈的许多著述就是在这间竹叶掩映的书房里诞生的。任继愈的身上始终没有多少烟火气，他的著述与这个时代的喧嚣也有些格格不入，不知道和他楼前的这片竹园子有没有什么关系？

任继愈生于民国初年的齐鲁大地，那里一直传承着孔孟之乡的礼仪道德。任继愈小学就开始学习《论语》《孟子》，受到儒家文化的熏陶和影响，这种灵魂哺育奠定了他传统的生命底色。他17岁考入北京大学哲学系学习，在一大批有精神风骨的知识分子身边学习成长。抗战爆发后，北大、清华、南开三所学校南迁，任继愈随学校从湘西徒步到云南蒙自，在西南联大他先是做学生，后做教师。艰苦卓绝的环境培育着他炽热的爱国情怀，追求民族独立和精神自由成为他们那一代知识分子共同的心灵向往。70年后，任继愈在西南联大校庆时写下这样一句话："西南联大值得怀念的是它的自由宽容、博大深宏的学风。团结师生的唯一凝聚力是爱国主义。"

或许是性格的原因，任继愈平日里不苟言笑，常常一副沉思状，甚至在他的老学生记忆中，他也是不好接近，给人一种距离感，那种不怒自威的神情，让人拘谨，甚至有的学生会紧张得腿哆嗦。美学家李泽厚是任继愈早年的学生，自幼父母双亡，经济拮据，一直靠学校发放救济金生活。任继愈知悉后，就给他安排编写一些文稿，然后给他酬劳。李泽厚当然知道，任先生这是在通过自己的方式，让他体面地得到一些急需的资助。后来，任先生还将李泽厚撰写的关于康有为《大同书》的文章推荐到《文史哲》杂志发表，这是李泽厚平生第一篇学术论文。他在晚年回忆说："我生性有些孤僻，不喜交往，任继愈是我唯一多年来一直保持联系的北大老师。"

任继愈先生先前一直在北京大学做教授，1964年调入中国社会科学院世界宗教研究所工作，1987年开始担任国家图书馆馆长，后任名誉馆长直至去世。从这样一条并不复杂的生命轨迹可以看出，任继愈的一生都在同哲学、宗教打交道，任先生把文学修养看作人的素质的必要因素。他喜欢读文学作品，尤其喜欢杜甫的诗、鲁迅的作品，还有西方一些浪漫诗人的作品，李商隐的诗他虽然也欣赏其精美，但认为多写个人遭遇，不够大气。他还喜欢听西方古典音乐，却不很欣赏中国古典音乐，因为感到其中多为田园风味，缺乏气魄。

了解任继愈的人都知道，他一辈子做人行事都非常低调，生活也极其朴素，家里的沙

任继愈

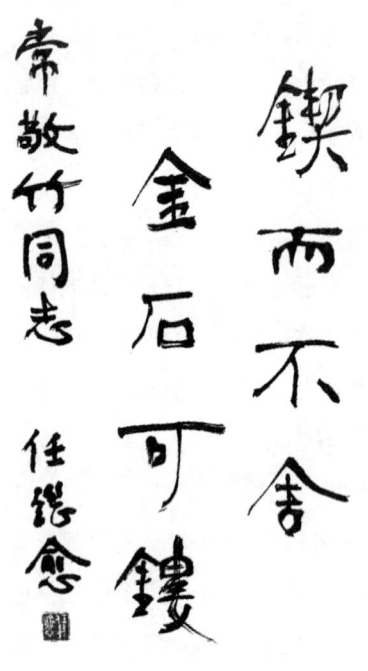

任继愈书法作品

发、桌柜都是用了几十年的老物件,一直不舍得更换。他一辈子教书育人,德高望重,弟子不计其数,但从不摆架子,与年轻人谈话,喜欢静静地倾听,不随意打断,也不轻易表态。任先生的生日总是和家人度过,外人极少知道。直到90岁时,学生们想祝贺一下,他也没有同意,最后实在推辞不了,才召开了一个十分低调的学术研讨会。说到自己的学术成就,任先生却不以为然,他说:"如果没有社会的培养,就没有个人的成才。我从不觉得自己有什么了不起,不能把功劳记在我自己的名下。我40多岁的时候编《中国哲学史》,当时恰好找到我,如果找到别人,也一样能编出来。如果我就此忘乎所以,以为我就是了不起的哲学家了,这和我的实际情况不符。"

任继愈先生晚年,相关部门和出版机构几次找他协商为其出版全集的事情,他都一一推辞了。他说:"不出全集,是因为我自己从来不看别人的全集。即便是大家之作,除了少数专门的研究者,其他人哪能都看遍?所以我想,我的全集也不会有人看。不出全集,免得浪费财力、物力,耽误人家的时间。"

任先生年轻时喜欢运动,初中时喜欢打篮球,高中时喜欢打网球,大学时喜欢打乒乓球,他诙谐地说:"球越打越小。"对于养生之道,他主张忘其身而身存，少考虑身体，顺其自然就好。他说："药补不如食补，食补不如视补，老年人要多读书，多睡觉，多用脑（思考问题）。"

2009年7月11日，任继愈因病去世，极为巧合的是，与他同为山东人、同为文化大师的季羡林先生，也在这一天离开世界，任继愈比季羡林早走了四个小时。

任继愈（1916年4月—2009年7月），山东平原人，著名哲学家、佛学家、历史学家。1942年起在北京大学讲授中国哲学史、宋明理学、朱子哲学、华严宗研究、隋唐佛教和逻辑学。1964年负责筹建国家第一个宗教研究机构——中国社会科学院世界宗教研究所，任所长，致力于用唯物史观研究中国佛教史和中国哲学史。著有《汉唐佛教思想论集》《中国哲学史论》《任继愈学术论著自选集》《老子全译》等；主编有《中国哲学史简编》《中国哲学史》《中国佛教史》《宗教词典》《中国哲学发展史》等。此外，还主持《中华大藏经》（汉文部分）、《中华大典》等的编辑出版工作。曾任国家图书馆馆长、名誉馆长。

爱泼斯坦，在中国见证时代变迁

友谊宾馆坐落在北京北三环边上，闹中取静，环境十分优雅，当初是按照周恩来总理的指示，为解决大批来华工作的外国专家住房问题而修建的，爱泼斯坦晚年一直居住在这里。不大的院子里长满了茂盛的花草树木，空气里弥漫着清新的芳香，屋子里靠墙摆放着一组高大的书柜，里面放满了书籍，还有很多书报资料堆放在屋子的其他地方。客厅东面有间不大的书房，这就是爱泼斯坦常年思考写作的地方。随着时代的发展，他写作的装备也更新了，多年使用的英文打字机换成了台式电脑，这使他的工作效率一下子提高了很多。

或许是写的东西太多了，爱泼斯坦只好减少交往应酬，把时间更多地用在查阅资料和写作上。他做起事来很有计划性，也十分专注，他为自己制订了长长的写作计划：在80寿辰前夕，他把当年的通讯收编整理为《突破封锁访延安》和《爱泼斯坦新闻作品选》出版；在香港回归祖国前夕，他将《从鸦片战争到解放》一书进行了改写和补充；他根据自己三次入藏记下的百万字笔记，创作了英文著作 *Tibet Transform*（《西藏的变迁》），向世界全面介绍西藏翻天覆地的变化；他践行了宋庆龄的嘱托，不顾年迈多病，坚持笔耕不辍，完成了长篇传记《宋庆龄：二十世纪的伟大女性》。爱泼斯坦说："从两岁时随父母来到中国，我的一生几乎都生活在这里，我爱这个国家，爱这个民族，是这种爱把我的工作和生活同中国的命运联系在一起，我愿意用我手中的笔，告诉世界这里发生的巨大变化，这是我的责任。"当有人问他如何看待自己选择的生活道路时，爱泼斯坦说："在历史为我设定的时空中，我觉得没有任何事情比我亲身经历并跻身于中国人民的革命事业更好和更有意义。中国人民占全人类的五分之一，对整个世界的命运举足轻重。中国革命的进程，如同其他一切过程一样，有欢乐，有痛苦，也有曲折。但总的说来，它的道路是向上的，是对国家和国际的进步做出贡献的。"

爱泼斯坦1915年4月20日出生于波兰华沙，父母是犹太人，1917年随家人来中国生活。1937年抗日战争爆发，他作为美国合众社驻华战地记者，奔走抗战前线。他目睹了中国人民遭受的战争苦难和抗战热情，在斯诺等人的影响下，走上同情和支持中国革命的道路。爱泼斯坦做过大量关于中国抗战的报道，他深入山东前线采写台儿庄会战的新闻报道，还作为美国《纽约时报》《时代周刊》杂志的记者，深入延安和晋西北采访，访问了毛泽东、朱德、周恩来等领导人以及许许多多为抗战而英勇奋斗的军民。他的这些报道，以一个外国人的所见所闻，以实地采访的生动资料，让世界了解、认识了中国民众及军队真实的生活和抗战情况，从而为中国赢得广泛同情和支持。

爱泼斯坦回忆说，当年在延安，他看到了跟国统区完全不同的景象，直到晚年，他家客厅的墙上还高挂着1944年到延安采访时，毛泽东亲笔签名赠送给他的石印画像。

人总会在不经意的时候，遇见那个对你有很大影响甚至会改变你人生轨迹的人。对爱泼斯坦来说，宋庆龄就是他生命中这样的人。爱泼斯坦与宋庆龄的缘分始于斯诺，斯诺经常把宋庆龄在报纸上发表的讲话或者文章寄给爱泼斯坦，让他知道宋庆龄的非同寻常。1938年"九一八"国耻日的夜晚，广州市民组成浩大的游行队伍，冒着危险，打着火把上街游行，宋庆龄大义凛然地走在队伍的最前列，格外引人注目。

"她又勇敢、又漂亮。"爱泼斯坦回忆第一次见到宋庆龄的时候，赞美不已。那时他才 23 岁，宋庆龄也只有 45 岁，他们的交往也由此开始。宋庆龄邀请爱泼斯坦参加保卫中国同盟中央委员会，参加编辑英文出版物，向世界人民介绍中国抗战，争取同情和援助。爱泼斯坦说："那时工作很忙碌，生活很艰苦，但觉得这种付出很有意义。宋庆龄对大家很关心，非常谦逊，即使是普通人、年轻人，和她在一起也不觉得拘束。大家都把她当作慈母看待。"爱泼斯坦从此开始了与这位伟大女性几十年的交往与友谊，宋庆龄生前给友人的 800 多封信件中，其中有 200 余封是写给爱泼斯坦的，宋庆龄生前还特意写信指定爱泼斯坦为她写作传记，她在一封信中写道："当然，在同志们中间关于谁来写我的传记有争执，但我根本不想讨论这件事。""我只信任艾培（爱泼斯坦的中文名）来做这件事，因为你比别人更了解我。"可见他们的友情之深厚。

抗日战争结束后，爱泼斯坦和夫人回到美国，内心仍然怀有深深的中国情结，他继续关注中国的形势发展变化。

1951 年夏，爱泼斯坦接到了宋庆龄的邀请，与夫人邱茉莉，由美国绕道波兰等国克服重重阻力再次回到中国。周总理亲自邀请他去中南海西花厅的家中并设宴款待，宋庆龄在上海亲切接见他们夫妇。爱泼斯坦这次回到中国，是周恩来总理决定创办英文刊物 China Reconstructs（《中国建设》），向世界宣传中国的发展变化，宋庆龄推荐他担任主编，爱泼斯坦愉快接受并全身心投入工作。这份后来改名为《今日中国》的杂志以 8 种语言出版发行，发挥了重要的外宣作用。

在晚年，爱泼斯坦有一个最大的心愿，就是要写一本完整的自传，他亲身经历和见证了中国以至世界近百年的深刻变化，他想为时代留下一份历史见证。写作回忆录期间，他生病住进了医院，就让老伴把

> Wishing you success
> in your literary work.
> J. Epstein
> 爱泼斯坦
> 1999.2.6于北京

爱泼斯坦手迹

电脑搬进病房里继续写作,不能坐着打字时,他就躺在那里苦苦地构思。他知道上帝留给他的时间不会很多了,他必须咬牙坚持与时间赛跑。直到89岁完成了创作,他才长长地松了一口气。他的自传《见证中国》出版后很受欢迎,一年内再版了三次。

半个多世纪以来,爱泼斯坦一直是一位标志性的人物。他是从抗日战争之初就同情、帮助中国革命的外国人之一,中国政府和人民也十分厚爱这位老朋友。1944年他去延安采访时,毛主席在窑洞里接见他,还亲笔签名赠送自己的石印画像;1985年邓小平、邓颖超为他祝贺70寿辰;1995年江泽民、李瑞环为他祝贺80寿辰;胡锦涛亲自到爱泼斯坦家中为他祝贺90华诞。几天后,"爱泼斯坦90寿辰生平图片展"在友谊宾馆友谊宫举行。90岁的爱泼斯坦在生日歌中,坐着轮椅进入大厅,望着眼前一张张饱含深情祝福的笑脸,他的那双深凹的眼睛慢慢噙满了泪水。

爱泼斯坦（1915年4月—2005年5月），犹太裔中国人，中文名艾培，记者、作家。出生于波兰，自幼随父母定居中国。1931年起在《京津泰晤士报》从事新闻工作。1937年任美国合众社记者。1939年在香港参加宋庆龄发起组织的保卫中国同盟，努力向世界人民报道中国共产党领导人、解放区和中国人民的斗争事迹。1951年应宋庆龄之邀回中国参与《中国建设》杂志创刊工作。1957年加入中国籍。曾任全国政协常委、《今日中国》杂志名誉总编辑、中国工合国际委员会副主席、中国福利会理事等职。著有《人民之战》《中国未完成的革命》《西藏的转变》以及30余万字的英文自传体回忆录《见证中国》。

欧阳山尊，中国话剧的守望者

欧阳山尊住在北京朝阳门内文化部的宿舍院里，前些年我曾经数次采访过他。2008年春节后，当我再次走进他的家门时，屋子里依旧是原来的格局，看上去还是那样亲切而熟悉，墙上挂着欧阳山尊自己书写的书法作品，桌子上堆满了有关话剧的书报资料，一些不知名的花草在主人的精心培育下长得青翠而茂盛。我在客厅坐下一会儿，欧阳山尊先生就在夫人的搀扶下，颤颤巍巍地从里屋走了出来。到底是94岁的老人了，原本高大魁梧的身材已经弯得像一张弓了，即使在房间里走动，也要靠人扶着。除了去医院看病，他已经很少到外面参加其他活动了。在夫人徐静媛的精心照顾下，欧阳山尊先生的身体还算康健，每天除了吃饭睡觉，还能坐在沙发上读书看报，或是看看有关话剧的光碟，天气好的日子还可以到院子里走一走。为了保持老人生活的平静和规律，对于外界的采访看望，夫人也极少安排，她说要减少打扰，保证老人的休息。

欧阳山尊一生不曾离开过话剧。他出生在湖南浏阳，一直跟随身为话剧艺术家的伯父欧阳予倩先生生活，从小就受到中国戏剧艺术的深刻熏陶，对话剧艺术产生了浓厚兴趣。

欧阳山尊从中学时代起就开始参加话剧演出。抗日战争爆发后，他就和几位同学一起离开学校参加抗日救国演出活动。他先是参加杭州的"五月花剧社"，几个月后考入浙江大学。后来他与金山等人组织剧社，克服种种困难演出《都市之角》《雷电颂》《油漆未干》等剧目，受到社会各界关注和好评。"九一八"事变后，上海进步文艺组织成立了十多个演剧队，欧阳山尊参加的是演剧一队。他怀着一腔热血组织并参与演出了许多抗战剧目，用文艺形式宣传抗日救国道理，呼唤民众积极行动起来，坚决不做亡国奴，在社会上产生了很大反响。

这期间，远在中国西北的小城延安无时无刻不在召唤着欧阳山尊，那里是他心中的红色圣地，是国家和民族的希望所在。欧阳山尊向来敢想敢做、立说立行，从不顾家人劝说，从上海辗转到达西安，又从西安七贤庄八路军办事处领到100元钱，买了一辆旧自行车，正是这辆在当时来说算是很"先进"的交通工具，陪伴他奔波了800多里地，胜利到达了延安。

在延安，欧阳山尊被一种全新的生活深深吸引，他以高昂的热情投身解放区的文艺工作。1939年，欧阳山尊结束了在抗日军政大学的学习生活，毅然奔赴抗日前线，先是在八路军120师战斗剧社工作，后参加游击剧团到敌占区开展文艺宣传。他们每人一条枪、30发子弹，带着一架油印机和简单的化妆品，每到一个村庄，就找个庙宇或土台子，把军被当幕布挂起来，然后派人到村子里动员群众出来看戏，群众来了他们就开始演出，演出结束就赶紧收拾摊子赶往下一个村庄。此时的欧阳山尊完全沉浸到了回忆之中，他无限感慨地说："那时真是年轻啊，心里总像是燃烧着一团火，浑身有使不完的劲，每次演出结束，老百姓给递上一缸子白开水，往手

欧阳山尊

里塞把花生或红枣，心里就很满足了。"

1942年5月，欧阳山尊参加了延安文艺座谈会，这引发了他关于中国文艺发展前途的许多思考。欧阳山尊是个心里有事不吐不快的人，经过一番思索，他和几个同事一道给毛泽东写了一封信，谈了自己的感想，不久，毛泽东同志就给他们回了信。这封回信无疑给了欧阳山尊莫大的鼓舞和鞭策，也更加坚定了他从事抗战话剧创作的信念。

画家谷嶙创作的欧阳山尊肖像

这一时期，欧阳山尊先后担任过抗日军政大学总校文工团副团长、"战斗剧社"社长等职。1943年12月，陕甘宁晋绥联防军政治部宣传队成立，贺龙点名将欧阳山尊调入。这期间，他导演了十余出反映敌后斗争生活的剧目。60多年后，欧阳山尊回忆起当时的情景，心中还隐隐有些激动，他说："我常常带着剧团到村子演出，今天的人们已经很难想象出当时的条件有多么简陋，我们演出的时候，没有灯光就往喝水用的缸子里倒点儿菜籽油，放上一根棉花捻子点燃照明，即使这样，我们演出得也特别卖力，老百姓很喜欢看。有时候突然下起雨来，我们不停，老百姓就站在雨中看戏，一直到演出结束还不肯离去。"

新中国成立后，欧阳山尊参与了创建北京人民艺术剧院的工作，他与焦菊隐、夏淳、梅阡等人一起开创了北京人艺现实主义话剧风格，这期间尽管经历了无数的政治风浪，但欧阳山尊始终没有放弃对话剧艺术的追求与探索。他曾先后导演了《春华秋实》《日出》《带枪的人》

《三姐妹》《杨开慧》《末班车上的黄昏恋》等50多部话剧，没有人知道这些作品到底倾注了他多少心血，才成为一代人心中无法抹去的深刻记忆，成为中国话剧史上不朽的经典作品。此外，他还导演了《关汉卿》《松赞干布》《智者千虑，必有一失》《红色宣传员》《于无声处》等数十部舞台剧和影片《透过云层的霞光》、电视剧《燃烧的心》等。

　　退休后，欧阳山尊的心一刻也没有离开心爱的舞台，还在苦苦思索着中国话剧的现状与发展，94岁的时候还和85岁的朱琳、80岁的周正等同台演出了《纪念话剧百年经典话剧片段欣赏》。演出中，欧阳山尊是第一个登台演出的演员，他被人用轮椅推上舞台，表演了鲁迅先生创作的《过客》中的一段独白。这段台词不多，却充满了激情，欧阳山尊用尽气力，努力朗诵得声情并茂，赢得了现场观众经久不息的热烈掌声。朗诵结束后，欧阳山尊压抑不住内心的激动，竟然一下子从轮椅上站了起来，转过身来，拄着手杖，在人们惊诧的目光中，一步步自己走下了舞台。夫人笑着说："他平日里从轮椅上起来，都要别人搀扶的，谁也没有想到他会这么做的，当时我的心都提到嗓子眼上了，真不知道他哪里来的这么大能量。"欧阳山尊则颇有豪气地说："能从奋斗了一辈子的舞台上自己走下来，那种感觉真是开心啊。"说到这里，脸上绽放出笑容，开心得像个孩子。

　　与欧阳山尊先生交谈，常常会被他澎湃的生命激情所感染，让人感觉不到面对的是一位九旬老人。谈及养生之道，他说："我已经90多岁了，身子骨还算硬朗，常有人问我长寿的秘诀，我觉得这个问题不好回答，说得不好反而会产生误导。我年轻的时候，很喜欢踢足球、游泳，还学过拳术，后来又学习了拍打健身法，就是通过适度、有节律地拍打身体，强身健体，阻遏衰老。拍打最好在早晨进行，拍打的部位可根据自己的健康状况确定，一般每个部位拍打三五分钟，一天一次。我感觉这个方法对我的健康很有益处，可以通经、活络，消除气滞，促进新陈代谢。"

对于自己的晚年生活，欧阳山尊说："几年前，医生跟我约法三章，让我做到'三不'：活动不能多，不能疲劳，不能激动。这对我来说，实在很难做到，对我来说，时间是多么宝贵啊，我总觉得自己是在和时间赛跑，就是想停也停不下来啊。我常常对人说自己是生于忧患，老于安乐，留得余年，报效祖国。"

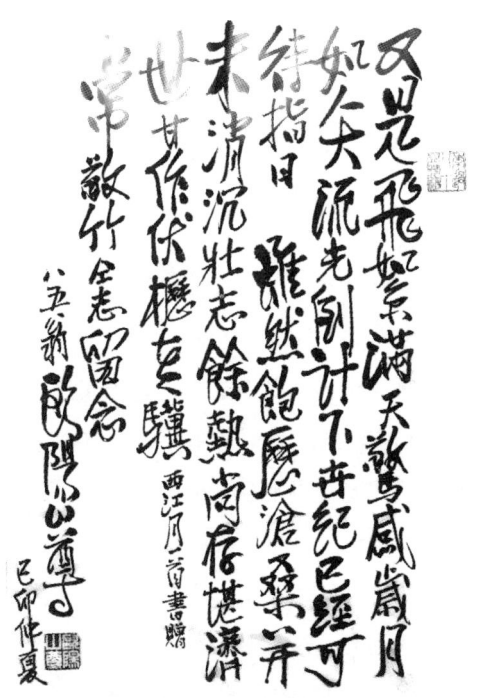

欧阳山尊书法作品

欧阳山尊（1914年5月—2009年7月），湖南浏阳人，中国现代戏剧奠基人之一。1938年进入延安抗日军政大学学习，后奔赴八路军120师战斗剧社，1942年5月参与了延安文艺座谈会。新中国成立后参加创建北京人民艺术剧院的工作，与焦菊隐、夏淳、梅阡等人一起开创了北京人艺现实主义话剧风格，导演《春华秋实》《日出》《三姐妹》《杨开慧》《末班车上的黄昏恋》等50多部话剧；还导演《关汉卿》《松赞干布》《智者千虑，必有一失》《红色宣传员》《于无声处》等数十部舞台剧及影片《透过云层的霞光》、电视剧《燃烧的心》等。

谢添,"倒行逆驶"的书法家

在文艺界,曾有这样一则传闻:一个专门到文艺圈人士家中行窃的"雅贼"到北京电影制片厂某宿舍偷盗时,见室内到处杂乱无章地堆放着书籍、画册、录像带等东西,却没有一样值钱的物什,顿时气不打一处来。他摘下墙上的镜框正要往地上摔时,突然怔住了——这照片上的老头不是电影表演艺术家、著名导演谢添老爷子吗?许多人在后来猜测,这雅贼十有八九是个电影迷,十分喜欢谢添导演的《锦上添花》《甜蜜的事业》《洪湖赤卫队》《七品芝麻官》等影片,所以不仅没有摔镜框,反而心甘情愿地为谢添老爷子整理了房间,清扫了卫生,然后留下一张纸条,希望谢老爷子在晚年能拍出他喜爱的影片云云。

正是在这间拥挤而杂乱的屋子里,我同谢老爷子成了忘年交。在电影界,谢老爷子的房间的确是以乱出名的,他本人对此却大不以为然,还自称房间是"乱斋",自己是"乱室英雄"。他说整理得井井有条,擦拭得一尘不染的房间都是给外人看的,而且必须要有闲暇时间做家务才行。谢添那么忙,专门花时间收拾房间对他来说实在是一件奢侈的事情。局外人看着谢老爷子的房间乱,可什么东西放在什么地方,他心里清楚着呢,闭着眼也能伸手抓到,取放自如,极少出现差错,这大概也算是他几十年练就的一手绝活吧。

对待自己钟情的电影事业,作为演员和导演的谢添从来不曾马虎过。然而，生活中的谢老爷子却极其大大咧咧，从不为那些是是非非、恩恩怨怨、小名小利而劳心费神，用他的话说是没心没肺，什么事情都不往心里去，什么时候都不为难自己。试想人这一辈子谁能不被一些事困扰？谁能没点儿苦恼？谢老爷子也是一个活生生的俗人，也食人间烟火，我等能碰上的事他也会碰上，然而他却能跳出三界外，不在五行中，做一个超脱之人、大度之人。"文革"时期，谢添被打成北京电影制片厂的"特务头子"，可他依旧十分乐观，白天挨完批斗，晚上回家照样呼呼大睡，从不失眠。即便到了80多岁，他都从不知道失眠是啥滋味，这一"绝活"实在令人羡慕得很。

　　心情好，胃口就好，吃嘛儿嘛香、身体倍儿棒。谢老爷子腰不弯、背不驼、眼不花、耳不聋，身子骨硬朗朗的，这当然与他的健身之道有关系。年轻的时候他对打篮球、游泳、跑步都十分喜爱，在北影厂是出了名的运动爱好者。后来因工作忙碌，不能抽出大块的时间去锻炼身体，他便开始"表演"锻炼：要么假设自己手里举着沉重的杠铃，双手攥拳一下一下沉重地举过头顶；要么趴在一条凳子上游"旱泳"，假设是在江海湖泊或泳池里，手脚不停地划动，嘴里还有节奏地呼气吐气。每每一番折腾，闹得自己大汗淋漓，冲一个澡出来，顿时爽快无比，此乃谢老爷子的又一"绝活"。

　　其实，谢老爷子最拿手的"绝活"当数他的书法。不知从何时起，由于他是名人，常被邀请参加各种活动和

谢添

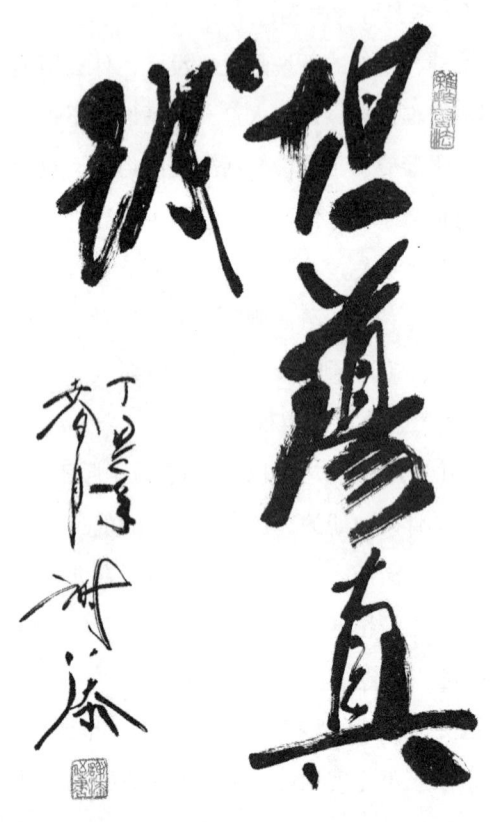

谢添书法作品

笔会,这使他一不小心"混"入了书法界,而且名气颇大,大有要盖过他苦心奋斗了大半辈子在影视界赢得的名气之势。

看谢老爷子写字实在是一种享受。异常简陋的折叠桌上,一张宣纸徐徐铺陈开来,谢老爷子略一沉思,一个绝妙的句子便会跃然纸上。电影演员李仁堂因主演《被告山杠爷》获电影百花奖,谢添为其题写"杠上开花"以示祝贺;"棋圣"聂卫平向谢老爷子求字,得到"棋乐无穷"的条幅;谢老爷子为天津狗不理包子铺题词"笼的传人";为一家台球馆题词"君子好球";为北京一家报社题写"报好人好,好人好报"……谢老爷子不仅在题写的内容上令人忍俊不禁,拍手叫绝,书写方式更为怪异奇绝——倒书。谢老爷子写字时,或坐或站在我们常人写字的对面反向书写,那些笔画烦琐、结构复杂的字他居然也能倒写如流,实在令人叹为观止。对此,老爷子解释说是因为自己字写得不好,怎么也追不上那些真正的书法家,他只好改练倒书,就像赛跑时转身往回跑,让大家掉转方向来追他,是他笨人耍了个小聪明。这话听起来似乎有些道理，但只要你见过他的书法作品，就会知道他的书法功力是何等深厚了。

话又说回来，谢老爷子"误"入书法界，绝非有意与书法家争饭碗，书法归根结底只是他的业余行当，他的正业还是演员和电影导演，还是他留给这个世界的那些经典的电影作品。

谢添（1914年6月—2003年12月），出生于天津市，演员、导演、编剧。1936年参演个人首部电影《夜会》，从此正式踏入影坛。此后主演电影《民主青年进行曲》《风筝》。1964年与陈方千联合执导儿童电影《小铃铛》；1979年电影《甜蜜的事业》获第三届电影百花奖最佳导演奖；1988年执导蒲剧戏曲电影《烟花泪》；1989年执导电视剧《那五》，获第九届中国电视剧飞天奖荣誉提名奖，1997年在剧情电影《红娘》中客串老和尚，凭借该片获得第十九届中国电影金鸡奖最佳男配角奖提名。

徐肖冰与侯波，爱到深处情更浓

在北京东城的一座楼房里，我按响了老摄影家徐肖冰、侯波夫妇家的门铃。这是一处面积不大的单元房，里面装修简单朴素却收拾得十分整洁。当我走进客厅的时候，85岁的侯波已经等候在那里了。这位当年为人所称道的女摄影家，上穿粉色衬衣，外罩一件蓝色坎肩，下穿一条蓝色裤子，消瘦清丽的脸上满是慈祥而谦和的微笑，说起话来也是慢声细语的，虽然已是满头华发，看上去依然是大家风范。徐肖冰是在结束午睡后由侯波搀扶着，颤颤巍巍地从卧室里走出来的。从卧室到客厅的距离并不长，两位老人却迈着碎碎的步子，走得很慢。那相依相扶的样子，看上去那样从容而恩爱，让人不由得联想到，他们一辈子就是这样携手走过来的。

徐肖冰和侯波是在延安的宝塔山下相爱的。每当有人问起他们的婚礼，侯波总会笑着说："我们是一篮子小枣举办了一个婚礼。"

侯波还是一个14岁的小姑娘的时候，就从老家山西夏县辗转到了延安，先是在中国女子大学学习，后又进入中央医院从事医护工作。1942年春天，她已经出落成一个漂亮的大姑娘了，经组织介绍认识了比自己大八岁的徐肖冰并确立了恋爱关系。当时，很多人劝告侯波，说徐肖冰是从上海来的知识分子，两个人的成长经历不一样，劝她慎重考虑自己的人生大事。那时，侯波虽然年龄不大，却很有主见，她对徐肖冰的人生经历是了解的，知道徐肖冰20世纪30年代初就进入上海"天一""明星"等影片公司做摄影助理，到延安前参与拍摄了《桃李劫》《风云儿女》《马路天使》等著名电影，是上海左翼戏剧运动的骨干成员。如果没有日军入侵，徐肖冰也许会沿着这条道路一直走下去的。可1937年卢沟桥的炮火打碎了徐肖冰艺术救国的梦想，这一年冬天，他在周恩来的介绍下，毅然从大上海冲破国民党的重重封锁来到陕北延安，先后任陕甘宁边区抗敌电影社技术部长、八路军总政治部电影团摄影师，拍摄过《延安与八路军》《彭德怀在百团大战前线》等纪录片和照片。

说起来，最令侯波心动的还是一个关于徐肖冰的故事。在"百团大战"的一次战斗中，徐肖冰手持照相机，冒着敌人的枪林弹雨，一次又一次地冲到阵地最前沿拍摄八路军冲锋杀敌的身影，全然不顾个人生死。突然，一阵密集的炮火从天而降，徐肖冰和冲在第一线的战士倒在炮火下，不见了踪影。敌人被打退后，战士们在打扫战场时，看到一个新隆起的土堆在颤动，几个战士马上上前挖掘，想不到一个人从里面突然蹲起来。原来是徐肖冰刚才被巨大的冲击波震昏过去了，醒来后以为战斗还在进行，怀抱相机对着战士们准备继续拍摄……一颗少女的心被他舍生忘死的工作精神深深打动了。就这样，19岁的侯波嫁给了徐肖冰。组织上给他们找了一间几平方米的窑洞，战友们找来一张单人木板床支起来，又在床边支上一块木板，勉强为他们搭了个双人床。两人把各

徐肖冰与侯波

自的铺盖和生活用品搬到一起，老乡们送来的一篮延安小枣，两人的同事战友过来庆贺热闹一番，就算是举办婚礼了。

徐肖冰是个一心扑在摄影事业上的人，即使是回到家中，也总是在埋头研究他的摄影。妻子侯波对丈夫的这股痴迷劲非但不反感，反而在耳濡目染中，渐渐也对摄影产生了浓厚兴趣。1946年6月，组织上派侯波到东北长春接收满洲樱花电影公司，23岁的她被任命为摄影科长。摄影科由她和六个日本技术人员组成，聪慧的侯波在单位虚心向日本技术人员系统学习冲洗胶片和摄影技巧，遇到不懂的问题就向丈夫请教，正是这种锲而不舍的学习精神，为她日后成为当代著名摄影家奠定了坚实基础。

新中国成立后，侯波被调到中央电影企业股份有限公司三厂照相科工作，面对一堆破旧不堪的器材，她边学习边改进，使照相科的工作逐渐有了起色。不久徐肖冰也调到这里，他们夫妻终于在一起工作了。徐肖冰在一线拍摄，侯波在暗房冲洗胶片，夫妻配合得非常默契，创作了很多优秀作品。

1949年6月的一天，上级通知他们到北京香山的双清别墅接受重要任务。他们匆忙赶到那里，开始拍摄毛泽东主席会见客人的场景。拍摄结束后，毛主席的秘书叶子龙说毛主席要见见他们，让他们做些准备。这是侯波第一次见到毛主席，心里又紧张又激动。毛主席拖着浓重的湖南口音问徐肖冰："这个小姑娘叫什么名字？怎么没有见过？"徐肖冰说："她是我的爱人，叫侯波，在照相科工作。"毛主席又问了侯波什么地方人，从延安哪个学校毕业的，侯波一一作了回答。毛主席又说："侯波呵，你是吃延安小米长大的，一定要好好为人民服务。"临走时，毛主席和他们夫妇合影留念。毛主席把侯波拉到中间说："你代表半边天，今天要站在中间。"这张珍贵照片后来就一直挂在徐肖冰、侯波夫妇客厅的墙上，成为他们最珍贵的纪念。

1949年政治协商会议召开后，侯波和徐肖冰夫妇被调往中南海工作，侯波担任中央警卫局新设的摄影科科长，专门负责为国家领导人拍照，夫妇俩在中南海摄影科一干就是12年。这期间，徐肖冰参加摄制了《开国大典》《解放了的中国》《抗美援朝第一辑》和《人定胜天》等脍炙人口的新闻纪录片，侯波曾经拍摄了《开国大典》《新政治协商会议》《毛主席与维族老人》《毛主席与亚非拉朋友在一起》等重要历史镜头和中央领导人的生活照片。他们以影像资料记录了中国革命的历史瞬间，为一个时代留下大量珍贵史料。1961年夏天中南海人员轮换，徐肖冰被调到中央新闻电影制片厂工作，侯波被调到新华社摄影部工作。

20世纪90年代，我所在的警卫部队建立团史馆时，采用了徐肖冰、侯波夫妇拍摄的许多照片。为表达谢意，我们请二位老人到部队做客，他们向部队签名赠送了自己的摄影集。中午去南长街一家叫"丰泽园"的饭馆吃饭时，饭馆里陈列着许多毛主席的照片，其中不少是侯波拍摄的。饭馆老板原来在毛主席身边做过警卫工作，听说两位大摄影家来用餐，赶忙过来敬酒，还要求与徐肖冰、侯波合影留念。

徐肖冰和侯波都是知恩图报的人，他们把自己在事业上取得的成就归功于国家和人民的培养。退休之后，他们将一生创作的珍贵电影作品、摄影作品以及收藏品2700多件捐献给了徐肖冰的故乡，由当地政府建造了全国首家以摄影家名字命名的摄影艺术馆。

对慈善事业和社会公益活动，徐肖冰和侯波更是乐此不疲，只要身体允许，他们总会积极参加。2008年5月12日，我国汶川等地发生强烈地震时，徐肖冰正因病住在北京中医医院的病房里，他不顾身体有病，和228名摄影家一起发出"紧急行动，抗震救灾"的倡议，在全国摄影人中引起强烈反响。5月17日下午，他和夫人侯波通过中国摄影家协会向地震灾区捐赠善款两万元。这是中国摄影家协会开

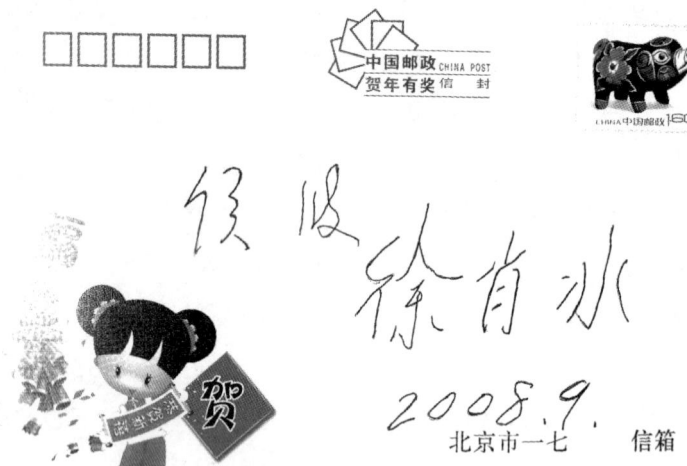

徐肖冰侯波手迹

通专用账号后收到的第一份个人捐款。徐肖冰幽默地说:"如果我年轻五岁,还会上一线去拍照片的。"

俗话说"少年夫妻老来伴",晚年的徐肖冰、侯波总是相依相伴,形影不离。对此,徐肖冰感慨地说:"年轻的时候,都在忙事业,现在老了,才体会到两人是个伴儿,彼此生活上照应,情感上沟通,谁也离不开谁。"徐肖冰和侯波的晚年生活是平静而有规律的,每天就是读书、看报、看电视,每当有客人来访,他们中的一位同客人谈话的时候,另一位总是很仔细地倾听着,有时也会插话,说一说自己知道的情况或是自己的观点和看法。

比较起来,比丈夫年轻八岁的侯波身体要好得多,除了听力有些不济,需要戴助听器外,其他并无大恙。而93岁高龄的徐先生身体的确大不如从前了,即使是在室内走动也离不开人搀扶或手杖。但他依然思维清晰,每天坚持读书看报,对国内外形势尤其关注,而且还有自己独到的见解，有时同来访问的客人交谈，让来访者都感到惊诧。天气好的时候，老两口就会到楼下不大的院子里走一走，这时候的徐肖冰通常是坐在轮椅上让人推着的。有时候，他们也会在院子里小坐一会儿，在温暖的阳光下静静地回忆着共同走过的道路，那相亲相爱的样子，让人看了好生羡慕。

徐肖冰（1916年8月—2009年10月），浙江桐乡人，摄影家，新中国电影事业先驱者。1937年参加八路军，延安抗大学习期间，拍摄毛主席给抗大学员讲课照片，参与《延安与八路军》《抗美援朝》《开国大典》等多部重要纪录电影的摄影或编导工作。曾任中国文联荣誉委员、中国摄影家协会主席。获首届中华艺术金马奖终身摄影成就奖，被法国"纪念摄影术诞生180周年"活动评选为180人之一。

侯波（1924年9月—2017年11月），山西夏县人，1938年参加革命，入延安边区中学、延安女子大学学习。抗战胜利以后，任东北电影制片厂摄影科长。1949年任北平电影制片厂摄影科长，同年调入中南海，任中共中央办公厅警卫局摄影科科长，为毛泽东和党中央等领导同志专职摄影，12年用镜头记录共和国伟人们尤其是毛泽东的工作和生活，被誉为"红墙摄影师"。后任新华社新闻摄影编辑部记者、中国文联委员、中国女摄影家协会主席。获首届中华艺术金马奖终身摄影成就奖。

凌子风，带着很多梦想离去

即便到了晚年，凌子风的形象和神态依然像一头狮子，大块头的身体无处不充满生命的张力，一头白发不羁地张扬着，上唇的一抹短须倒是为他平添了几分儒雅，一双睿智慈悲的大眼在洞察世间万象后，已经没有多少烟火气息了，他只想用有限的生命，去记录生命的壮美与苍凉，去表现人性的凄美与无奈。他的创作也没有了围栏，不想在惯性的道路上向前滑行，他要求新求变，他说："齐白石50岁还能变法，我也要变法……"

我去南沙沟拜访凌子风，他的爱人韩兰芳出来开门，当时凌子风已经身患癌症，正在治疗中。按照电话中约定，谈话时间大约一小时。凌子风身穿白色衬衣、背带裤正坐在那里看书，打过招呼后，他开始翻看我带去的册页，看到老友蔡若虹书写的"怀念延安"四个字，不禁幽幽地说："我也怀念延安啊。"然后奋笔画下宝塔山，一枝苍松从画面外横斜过来，水墨淋漓。放下笔，他立在那里，喘得厉害，久久端详着画面，没有说话。过了一会儿，又翻开册页的另一面，写下"白发未敢言倦"六个大字。看凌子风写字作画，是一种艺术享受，他的夫人韩兰芳曾做过这样的描述："在不管是电影活动中，还是画家聚集的笔会上，子风的画桌旁常常人满为患。从没见他皱过眉头，好像反而让他更加情思激越……你会看到他熟练地把裁出的纸铺下，沉思着在墨池里调润着笔头，向后撤一步，紧望着那纸幅，呼吸渐渐紧迫，由细见粗，声渐膨大，忽然，雄鹰扑翅，那纸幅上风驰电掣般泼染出一片销人魂魄的神韵！每一幅画儿都是一次灵与墨的交响，同是画山水，却幅幅不同，你总能见到一个激情飞扬，不断挑战自我的凌子风！"

说起来，凌子风的书法绘画，那可是专业科班出身，他的大姐凌成竹是国画大师李苦禅原来的爱人，他从小就喜欢捏泥巴、堆雪人，姐夫李苦禅夸奖他的玩乐之作是"真正的雕塑"。16岁时凌子风考入国立北平艺术专科学校（今中央美术学院，简称"北平艺专"），中西绘画、雕塑、篆刻兼修，1935年考入位于南京的国立戏剧专科学校舞台美术专业。复杂的教育背景培养了凌子风的多才多艺。

凌子风同那个时代的许多热血青年一样，为追求革命理想奔赴延安，曾担任延安鲁迅艺术学院教员。1944年，为庆祝"七大"召开，延安鲁艺安排他创作献礼作品。他用了一个晚上的时间，将一块砚石刻制成模具，浇铸了15枚毛主席像章，像章下方还刻有"LF"字样（凌子风曾用名"凌风"的首字母）。这些像章第一枚由周总理保存，陈毅佩戴的那枚由其后人捐赠，如今作为一级文物被保存在国家博物馆。

作为一代著名导演，凌子风的一生无疑是辉煌的，他执导的《红旗谱》《骆驼祥子》《春桃》《边城》《狂》等著名影片堪称经典。年龄大了，原本可以退出江湖，安度晚年，但素有"拼命三郎"称号的他，依旧壮心不已。步入暮年的凌子风虽然忍痛舍弃了心中的许多梦想，但还是顽强地保留了自己最后的三个梦想——拍摄《李白》《弘一法师》和《天桥》三部影视。唐代大诗人

凌子风

凌子风绘画作品

李白生性狂放，才华横溢，历经磨难，壮志难酬；"弘一法师"李叔同是清末民初的大艺术教育家，早年东渡日本，学习西洋绘画，在音乐、戏剧、书法、教育等方面才华横溢，正值盛年却离开尘世遁入佛门，潜心修行。凌子风决意拍摄这两位历史人物，一定是他们的人生际遇、信仰追求和艺术趣味有某些东西与他的心灵深深契合，触动了他的思想情感。凌子风执意拍摄再现他们，或许也是为了抒发个人的情怀。

凌子风不止一次地说，能在有生之年，完成拍摄《李白》《弘一法师》和《天桥》三部影视作品，这一辈子的电影生涯也可以画一个圆满的句号了。令人扼腕痛惜的是，由于身体原因，他的梦想还是落空了，三部筹划已久的作品终究未能问世。

凌子风晚年患癌症，几经治疗，后来不断恶化，康复的希望完全没有了。韩兰芳心疼凌子风，与其让他整日里穿着病号服，面对着苍白的墙壁，还不如换一种活法，趁身体允许，去想去的地方。白天浏览山川古迹，夜晚就对坐在临窗的酒店房间，两人轻声交谈，享受生

凌子风书法作品

命最后的美好。

1999年3月，凌子风在北京病逝，爱人韩兰芳在北京玉渊潭的湖边，为他举行悼念仪式，电影界的许多著名人士前来参加。大家在荷叶上点燃小小的烛灯，轻轻放在河水里，远远望去，夜幕下，宁静的河面上，一片明亮的灯影。作为大导演的凌子风，天上看着至亲的人和一众老友以这样的方式为他送行，一定满心的欣喜吧。

凌子风（1917年3月—1999年3月），出生于北京，导演、编剧、演员，毕业于国立戏剧专科学校。1935年编导独幕剧《狱》，系其第一部自编自导自演作品，1938年编导独幕话剧《哈娜寇》获晋察冀边区鲁迅文学奖，1946年参演剧情电影《边区劳动英雄》。1949年执导个人首部电影《中华女儿》，后执导电影《春风吹到诺敏河》《深山里的菊花》《草原雄鹰》《李四光》《边城》《马铁腿外传》《狂》等，荣获卡罗维发利国际电影节"争取自由斗争奖"、文化部优秀影片二等奖、中国电影金鸡奖最佳导演奖等。

盛婕，舞坛美丽的常青树

舞蹈艺术家盛婕，是延安鲁艺为数不多的老寿星之一，也是新中国舞蹈事业的老祖母了。尽管年事已高，但她依旧保持着爱美爱整洁的习惯，每天起床后都要穿戴得整整齐齐，脸上略施粉黛，看上去很是端庄。爱人吴晓邦去世后，她就一直自己居住在北京和平里的家中。孩子们住得很近，最近的就住在隔壁，有事招呼一声就能过来，周末和节假日也会过来陪她打麻将，陪她一起吃饭。但她平时的生活还是很独立的，每天吃过早饭，就开始阅读处理收到的信件、刊物。作为新中国舞蹈事业的领导者、亲历者和见证人，很多同事和学生撰写回忆和理论文章，也会请教于她。此外家中还订着好几种报纸，读报也会占去她很多的时间。时光就在这些平常琐碎的事情中漫不经心地流逝着，这对一个90多岁的老人来说，就算是十分难得了。

1917年12月21日，盛婕出生于上海的名门望族。她很小就随父亲到了哈尔滨，正是在这座被称为"东方小巴黎"的城市里，盛婕开始了她的学生时代。因为天资聪慧，漂亮又喜爱文艺，父亲就让她跟随专业老师学习舞蹈。盛婕从心底里热爱舞蹈艺术，寒假的时候，学校放假停课了，她就自己花五块钱到俄国人开设的芭蕾培训班上课。通过训练她的形体更加优美，舞蹈技艺也有了长足进步。老师很喜欢这个有天分又肯用功的小姑娘，开始安排她参加许多舞蹈节目的排练演出。一时间，走上表演舞台的盛婕成了学校的小明星。

后来，哈尔滨被侵华日军占领，盛婕的父亲又因病突然去世，原本富足快乐的生活发生了变故，盛婕在家人的安排下回到了上海。这时的盛婕已经是一个高挑秀美的大姑娘了，她在中法戏剧专科学校学习时，结识了自己一生的伴侣吴晓邦。那时，吴晓邦在学校担任舞蹈老师，他的课既专业又有趣。情窦初开的盛婕在不知不觉中喜欢上了自己的舞蹈老师。一天见不到吴晓邦，心里就觉得空落落的。所以常常不上舞蹈课的时候，也去找吴晓邦上课。舞蹈课成了她上得最勤的一门课。就这样，两颗年轻的火热的心渐渐走到了一起。

从中法戏剧专科学校毕业后，盛婕开始了自己的演艺生涯。她曾在上海剧艺社出演《女儿国》《梁红玉》等进步剧目。六七十年后，年迈的盛婕颤巍巍地从书架上取下影集，指着里面的黑白照片，向我讲述自己的青春过往。我看着一张张泛黄的老照片，慢慢地穿越时光，还原一个女人的青春时代，被演出剧照上她秀美的容貌和清纯的艺术气质所惊叹。当时，她的名字已经被上海演艺界所关注。无须怀疑，如果沿着这条路走下去，她会成为一名知名演员的，但吴晓邦从桂林寄来的一封信，改变了盛婕的人生轨迹。盛婕接到吴晓邦的信，马上奔赴桂林同吴晓邦一起教授舞蹈和开展抗日救亡活动，从此走上革命文艺的道路。

1941年4月14日，盛婕与吴晓邦在重庆实验歌剧院礼堂里举办了婚礼，重庆文艺界很多人到场祝贺。后来，盛婕与吴晓邦几经辗转，奔赴革命圣地延安，双双进入鲁艺工作。对于在延安的这段时光，盛

盛婕

婕印象最深的是日军投降的日子，她回忆说："那天晚上，整个延安轰动了，大家走上广场街头，打起锣鼓，扭起秧歌，点燃火把，大家拥抱跳跃，庆祝战争胜利。也许是这一天等得太久了，每一个人都是那样喜悦、兴奋和激动。"

1949年7月，盛婕作为舞蹈界列席代表参加了在北京召开的第一次中华全国文学艺术工作者代表大会（后改称"中国文学艺术界联合代表大会"），这次会议确定了成立包括舞协在内的六大协会。此后几年，她先后担任中国青年艺术剧院舞蹈团副团长、中央戏剧学院舞蹈教研班民间舞组组长、北京舞蹈学校教研组组长。从1955年开始，盛婕担任中国舞蹈艺术研究会秘书长、中国舞协副主席、中国舞协顾问等，由此走上了新中国舞蹈事业的组织领导工作岗位，直到退休了，还在为舞蹈事业的发展贡献着自己的力量。

盛婕是一个做事情十分认真的人，工作作风也很是泼辣。早在20世纪五六十年代，为研究民间舞蹈和编写舞蹈教材，她带人到安徽搜集花鼓灯，到东北搜集大秧歌和二人转……盛婕说："那时下乡采风，条件很艰苦，走到哪就吃到哪、睡到哪，都是吃住在老乡家里，有时找不到床就睡地上。有一次，我用一块木板打地铺睡，第二天醒来才发现是棺材板，我还和同事打趣说，就当死过一回了。"

1956年，盛婕带人去江西收集几乎失传的傩舞资料。当地人因为担心这种舞蹈是封建余毒，早就没人跳了。盛婕在当地走访了好多天，终于找到了从前负责管理傩舞面具的长者。通过耐心细致地做工作，

吴晓邦

老者才带着他们去庄稼地里刨出一大箱子木制面具。盛婕在后来回忆说:"箱子打开后,我一下就震惊了,那些面具雕刻得很精致,表情活灵活现。我上去就用单手将面具拎出来,摆在桌子上让同事拍照。想立刻用相机记录下这些珍贵的艺术作品。这时我突然发现带我们来的那位老者在一旁吓得发抖。我一开始不知怎么回事,问当地人才知道这些傩舞面具在他们心中代表的是神,请神前必须沐浴、净身,而且只能由男人把面具请出来放在桌上供奉,女人不能碰触。"做事一向大胆泼辣的盛婕全然没有理会这些,依旧兴奋地召集大家逐一拍照,把这些珍贵的实物资料保存下来。

盛婕还搜集到了曾经在浙江金华一带流传的"龙舞",回北京后热心教授给中央歌舞团演员学习表演。后来,中央歌舞团在世界青年与学生和平友谊联欢节上表演这个舞蹈广获好评并获奖。

后来,盛婕还带人编辑、撰写了《中国大百科全书·音乐舞蹈》《中国民族民间舞蹈集成》《当代中国舞蹈》等专业著作,为新中国舞蹈事业的发展做了大量基础性工作。

盛婕回忆说:"我们这一代人,经历的事情太多了,一辈子走过数不清的风风雨雨,在政治运动中,吴晓邦不能从事舞蹈工作,只好在家写字画画,人们都知道他是个舞蹈家,却不知他在书画方面也是下过大功夫的。现在家里还留有他的好多书画作品,他这是在给自己寻找精神寄托,支撑着自己生活下去。我也曾经被开批判会,被关在机关没完没了地写检查,但我没有自杀,我相信总会过去,总会出现转机的,后来就真的从苦难中走出来了。"

我认识盛婕的时候,她已经70多岁了。每次见面,她都穿戴优雅,化着精致的妆容,亲自为我泡茶,如果赶上中午,会带着我去小区里面的餐馆就餐,每次她都抢着买单。那时她正在为在江苏太仓建立吴晓邦舞蹈艺术馆奔波忙碌。这的确是一项大工程,头绪多,牵涉面广,

吴晓邦绘画作品

协调起来十分劳心费神。馆内收藏陈列的数千件文物，大都是盛婕亲手查找、分类、注释后，才从北京运到太仓的。时任中国文联名誉主席周巍峙曾感慨地说："吴晓邦舞蹈艺术馆的建立，为新中国的舞蹈事业保留了一份宝贵的资料，这里面包含着盛婕同志的辛苦和心血。"

1999年，吴晓邦舞蹈艺术馆落成。展览大厅内刻着六个金字，"为人生而舞蹈"。盛婕说，这是吴晓邦一生的艺术追求。细想起来，这不也正是盛婕自己的人生信条吗？

2009年，在庆祝中国舞蹈家协会成立60周年大会上，92岁高龄的盛婕获得了中国舞蹈界的最高荣誉奖项——"终身成就奖"。

盛婕在97岁高龄的时候，晚上起夜时不慎摔倒，造成股骨头骨折，医生和孩子们都希望她保守治疗，但她坚持做手术换股骨头。出院后经过一段康复训练，又奇迹般地能下地走路了。

2017年1月9日上午，盛婕因病离世。如果按照民间的算法，她已经活过百岁了。

盛婕（1917年12月—2017年1月），江苏常州人。1938年入中法戏剧学校学习。曾任上海剧艺社特约演员，延安鲁艺、东北大学艺术系舞蹈教师。新中国成立后历任中国青年艺术剧院舞蹈团副团长、中央戏剧学院舞蹈教研班民间舞组组长、北京舞蹈学校教研组组长、中国舞协副主席，长期从事民间舞蹈、地方戏曲舞蹈的收集整理和研究工作。

马少波,乐耕园里一戏翁

原本就很高很瘦的马少波先生,穿一身笔挺的银灰色的西服,就显得人更清瘦,身材也更修长。一头白发整齐地向后梳着,露出明亮光洁的额头。脸上总是带着儒雅谦和的微笑,说话慢声细语,很照顾交谈者的心理感受,即便是初次相见,聊天氛围也很是亲切融洽。这是我在北京地坛公园北门外那片老旧小区里与戏剧家马少波第一次见面的印象。

马少波是有革命资历的文化老人。早在1938年春天,马少波就参加了胶东抗日游击第三支队。那个年代,队伍里难得有文化青年,部队创办了名为《海涛》的刊物,马少波担任编辑委员,负责组稿、写稿,宣传鼓动民众参加抗日。后来中共胶东特委又成立了胶东文化界救国协会,还创办了胜利剧团,把民间艺人组织起来,创作演出民众喜闻乐见的戏剧,发动群众抗日救国。马少波很有戏剧天分,创作的第一个多幕话剧《指挥》,就在胶东文艺评奖中名列第一。之后他改编创作了《吴蜀和》《木兰从军》《太平天国》等一大批剧作,都深受军民喜欢。其中的《闯王进京》在为部队演出时,台下一片叫好声、鼓掌声,时任胶东军区司令员的许世友也深受感染,亲自接见马少波和剧团演员。

马少波的创作十分广泛,除了剧本,他还热衷于小说、报告文学、杂文和诗歌。为提高文学修养,他通过各种办法寻找文学作品阅读。

时间久了，大家知道他喜欢读书，谁见到好书都会告诉他。马少波读书兴趣广不挑食，像吃五谷杂粮一样汲取知识营养。他还喜欢听民间艺人讲故事，各种传奇野史都听得津津有味。这些都对他的戏剧文学创作大有裨益。青年马少波在艰苦卓绝的战争岁月里，一手握枪，一手拿笔，以满腔热情投入创作，在烽火硝烟中锻炼成长，从文化青年一步步走上领导岗位，成了胶东文化界救国协会会长、胜利剧团团长。

1949年夏天，周恩来约请各个解放区从事戏曲改革的干部骨干到北平召开座谈会。当时新中国即将成立，古老的中国戏曲也即将开启新的篇章，31岁的马少波是从战火纷飞的革命年代开始戏剧创作的，是从社会最基层的乡村土生土长起来的，是最能代表人民大众的心声和向往的。在规划和构建新中国戏曲未来的讨论会上，马少波敞开心扉，积极建言献策，建议成立戏曲改革领导机构，对旧时代的戏曲进行大范围改革改良，使戏曲更好地为新时代服务，为人民大众服务。新中国成立后，中央成立了中华全国戏曲改革委员会筹备委员会，马少波任秘书长，此后还担任过中国戏曲研究院党总支书记、副院长、中国京剧团团长，中国京剧院党委书记、副院长等领导职务，一辈子都与中国戏剧有着剪不断的情缘。

从新中国成立到"文革"结束长达20多年，中国戏曲同中国社会一道，经历了许多风云动荡。马少波作为戏曲界的组织者之一，作为一名戏剧家，自身经历了困顿与彷徨，他的戏曲创作也在生命的年轮上留下了大片空白。

马少波在为作者创作的国画前

马少波除了从事戏曲文学创作，还十分喜爱书法，写得一手气韵生动、线条优美的草书。经常有机构和个人向他求字，马少波都会一一满足，而且分文不收，中国书画家联谊会还聘请他担任副会长。我每次去拜访他，都会有不小的收获，有的书法作品还是专门为我创作的，上面题写了我的名字。2008年5月，马少波将自己摹写的《怀素自叙》摹本及楷书《怀素自叙》帖全文与临摹后记合而装裱为8米余长卷、《怀素自叙》帖珂罗版折页本以及欧阳中石亲题的《拜读马老少波先生手泽之后》诗原迹，无偿捐赠给首都博物馆收藏。

60余年来，马少波先生创作了大量戏剧、诗词及文艺理论著述。主要剧作有《闯王进京》《正气歌》《宝烛记》《明镜记》《白云鄂博》等30余部，多部荣获文化部"文华奖"等重大奖项。

人生很短，马少波原本还有很多的人生梦想，还有很多的创作构思，可是不觉间就垂垂老矣。晚年的马少波，在夫人李慧中的全力协助下，开始查找收集自己一生发表演出过的作品。由于年代久远，时间跨度大，很费周折，好在他的夫人李慧中很能干，陆续编辑出版了《马少波戏剧代表作》《马少波研究文集》《戏曲艺术论集》、散文集《从征拾零》等，共计500多万字。他主编的《中国京剧史》深受读者好评，荣获了"五个一工程奖"和"国家图书奖"。《马少波文集》经过数年的艰苦编纂也终于问世。文化界的老领导阳翰笙在《马少波文集》序言中，这样写道："在党领导戏曲改革半个多世纪的征途中，既担负着组织领导的重任，又能继续抗日战争初期开始的戏曲创作生涯，不断有高水平的新作问世的，我认为唯有田汉和少波。"

马少波的家，是老式砖楼，面积不大，他除了在这里居住生活，还有大量的图书资料也堆积在里面。到了晚年，他和夫人一直想给这些资料收藏找个归宿，使之既能完整地保存下来，又能供后人参考使

马少波书法作品

用。经多方协调洽谈,马少波决定将自己的著作、手稿及艺术收藏品一万多件全部无偿捐赠给家乡山东烟台,由烟台博物馆建立马少波文学艺术著作陈列室保管陈列。马少波怀着难以割舍的心情,像嫁女儿一样把自己一生的收藏亲自送回到家乡,他还亲笔赋诗一首:

傍海园林百戏楼,

归档一叶乡情稠,

行行字字丹心铸,

敝帚自珍为国留。

2009年10月12日,中国戏剧家协会授予马少波"终身成就奖"。一个多月后,马少波在北京病逝。

马少波(1918年3月—2009年11月),文学家、文艺理论家,中国戏曲改革早期开创者。曾任中国京剧院(今国家京剧院)副院长、中国戏曲学会副会长、中国京剧艺术基金会副会长、文化部振兴京剧指导委员会副主任、中国戏曲学院名誉教授、《中国京剧史》及《中国京剧百科全书》编辑委员会主任。

陈强，反派演员的六次历险

在著名电影演员陈强漫长的演艺生涯中，扮演和塑造的大都是反派角色，观众把他和陈述、刘江、葛存壮、方化戏称为银幕上的"五大坏蛋"。其实生活中的陈强，是个正直、善良、热心的大好人，在演艺界有着极好的口碑。

为什么生活中的他和塑造的艺术形象差别如此之大？这个问题我专门问过陈强一次，他听后哈哈大笑，然后对我说："或许是扮演过许多坏人，比一般人更知道坏人的恶，才更想去追求真善美吧。"

我每次去拜访，只要时间允许他都会爽快地答应。

记不清在谈论什么话题的时候，陈强讲起了他几次置之死地而后生的经历，值得庆幸的是他每次都能逢凶化吉，这不能不说是一种生命奇迹。

陈强还不满一岁时，有一次大人们外出做工，外婆在街头给人缝衣服，他被锁在家里，由于火炕烧得过热，他号啕大哭起来。当外婆被人叫回来，进门抱起陈强时，只见他后背和后脚跟上的肉全被烫坏了，血水一个劲儿地外流，幸亏抢救及时，陈强总算活了下来。

因为扮演黄世仁，陈强成了童叟皆知的"大坏蛋"。一次在晋中演出，一个新战士被剧情感染，控制不住理智，"咔嚓"一声把子弹推上膛，举枪就要向"黄世仁"射击，千钧一发之际，幸亏班长一个箭步冲上前夺下了他的枪。以至于以后再演出时，部队作出规定，指战员一律不准携带武器。

　　谈到自己差点吃"枪子儿"的经历，陈强说自己还有一次差点用手枪"自戕"。解放战争时期，他曾经配发过一支手枪，没事时经常拿出来把玩一番，还时常对着自己的脑门——砰地来上一下，因为枪里没有子弹，他尽可以玩个痛快。有一次，他去看望一位老战友，见桌子上有一把手枪同自己的一模一样，便习惯性地拿起来对着自己的脑门扣了一下扳机。老战友见状，吓得脸色煞白，连话都说不出来了。陈强觉得有些莫名其妙，老战友惊魂未定地走过来，哆哆嗦嗦地打开枪膛，陈强脸都吓白了，原来，枪膛里装着整整六颗子弹！陈强大难不死，是因为恰好碰上了一颗"臭弹"！

　　有一次，陈强委托儿童电影制片厂的朋友预订了三张机票，准备同夫人、儿子一同赴重庆参加《父子老爷车》的首映式。陈佩斯给重庆方面打电话时，对方说，没想到老爷子会来，没有预订房间，最好能晚一天到。陈佩斯只好改订了次日的机票。谁知道就是他们退掉的这趟班机，在四川、广西交界处坠落，成了中国航空史上大型空难之一。

　　还有一次，陈强坐车到北京郊区参加一个活动。轿车在高速公路上奔驰着，他颇为惬意地望着窗外的景色，心情十分愉快。突然车身一抖，朝着路边的护栏撞去，反应敏捷的司机果断地死命抓住手刹，轿车在极度倾斜中撞到树干上。大家从车里爬出来一看，才发现后车轱辘跑飞了。司机简直不敢相信在这种情况下，他们居然能够安然无恙。陈强伸手摸着司机的

陈强

头，安慰他说："我是福星，有我在，不会出事的。"司机眼里噙着泪说："老爷子，你说这话我信。"

说起来，陈强还有一次企图自杀的经历。"十年动乱"期间，陈强受到批判揪斗，没完没了的煎熬，使生性耿直的陈强十分苦闷。他开始偷偷积攒安眠药，当他把那些白色的药片抓在手里准备吞下去时，两行热泪禁不住夺眶而出，他是多么热爱表演艺术、热爱美好生活呀，可是他又不得不用结束生命这种最残酷的方式来证明自己的清白。就在他举起药片准备送入口中的时候，耳边突然响起了女儿稚嫩的哭声。这哭声使陈强猛地打了一个激灵，他突然想到，自己可以一死了之，可亲人们为此要蒙受多大的苦难和打击啊！想到这里，他悄悄地扔掉了好不容易积攒起来的药片，又一次从死亡的边缘走了回来。

这些富有传奇色彩的人生经历，让陈强变得更加珍惜生命。2012年6月26日，陈强在北京安贞医院逝世，享年94岁。

陈强自画像

方成创作的陈强漫像

陈强（1918年11月—2012年6月），河北宁晋人，早年进入鲁迅艺术学院戏剧系学习。1947年参演个人首部电影《留下他打老蒋》，1950年在电影《白毛女》中饰演地主黄世仁。此后主演电影《红色娘子军》《海霞》《鬼子来了》《再见最爱的人》等影片，成为深受大众喜爱的反派演员。曾荣获第13届中国电视金鹰奖最佳男配角，中国电影世纪奖男演员奖，第17届金鸡百花电影节暨第29届大众电影百花奖终身成就奖，2009年在北京电视台联合北京电影协会献礼新中国成立60周年"我心中的经典电影形象"评选活动中获"经典电影形象"大奖，2021年获中国国家话剧院"荣耀艺术家"称号。

于蓝，时代为她打下红色烙印

每个人都有自己的生命底色，这与生活的时代、家庭和个人成长经历有着直接的关系。毫无疑问，于蓝的生命底色是红色的，她是从延安走来的革命艺术家，从战争年代到和平时期，从青春少女到耄耋老人，从戏剧舞台到电影银幕，她扮演和塑造的大都是革命女性的正面形象。当然，最为大众所熟知的还是英雄江姐，那已经成为几代人心中无法磨灭的记忆。

记得当年我在山东老家观看电影《烈火中永生》时，大概只有十多岁，公社的放映队到村子里放电影，我放学后老早就拿着几个木凳子去占位置，然后回家草草吃几口晚饭，就去坐在那里等天黑，等放映员吃完晚饭过来架机器。当时还是靠汽油机发电，在天完全黑下来的时候，一盏电灯突然亮起来，黑压压、乱嚷嚷的人群一下子就安静下来了，眼睛齐刷刷地盯着那束投射到幕布上的光，等着暗场后开始放映。那时候村里还没有电，更没有电视，农村人了解国家大事的渠道，除了村里的高音喇叭，就是每次放电影之前先放映的《新闻简报》，也叫"加片儿"，很多乡亲不喜欢看，但我很喜欢了解国家大事，看得津津有味。但说到底还是奔着看电影来的，所以当片头音乐响起，推出电影片名的时候，我心里会更加兴奋。《烈火中永生》是著名导演水华导演的，赵丹、于蓝、张平、胡朋等众多明星出演，现在看还是感觉十分经典。许云峰、江姐、华子良、甫志高和小萝卜头等人物形象让人过目难忘。于蓝扮演的江姐是在丈夫被敌人杀害后,到农村参加革命活动,由于甫志高叛变出卖而被捕,囚禁于渣滓洞集中营里,受尽酷刑却宁死不屈,在革命胜利前夜壮烈牺牲。我当时看得十分投入,心情随着跌宕起伏的剧情大起大落,不能自已,看到动情处两行热泪挂上脸颊都不自知。

回想起来,江姐的革命形象对我的成长影响很大,我后来参军和进行革命题材的文学创作,与这部电影的启迪和影响不无关系。

但是,这辈子能见到于蓝,并有一些交往,我却从来没想过。

我见到于蓝的时候,她已经70多岁了,还担任着中国儿童电影制片厂的厂长,那时她住在北京电影学院的宿舍楼里,见我来了很热情地招呼我进门。或许是在家里的缘故,于蓝看上去就像北京胡同里的寻常大妈,苍白的头发稀疏蓬松,脸上的老年斑清晰可见,身材不高,很瘦弱,据说因为患乳腺癌动过大手术,但看上去精神很好的样子。

这就是自己从小在银幕上看到的那个大义凛然的大明星于蓝吗?

肯定是,但又感觉有些距离。我一时有些恍惚,但墙上挂着的大幅电影剧照提醒我,没错,这就是著名的电影表演艺术家于蓝,只是无情的岁月夺走了她的青春容颜,只是她们这一代人习惯了朴素本真的生活。

李文启为于蓝祝寿

房间里几乎没做什么装修,简朴得甚至有些简陋,有些寒酸,摆放的沙发桌子也都十分陈旧,完全还是20世纪80年代改革开放之初的陈设。

于蓝给我端上一杯水,然后坐

下来陪我聊天。

我说起已经采访和拍摄过的老鲁艺人，她不时插话询问，许多人同她都十分相熟，但又久未联系，所以十分关心他们的近况。说起新近去世的老朋友，她会不住地喟叹，不由得说起他们从前的许多交往。

翻看我带去的册页，她笑着说："他们写得画得都好，我可不行，我不会写字。"尽管嘴里这么说，但一点也没有推托拒绝的意思，她从抽屉里拿出一支软笔，对着册页略一深思，就挥手写下"青松挺且直"五个大字，一气呵成，奔放流畅，让我叹为观止，真没想到她的书法这么好。

这句话摘自陈毅元帅的诗句，赞美青松的高洁、坚强和不屈不挠的抗争精神。每每观赏，都会感到一股浩然正气扑面而来。

后来我搬到了北三环的马甸居住，与住在北京电影学院里的于蓝很近，偶尔还会去看望她，对她的了解也越来越多。

于蓝1921年6月3日生于辽宁省岫岩满族自治县，还是一个小女孩的时候就开始参加话剧演出，展露表演才华。17岁时因向往革命而投奔延安，先后在延安抗日军政大学和中国女子大学学习，因为酷爱戏剧表演，成为延安鲁迅艺术学院早期的演员，这应该是她开始红色艺术生涯的最初起点。在战争年代的艰苦岁月中，她用革命文艺鼓舞前线壮士奋勇杀敌的壮志，唤醒人民群众参加革命的觉悟，从延安到华北，再到东北，最终来到北京电影制片厂。她从演出街头剧、话剧，到后来主要做电影演员。60岁之后，于蓝从电影演员逐渐过渡到领导岗位，20世纪80年代筹建了中国儿童电影制片厂并担任厂长，筹建了中国少年儿童电影学会并任会长，这些开创性的工作，为我国的儿童电影事业开创了一片新天地，倾注了于蓝大量的心血和精力。但在同我谈到这些创举时，她只是淡淡地说："为孩子们做些事情，对孩子们成长有好处，我苦点累点没什么。"

2001年，已经80岁的于蓝才从儿童电影制片厂正式离休。

如果从1949年算起，于蓝在《白衣战士》《龙须沟》《革命家庭》《烈火中永生》等众多电影中成功塑造了一大批鲜活的银幕形象，格外受到观众的喜爱。谈到这些电影角色的扮演时，于蓝显得有些不好意思，她说："在我的表演生涯中，每个角色诞生的过程，都给我带来了难忘而幸福的经历。我本来只是个很普通的演员，因为扮演了这些有影响的女性，社会和公众高看我了，说起来我是沾了她们的光呢。"

于蓝以其巨大的艺术成就，先后荣获了1961年莫斯科国际电影节"最佳女演员奖"，第10届金凤凰奖终身成就奖，第27届中国电影金鸡奖终身成就奖。1961年被文化部评选为新中国"二十二大电影明星"之一。在新中国成立70周年之际，于蓝被授予"最美奋斗者"称号。因为住院无法出席，导演江平去向她报告这一消息，于蓝听明白了，她感慨地说："我为革命贡献太少，而党却给我太多，我不踏实啊！"因为耳朵聋得很厉害，她说话的声音很大，几乎是喊出来的，楼道里的医生护士都听得清清楚楚。

于蓝患癌症很多年了，但她从来没有被病魔吓倒，一直像正常人一样地生活工作着。后来更是屡次传出病危、抢救的消息，甚至还有媒体误报了她去世的消息，但她在公众面前一直保持着坚强乐观的心

于蓝书法作品

态。97岁时她还参演了由黄宏执导的电影《一切如你》，这是她出演的最后一部影片，也是最后一个角色。

我最后一次见到于蓝，是在她的延安老同学蒋玉衡的告别仪式上，她还详细地给我讲了她给蒋玉衡做媒的往事。

2020年6月28日清晨，于蓝在病床上悄悄地离开了这个世界。她的儿子、导演田壮壮在微信中这样写道："妈妈走了，现在你的感官不再起作用，你的心独立，赤裸，清明且处于当下……"

于蓝（1921年6月—2020年6月），辽宁岫岩人，中国内地女演员，毕业于中国人民抗日军事政治大学。1949年主演个人首部电影《白衣战士》后，出演《翠岗红旗》《龙须沟》《林家铺子》《革命家庭》《烈火中永生》《侦察兵》等。曾任中国儿童电影制片厂首任厂长。荣获莫斯科国际电影节最佳女演员奖，中国电影世纪奖优秀女演员奖，第10届金凤凰奖终身成就奖，第27届中国电影金鸡奖终身成就奖，中国福利会妇幼事业"樟树奖"，当选新中国"二十二大电影明星"。

廖静文，我代表悲鸿活在这个世界上

1953年秋天，徐悲鸿因脑溢血突发去世，对多数中国人来说，是失去了一位美术大师，可有谁知道这对他还不满30岁的妻子意味着什么？年逾古稀的廖静文女士端坐在一张陈旧的沙发上，脸上布满了忧伤的表情，她说人活在这个世界上，有些事情如过眼云烟，经历过后便很快忘却了，而另一些事情却永远留在了记忆深处，成为生命中永远无法割舍的一部分，让人一生都无法忘怀。她说她同徐悲鸿相识、相恋、相爱、相伴生活了十年时光，这在她的生命中尚不足七分之一。然而，她却始终认为这是她一生中最幸福、最快乐、最珍贵的一段岁月。

廖静文端庄、清瘦的脸上爬满了细密的皱纹，早年间乌黑茂密的青丝也变成了满头华发，这是无情的沧桑流年留给她的履痕，可徐悲鸿在她心中留下的记忆却依旧是那般鲜活，那般美好。

1943年夏天，徐悲鸿带着中国美术学院筹备处的学生去四川灌县（今都江堰市）和青城山写生作画，廖静文和徐悲鸿就是在那里萌生了爱情之火。当时，徐悲鸿住在天师洞一间临时画室里，廖静文住在道观的一间厢楼里。楼下是一棵古老的银杏树，树干粗大得几个人拉着手都拢不过来，徐悲鸿常常在这棵树下，或凝神沉思或挥洒丹青。每当这时，廖静文就在厢楼上静静地驻足凝望，爱的暖流在心中幸福地流淌。正是在这里，他们留下了第一张合影照片。廖静文回忆说："当时，许多人动员我同悲鸿合影，可我那时还不开化，觉得两个人关系还没有挑明的时候，是不可以合影的。所以，我当时提出一个'聪明'的办法，我们两个人分立在一只大香炉两侧，由一位摄影师拍下了这个美好的瞬间。"

从此，廖静文便把自己的命运同徐悲鸿的名字紧紧联系在一起。那时，她还不满 20 岁，在她的心目中，爱情的至真至纯在于奉献而不是索取，真心爱一个人就要乐于为他付出一切，即便牺牲生命也毫无怨言。1944 年徐悲鸿病倒在山城重庆，廖静文始终守在他的床前，两个人的生活几乎到了穷困潦倒的边缘。徐悲鸿盖着一床旧被御寒，廖静文晚上打地铺睡在地上，盖的被子棉絮破败不堪，布满了窟窿，有的地方只有两层布，夜里常被冻醒。徐悲鸿的病不能吃盐，每顿饭只能一小碟青菜蘸着酱油下肚。在这些患难与共的日子里，他们靠着相互理解、支持，携手闯过了一个又一个难关。

"十年的时光实在是太短暂了。"廖静文无限痛惜地说："我同悲鸿的最后一次合影是 1953 年秋天在北京的北海公园，我们相互依偎着靠在公园的栏杆上留下了那张合影，也留下了我后半生的思念与怀想。尽管悲鸿在这个世界上只活了 58 岁，但他给祖国和人民留下了一笔宝贵财富。尽管我们共同生活的时间只有短短十年，但这十年却是永恒的十年！"

十年的夫妻生活像一轮永不下落的太阳，照耀着廖静文走过了近

廖静文

廖静文书法

半个世纪。这份爱、这份情、这份忠贞让人心里发热、眼里发酸。

"常听说一些年轻夫妻，恋爱时信誓旦旦，结婚后便又吵又闹，使组建不久的家庭面临危机。这令我非常替他们惋惜。为什么不能珍惜这份缘呢？为什么不能把拌嘴的'拌'改成相依相伴的'伴'呢？这个'伴'是多么美好多么重要啊。"

徐悲鸿去世后，廖静文就独自一人生活，尽管身患多种疾病，但工作依旧是她最大的乐趣。在她的主持下，徐悲鸿纪念馆的各项工作进展得有条不紊，馆藏展品逐年丰富，交流活动总是排得很满。作为全国政协常委，她还经常要去外地参观视察，要参加各种会议和活动。要强的廖静文在外人眼里总是笑容满面的，她不愿让人看到她痛苦的一面。

人活到这份上，什么名、什么利都淡如水了。廖静文把丈夫收藏的唐、宋、元、明、清及近代书画家的书画珍品全都无偿地捐给了国家。几年前，一位从东北来的陌生人拿着一幅从市场上买回的书法作品请她辨认，看是不是她的作品。廖静文认出那是她平时练字时扔掉的废纸，可是被有心人捡去出售了。为了收回自己不满意的作品，她在征得那位陌生人的同意后，收回这幅书法作品并销毁，然后重新创作一幅书法作品相赠。望着陌生人满意离去的背影,她的心里坦然而平静。她说虽然自己的艺术成就无法望徐悲鸿项背,但人品应该像悲鸿一样坦荡、真诚、正直。

廖静文的儿子也是一名画家,每逢周末或节假日,总要带着媳妇和孩子回家探望母亲。女儿在美国工作,经常给母亲写信或打电话,有时也带着孩子回北京探亲。这份亲情,无疑给廖静文的生活增添了一抹亮色。1995年徐悲鸿百年诞辰展在四川成都举行,廖静文不顾年老体弱,在秘书陈燕的陪同下重返青城山,山河依旧,往事历历,她寻找着当年初恋的记忆,心头顿生无限感慨。廖静文说:"我要代表悲鸿在这个世界上生活,我要用生命去延续他的生命。"

这是一份多么深沉而朴素的爱啊!

廖静文(1923年4月—2015年6月),湖南长沙人,1939年考入国立北平艺专,1946年与徐悲鸿结婚。曾任徐悲鸿纪念馆馆长、中国徐悲鸿画院名誉院长、中国书画家联谊会主席、上海海事大学徐悲鸿艺术学院名誉院长。

于是之，晚年失语的话剧大师

如果从1942年参加辅仁大学的业余戏剧活动算起，于是之先生从事戏剧艺术长达半个世纪。这个一辈子靠说话吃饭的人，在晚年却近乎失语，这样的遭遇的确残酷得让人难以接受。

在北京西三环紫竹桥畔的一栋高楼里，我见到了于是之先生。一头白发，紫红色的脸膛，脸上满是谦和的笑意，跟他打招呼，他只是简单地应声，但头脑和神智都十分清醒。他坐在一张小小的桌子前，静静地翻阅着我带去的册页，一直翻到最后的空白页才停下来，愣在那里，不知道需要做什么了。我赶忙说："请于先生也在上面写句话吧。"夫人李曼宜觉得可以，转过头来轻声问我："写什么内容？"我来前做了些功课，就用商量的语气问："能不能请于先生写'戏如人生'四个字？"

李曼宜觉得这句话挺适合于先生身份的，就在一个小纸片上写下来，放到于先生跟前。于先生没有推辞，拿起签字笔很快就写完了，我和李阿姨都认为写得不错，连声说好，于先生也很开心，脸上呈现出满足又有些羞涩的笑容。

于是之尽管生于天津，但可以算是地道的北京人。他先后在北师大实验小学、附属中学、北京大学西语系读书学习，曾因家境贫困几度辍学。中学时代他就喜欢戏剧并参加业余剧团的演出活动。他原来的名字叫于淼，1946年到天津参加职业剧团演出时，才改叫于是之。

新中国成立前，于是之参加了北京人民艺术剧院的前身华北人民文工团，从此开始了他一生的职业话剧演员生涯。

1951年，由老舍先生创作的话剧《龙须沟》投入排演，于是之饰演程疯子，他深入体验生活，准确把握人物的内心活动，将这一角色塑造得惟妙惟肖，于是之的名字由此被观众所熟知。紧接着，他在歌剧《长征》中饰演毛泽东，成为新中国成立后最早在舞台上饰演毛泽东的演员。在那个年代，饰演毛主席可不仅仅是演出任务，也是一项政治任务，可以想象当时于是之的心里有多大压力。他找来青年毛泽东的所有照片、电影资料，反复观看揣摩，从音容笑貌到言谈举止，反复对照模仿。于是之在晚年谈到自己的表演经验时说："我扮演角色，不是要演谁像谁，而是要求自己演谁就是谁，从内心活动到外部形象都要这样。"由普通演员"变"为开国领袖，不知道这样的心路有多远，难度有多大，也不知道于是之是怎么做到的，反正他出现在舞台上的时候，受到了观众的一致认可和好评。

于是之的演艺生涯无疑是成功的，他在舞台上成功塑造了一系列经典人物形象，《虎符》中的信陵君、《名优之死》中的左宝奎、《骆驼祥子》中的老马、《女店员》中的宋爷爷、《日出》中的李石清、《关汉卿》中的王和卿、《茶馆》中的王利发、《丹心谱》中的丁文忠、《洋麻将》中的魏勒以及电影《青春之歌》中的余永泽、《以革命的名义》中的捷尔任斯基《秋瑾》中的贵福……尤其是话剧《茶馆》中的掌柜王

于是之与夫人李曼宜

利发，更为观众所称颂。

于是之对于中国戏剧艺术的成就和贡献是不言而喻的，主管部门和有关领导出于好意，想为他解决职级待遇问题，1985年他被任命为北京人艺常务副院长，而且一干就是八年。这期间，人艺的院长是曹禺先生，年龄大了，身体也不好，很少过问院里的具体事务，于是之成了实际上的一把手。于是之为传承和发扬剧院的历史传统、推进改革剧院的制度机制做出了很大努力。他主持起草了剧院的精神文明建设规划和措施，在经费包干、分配制度、轮换上演、票价等方面大胆改革；他组织五部优秀剧目赴上海演出并引发了轰动，被媒体称为"沪上话剧旋风"；他深入首都院校、机关和企业举办艺术活动，为话剧艺术走向大众做了许多尝试；他注重青年艺术人才培养，给年轻人交任务、压担子，创造成才机会；他还探索与中央戏剧学院联合举办话剧表演本科班，为剧院培养大批优秀的表演人才……

外人看到的都是剧院的成绩和变化，很少有人知道于是之的心理感受。于是之是个演员，他钟爱的是舞台，要他去请示汇报、主持会议、管理人员、审批资金、分配住房、解决纠纷……这不是他的优势和强项，更不是他所心甘情愿的。他的内心充满了痛苦和纠结，但又不能表现出来。可能不少人不能理解，能走上领导岗位，主持一个单位的工作，是有名有利的事，多少人争都争不到呢，你还不想干，是有病吧？于是之在后来无奈地说："上边给了我一个正局级待遇，给我配了一台车。打那儿开始，每天早晨起来，汽车'呜——'把我拉到剧院来了；晚上'呜——'又把我拉回家里去了，拉了我整整八年。事儿办好办坏先不说，我的身体反正是散架了！"于是之有一句话讲得很深刻，他说组织安排自己担任行政领导，让他由一个内行变成了两个外行，原本是一个好演员，却搞得当官和表演都没有干好。据说后来还有人提议于是之出任文化部副部长，这次他坚决地拒绝了，而且语气十分冷淡，他说："我管一个剧院都这么吃力，文化部的事我可管不了。"

八年，对一个正值盛年的艺术家来说是多么宝贵啊，让人想来多少有些痛惜，解决艺术家的待遇问题，只有从政这条路可走吗？

于是之开始出现阿尔茨海默病的时候，家人和朋友们还没有这种意识，只是觉得他记性变得有些不好，后来发现他说话也有些口齿不清，去医院就诊很快就有了明确的诊断结果。面对这样的事实，于是之十分痛苦，因为他还有很多的艺术梦想没有实现，还有很多的工作没有做完，但身体有病了，有什么办法呢？夫人李曼宜给予了他细致入微的关心呵护和日常陪伴，使他的情绪慢慢平复下来，接受眼前的现实并积极配合治疗。

1992年7月，人艺迎来建院40周年，在首都剧场进行老版《茶馆》的告别演出。这是老版《茶馆》与观众的深情告别，也是于是之最后一次扮演王利发这个他所钟爱的角色。那天剧场里观众爆满，连两边的通道上都站满了人。尽管于是之曾400多次在舞台上饰演这个角色，演出前还进行了很多次排练，但于是之还是几次忘词。他说："两三年前，我就有了在台上忘台词的毛病，我开始有心理负担。我害怕第一幕伺候秦二爷那段台词，它必须流利干脆，我越怕出问题，就越是出问题了。"其实，在台上忘词的问题也不能全怪于是之。演出开始前，剧场后台就已经热闹非凡，院内、院外的朋友和观众纷纷要求签字留念，还不断有人要求合影留念，严重干扰了于是之的注意力，他有些担心地对蓝天野说："今晚我可能会出毛病，我们俩的那段戏，你可注意点儿，看我有情况，你赶紧弥补。"蓝天野宽慰他放心，说自己什么时候都能给他接着，不会出问题的。演出的时候，一出问题，蓝天野就赶忙帮他圆过去，以保证演出能够进行下去。这样的情况，使于是之心里难受极了。这是他一辈子心爱的舞台，这是旧版《茶馆》的告别演出，

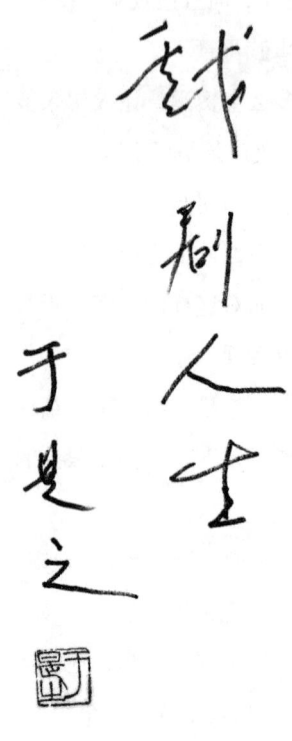

于是之书法

剧场里坐着的全是喜欢他的观众,他多么想用最完美的表现回报这一切啊,但他最不愿意看到的情况还是出现了,他内心的痛苦可想而知。他坚持着把戏演完,带着深深的歉意向观众谢幕。令人意想不到的是,观众没有一丝的不满和抱怨,反而报以长时间的雷鸣般的掌声,有的观众前来献花,还有的请于是之签名,于是之眼含热泪一一满足大家的要求。一位观众请他在签字本上写句话,他不假思索地写道:"感谢观众的宽容。"

"从我演戏以来只知道观众对演员的爱和严格,从来没想到观众对演员有这样的宽容。"于是之在后来动情地说。

一个天气晴好的上午,我去看望于是之,见他身体和心情都不错,我就想在室外为于先生拍摄一组照片。李曼宜爽快答应,为于先生整理好衣装,然后慢慢地走到立交桥边的草地上,我选取几个角度,为这对文化老人留住一段美好的生命记忆。

为表彰于是之对中国戏剧艺术的重大贡献,1991年他开始享受国务院颁发的政府特殊津贴,2009年荣获首届"中国戏剧奖·终身成就奖"。

2013年1月20日,于是之在协和医院逝世,享年86岁。四天后,他的灵车在首都剧场缓缓地绕场一周,以这样的特殊方式,深情告别他所热爱的舞台。

于是之（1927年7月—2013年1月），生于唐山，话剧表演艺术家。1944年参演个人首部话剧《牛大王》后，开始投入戏剧演出活动。参加话剧《上海屋檐下》《龙须沟》《茶馆》《胆剑篇》《冰糖葫芦》等，主演电影《大河奔流》《秋瑾》《周恩来》等。著有《于是之论表演》《于是之家书》《于是之漫笔》。获中国话剧金狮奖"最高荣誉奖"、中国电影金鸡奖最佳男配角、首届中国戏剧奖终身成就奖，"中国电影百位优秀演员""国家有突出贡献话剧艺术家"荣誉称号等。曾任中国戏剧家协会副主席、北京市戏剧家协会主席、北京人民艺术剧院副院长。

赵友兰，了却辛之未竟的心愿

2010年春天，我打电话给赵友兰阿姨，想去家里看她，她儿子曹吉冈接的电话，说母亲去年5月份已经去世了。闻此消息，我一下怔住了，至于曹吉冈后面说了些什么，我都没有反应，好半天才下意识地放下电话。我因为半年前父母先后去世，情绪极度消沉，极少与外界联系，不想，错过了去探望赵阿姨和为赵阿姨送行的机会，为此自责了很长时间。

我其实是先认识曹辛之先生的，知道他出身延安鲁艺，是知名诗人、装帧艺术家、篆刻家和书法家。我们数次在京城的一些艺术展览活动中相见，但并无深交。印象中的曹先生，身材瘦削笔挺，头发向后背着，上嘴唇有一抹短须，手里常常握着一支烟斗，显得风度儒雅。

在我为老延安鲁艺人拍摄照片时，曹先生已经去世了，我只好联系他爱人赵友兰，去家中查阅曹辛之相关资料，在与老北京火车站相距不远的一条小胡同里，有一座不高的居民楼，赵阿姨一家原来就住在这里，面积不大，收拾得却十分干净整洁。赵阿姨很热情，不仅为我提供资料，赠送我曹先生的著述和书法作品，还热情地领我去她家旁边的餐厅吃饭。

"老曹这个人就是太善良，什么时候都把人往好处想，对人从来不设防。"在人民美术出版社旁边的一家小饭馆里，赵阿姨与我对坐着，一边用餐一边聊天，从她的讲述中，我对曹先生有了更深入的了解。

一次我去看她，她对我说，前几天看到吴祖光的儿子吴欢写了一篇文章，回忆他青少年时期师从曹辛之、张仃等人学习书画的事，勾起她很多回忆。曹辛之与吴祖光一直过从甚密，她很想把记得的一些往事写下来。我说想法很好，写完了我帮你打字。大约一个星期后，赵阿姨打来电话说已经写完了。我在读这篇文章的时候，心灵受到很大震撼。1958年岁末，距离春节不到十天了，被打成"右派"的吴祖光和曹辛之等人被勒令离开北京去北大荒军垦农场接受劳动改造。单位人事部门通知他们到北京南河沿中苏友协门前集合，家属只能在那里送行。春节是万家团聚的节日，而"右派"们却不得不分离，被发配到北疆边陲。赵阿姨说，她和新凤霞站在寒风中为丈夫送行，身上冷，心里更寒，这个场景她一辈子都不会忘记。

一次同赵阿姨聊天，她说很想去看望妹妹、妹夫著名油画家赵友萍、李天祥夫妇，我正好有时间，就自告奋勇陪她去。那时我自己还没有买车，是跟单位要的公车陪她去顺义太阳城公寓。可能有一次这么远的出行，赵阿姨很高兴，我们一路都在聊天。在之后不久，赵阿姨知道我喜欢收藏，就让她的儿子、著名油画家曹吉冈先生送我一幅他的油画作品。我深知吉冈先生油画的价值，提出想出点钱表达我的谢意，赵阿姨慈祥地笑着说："这是我儿子的作品，我要他送给你，是我要表达对你的感谢。"

我总感到，像赵阿姨这一代人是有情怀的，在她们身上，有些古风还在。你帮助了她，她会铭记在心，即便你没有帮过她，但作为朋友，

曹辛之照片

如果你有困难，她也会毫不犹豫地向你伸出友爱之手。赵阿姨在说起曹辛之和许多老文化人的友谊时，如数家珍。曹先生是当代治印大家，由于他在文学、书法、艺术设计等方面具有深厚修养，他刻制的印章匠心独运，为广大艺术家所崇拜。曹先生常常坐在书房的台灯下创作到深夜，他曾经为茅盾等数百位艺术大家刻过印，都是出于友情，不仅从来不收分文，许多时候还自己搭上石料呢。对此曹先生毫无怨言，乐在其中。赵阿姨也从心底里理解和支持丈夫这种"呆子气"，她说："在这一代文人的交往中，总使人感到有一种真诚和深厚的友谊。他们并不经常见面，一年来往一两次，甚至一两年见面一次，但并没有因此使友谊淡漠，似乎彼此间有一种心灵上的默契，在他们身上我体会到了什么叫作'君子之交'，那种淡淡的，却又浓浓的友情……"

曹先生一生的艺术创作活动涉及门类多，成就大，时间更是久远，如果不及时加以收集整理，很快就会淹没在岁月的长河里。赵阿姨怀着对丈夫的深爱，以一己之力，在长达数年的时间里，为丈夫整理出版了书法集、追思文集等。曹辛之先生一生留下了大量作品和艺术资料，许多家庭都作为遗产留给了子女，但赵阿姨不想这么做，可哪里是这些东西的最终去处呢？经过反复思考选择，她决定把这些东西捐赠给上海图书馆。学者刘福春陪同她去上海图书馆捐赠曹辛之先生的书法、手稿、信札、印谱等。我问她："要全捐了，不给孩子们留些作个纪念吗？"她说："还是全捐了吧，这样能完整保存下来，我征求孩子们意见了，他们也都同意。"

后来，赵阿姨搬了新家，是女儿帮她购买的望京地区的一套复式房子，生活条件是好多了，但赵阿姨的身体却越来越不好了，患癌症后动了大手术，但人还是很乐观的。对待生死，赵阿姨向来达观，她欣慰的是在有生之年，把想为老伴曹辛之做的事情都做完了，就是离开这个世界也没有遗憾了。

曹辛之书法作品

曹辛之（1917年10月—1995年5月），江苏宜兴人。书籍装帧艺术家、书法篆刻家、诗人。学生时代开始发表诗歌、散文与木刻。1936年参与创办《平话》文艺刊物，1938年入陕北公学、延安鲁迅艺术学院学习，1939年赴晋察冀边区工作，1940年入重庆生活书店，1945年出版第一本诗集《撷星草》，以"杭约赫"名出版诗集《噩梦录》《火烧的城》《复活的土地》等，系"九叶派"诗人之一。装帧设计《苏加诺总统藏画集》，获1959年莱比锡国际书籍艺术展览会装帧设计金质奖；《郭沫若全集》获第三届全国书籍装帧艺术展封面设计荣誉奖等。历任三联书店管理处美编室主任、人民美术出版社编审、中国出版者协会装帧艺术研究会会长。

赵友兰，曹辛之夫人，中国社会科学院文学所干部。

谢飞，传承红色血脉与家风

在电影界，谢飞是一个传奇式的人物。

1960年，18岁的谢飞考入北京电影学院导演系，毕业后留校任教。由学生成长为老师、系主任、学院领导，直到退休也没有离开过电影学院。单看工作履历，他的人生似乎有些单调，但作为电影导演，他的成就却让人刮目，曾独立或与他人合作执导过多部优秀影片，其中《向导》获文化部优秀影片奖，《湘女萧萧》获法国第四届蒙彼利埃国际电影节金熊猫奖、第二十六届西班牙圣塞巴斯蒂安国际电影节堂吉诃德奖，《本命年》获第十三届电影百花奖最佳故事片奖、第四十届西柏林国际电影节银熊奖，《香魂女》获第四十三届金熊奖，《黑骏马》获第十九届蒙特利尔国际电影节最佳导演奖，《益西卓玛》获第十届上海影评人奖最佳导演奖……这些艺术成就，奠定了谢飞作为新中国第四代导演代表性人物的地位。近年来，电影界已经有人把谢飞推到了"电影泰斗"的地位加以研究和尊崇。

谢飞的身份，除了是老师和导演，还有一个无法抹去的出身标签——红二代。他的父亲谢觉哉是参加过长征的资深革命家、法学家、教育家；母亲王定国是著名的长征女红军，被尊称为"红军老妈妈"，活到107岁高龄。谢飞出生于革命圣地延安，是在宝塔山下的红色摇篮里长大的孩子。这种奔流在血液里，烙印在心灵中的红色印记，使谢飞拥有了别样的人生和情怀。

谢飞年轻的时候忙于学习工作，为实现人生梦想忘我拼搏，直到从工作岗位退休后，才开始花费大量的时间精力陪伴年迈的母亲，整理父母亲的文稿、信件和日记。在这个过程中他重温了父母和他们那一代革命者的奋斗历程，解读他们的心灵和精神世界，他认为这是子女为父母尽孝，也是作为晚辈应尽的家庭和社会责任。

"这件事一定要去做，早做比晚做好，晚做也比不做强，我做得有些晚了，很后悔。"已经80岁的谢飞谈及这些，显得很动情。

2014年，谢飞接替哥哥谢飘去陪伴照料年过百岁母亲的日常起居，在朝夕相伴的时光中，他对血缘、亲情、责任有了更深的思考和感悟。他的母亲王定国多年前曾经口述过一本回忆录，后来又想起很多事情，需要补充和续写许多内容，谢飞按照老母亲的心愿接手做这项工作。70多岁的儿子帮着百多岁的母亲做事情，尽管很辛苦，但谢飞体味到的更多的是幸福和开心。经过谢飞的不懈努力，一本名为《百岁红军百年路》的数十万字的书稿终于完成了，让人惋惜的是母亲王定国在2020年6月9日溘然长逝，未能等到这部全面展现她波澜壮阔人生历程的传记出版。

对于这一点，谢飞并不遗憾，他深情地说："人的生命总会终结，这是谁也无法改变的自然法则，况且母亲已经足够长寿了。这本传记能够留下来，就是母亲以另一种方式在这个世界上

2017年夏天，谢飞陪母亲王定国在北戴河

延续着她的人生故事。"

家庭是孩子成长的摇篮,父母是孩子最好的老师。对孩子的一生有着深刻而长远的影响。谢飞从小喜欢文学艺术,无疑是受到了父母亲潜移默化的熏陶和影响。

在中学时期,谢飞就喜欢文学、戏剧和电影,谢飞高中毕业填报的第一志愿是俄罗斯文学,第二志愿是俄罗斯历史,这在当时的形势下一点也不奇怪。但后来因为形势出现变化,他就改报了北京电影学院。学院得知他是最高人民法院院长谢觉哉的儿子,录取前还专门找他谈了一次话,问父亲对他的报考志愿支持吗。谢飞说这是他自己的事,父亲不会干涉。事实上父亲谢觉哉对谢飞的学习和爱好十分关注和了解。谢飞上中学的时候就十分喜爱电影,只要有新电影放映,他都会观看,看过后还要很认真地写观后感,如果看到报纸和画报上有电影海报或剧照,他还会用剪刀剪下来整整齐齐地贴在日记本上。一次,他在启用新的日记本时,找父亲谢觉哉题个名,谢觉哉马上放下手中的事情,用毛笔在扉页上工整地写下了"影评本"三个字,这对谢飞来说,是莫大的鼓舞和激励。

1959年初春,苏联电影《白痴》在中国上映,谢飞早就读过托思妥耶夫斯基的同名小说,在观看俄语版电影时,他凭记忆和想象自己给影片中的对话"配音",十分新奇又好玩儿。几十年后,中央电视台邀请他作为嘉宾,评论新版电影《白痴》,当他现场拿出影评本,翻到自己当年剪下的电影剧照和写的评论时,主持人和观众都深深震惊了。其实,这只是谢飞当年几大本电影日记中的几页。在他林林总总的日记中,完整记录了对几百部电影的评论,呈现了一个时代电影的创作轨迹。

说起来,谢飞喜欢思考,喜欢写日记,完全是继承了父亲谢觉哉的习惯。

父亲谢觉哉1884年生于湖南宁乡,是清末秀才。他向来对中国传统文化心怀敬畏,青年时代就养成了写文章、记日记的习惯,直到1971年去世,他从没有放下手中的笔。无论是在大革命时期、中央苏区、长征途中、陕北延安、西柏坡,还是在新中国成立后繁忙的行政领导工作中,这一习惯从没中断过。1963年谢觉哉中风后先是由别人代笔,但两年后他就能用左手写字了。谢飞回忆说:"我从记事起,总看到父亲坐在书桌前不停地写呀写,总有写不完的文章。父亲先后出版了《谢觉哉文选》《谢觉哉杂文集》《谢老诗选》和《不惑集》等很多著作。父亲记日记的习惯更是坚持了半个多世纪,用一支笔记录着他漫长革命生涯中的所见、所闻、所历,留下了从五四运动开始到逝世前一百多万字的日记。在老一辈革命家中,能够把日记原封不动全部留下来的人实在太少了,父亲甚至是独一无二的。单是这种持之以恒的毅力就让人心生敬畏,更何况无论在革命年代还是新中国成立以后,他一直身处高位,他的日记更是具有不可多得的史料价值。"

谢飞随手翻开《谢觉哉日记》,指着1921年6月29日的日记念道:"六月二十九日,阴。昨今两日新所长龚心印带了一批人入所。瑾玎向政务厅交涉,借了两千纸洋,决定七月一日移交。午后六时,叔衡往上海,偕行者润之,赴全国○○○○○○之招。"

这段文字记载了谢觉哉听说好友毛泽东和何叔衡要秘密前往上海。新民学会的会员熊瑾玎用两天的时间帮助筹集了盘缠。毛泽东和何叔衡从湘江出发,坐火车、乘渡轮几经辗转,直到7月初才抵达上海出席中共一大……

对于日记中五个"小圆圈"的含义,谢飞说父亲曾经告诉家人,五个圆圈替代的是"共产主义者"五个字,在当时这可是天大的秘密,不能写出来,只能以"○"代替。

谁也想不到,这段只有短短几行的文字,竟是关于毛泽东前往上海出席一大的唯一记载，也成为后来中共一大不在7月1日召开的重要佐证。这一史证材料在2021年庆祝中国共产党成立100周年的时候，被许多党史研究专家提及和引用。

谢飞还清楚记得，当年中央批准由母亲王定国负责，在全国政协设立专门的办公室抽调了几位年轻人，开始整理编辑谢觉哉的日记，大概用了三四年的时间才基本完成。当时是20世纪80年代前期，人们的思想还没有完全解放，出于各种考量，《谢觉哉日记》在出版时删掉了20多万字的内容。谢飞认为日记是一种特殊文体，是对当时情况真实客观的记载，他觉得自己有责任把父亲日记的全部内容毫无保留地加以整理出版，向社会和读者呈现一部完完整整的《谢觉哉日记》。

谢觉哉的这部日记，记录了时代变迁和社会发展，也是一个家庭的编年史，即便已经迈入老年了，谢飞也能从其中重温父亲丰富的人生，找到自己的成长轨迹。个人的生活是时代的缩影，谢飞还能从父亲的日记中清晰地聆听到历史深处的澎湃之音。

"我作为一个红二代，晚年很重要的一个任务就是整理父母的东西，有的理论家说，应该把家庭的私有财产贡献给社会。像我父亲的日记、家书，原本都是家庭私事儿，但是公布出来以后，就是一个革命家家风传承的问题，就成了社会财富。"很显然，谢飞已经跳出了家庭的小圈子，赋予这件事情以社会意义。

谢飞做的另一件自己很欣慰的事情，是在

谢飞

父母的墓地创作了一座塑像。他认为父母亲一生的黄金时代是20世纪40年代在延安,从1938年回延安到1947年离开近十年的时间。谢飞解释说:"我父亲是这一时期共产党民主制度的重要参与创立者和见证者。他主持参议会,搞三三制,在政权机构和民意机关的人员名额分配上三分之一共产党,三分之一非党左派进步分子,三分之一中间分子;搞民主政府建设,人手一票,包括农民都有投票权,这是一项开创性的工作,孕育了新中国民主制度的雏形。所以我构思了那个雕塑,我父亲拿着一本书上面写了几个字,就是老头儿说的'合情合理就是好法'。我母亲参加大生产运动,坐在纺车前纺线,生活自给自足。又要生产劳动,又要建立民主法治社会,这就是他们俩的最黄金时代啊。这也是20世纪40年代共产党人的初心,这个理想和初心永远闪耀着特殊的光芒。"

很显然,谢飞对自己为父母创作的这座雕塑,融入了他对父母这一代革命的深刻理解和认知。他为自己能从思想和精神层面解读父母而颇为得意和欣慰。他说:"在八宝山革命公墓,除了人像以外,我觉得我为父母亲创作的雕塑最有特色。李富春和蔡畅那座雕塑做得也好。李富春在站着放声唱歌,蔡畅坐着翘着穿

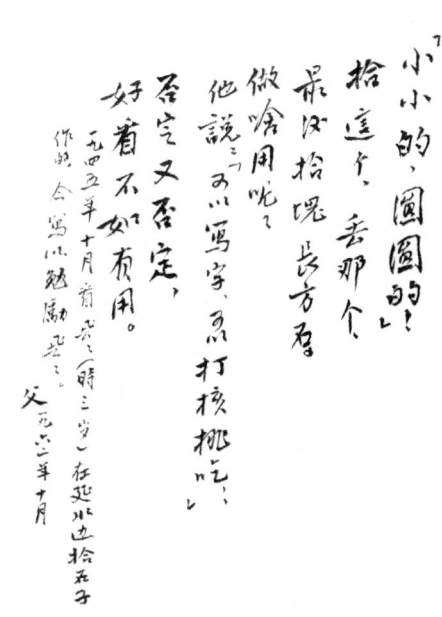

谢觉哉写给谢飞的小诗

旗袍的鞋，很是洋气。他们身后有一个花环，花环上缭绕着五线谱，很多人不知道，五线谱上的旋律《国际歌》的第一句，他们两个是在巴黎确立的共产主义信念，我觉得这个雕塑也很有特色。"

作为第一代领导人的子女，完成专业学习后，谢飞一直从事所学专业。能够学有所成，而且一直干到头没改行的人很少。谢飞说："我是个听话的孩子，听父亲的话，一辈子扎扎实实做一件事，做一个对国家对社会有用的人。学了电影导演就要努力干出一番成就来，这也是父母亲希望看到的样子。"

谢飞用了近十年的时间为父母做事情，在做的过程中不断产生新的想法，对生命、血缘和家风也有了更深的认识和思考。

谢飞（1942年8月—），出生于延安，中国电影导演、编剧、制片人。1960年考入北京电影学院导演系，毕业后留校任教。导演的影片《湘女萧萧》获第36届圣塞巴斯蒂安国际电影节堂吉诃德奖，《本命年》获第40届柏林国际电影节银熊奖，《香魂女》获第43届柏林国际电影节金熊奖，《黑骏马》获第19届蒙特利尔国际电影节最佳导演奖，《益西卓玛》获第20届中国电影金鸡奖最佳剧本特别奖。2013年获第4届中国电影导演协会杰出贡献导演奖。2018年获WeLink国际电影节终身成就奖，2019年获第三届荔枝国际电影节终身荣誉奖。

第三辑

周怀民　计燕荪　王朝闻　萧淑芳

力群　溥松窗　黄苗子　华君武　彦涵

罗工柳　吴劳　张仃　娄师白　方成

周令钊　古元　蒋玉衡　王琦　齐良迟

韦启美　李铎　侯一民　袁运甫　刘文西

刘勃舒　田镛　韩美林　杜大恺　王镛　孔紫

周怀民与计燕荪，半路夫妻翰墨缘

北京西海西岸边上，有个十分不起眼的陈旧低矮的小红门，很少有人知道，这里曾经是画家周怀民的家。周怀民和他的老伴先后去世很多年了，2019年，有朋友转让我几幅周怀民的山水画，我想请他的后人掌掌眼。在时隔多年后再次走进这个熟悉的小院，置身其中，心里有些恍惚，这是周怀民、计燕荪的家吗？他们在这里住过吗？望着眼前的景象，我不由喟叹，人在这个世界上留下的痕迹，随着岁月的流逝是很容易消失的，而那些留刻在心中的记忆，会随着时间的推移，越发清晰。

周怀民是近现代著名书画家和鉴藏家。深厚的传统绘画功力，使他成为公认的绘画大师，特别是他在芦苇和葡萄等绘画题材方面取得的成就，被后人称为"周芦塘""周葡萄"。他在古画鉴定鉴藏方面，更是眼力独到过人，有时甚至盖过了他的画名。

奇怪的是，这位大名鼎鼎的画家画价却一直不高，个中原因，不是圈外人所能知晓的。

周怀民的住所距离北京新街口很近，是一处狭小的平房小院，门前种有两棵柳树，所以他的斋号叫"双柳书屋"。许多人不知道的是，早在青年时代，他就从老家江苏无锡来到北平新街口电报局当职员。来京工作，使得从小就对绘画痴迷的周怀民有了继续自己艺术梦想的便利条件。他工作以外的时间几乎都用在了学习绘画上，节假日最喜欢去故宫观看临摹古画，常常一待就是一天，到故宫闭馆时还不愿离开。此外，他还喜欢去琉璃厂的画店观看名家书画，对这些名家名作的风格和特点用心揣摩研究，一一熟记于心。

苦心人，天不负。周怀民凭着自己的天资聪明和勤奋刻苦，绘画水平提高很快。

在周怀民的成长过程中，不能不提到吴镜汀。此人山水画取法高古，画境高远，是当时京城画界的权威人物之一。吴镜汀只比周怀民大三岁，但对周怀民影响很大，不仅是周怀民的学画导师，而且也是他进入北平绘画圈儿的引路人。在他的热心引荐下，周怀民得以与黄宾虹、张大千、齐白石等名家交往，被徐悲鸿聘为国立北平艺专兼职教授，还参加了北平中国画学研究会。至此，周怀民完成了从一名邮局电报员到京城画家的重大转变。

说起来，周怀民超群的绘画水平被画界所知，还是因为他的一张仿画。有一次，他精心临摹了一幅明代著名画家沈子居的《桃源图》，这是一幅四丈多长的山水巨作，周怀民足足用了三个多月的时间才全部完成。周怀民兴奋地拿给吴镜汀过目，吴镜汀大为震惊，遂介绍给许多画家和收藏家朋友过目，很少有人能分辨真伪，可见当时年仅26岁的周怀民绘画技艺已有多么高超。

民国时期中国社会时局动荡，周怀民的生活也经历了许多波折，他曾经在透风漏雨的破庙里栖身，曾有吃不上饭的时候，可无论生活多么困顿不堪，他都没有放下过手中的画笔，

周怀民

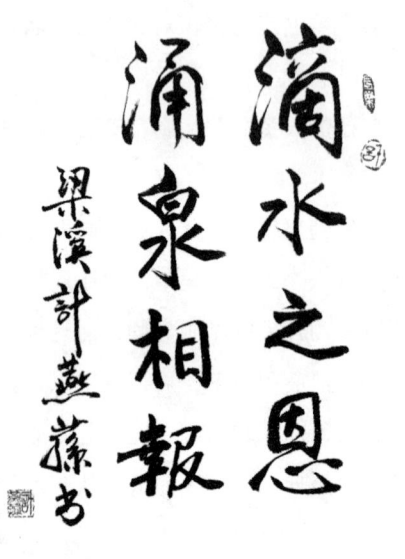

计燕荪书法作品

没有放弃对艺术的热爱和追求。他先后在北平、天津、上海、广州、青岛、南京等地举办过20多次个人画展，在中国画坛的知名度和影响力越来越大。

新中国成立后，周怀民被聘为北京画院画家。1956年，他参加了中国文联组织的西北参观访问团，深入我国西部采风写生，得名山大川烟云供养，回京后潜心创作一批具有时代风貌和生活气息的山水画作品，他的审美理念、创作题材和绘画技艺都开启了新境界。

周怀民传统艺术功力深厚，年轻时悉心研摹宋元山水，中年以后坚持创新求变，融入青绿山水画法，兼南北两派山水的书卷气和笔墨情趣。作品曾被海内外美术馆、博物馆、艺术馆收藏，多次作为国礼赠送外国总统元首和国际友人。

1970年，周怀民的原配夫人因病去世。子女们考虑到需要有人照应他的生活，经人牵线周怀民与远房表妹计燕荪走到了一起。婚后，计燕荪一方面细心照顾周怀民的生活，另一方面，她开始跟周怀民学习书画创作。不得不说，计燕荪真的很有天赋，周怀民无论在家里画画，还是外出参加笔会，她都陪伴在身边，看他怎么调色用墨、布局画面、题诗落款……闲暇时间，周怀民也会主动给她讲解画理、为她亲手示范，在周怀民的悉心指导下，她成长很快，没几年就画得有模有样了。她的绘画以花鸟为主，对八大山人绘画尤有深入研究与领悟，构图简洁明快，用笔大胆泼辣，有丈夫气，但求意境高雅而不孤傲，清新而不冷寂，在画界有"女八大"的美誉。周怀民出于对计燕荪的喜爱和赏识，两人常常珠联璧合，共同作画，成为一对志同道合的画坛伉俪。

周怀民和计燕荪居住的院子和房间都很小。会客室只有十平方米左右，靠墙的地方摆着沙发，靠窗的地方是一张大画案，卧室里勉强能放一张床和一个衣柜。1976年唐山大地震时，房子受到波及成了危

周怀民绘画作品

房，被要求拆除，后在市、区领导和好友的关照协调下才得以就地重建。两位老人身居陋室，每天写字作画，俭朴生活，乐在其中。别看周怀民、计燕荪生活的地方这么局促狭小，却充满了诗情画意。周怀民将画室命名为"水云阁"，重建后，周怀民亲手在门前种植了两棵垂柳，请人刻一方"双柳书屋"印章，周怀民作画时常常将这两方印钤盖在作品上，因其一直住在北京西海西岸，还自称"西海老人"。他去世后，计燕荪又一直在这里住到去世，可见两位老人对这个小家的喜爱和眷恋。

我第一次去小院拜访他们的时候，周怀民年纪已经很大了，极少外出参加艺术活动了，每天在计燕荪的照顾下，写字作画，老两口都十分热情好客，所以也常常有客人到访。如果聊得开心，他们会现场即兴创作书画相赠，客人捧得墨宝归，自然不胜欢喜。

周怀民绘画作品

周怀民去世后,计燕荪开始在保姆的照应下一个人生活,她依旧每天研习书画,自得其乐。我那时住在德胜门外,每天上下班都会从她家经过,有时单位发了食品或生活用品,经常会分送给她。计燕荪是个坦诚直率的老人,每次我送她米面油时,她都会欣喜地说:"我喜欢你送我这些东西,很实惠,对我生活大有帮助,我不喜欢那些礼品,不实用的。"如果赶上正在作画,她会很大方地让我自己挑选一幅喜欢的,现场钤印送我。其实那时她已经很有名望了,是中国美术家协会会员、北京齐白石艺术研究会理事、周怀民藏画馆名誉馆长。她的作品经常参加国内外展览,先后被人民大会堂、毛主席纪念堂、钓鱼台国宾馆及多家美术馆收藏。但她为人大方,经常慷慨相赠。

再后来,计燕荪的记忆力有些减退,经常忘事,她自己也意识到了,就开始背古文,背英文单词,直到去世也没有放弃同病魔抗争,可见计燕荪是一位多么要强的女性。

周怀民(1906年6月—1996年8月),美术家,江苏无锡人。自小喜爱书画,尤爱临摹清代"四王"真迹,26岁时临摹沈子居巨画《桃源图》几乎达乱真地步,时任国立北平艺专校长的徐悲鸿特聘他为国画教授,新中国成立后成为北京画院画家。他描绘的太湖景色中,芦苇、芦塘独具特色和神韵,被誉为"周芦塘"。代表作品有《山水》《芦塘》《葡萄》等。出版过《周怀民画辑》《周怀民藏画集》等。

计燕荪,江苏无锡人,周怀民夫人。拜丈夫周怀民为师,书法、国画俱佳。为中国美协会员,北京齐白石艺术研究会理事,周怀民藏画馆名誉馆长。

王朝闻，朝闻道夕不甘死

王朝闻年轻的时候应该是一个阳光帅气的男人。虽然我们见面时，王朝闻已经是80多岁的老头儿了，但我相信自己的想象和判断。

记得在香港回归祖国的那年春天，我第一次去登门拜访王朝闻。他住在北京红庙中国艺术研究院的宿舍楼里，在我按响门铃后，他快步走来开门，矮矮的个子，一头白发，满脸笑意，待人很是和蔼亲切。王朝闻天生一张娃娃脸，没多少皱纹，总是带着一丝浅浅的笑，在雪白的头发映衬下红润而有朝气，尽管久居京城，但说话时还会有浓浓的川味儿。或许是因为年龄差别太大，感觉不到他有什么架子，更多体现的是一种慈爱。他细致询问我对摄影的认识，翻看了我拍摄的一些照片，然后说："我有一段话要写给你，或许对你有帮助。"说完走到他的书桌前，在我的册页上洋洋洒洒地写下了一大段关于摄影的论述。

我站在旁边静静地看着，惊叹王先生深厚的学养和高超的语言组织驾驭能力，在宣纸册页上手起笔落，一气呵成，让人很难相信这是一位80多岁老人所为。

一幅洋洋洒洒的书法作品很快写完了，王朝闻先是工工整整地钤盖上名章，后又在右上角加盖了一方闲章，铭文是"夕不甘死"，我请教其意，才知与他的名字有关。

王朝闻，原名王昭文，1909年4月生于四川合江，1932年考入国立杭州艺术专科学校（今中国美术学院，简称杭州艺专）。班上有位同学叫陈昭文，两人同名不同姓，但还是经常会有弄混的时候，两人便商量谁改一下名字。陈同学说他的名字受之于父，万万不能改，王昭文的名字虽然也是父亲所赐，但他为人大度，主动把自己的名字改成了王朝闻，取意孔子《论语·里仁篇》"朝闻道，夕死可矣"。王先生笑着说："我改名后，很多人说不吉利，会短命的。我从来不在乎，求真问道，是我的毕生追求，学海无涯，我一生都不会停止学习的脚步。我专门请人为我刻下这方印章，就是为表明我的心志。"

王朝闻求学的杭州艺专，时任校长是林风眠，教授大师云集，学术氛围活跃，王朝闻在这里受到良好的艺术熏陶与启蒙。他师从刘开渠先生学习雕塑，刘开渠先生当年经由国民政府出资公派留学法国，跟随著名雕塑大师让·朴舍学习雕塑，成长为一代美学修养、艺术思想、创作理念都卓尔不群的雕塑大家。王朝闻天资聪慧，又勤奋好学，深得刘开渠喜爱，因而成为他得力的学生和助手。1940年底，刘开渠介绍王朝闻经重庆八路军办事处安排奔赴延安，在鲁迅艺术文学院（鲁迅艺术学院1940年更名为鲁迅艺术文学院）美术系任教。当时的延安，专业学习雕塑艺术的人很少，这成为王朝闻独特的优势。这一时期，他创作了毛泽东像、斯大林像、鲁迅像等许多雕塑作品，深受延安军民喜爱。1941年，上级安排王朝闻为延安中央党校大礼堂创作大型毛泽东浮

王朝闻

雕像。这是一次十分难得的创作机会，王朝闻抑制不住内心的创作激情，对设计小样反复调整修改，广泛征求意见，送审通过后很快投入雕塑创作。在鲁艺的美术工厂，王朝闻克服物质极度匮乏、条件极度简陋的困难，带着学生夜以继日地埋头苦干，终于完成创作。这是他生命中十分重要的一件雕塑作品，塑像的原型人物毛泽东就住在不远的枣园，领导着解放区军民的抗日救亡运动。王朝闻是满怀崇敬之心、爱戴之情投入创作的，创作后的毛泽东浮雕像装置在延安中央大礼堂正门之上，受到了包括毛泽东在内的中共领导的一致肯定，王朝闻也因此作为解放区美术代表受到表彰。只可惜胡宗南军队占领延安后，这幅作品被捣毁了，王朝闻在晚年每每想起此事，仍然惋惜不已。

作为一位雕塑艺术家，王朝闻留下的雕塑作品并不多，主要作品有1940年创作的《汪精卫与陈璧君》跪像，1945年参加华北文艺工作团在张家口创作的《张家口解放纪念碑》（可惜因奉命撤离未能完成），1948年创作的圆雕《民兵》，1950年为《毛泽东选集》封面创作的毛泽东浮雕像，1951年为革命历史博物馆创作了圆雕《刘胡兰》像，1953年为《斯大林全集》封面创作斯大林浮雕像，1960年为《列宁选集》封面创作列宁浮雕像等。这些作品以其生动鲜明的人物形象和特殊的艺术价值，成为几代人心中抹不去的时代记忆。

记得刚调入机关工作不久，领导安排我担任图书员，图书馆的书架上一排排地摆放着很多马克思、恩格斯、列宁的选集和《毛泽东选集》。闲来无事，我常常取下其中的某一本翻阅。这些著作的装帧设计十分庄重大气，厚厚的一部大书，里面全是密密麻麻的文字，没有一张照片或插图，只有封面上印有一个小小的领袖头像的雕塑，看上去既庄重又朴素，很具美感，给我留下的印象很深。那时，我并不知道这些雕塑头像是王朝闻先生创作的。

后来的人们，大多认为王朝闻是一位美学家。1949年初，王朝闻作为重要成员赴尚未和平解放的北平参加北平艺专的接管工作。这所美术院校改为中央美术学院后，王朝闻任教授兼副教务长，负责雕塑系教学和文艺理论研究。他的创作方向也逐渐由雕塑向文艺理论研究转换，他创作出版的《新艺术创作论》中有些文章还受到毛主席的称赞。

在浩荡奔腾的时代洪流中，个人的理想和命运是十分渺小的，总要服从时代需要。王朝闻对此深有感触，他主编过《美术》杂志，担任过中宣部文艺局的领导，下放过干校劳动，与同事筹建了中国艺术研究院……丰富曲折的人生经历，使他的艺术学养创作思想日益厚重，甚至苦难也成为他生命中的一笔精神财富。走进改革开放年代后，他的创作迎来了迟到的黄金时期。1980年他完成的专著《论凤姐》，一经出版，就受到大众喜爱，启功先生认为这部50万字的著作"一一皆吾师"，著名作家宗璞女士在火车上读完此书后，下车就给王朝闻老师打电话表达敬意。他的《门外舞谈》发表后，舞蹈大家资华筠感叹他切中了舞蹈本质……

1988年离休后，王朝闻仍以"夕不甘死"的精神进行艺术研究和写作。他的爱人解驭珍每天看到都是这样的场景：一个白发老头儿，穿着肥大的睡衣，戴着高度老花眼镜，左手拿着一把放大镜，右手握着一支笔，坐在光线幽暗的书房中，或静静沉思，或潜心写作，每天都有三四千字的创作成果，像春蚕一样，将自己生命的银丝吐露出来。他最终给这个世界留下了洋洋22卷的《王朝闻集》。

对于王朝闻的艺术贡献，他的一位弟子认为，他的美学是从土地中生长出来的，是生活与人生感悟的产物，是根植艺术实践沃土中的。他一直试图在西方现代美学话语体系之外，以中国经验为核心，以传

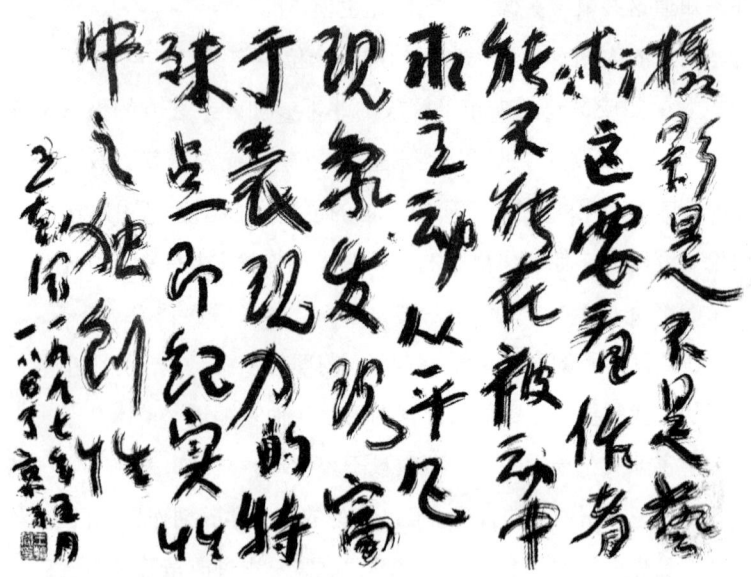

王朝闻书法作品

统美学为基础,构建中国本土的现代美学体系。

一位中国学者去美国访问时惊奇地发现,美国国会图书馆居然摆放着王朝闻的很多著作,却看不到别的中国美学家的书籍。他询问图书馆人员,得到的回答是,国会图书馆只收集保存原创性著作。

2004年11月11日,"夕不甘死"的王朝闻以95岁高龄辞世,被尊为新中国文艺理论和美学的重要开拓者与奠基人。

王朝闻（1909年4月—2004年11月），四川合江人，中国文艺理论家、美学家、雕塑家、艺术教育家，新中国马克思主义文艺理论和美学的开拓者与奠基人之一。早年学习绘画、雕塑。抗战爆发后，创作大量抗日宣传画、漫画、木刻画和连环画。新中国成立后转向文艺理论和美学研究，主编高校文科教材《美学概论》，培养大批优秀文艺理论人才，离休后主持《中国美术史》等国家重点项目的编纂研究工作。主要作品有浮雕毛泽东像、圆雕刘胡兰像等。

萧淑芳，百花无言最寄情

在现当代女画家中，萧淑芳是公认的出身名门的大家闺秀。她的祖父是大清秀才，能文能诗；父亲萧伯林受过良好的西方教育，毕业于天津北洋医学堂；叔父萧友梅曾任孙中山秘书，也是首位赴海外专门学习音乐的留学生，是中国现代音乐的奠基人。出身于这样的家族背景的画家，在全中国也找不出几位。

生于1911年的萧淑芳，自幼显露出绘画天赋，父亲萧伯林请名师为其指导，还请齐白石为她刻了一方印章以资鼓励。萧淑芳15岁进国立北平艺术专科学校学习西画，三年后进入中央大学艺术系徐悲鸿工作室学习，后又到瑞士、英国、法国学习油画和雕塑。丰富的学习经历，为她后来漫长的艺术创作岁月奠定了坚实基础，同样也造就了她优雅高洁、文静端庄的大家气质，因而在美术界受到格外的敬重和爱戴。

萧淑芳的生命和创作中，有一样东西与她久久相伴，甚或已经成为她生命的一部分，那就是花。她平生最喜欢种花、养花、赏花、画花，以至大家给她起了个"百花之神"的雅号。

记得我第一次去北京北三环华侨公寓看她，是个初夏的黄昏，院子里只有北侧一栋楼，几乎见不到人。萧先生住中间那个单元的一层。阳台是开放式的，给我印象最深的是上面摆满了盆栽的各种花卉，红的、白的、黄的、紫的，争奇斗艳，很是醒目。因为已经电话联系，门是虚掩着的。萧先生热情迎候，脸上满是安静的、浅浅的笑意，说话也是轻声细语，让人心中很是温暖。

我打开带去的那本文化名人手迹册页一篇一篇翻给她看，她看得很慢，不时说起其中熟识的老朋友，关心地问起他们的近况，看上去兴致很高，并要我把册页留下来，她写好了再来取。

大约一个星期后，萧先生打来电话，让我去府上取册页。我满心以为她为我画了一幅她最擅长的花卉，及至打开一看，才知道她写了四个大字：艺为人生。字体工整舒展，笔意内敛温润。萧先生笑着说自己平素并不给人写字，这句话是吴作人先生一生的座右铭，也是自己的从艺信条，所以专门写给我留念。我虽很喜欢，但内心还是有点小小的遗憾。

后来，萧先生在王府井国际艺苑举办作品展，专门给我寄来请柬，我为她拍摄了数卷照片，冲印出来给她送去。记得那天是带着儿子去的，萧先生赶忙找来一袋美国巧克力给孩子吃。看过照片后，萧先生让我稍等一下，就拄着手杖缓缓去了里屋，过了好久才出来。原来，为了感谢我为她拍摄资料，萧先生特意送我一幅她的画作。画面徐徐展开，映入眼帘的是一幅水仙，画面近乎白描，淡然清雅，笔墨中涌动着一股清气。我伫立画作前，久久凝视没有说话，直到萧先生轻声说："要是喜欢，就送你作个纪念吧，也算是感谢你为我画展拍摄了这么多资料。"我这才回过神来，向萧先生连连表示谢意。

据说萧淑芳把花卉作为自己的主要创作题材，是在几十年前。当

萧淑芳与靳尚宜

231

时她和几位书画家接到为国家机关会议场所创作书画的任务,安排她创作风景花卉题材的画作。萧淑芳领受任务后,多次前往北京植物园等实地对景写生,对各种花木的形态特点仔细观察,在对景写生中描绘一花一叶的独特之美,感悟蕴含其中的生命精神。萧淑芳喜爱的花卉多达几十种,尤喜紫鸢、百合、太阳花、火鹤兰、萱草、虞美人、金莲花、绣球、扶桑等,在她的笔下,这些花卉别致生动,清新绚烂,有着别样的姿态和灵性。萧先生还喜欢画许多叫不出名的野花,却极少画牡丹那样太富贵气的花。有人向她求证,她说:"我喜欢画的花,大都清雅,生命力强,有些还少为人知,把它们画出来让人欣赏,我乐意这样做。"

萧淑芳在对花卉的观察、思考、写生和创作中,对自然、生命、宗教也有深入的理解。大自然的草枯草荣,花开花落,带给她许多生命感悟,使她从一花一叶联想到人生的春风得意与命运的悲欢离合。萧淑芳笔下的花卉,由此多了一份对生命的承载与启迪。

萧淑芳对水彩画和水墨画进行了大胆革新,融西方水彩与中国没骨画法为一体,使水彩画和水墨画融合互补。紫色是萧淑芳的最爱。在萧淑芳的画中,表现最多的是鸢尾花,因为自由自在地生长在东北沼泽边缘的鸢尾花颜色为深紫色。萧淑芳画中的紫色是一般人很难调配出来的,这成了她色彩的"专利"。她的作品色调明快,笔法简洁,风格隽永,意境清新,为传统画法中所罕见,尤以小幅作品更为精到。即使是在假冒作品泛滥的年代,书画市场上也极少有她的假画,因为她深厚的艺术功力和独特的绘画风格太难模仿了。有一次她告诉我有家机构研制出一款印泥,采集书画家的一滴血作为配方成分,无论过去多少年,作品的印泥中都含有本人的DNA,作品真伪一查便知,有人邀请她也使用了这款印泥。

在长达几十年的创作中,萧淑芳逐渐形成了自己的绘画语言和风格。一位评论家说:"萧淑芳的作品极度单纯简约,她的笔触直抵花的生命之美,她将花朵的芬芳和神韵用画笔移植到了纸上。"画家侯一民说:"萧淑芳擅长画花,吴作人便放弃了有关花的绘画题材,让萧淑芳一人专攻。"

在画界,萧淑芳与丈夫吴作人是公认的恩爱伴侣,两人生活中相濡以沫,艺术上堪称知音。从1948年结婚到1997年吴先生去世,两人相伴半个世纪的时光。在吴作人晚年生病到去世的六年中,萧淑芳放下心爱的画笔,为他穿衣、洗澡、喂饭,推着轮椅陪他散步,全身心照料。吴作人去世后,萧淑芳在白缎上亲手绘制了一幅《寿梅图》盖在他身上,画面中间一个大大的"寿"字,四周是朵朵盛开的红梅。萧淑芳含泪说:"作人的乳名寿,我的乳名阿梅,我和他合为一体,生死不离。"这幅梅花无疑是萧淑芳平生最用心用情的画作,寄托着她对爱人的生死眷恋。

1997年5月28日,吴作人纪念馆在江苏苏州双塔公园大殿举行开馆仪式,或许是有意安排,这一天正是吴作人的"七七忌日",萧淑芳不顾年事已高,抱病出席。在当地领导介绍吴作人的艺术成就和贡献时,奇迹出现了,一只白色蝴蝶翩然而至,在萧淑芳眼前轻轻舞动

萧淑芳书法作品

着翅膀，栖落在她捧着的花束中，片刻之后，又停留在旁边座席的花束上，如此折返萦绕，久久不肯离去。在场的所有人都被眼前这一幕惊呆了。萧淑芳惊喜地含泪喃喃："是作人回来啦，是作人回来啦。"为纪念这神奇的情景，萧淑芳绘制了一幅由12朵百合花组成的《蝶恋花》，12朵百合代表每年的12个月，寓意年年月月的无尽思念。

2005年12月20日，萧淑芳在北京逝世，享年94岁。一年后，她的骨灰与爱人吴作人合葬于北京西郊万佛陵园名人园。

即便是她去世后，亲人和朋友们依然记得她一生爱花，每年清明节，她的墓碑下都会摆放着许多美丽的花束。

萧淑芳（1911年8月—2005年12月），广东中山人，当代著名女画家，擅长国画、油画创作。曾任中央美术学院国画系教授、全国妇联执委、中国民主同盟盟员、吴作人艺术馆馆长、吴作人国际美术基金会会长。以花卉画作享名于世，兼擅风景、静物、肖像等绘画，其作高遏行云，渐至化境。

力群，那串在风中回响的木铃

我在 2011 年暮春，驱车去北京香堂文化村拜访木刻家力群。如果按照民间说法，生于 1912 年的力群已是百岁老人了。

虽然已经过了春节几个月了，但力群家的院门上依旧完整地张贴着他亲笔书写的大红对联。不大的院子里，长满了树木花草，放眼望去，满眼都是浓郁的绿色，一座陈旧的二层小楼就在这绿色的掩映之中。虽然快临近中午，但力群先生还躺在客厅的沙发上闭目养神。看上去有些清瘦，但面色却很红润。当时，他同二儿子、二儿媳一起生活，家里还请了一位阿姨帮助照料他的饮食起居。

据儿媳介绍，在饮食方面，力群先生很有规律，作为山西人，他至今还保持着喜欢食醋的习惯，一日三餐十分简单，都是北方人家的家常便饭，以素食为主，但每天中午或晚上要吃一次肉菜。他在起居方面，前些年都是每天 7 点起床，然后自我按摩，揉完肚子再搓脚，时间长短以感觉舒服为原则；做完按摩后喝点白开水，休息一会儿再吃饭。现在年岁高了，改为每天 9 点左右起床，用完早餐后就到画室，伏在画案前写字或者画画。虽然力群先生自己兴致很高，但家人却不敢答应外界的求字求画了，怕给他增加负担，更多的时候是让他作为一种消遣和精神寄托。

力群先生下午通常要午睡一段时间，然后回到客厅里看看书报、电视，很多时候看着看着就会躺下来闭目养神，什么时候有精神了再接着看，就这样一下午的时间很快就过去了，晚上大约10点上床休息。由于身体没有力量，力群已经很久没有离开家门了，最近的一次还是前一年的8月份，去中国美术馆参加纪念抗日战争胜利65周年美术展览的开幕式。现在，即便是在屋子里活动，他也要双手扶着一个带轮子的凳子，蹒跚着慢慢地走来走去。由于耳聋得厉害，他已经无法正常与人交谈了，通常是家人或客人借助一个写字板，先把要说的话写下来拿给他看，然后他再回答。对于这样的谈话方式，他已经很是习惯，并不觉得有什么不便。

作为参与和见证了当代中国美术发展的百岁老人，力群横跨了两个世纪之初，他的生命无疑是个奇迹。

力群原名郝丽春，1912年12月25日出生于山西灵石一个小山村，他在太原成成中学毕业后，由于喜爱美术，1931年考入国立杭州艺术专科学校，边学习边进行美术创作。他因为寄送自己的版画向鲁迅请教，与鲁迅先生结下师生之缘，其间受左翼美术思潮的深刻影响而走上革命道路。1940年力群辗转到达延安，在延安鲁艺担任美术教员。这一时期，力群参加了延安文艺座谈会，聆听了毛泽东同志的讲话后，开始从民间艺术特别是中国民间年画和剪纸中汲取养分，逐渐走上了木刻版画民族化的道路。他后来回忆说："我最初受到西欧木刻的影响，尤其是苏联的木刻对我影响更大，到延安后我开始觉悟到应该脱离这种影响，创造自己的风格。"

力群

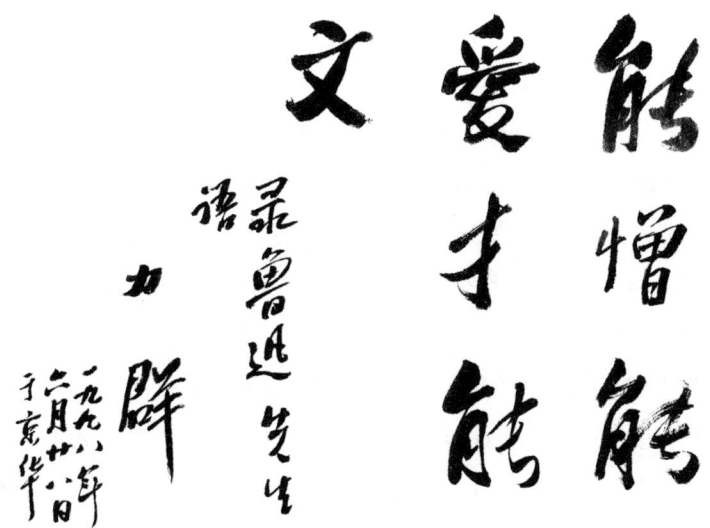

力群书法作品

  在 80 多年的艺术创作生涯中，力群以饱满的创作激情关注火热的现实生活，坚持文艺为人民大众服务的创作方向，于细微处发现美，用手中的刻刀和画笔歌颂真善美，创作了一大批具有鲜明时代色彩和艺术个性的美术作品。诗人艾青曾以"木板上的抒情诗"为题目，赞扬力群先生的画作。艾青说："(力群)在形式上也更多地吸取了我国民族和民间艺术传统的表现形式，已逐渐形成了简洁、明快、富有抒情色彩的风格。而这也正是我在多年前所赞赏他的艺术中的装饰美。"力群的版画作品深受人民大众喜爱，许多作品被收藏于日、英、苏、法等国家博物馆。

  与许多同时代艺术家的命运一样，力群的人生充满了挫折。早在青年时代，他就参加左联组织的进步活动，参加反抗国民党腐败统治的示威游行，还由于"言行过激"被国民党关入监狱达两年之久，但他始终保持着不屈不挠的抗争精神，在充满坎坷的道路上奋然前行。

即便是在晚年，力群依旧保持着旺盛的生命力。80多岁的时候他依旧出席众多的艺术活动，还出国举办画展；90多岁的时候他还在作画、写文章。2008年，力群创作的散文《余晖集》出版，他亲自设计了封面，还在前言中写道：这是我的最后一本文集了，因为我今年已96岁，不可能再有什么写作。让人想不到的是，半年后他的《客居澳洲日记》又问世了。

或许人到了老年，心性就会返老还童，变得像孩童般纯真和执拗。力群先生也是这样，他对待生活和创作的认真劲，有时让人觉得可笑，有时又觉得十分可敬。时间长了，家人们掌握他的秉性，在他较真的时候，就让他由着性情来，倒也相安无事。在他送给我的《力群诗选》和自传《我的艺术生涯》上，他坚持认认真真地拿着红笔，将书上没有校勘修正的错字一一改过，错字在哪一页哪一行都记得非常清楚，为此花费了很长时间，但他依旧乐此不疲。力群的认真，由此可见一斑。

常言说，一方水土养一方人，力群至今依然讲一口浓重的山西话，对家乡的文化建设更是十分牵挂。2005年9月，他的家乡灵石县建立"力群美术馆"。力群无偿地捐献了自己左翼美术运动时期的版画12件、抗战时期的版画6件、延安时期的版画23件、晋绥边区时期的版画7件、新中国成立后的版画76件、鲁艺时期至上世纪末的速写作品39件，还有20世纪90年代以后创作的国画作品41件，表达了一位游子对故乡的一片深情。毕竟年龄大了，力群常常会考虑到自己最后的归宿。他多次提到百年之后要魂归故里。

时光是如此无情，人世间许许多多的东西都会被岁月悄无声息地带走，但人的理想和追求却会深深镌刻在脑海里，留存在记忆里，

力群木刻年画

一生一世不会舍弃，也无法忘却。即使是在垂暮之年，力群依然清晰地记得，1933 年他在杭州艺专，与进步同学共同创办的"木铃木刻研究会"，他们以满腔热血发出铮铮宣言："以木造铃，明知是敲不响的东西，但在最低限度上，我们希望它总有铮铮作巨鸣之一日的。"

我最后一次在北京香堂村见到力群的时候，当年木铃木刻研究会的成员，只有他一人健在了，想起来难免让人有些伤感，但他还是深情而坚定地说："1933 年的那串木铃，只有写着'力群'二字的还在发出声音，希望这个声音能长久一些，再长久一些。"

然而，2012 年 2 月 10 日，力群顽强的心脏还是在北京朝阳医院停止了跳动。

力群（1912年12月—2012年2月），山西灵石人，20世纪30年代初开始木刻创作，并加入中国左翼美术家联盟，1940年到达延安，任鲁迅艺术文学院美术教员，1942年参加延安文艺座谈会。代表作有《鲁迅先生遗容》《饮》《延安鲁艺校景》《北京雪景》《春到洞庭湖》等，版画作品被英国、法国、美国、日本等国家美术博物馆收藏。出版《力群版画选集》《力群木刻作品》《力群美术论文选集》《力群美术文学评论集》。曾任中国版画家协会名誉主席。

溥松窗，从"松风画会"走来的皇室画家

溥松窗先生瘦瘦高高的，头顶稀疏的头发已经全白了，穿银灰色西装，白衬衣，红领带，看上去很是儒雅的样子。我真正关注这位有前朝皇室血统的画家，是因为一位朋友转让给我一组溥松窗的画，我开始注意收集查阅他的史料，购买他的画册，研究他的生平和创作情况。

溥松窗出生在封建帝制刚刚结束的1914年，名溥佺，字松窗，以字行，笔名雪溪、尧仙、健斋，为清宗室，清朝皇族后裔，道光帝四代孙，他的祖父是清道光皇帝第五子惇亲王奕誴，父亲载瀛是清朝贝勒，先后任汉军都统、二等镇国将军等职务，平生尤喜书画，特别是取消帝制以后赋闲在家，痴迷书画，最擅长画马，得郎世宁真传，细密渲染，别有韵味。溥松窗属于皇亲贵戚之列，本应荣华富贵，但由于时代更迭，为了生存不得不以绘画为生。松窗先生从小受到宫廷传统和父亲的影响，喜爱书画，经常观摩家中历代书画真迹，接受著名画师私课，奠定了厚实的绘画基础。清王朝的覆灭，使他一下失去了优越的生活，只好与溥心畬、溥雪斋、溥毅斋等贵族后裔创作出售书画为生。

1925年溥雪斋发起的"松风画会"，松窗先生与溥雪斋，溥毅斋、溥庸斋、溥心畬、启功等先生一起，被画坛称为"松风九友"。"松风画会"每周在溥雪斋先生的松风堂举办一次雅集，大家研讨画理，

切磋画技,在大变革的时局中潜心艺事。他们还不定期地举办展览,展览地点就在溥雪斋家中的松风堂,把他们新创作的书画挂起来,供大家观看选购,成为当时画坛上的一件雅事。这个画会的成员彼此沾亲带故,大都有血缘关系,溥松窗和弟弟溥佐年龄最小,启功先生只比他大一岁,他们三个人相处十分融洽,学习都很用功,溥松窗向溥雪斋学画马,向关松房学山水。在他们细心的指点之下,溥松窗画技提高很快。这个画会沿袭传承的是"宫廷画派"的风格,色彩典雅古朴,风格清逸秀美,既从容率性,文气华丽,又工致严谨,不失传统与法度,传承着中国皇家文化的绘画风格,在当时有很大影响。

松窗喜欢画马,家道中落前曾养有许多马匹,他受父亲影响开始学习画马,父亲指导他先是学习元代画家赵孟頫的手法,后又反复临摹宫廷画家郎世宁的画作,把郎世宁画马的独到技法全学到手了。有人把他的《松马图》与郎世宁名画《八骏图》相比,二者在马匹和树木的手法上极像。经过一番苦心用功,溥松窗集众家之长,逐渐形成了自己的独特画风。他笔下的马,注重解剖、透视和明暗,多层着色,色彩过渡自然,尤其是马的鬃毛,虽然细如毫发,劲如铁丝,却丝毫不显呆板,浓密中见条理,细微处见精神。

1930年,溥雪斋先生受辅仁大学校长陈垣先生邀请执教美术系,任系主任。溥雪斋十分器重才华横溢的溥松窗,一上任就聘23岁的溥

溥松窗早年照片

溥松窗国画

松窗为美术讲师，可见两人兄弟情深。溥松窗直到晚年对这位兄长的培育提携之恩仍念念不忘，他曾经对人说："雪斋对我有知遇之恩，在我很年轻的时候把我带进'松风画会'，用心培育，他到辅仁大学任教后，又聘我为老师，使我的生活有了很好的保障，可惜后来我有能力报答他的时候，他却不在了。"

新中国成立后，溥松窗思想开明，积极要求进步，积极参与国家的艺术教育活动，1953年加入北京中国画研究会并任执行委员和秘书处主任，1955年被选为理事。由于家庭的局限和成长时代影响，溥松窗的绘画创作大都沿袭传统，富有古意，但他却极少走出北京去游历名山大川，感悟大自然的壮丽秀美。20世纪50年代末，他受总政文化部邀请，同董寿平、颜地等人沿当年红军长征路线采风写生，在长达三个多月的时间里，这位旧时王孙在景象万千的大山大水中一路跋涉，吃了很多苦，但他却兴致高昂，每到一处就打开画夹，不停地勾画，积累了大量的创作素材。回到北京后他顾不上休息就兴奋地投入创作。他对传统画法进行改革，用青绿山水这种古老的画法描绘层层梯田；在绘制长城作品中，以浓石绿渲染山石，烘托出长城的蜿蜒与雄伟。这一时期，溥松窗创作完成了大气磅礴的山水画《二郎山》《大渡桥横铁索寒》等，由他创作山水，徐燕孙、王雪涛等补画人物的《长征手卷》，成为他的重要代表作。他走出画斋，到韶山、黄山、桂林、井冈山……创作出《井冈山》《韶山》等画作。这次重要的采风活动，开启了溥松窗红色主题的美术创作，完成了他从旧时代画家向新时代人民艺术家脱胎换骨的转变。

为表达对党和国家的热爱，溥松窗曾经为人民大会堂北大厅创作丈二幅山水画《苍松劲挺万壑争流》，与颜地合作为北京厅创作《长城》。他还应邀为钓鱼台国宾馆作画，他的绘画作品还多次作为国礼被党和国家领导人赠送外国总统元首。

1958年北京画院成立，溥松窗被聘为职业画家，先后在北京、天津等地的一些师范、艺术院校讲授国画。

20世纪50年代末，舞蹈家吴晓邦创立"天马舞蹈艺术工作室"，属于私人艺术工作室性质，对舞蹈演员进行艺术培训，邀请文学、美术、音乐、戏曲等方面专家给演员辅导授课。吴晓邦与溥松窗私交甚密，深知溥松窗艺术修养全面深厚，就请他为演员讲授绘画。溥松窗对中国古画很有研究，他既为大家解读古代名画，又为大家现场演示绘画技法，从艺术本源上为演员打通舞蹈、绘画的内在关系，深受学员欢迎。吴晓邦夫人盛婕回忆说："晓邦喜欢绘画，家里总是铺着画案，溥松窗来了，就到画室里手把手教晓邦作画，到了吃饭的时间，我们就请他在家里吃饭，也经常去下馆子。那时家里有好多他画的山水、竹子，有的落款盖章了，但好多都没盖章子，我们也不当回事，好多都拿去送人了，我还找了一张墨竹装裱了挂在客厅好多年。"

我曾携带溥松窗的画作请齐白石四子齐良迟过目，他原本坐在那里，我展开画作后，他不由得就站了起来，看着画沉思良久，说："他是我在辅仁大学学习时的老师，功力深厚，是宫廷画派的集大成者，也是重要的传承者。"齐良迟还在溥先生的画作上精心题写了跋文，崇敬之心可见一斑。

溥松窗家人研究其作品

1985年，启功先生被任命为中央文史研究馆副馆长，就向有关方面推举介绍溥松窗为馆员。溥松窗热心参加文史馆的活动，1979年为文史馆绘制《山川图》、1986年为文史馆建馆35周年绘制《马》、和汪慎生先生合作《松鹤图》以及《双马图》，都受到大家的交口称赞。

溥松窗晚年喜画墨竹，他从宋元入手，讲求古法用笔，竹叶劲利如箭，清劲利落，兼工带写，笔力雄强，风格清逸脱俗，一枝一叶间，虽清瘦柔弱却不失潇洒孤傲，以竹的气节比喻人的心性。他还将多年的创作实践和教学心得编辑出版《溥松窗山水范画册页》《山水画法全图》等专著，供后人学习借鉴。

溥松窗的女儿筠嘉、崇嘉、文嘉，儿子毓峥受他影响，也都喜书画，有的还有不小的影响。我曾去拜访他住在西直门附近的女儿筠嘉，筠嘉和她的丈夫都是学理工的，一辈子都在航天系统工作，直到退休后有了大块时间，才拿起画笔画画。或许是从小耳濡目染受到影响，她进步很快,现在也小有名气了。我把带去的作品一张张拿出来,小心地在她的画案上铺展开来,她和丈夫看得十分仔细,有时低头看老半天,对画作的年代一一进行辨认,我拿着相机一边拍照,一边同他们交谈,了解到更多关于溥松窗的生活交往和创作情况。

1991年溥松窗去世,启功听到消息后难抑心中悲痛,写下挽诗一首:"冰雪聪明禀赋高,星源万里溯来遥。惜丁四库凋零后,文字如何写大招。"

爱新觉罗·溥佺(1913年11月—1991年3月),字松窗,笔名雪溪、尧仙、健斋,清宗室,清朝皇族后裔,道光帝四代孙,早年参加"松风画会",系宫画派代表性画家,与溥伒、溥僩、溥佐兄弟四人并为书画大家,被称为"一门四杰"。新中国成立后成为北京画院专职画家。

黄苗子，大师自称小票友

最早关注苗子先生，是因为在报上看到一段奇闻，苗子先生同几位好友相约，趁活着的时候，找一天举行一次告别仪式，会作挽联的带副挽联，会画漫画的作幅漫画，不作挽联不画漫画的就带个花圈，写句纪念的话，趁都能亲眼看到的时候，大家欣赏一番。这比人死了才开追悼会，哗啦哗啦掉眼泪有意义。记得苗子先生还调侃地说："我绝不是英雄，不需要任何人愚蠢地为一个普普通通的人白流眼泪。对着一个无知无觉的尸体号啕大哭或潸然流泪，是很愚蠢的，奉劝诸公不要为我这样做。如果有达观的人，碰到别人时轻松地说：'哈哈！黄苗子死了。'用这种口气宣布我已自动退出历史舞台，这是恰当的，我明白这绝不是幸灾乐祸。"

这真是一个怪老头。见到他之前我一直这么想。

后来有机会造访他，全是因了他的老朋友张仃的关系。苗子与张仃相识于20世纪30年代的上海，他们同在青年时代就从事进步漫画创作，尽管后来时事变迁，他们各自的人生轨迹完全不同，张仃早年投奔延安，成为红色艺术家，苗子始终在大后方从事进步文艺活动，但这丝毫也没有影响他们的个人友情，而且这种友情一直延续了60多年，从来不曾中断过，想来的确让人心生感动。1997年，张仃先生从城里的红庙搬到门头沟的九龙山居住后，就邀请苗子、郁风夫妇，丁聪、沈峻夫妇到家中聚会、聊天、用餐，一天的时光过得很是开心，离开前还在二楼的平台上合影留念。如今,照片中的人只有张仃夫人灰娃健在,这张照片就摆在她的客厅里,每天不经意间就能看到。

进入新世纪后,这些文化老人的身体也是每况愈下,见一面都成了十分困难的事情,但彼此却十分挂念。有一次我去山上看望张仃先生,灰娃拿出一幅书法作品让我欣赏,随着纸张慢慢打开,这副五言对联是苗子专门写给老友张仃的,内容为:相见亦无事,不来忽忆君。思念之情令人动容。之后不久,张仃先生特意创作书法回赠,内容为:乾坤万里眼,时序百年心。也是四尺整纸大小的,书体为小篆。受张仃和灰娃的委托,我去给黄苗子送这幅书法作品,这是我第一次走进黄苗子位于北京朝阳医院旁边的家。门铃响过不久,一位小阿姨出来开门,我在客厅落座后,黄先生才笑吟吟地从里屋出来,说是正在给韩美林新出版的《天书》写一个评论。黄先生给我的第一印象是人非常温和,握手时感觉手也软软的、肉肉的,脸上一直带着浅浅的笑意。我将张仃先生的书法作品徐徐展开,往后退几步,双手举着,请坐在沙发上的黄先生过目。黄先生就坐那里,静静地盯着看,不说话,脸上也没什么表情变化,许久之后,才轻轻说了一句:"张仃写得好。"

当时黄先生刚刚大病初愈出院,任务完成后,我就匆匆告辞了。后来,黄先生在香港建立一个文化基金会,为筹措款项,这幅书法在北京荣宝拍卖公司上拍,记得好像是以四万元易人了。

再次去看望黄苗子,是一位同事从浙江带回一小箱杨梅,我突然就想到了黄先生,军装也没来得及

黄苗子和郁风

换,就去给他送杨梅。当我穿着军装出现在他面前的时候,他一怔,有些惊奇地说:"没想到,你还是一名军人。"落座后,黄苗子接着刚才的话题说:"当年国共合作的时候,郁风在重庆国民党三厅任过中校副官,穿军装的样子很是神气的。"说到这里,苗子先生的神情似乎有些恍惚,大概是因为夫人郁风去世不久的原因吧。郁风的去世对黄苗子意味着什么,别人是难以理解的,他在郁风辞世说明中这样写道:"2007年4月15日凌晨零点48分,郁风永远地离开了我们……记住她的风度、爱心、艺术……"

2009年春节前夕,我受张仃和灰娃委托,再次去看望苗子先生,顺便送点年货过去,到了才知道老人家正在客厅里一张不大的桌子上埋头写字。难得有机会这样近距离观看老先生创作,我岂能错过,于是便静静地站在一旁观看。黄先生显然知晓有客人来了,但没有停下手中的笔,一边写一边自我解嘲:"到了年关,就该还字债了,不能背一身债过年啊。"

一位90多岁的老人,强拖着病弱之躯,颤颤地为朋友写书法,这样的情景谁见了心里都会发颤,我不忍地问:"黄老,这债能还得完吗?"

黄先生笑着说:"说是还债,其实就是要过年了,给老朋友们送个乐呵。"

写完两张书法,苗子先生放下毛笔,略作休息,这时又忽然想起什么,看着我认真地说:"你喜欢什么,我给你写。"

我一听连忙摆手说:"我可不敢张口,您快歇息吧。"

苗子先生拿出一张四尺整的大红纸,换了杆大号毛笔,说:"过年了,就送个'福'字给你吧。"说完盯着纸沉思一下,拉开架势,写了起来。不一会儿,一个大大的端庄厚重的"福"字就写成了,老人后退一步,端详了一下,感觉满意才换了小笔落款。

我带着这份意外的收获离开黄先生寓所时，真的是心花怒放。黄苗子先生是一位大艺术家，在漫画、国画、书法、诗词、艺术鉴定、艺术理论诸多方面都具有很高成就。他的书法最早师从清代大家邓尔雅，在后来的创作实践中，他把中国古代象形文字、图腾符号等和绘画结合起来，在晚年与国外交流和长居澳大利亚后又有变化，他说："我在艺术上受中国文化影响比较深。但是在与国外文化的接触中我认识到，各国历史、社会、文化都有许多好东西值得借鉴，我有些书法就是尝试把欧洲现代艺术的感觉融进中国古文字。"由此，也形成了黄苗子书即是画，画又是书的现代风格。

黄苗子一生不断创新，在很多领域都有建树成就。但他对自己的评价是："我不是任何方面的专家，我只是一个艺术门槛边上的小票友。"

黄苗子先生自小就对漫画怀有浓厚兴趣，喜欢把身边有趣的事情画成漫画。后来受到岭南画家黄般若的鼓励和指导，15岁开始为香港的《骨子报》、广州的《半角漫画》画漫画。那个时代，作家、诗人、画家从事创作，都要取个笔名，黄苗子也不例外，他的小名叫"猫仔"，黄般若就对他说：把你小名"猫仔"两个字的偏旁去掉，笔名就叫"苗子"吧。从此，"黄苗子"的名字开始频频出现在当时的漫画报刊上。

黄苗子说："我的学习、研究和创作一直很杂，很不专一，30多岁的时候漫画画得就少了，我有时和朋友开玩笑说是从漫画圈下岗了。书法呢，开始喜欢怪怪的郑板桥体，连作诗都喜欢作'黄狗身上白，白狗身上肿'那一类打油诗。可以说，对于诗书画，我都倾向歪门邪道那一路，即庄子所说，是'见笑于大方之家'的。"

因为对古今中外各种文化兼收并采，均有学习研究，他的修养异常广博丰厚，这在书法创作中自然有所体现。我向他请教书法创作时，他说自己喜爱苏东坡。苏东坡说过："书必有神、气、骨、血、肉，五者缺一不为成书也。"黄苗子的作品是发自性灵之作。他不拘绳墨，由工而不工，达到书法的最高境界，贵在发自性灵，把自己的感情倾吐，纸笔砚不过是媒介，写的是自己所喜爱的东西，不为框框所束缚。黄

黄苗子书法

苗子还说他真正领会书法是从漫画开始的。他说："我画漫画，看起来与写字毫无关系，其实不然。漫画主张夸张、幽默，追求情趣，可以'融书画于一炉'，我从漫画里面领会到字的妙处，也领会到字应该怎样写。"

大约是在 2008 年春天，张仃先生和夫人灰娃有个想法，想再请丁聪夫妇和黄苗子夫妇到门头沟的家中小聚，还委托我同他们联系约定时间，并由我负责接送。在此后大约一年的时间里，我几次同他们联系，先是丁聪先生摔伤住院，出院后回家治疗，我去看望他时，夫人沈峻说他连人都认不出来了，后来有些好转，但实在难以出门；苗子先生先是因肾病住院，出院后身体状况也极其不好，几次相约，最终未能成行，三位文化老人终究没能再次走到一起。

2012 年 1 月 8 日 11 点 27 分，百岁老人黄苗子做完了人世间该做的所有事情，在北京朝阳医院悄悄地走了。

黄苗子（1913年9月—2012年1月），广东中山人。当代知名漫画家、美术史家、美术评论家、书法家、作家。早年就读香港中华中学，师从邓尔雅学习书法。先后任《新民报》副总经理、人民美术出版社编辑。曾任中国美术家协会理事、中国书法家协会常务理事、全国文联委员，全国政协委员。

华君武，让人在笑声中顿悟事理

20世纪90年代前后，正值文艺创作的春天，一些老书画家，纷纷在中国美术馆、炎黄艺术馆和国际艺苑举办自己的艺术创作回顾展。华君武也应老朋友黄胄之约，在北京炎黄艺术馆举办了自己的漫画作品展。这次展览反响极大，除了华先生惹人喜爱、令人回味的漫画作品外，还有一件引人关注的事情，是他在画展前言中真诚写道："漫画历来是配合革命斗争的，有的配合较好，有的配合不好。尤其在20世纪50年代的某些政治运动中，漫画推波助澜，也负有自己应负的责任。我画过胡风、浦熙修、丁玲、艾青、萧乾和李滨声同志等漫画是错误的，特此再向他们和家属表示歉意。"

说起来，这已经不是华君武第一次致歉了。1981年全国政协为浦熙同志举行平反后的追悼会，华君武给浦熙修治丧办公室写了一封信："五七年反右时，我曾画过一幅漫画讽刺过她，这张漫画现在认识是错误的，此事久压心头，趁此机会，只好向她的家属表示道歉了。"

那些年，华君武多次在不同场合表达自己的歉意，有人说他每开一次画展，就要道歉一次，几乎成了规律。也有人统计，华君武在他人生的最后30年，至少道歉过30次，他的忏悔，甚至比作家巴金还要深刻直接。华君武说："每一个人都应该在历史面前，对自己做过的错事承担责任，不管是大是小。"

相对于那些一直保持沉默，甚或为自己辩解的人，华君武的道歉体现出的不仅是对往事的忏悔，更是一种人生的勇气、人性的善良。

在华君武的漫画作品中，政治性讽刺漫画占有很大比重，这与他的人生经历不无关系。中学时代的华君武十分叛逆，在杭州初中会考时，因不满监考老师对有的同学搜身，带头抗议被校方开除。在上海大同大学附属高中读书时，因为在不喜欢的数学课上偷偷画老师的漫画像，招致记大过处分。那时的华君武唯独对漫画痴迷，十多岁就开始创作漫画，并不断地给报社投稿，后受到张光宇等人帮助，才逐步走上漫画创作道路。身在上海十里洋场的华君武，在社会进步思潮的影响下，他慢慢产生了投奔解放区的想法。一位叫黄嘉音的朋友帮助了他，为他筹措了盘缠，还请人给延安的领导人写了介绍信。华君武去武汉八路军办事处将信交给李克农，再由李克农写信介绍他到八路军西安办事处找林伯渠。他最终到达陕北走上了革命道路。

在延安，华君武亲身参加了延安文艺座谈会并现场聆听毛泽东同志的讲话。此外，华君武与蔡若虹、张谔一起举办三人漫画展而在延安引起轰动，毛主席也去看了，还特约他们三人到家里谈话，边吃饭喝酒，边谈论漫画创作中的问题。华君武在后来回忆说："毛主席说，讽刺漫画永远需要，但是要注意两个区别，就是个别与一般的区别和局部与全局的区别。要注意分清所讽刺的对象是个别还是一般问题，是局部还是全局问题。

华君武与黄胄

这为我后来的漫画创作指明了方向。"延安时期的华君武十分活跃，是延安的"第一把胡琴"。当时鲁艺有个评剧小组，凡是有招待会、演出，都是由华君武拉胡琴，据说观众席上还常有毛泽东、周恩来、朱德等中央领导的身影。他曾被冼星海挑中参加《黄河大合唱》的演出，在合唱队里唱男低音；他曾在桥儿沟鲁艺的火炬游行队伍中欢呼雀跃，庆祝抗日战争的胜利。正是在延安这座革命的熔炉里，华君武的思想中流入了影响他一生的红色基因。

新中国成立后，华君武长期在文化部门担任领导工作，老友蔡若虹多次对他说："你不要把时间浪费在画画上，专心搞好美协的工作就可以了。"但华君武不改初衷，一直坚持画画，他对漫画的执着追求，不是一般人能做得到的。

众所周知，画政治性、讽刺性漫画是一件出力不讨好的事，甚至会有巨大风险。当时的文化圈里流传着这样一次对话，有一次，说到用漫画讽刺社会现象有风险，《光明日报》编辑穆欣对华君武说："你敢画，我就敢登。"华君武毫不含糊地回答："你敢登，我就敢画！"可见其非凡的创作勇气。正是手中这支画漫画的笔，使他的人生经受了许多磨难，但他始终痴心不改，无怨无悔。

谈及自己的创作风格，华君武说："歌颂型漫画不好画，我没那个能力。漫画就是画矛盾，没矛盾就没世界。"的确，在长达70多年的漫画生涯里，华君武从来不是一个歌颂者，他的漫画像匕首一样刺向现实社会中的阴影部分。他创作的一大批脍炙人口的漫画作品，也成为几代中国人心中共同的记忆。

1990年5月24日，华君武在他的出生地杭州举办漫画创作60周年的回顾展，正在老家桐庐度假的叶浅予先生特意赶来祝贺。叶先生仔细地观看了展览，他对华君武说："你是当代毫无愧色的漫画大师，这样的称号，也只有你能担当得起。"有人开玩笑地问："叶先生，那

华君武书法作品

你自己呢?"他笑着说:"我已经做了逃兵了。"

华君武面对叶先生的肯定,有点受宠若惊,马上谦虚地说:"这是叶老过奖了。其实三十年代我还是一个毛头小艺徒呢,而丰子恺、叶浅予、张光宇、鲁少飞等人,已经是享有盛名的漫画家了。我通过投稿逐渐认识了他们。我虽初出茅庐,也有见贤思齐之心,我自知绘画根底差,与许多前辈相比还差一大截,有许多不如他们的地方。"

对于自己倾注心血创作的漫画作品,晚年华君武一直在寻思着给它们找个好的归宿,他最终选择将2000多幅不同历史时期的漫画捐赠给了中国美术馆。美术馆的一位专家说:"把这些作品按年代编排起来,就是一部浓缩的中国社会史。华老的这种捐赠举动,很有示范意义。"

81岁的时候,华君武因青光眼动了手术,后来又不慎摔了一跤,此后身体渐渐走下坡路。华君武是一个看淡生死的人,还在身体好的时候,他就在北京西郊门头沟的一个墓园里为自己和老伴宋琦挑了一块墓地,在这座墓园里聚集了很多文化人,王朝闻、吴作人、罗工柳、李苦禅等人，华君武还开玩笑说："这里是中国美协名人园分会嘛！以后到了地下，我还当会长，还经常召集大家开会。"夫人宋琦去世后，他亲自在墓碑上写下了老两口的名字，还在一张白纸上写下了0、1、2、3、4、5、6、7、8、9的数字，并嘱咐孩子们："我现在不能预知自己去世的时间，哪天我走了，你们就从这上面的数字里挑日期。"

2010年6月13日上午9时，漫画家华君武因心脏衰竭在北京逝世，享年95岁。

2011年，家人将华君武生前挑选出来的245幅漫画创作精品、他生前用过的112方印章全部无偿捐赠给了上海美术馆。

华君武（1915年4月—2010年6月），著名漫画家。1938年奔赴延安，从事抗日宣传在《解放日报》发表时事漫画，参加了延安文艺座谈会。新中国成立后历任《人民日报》美术组组长《人民文学》美术顾问。一生创作大量讽刺漫画，出版个人漫画集多部，在中国美术馆、炎黄艺术馆等举办漫画展览，深受读者喜爱。曾任中国美协副主席，全国人大代表和政协委员。

彦涵，用激情谱写壮美人生

彦涵和老伴白炎两人都耳聋得厉害，我每次去看望他们，不是按门铃和敲门，而是用手使劲地拍门，而且要拍好久才会有人出来开门。每次见到彦涵，总能听到他很多的创作构想，在他并不宽敞的客厅和画室，也总能看到他许多新创作的作品。他火一样燃烧的创作激情，他拼命三郎一样的工作精神，常常让我们这些晚辈感到汗颜。说到自己的一生，彦涵万般感慨地说："我的生命充满激情，也很顽强，我从来不向命运低头。对于所经历的一切，我无怨无悔，我甚至认为是苦难擦亮了我的生命。"

彦涵出生于江苏东海县富安村，19岁时考入国立杭州艺专。当时，他的许多同学为追求艺术梦想办理了出国留学，后来也都成了著名艺术家，但彦涵选择了另外一条道路。他在没有任何物质准备的情况下，徒步跋涉11天，行程800余里，奔赴了中国西北小城延安。

彦涵到达延安后，进入鲁迅艺术学院美术系学习。当时延安的物资极为匮乏，美术材料更是稀缺，只有枣木板、梨木板随处可见，就这样美术家们在延安兴起了木刻运动。彦涵报名参加了木刻训练班，他的木刻创作也由此开始。木刻这种艺术表现形式与彦涵的审美趣味十分契合，一下就点燃了他的创作激情，使他很快在鲁艺这个红色摇篮里成长起来。

1938年11月，彦涵从鲁艺毕业，他坚决要求到最艰苦的抗日前线去。组织上批准他参加了"鲁艺木刻工作团"。当时正是北方最寒冷的冬天，彦涵满怀抗日激情，跟随部队东渡黄河，穿过日军封锁的铁路线，抵达太行山抗日前线。彦涵和胡一川、江丰、华山、罗工柳在前线隆隆的枪炮声中办报纸、刻木刻、画插图。他们将散发着油墨味儿的报纸送到前线官兵手中，有力鼓舞了抗日将士的士气和斗志。彦涵在后来回忆说："我们当时的艺术就是要反映人民的苦难、斗争和希望，反映人民英勇抗战、不怕牺牲的精神和事迹。"

《亲临前线指挥的彭德怀将军》是彦涵版画的重要代表作。半个多世纪后，我对摄影家徐肖冰先生谈及这张版画时，徐肖冰笑着说："我和彦涵是老朋友，他的这张版画里有我的'功劳'。1940年秋天，彭老总身先士卒，亲临前线指挥战斗。在前沿战壕里，他举着望远镜观察敌人阵地的情况，整个身体都暴露在战壕外面。我完全被彭老总大无畏的气概感染了，也不顾危险，迅速跳出战壕，举起相机对着他咔嚓一声按下快门。后来彦涵根据我这张照片创作了他的版画。"

没有人能想到，由徐肖冰拍摄的这张照片和彦涵创作的版画，在后来都成了中国革命的红色经典作品。

1943年彦涵奉命回到延安，担任鲁艺美术系研究员，相对平静的创作环境，使他在延安窑洞里创作了《当敌人搜山的时候》《不让敌人抢走粮食》等一大批反映抗战的木刻作品。周恩来还把他创作的16幅木刻连环画《狼牙山五壮士》，作为珍贵的纪念品送给了美国朋友，想不到美国《生活》杂志很快就以袖珍版出版发行，后被美军观察团带

彦涵

回延安。据说，这本木刻连环画还发给在远东战场的美国士兵，以中国军人不怕牺牲的精神鼓舞他们的斗志。

　　1959年，为迎接新中国成立10周年，彦涵拿起刻刀，为《革命烈士诗抄》创作了吉鸿昌、叶挺、何叔衡等烈士肖像插图，为李季的《王贵与李香香》、赵树理的《小二黑结婚》以及曹靖华、巴金、闻捷、鲁迅等的作品创作插图，还为军事博物馆创作了超大型木刻版画《百万雄师过大江》。

　　彦涵一生历经磨难，但他的人生信念从来不曾改变，从不抱怨和消沉，他相信生活总会回到原来的轨道上。他把这些人生经历与感悟化为宝贵的精神财富和创作动力。他的传记名为《感谢苦难》，他的自画像上题写着"幸存者"三个字，他还特意把巴尔扎克的一句话贴在桌子旁激励自己："我的那些最美好的灵感，往往来自我痛苦和最不幸的时刻"。

　　在彦涵和夫人白炎合著的《求索集》结尾，他用"没去巴黎，直赴延安；半生坎坷，一生求索"概括了自己的一生。

　　晚年彦涵，衣着十分朴素，每天的饭菜也很简单，有时想换换口味，就到附近的餐馆去要几个喜欢的家常菜，吃剩的菜不舍得丢，总要打包带回家。虽然年事已高，但他的创作状态却一点也不逊于年轻人。他说："我这一辈子无端浪费的时间太多了，许多的艺术构想都还没有来得及付诸行动，现在只能和时间赛跑了。只要身体允许，我就会坐到画室里工作，要么整理从前的作品，要么创作新的作品。对我来说，创作是一种难得的权利，也是一种幸福。"他的创作领域十分广泛，在木刻、藏书票、油画、国画、书法等方面，都取得很大成就。彦涵说："对于一名艺术家，年轻时拼的是技法；中年时拼的是修养；而到了老年，拼的则是品格。"欣赏他的作品，让人体会到一种博大的胸怀和对人生的深切观照。

　　回顾彦涵的创作，我们不难发现，他的刻刀、他的画笔始终是同国家和民族的命运紧紧相连的，即使是在晚年，他也坚持每天收看电视，关注形势变化，及时了解国内外发生的重大事件，北京发生"非典"后，彦涵创作了版画《白衣战士》。2008年四川等地发生强烈地震，看到那一幕幕悲壮而动人的场景，彦涵再也坐不住了，他拿出一块木板，重新握住熟悉的刻刀，一刀一刀地开始创作版画《生死关头》。从起稿、刻制，到最后拓印完成，彦涵都是在充满激情的状态下完成的。他说："一个真正的艺术家，在历史重大变革的时候是不能袖手旁观的，而且要在作品中有所体现，这是艺术家必须履行的责任。"美术理论家江丰说："如果把彦涵的作品连接起来，那将会是一幅壮丽的历史画卷。"

彦涵的艺术成就已为人们所关注和公认，他的家乡连云港市专门建立了"彦涵美术馆"。他还获得了中国美术专业最高学术奖"金彩奖"，被文化部、中国文联授予"造型表演艺术创作研究成就奖"。除我国外，在美、英、法、德、日、俄等国家的30多个博物馆、美术馆、纪念馆，也收藏了他的美术作品。

在彦涵的生命中，曾经无数次与死神遭遇，每一次他都坚强地挺了过来，但随着年龄越来越大，家人对他的身体状况十分担心。彦涵92岁生日时全家人原本要好好庆贺一番的，然而，彦涵突然感到腹部剧烈疼痛，被紧急送往北京协和医院救治。诊断结果很快出来了，彦涵由胆结石引发突发性、化脓性胆管炎，这是一种被称为九死一生的疾病，就是年轻人死亡率也在40%以上，更不要说是一位经历过两次心肌梗死，戴着心脏起搏器的90多岁的老人了。猛烈发作的菌血症，使彦涵浑身发冷，寒战不止，迅速引发心力衰竭、呼吸衰竭和肾衰竭。大夫无可奈何地说，这种情况下，他挺不了几分钟，告诉家人为他准备后事。彦涵手脚被约束带捆住，身上到处是管子和医疗设备，即使如此，他也没有放弃对生的渴望，而是顽强地和死神搏斗着、抗

彦涵书法作品

争着。他的儿子趴在他耳边说:"爸爸,我知道您现在很痛苦,但是我们要你活着从这里出去,像过去一样,我们去吃汉堡包。"彦涵点点头,虽然他的嘴里插着呼吸机管子而不能说话,也看不见纸张,但是他凭着感觉在病房的纸上歪歪斜斜地写出了三个字——"老八路"。没有人能想到,一个星期后,彦涵硬是挺了过来。医生说:"这是一个罕见的奇迹。"

当有人问到彦涵的儿子,你对父亲印象最深的一句话是什么时,他回答道:"父亲常说,永远不要屈服。"

彦涵(1916年7月—2011年9月),原名刘宝森,江苏连云港人,著名艺术教育家、版画家、油画家。新中国成立后,长期任教于中央美术学院。曾任中国文联委员、中国美协常务理事、书记处书记、中国版画家协会副主席。代表作有《不让敌人抢走粮食》《狼牙山五壮士》《当敌人搜山的时候》《长城》等。出版《彦涵版画集》《彦涵画辑》《彦涵插图木刻选集》等。

罗工柳，"不怕死"的油画家

1997年盛夏，打电话给油画家罗工柳，想去给他拍照片，他仔细问明情况后，让我上午10点去他的画室见面。

王府井校尉胡同中央美院老校区进门左侧，有一座高楼，罗先生的工作室在12楼，工作人员告诉我电梯临时维修不能使用，我只好从楼梯走上去。罗先生见我大汗淋漓，气喘吁吁。笑着对我说："你是军人，不怕吃苦，我就喜欢这种精神，当年我和胡一川、彦涵、华山在太行和部队一起行军打仗，我们不怕苦，也不怕死。"

我知道，罗先生真的是这样一个人。

我说："大家称你们是'四条汉子'。"

罗先生自豪地笑了，说："现在年龄大了，但我还是不服老。"

罗工柳的工作室很大，地上摆满了他的油画作品，屋子北侧放着一张大画案。拍照的时候，就是他照常进行创作，我在不同的角度抓拍，中间不时地会有对话，但都十分简短，我不想使他分神，影响他专注的神情。

拍完照片，坐下来聊天。罗先生很是健谈，说到动情处，脸上的表情很是生动，不时发出开心的笑声。这种气氛的感染力可想而知，我原本下午还有约好的事情，可实在不愿意打断罗先生的谈兴，只好硬着头皮爽约了。

分手时，罗先生认真地问："你喜欢我的书法吗？"

我自然喜出望外，脱口而出四个字："求之不得。"

罗先生说："我写一幅送你。"然后把一张白色皮纸铺展开来，顺手抓起一支自制的毛笔，在上面写下"九七七一歌舞"六个大字，龙飞凤舞，极具动感。

再一次见到罗先生是在他的大型回顾展上。这次展览是在炎黄艺术馆举办的，场面甚是宏大，文化艺术界名流纷纷赶来祝贺，我频频按动快门，为罗先生留下了这份珍贵记忆。我去他位于北京东城史家胡同的家中给他送照片时，他一张一张仔细地看着照片，不时地说起他与照片里人物的交往与情谊。为感谢我的付出，罗先生再次提出为我写一幅书法作品，并问我想要什么内容，我说最近在请文化名人写一个专题，能不能为我书写一张有"善"字内容的书法作品。罗先生想了一下说："那就写'成人之美'吧。"

我赶忙说："这里面没有善字啊。"

罗先生固执地说："成人之美不就是善吗？不就是大善吗？"

罗先生的话当然是对的，由着他写便是了。我送上一张洒银扇面宣纸，罗先生看着我铺在他眼前小小的扇面纸，笑着说："我还是第一次写这么小尺幅的东西，原来都是由着性情写大字，我试试看能不能写好。"他盯着纸琢磨了好一阵子，显然是在考虑如何布局，动笔写的时候却很快，一气呵成，然后放下笔，后退几步端详一会儿，脸上便露出满意的笑容。

罗工柳

罗工柳是版画家、油画家，同时也写得一手好狂草书法，只是书名为画名所掩，少有人知道就是了。

罗工柳自小向一位前清举人学习书法，自然有"童子功"，后考入国立杭州艺专学习美术创作，20世纪30年代投奔延安，从事木刻和新年画创作，新中国成立后主要进行油画创作。罗工柳真正开始写书法，是在晚年得了直肠癌后。他和夫人杨筠在部队友人的安排下，来到浙江舟山嵊泗列岛一个海防站，与世隔绝静心休养。这里太阳直射时间长，负氧离子丰富，十分适合癌症病人康复。在岛上闲来无事，他就托人找来纸张字帖。他觉得写狂草比较自由，可以不受约束地自由挥写，对养病有好处。罗先生还用岛上的一种竹笋皮自制成毛笔，这种笔纤维长，弹性大，而且蓄墨多，写狂草书法一口气就能写下来，后来朋友们都笑称他的这种自制的竹皮笔为"罗记"竹壳笔。正是在这段时间里，他系统地学习了张旭、怀素、傅山、王铎等人的法帖，形成了自己奔放洒脱的书法风格。同时他也用书法调息理气，恢复了身体健康，养好了被医生出示"黄牌"的绝症。

罗先生的狂草书法，十分讲求章法，他常常破除传统章法行距，引入了绘画创作中的满构图，增强狂草张力的节奏感；用笔上又有传统草书的轻重缓急、疾徐揖让，看上去既是书法作品，又有绘画作品的意蕴与美感。

罗老的狂草，由海岛写到北京，由国内写到国外，由宾馆写到展厅，也由书坛行外转到行内，他的狂草

罗工柳夫人杨筠

265

罗工柳书法作品

得到了书法行家的认可。在一次文联活动时,连书协主席沈鹏也大为惊奇地问他道:"你是怎么搞的,一下子字写得那么好?"

罗老告诉我说,他写字时喜欢旁边有人聊天鼓劲,"啦啦队"劲头上来了,他的字也越写越有劲。他认为写字的人,气很重要,气带出一种神,神有一种感染力,可以感染很多人,周围的人鼓掌叫好反过来又鼓动书者,精神的力量很厉害,不进入这种状态就写不好字。

他又告诉我说,他写字需要啦啦队,到了画呢,又完全是另外一种状态。他画画不能有任何干扰,要关起门来作画,屋里不能有任何人,连家里人也不让进。至今他还是开门写字,闭门作画。我既没有看到他解衣般礴、开门写字的豪兴,更没有看到他闭门作画的神态。

在当代美术界,罗工柳的乐观与坚强是人所共知的。有一次,谈到他的身体,罗工柳并不回避,反而有些自豪地说:"我患癌症做过几次手术了，我肚子里的器官都快割光了，但我一点都不怕，我要像个战士一样同肿瘤搏斗，它永远别想让我屈服！"罗工柳说这话的时候，那眼神、语气、表情完全就是勇士，一腔视死如归的气概。

正是这种精神的力量，支撑罗工柳活到了88岁，而且一直保持着旺盛的创作激情。

罗工柳（1916年1月—2004年10月），广东开平人，油画家、版画家、美术教育家。早年就读于国立杭州艺术专科学校。1938年到延安进入鲁迅艺术学院学习，后赴太行前线负责《新华日报》（华北版）美术工作。新中国成立初期参与创建中央美术学院，历任中央美术学院副院长、中国美协书记处书记等职。代表作有木刻《鲁迅像》，油画《地道战》《毛主席在延安作整风报告》《毛泽东同志在井冈山》等，出版《罗工柳画集》《罗工柳艺术对话录》等。2003年被文化部授予造型表演艺术成就奖。

吴劳，一蓑烟雨任平生

回想起来，我第一次见到吴劳先生时，他可能就有些老年痴呆的症状了，只是没往这方面想。

我每次去红庙北里拜访，吴劳总是静静地坐在沙发上，要么捧着一张报纸，默默地看，要么对着那台不大的电视，默默地看。老伴赵昔高声喊他，说有客人来了，他会慢腾腾地站起来，脸上满是和蔼而谦逊的微笑，嘴里嘟囔着什么听不清的话，想来一定是在说欢迎吧，然后重新坐下去，陪坐在那里。我开始和赵昔聊天，谈到吴劳的情况，赵昔有时会随口问老伴，每次吴劳都会摇摇头，说不记得了，赵昔也不会说什么，就跳过这个问题继续往下讲述。

赵昔阿姨是北京人，十几岁时通过北平地下党组织辗转输送到延安，进入延安鲁艺文学系学习，新中国成立后长期在中央美术学院从事行政工作，为人坦荡正直，是这座美术老校各种风浪的亲历者和见证者。可惜我那时没有更多时间听她讲述这些珍贵的往事，我们交谈的内容大都是围绕吴劳先生展开的。正是借着赵昔的讲述，我才慢慢对吴劳先生有了大致的了解。

吴劳 1915 年生于文人荟萃的浙江义乌，18 岁考入苏州美术专科学校，后因无力支付学费，转入国立杭州艺术专科学校，师从刘开渠先生学习雕塑。由于外敌入侵，吴劳义无反顾地改变了自己的人生轨迹，他参加了浙江战地服务团。

1937年冬天，他怀揣抗日救国的梦想，同战地服务团的几位同志结伴奔赴延安。到达延安后，吴劳进入鲁迅艺术学院美术系学习。1939年6月24日，参加由成仿吾率领的八路军第五纵队，去晋察冀边区创办华北联合大学文艺部。当时正处于战争最为艰难的时期，一路跋涉，风餐露宿，为避开与敌遭遇，他们常常白天宿营，夜间赶路。即便这样，吴劳和战友们还坚持一边宣传鼓动群众，一边进行艺术采风创作。

第二年春天，晋察冀军区司令员兼政治委员聂荣臻交给华北联大文艺学院一项重要任务，要他们尽快绘制马克思、恩格斯、列宁、斯大林、毛泽东、朱德的大幅画像。当时条件十分艰苦，无法绘制油画和国画，只能创作木刻画像。学院领导沙可夫把这项任务交给了吴劳。吴劳领受任务后，费尽周折，四处搜集六位领袖的图片资料，一遍遍地描绘、修改小样。没有人能数得清，他跑了多少路，请教了多少人，苦熬了多少不眠之夜，眼睛熬红了，人累瘦了，他的工作热情却越来越高。经过十几天的奋战，六幅形神兼备的领袖画像终于完成了，由边区银行印刷厂印刷，下发到边区部队连队、农村"抗日救亡室"、小学校、民兵部队，这些领袖画像的张贴和悬挂，成为边区庆祝建党十九周年和纪念七七事变三周年的一项重要内容，边区人民正是从这些木刻画像上认识了革命导师和领袖。

1942年，吴劳又接受了为边区小学教科

吴劳与夫人赵昔

书画插图的任务，那一幅幅生动传神的木刻插图，被牢牢地铭记在了边区孩子的脑海里，成为一代人心中深刻的记忆。

那时的吴劳，除了身上的衣服，只有一个小小的背包，背包里最重要的东西就是刻刀。这一时期，吴劳创作了大量的抗日宣传画和木刻作品，遗憾的是在敌人的一次大扫荡中，这些作品连同他仅有的一套棉衣都毁于战火之中了，实在令人痛心。

后来吴劳和彦涵、姜燕三位同志到华北年画集散地——河北武强调查研究，创作了一批年画作品，吴劳这一时期的主要作品有《王秀鸾》等。

1948年底，吴劳所在的文艺学院随入城大军进驻北平，参与军管会的接收工作，他的人生道路再次出现转机。他所在的文艺学院美术系并入原国立北平艺专，后改为中央美术学院，吴劳原以为可以安心从事美术创作了，不想刚完成一座白求恩胸像的雕塑，就接到了通知，要他带领一批美术干部到天津主持设计华北物资交流展览会。

新中国成立之初，大型展览十分多，吴劳同志牵头筹备成立了美术供应社，隶属于中央美术学院，负责承办门类众多的大型会议的布展、各种展览会的设计、大型广告的设计绘制以及各种纪念章的制作。

1955年，吴劳作为文化部一方的代表，邓洁同志作为手工业管理总局代表与国务院机关事务管理局的谢邦选同志成立三人领导小组，开始筹建中央工艺美术学院，筹备办公室设在实用美术系。这一年吴劳正好40岁，正是人生的不惑之年。他以极大的工作热情四处奔波，白手起家，从办学方向、培养目标、招生方案、人员配备选调，选定校址，事无巨细，都要一一筹划、制订方案、报上级主管部门审批。经过一年的紧张筹备，中央工艺美术学院于1956年如期开学，邓洁同志留任院长，吴劳任副院长。他的人生走向从此转向了展览设计工作。

吴劳因为早在延安时期曾主持设计了边区生活建设展览会，因而成了大家公认的专家，由他主持设计的大型展览有：华北区城乡物资交流展览会、全国农业成就展览会、全国工业成就展览会；国际展览会有：1951年印度"孟买国际工业博览会"、1952年民主德国"莱比锡博览会"、1952年巴基斯坦"卡拉奇工业展览会"以及1955年法国"里昂国际博览会"中国馆的设计。这些大型展览会为新中国赢得了巨大的荣誉。

吴劳说："展览会不是枯燥的说教，也不是在商店里摆放百货，而是有主题、有美感、有风格的，对展览的建筑、家具、采光、色彩，甚至一个点、一条线的装饰，都必须十分谨慎，每件展品的布置和装饰都应当符合整个展览的风格和要求。"作为一个老设计家，吴劳总是尽力把每个展览都设计得十分朴素又极具美感。在长期的实践中，吴劳逐步形成了自己的设计风格和美学思想，他把这些成果应用到教学中去，对新中国的展览设计工作产生了深远而重要的影响。

作为新中国工艺美术事业的奠基人、中央工艺美术学院的创办者之一，吴劳一直在学院工作到离休，回到家中才开始重拾画笔，由着性情创作书画自娱自乐，日子过得很是闲适。其实，无论是在革命时期，还是在新中国成立后，吴劳都是新中国美术特别是工艺美术工作的开创者和重要领导，参与和见证了一系列重要工作、重大事件，但他却极少提及，更没有留下什么回忆资料，想来的确是一个不小的遗憾。

2001年秋天，我在《人民日报》（海外版）发表了一篇吴劳先生的专访文章，赵昔告诉我许多老朋友、老学生看到报纸后高兴地打电话给她，说多少年都没有在报刊上看到吴劳的消息了。赵昔感慨地说："吴劳生性内敛，对于自己做过的工作说得很少，从不宣传自己，我和孩子们也不想，希望他晚年过得清静。"

吴劳原来住在红庙的家在四层，没有电梯，要下楼散步很是吃力，

吴劳国画作品

幸亏孩子们有出息，帮他们在朝阳公园边上购买了新房。搬家前，我带了摄像机，拍摄了他们在老房子里生活的场景，取名《吴劳赵昔的家》送给他们。几年后，赵昔还感慨地对我说："时间把什么都带走了，身后没有多少痕迹，我和老伴有时会翻翻过去的照片，看看你拍的光盘，有时看着看着就想流泪，有些怀念是说不出来的。"

赵昔的确是个喜欢怀旧的人，每年春节前夕，都会从箱子里找出好看的木版年画，在门上贴一对门神，有时也会送我一幅，我带回家，也学着她的样子挂在客厅里。老年画散发出来的气质真的不一样，仿佛接通了什么东西，让年节也变得有厚重感、有仪式感了。

及至晚年，吴劳的记性变得越来越糟糕，最后到了完全不认人的程度。他本人倒是没什么痛苦，在老伴赵昔和阿姨的精心照料下，活到了94岁高龄。

记不得是哪一年了，我给赵昔打电话，才得知她生了一场大病，经过抢救，保住了命，但人却失语了。我赶去她在国子监旁边的家中探望，赵昔躺在一张干净整洁的小床上，头脑应该还是清醒的，我同她讲话时，她的表情和眼神都有回应，但她要说的话却无法表达，咿咿呀呀半天，终究也不能明白她想说什么。这样的场景让人心里难受得直想落泪，但在她面前又不敢有丝毫流露，我待了很短时间就告辞了。一出门泪水就从眼眶里涌了出来，我知道，这辈子与吴劳和赵昔的交往，就定格在这一天了……

吴劳（1916年12月—2009年12月），浙江义乌人，工艺美术教育家、画家。1938年进入延安鲁艺学习，1939年参与创办华北联合大学，新中国成立后主持美术供应社工作。曾任中央工艺美术学院副院长、中国美术家协会理事、《装饰》杂志主编等。作品有《南泥湾的歌声》《虎啸图》等。著有《展览艺术设计》，美术论文有《漫谈壁画》《谈封面设计》《一次不平凡的展览艺术设计》《活动展览架的设计》等。

张仃，家在山中"大鸟窝"

2017年农历五月十九日，是艺术家张仃先生百年诞辰的日子。张仃以其在国画、壁画、漫画、书法、艺术设计、艺术理论和艺术教育诸多方面的艺术成就，成为现当代中国美术的骄傲和领军人物。人们仰慕他、尊崇他，知晓他的作品和成就，但他平生不喜交际应酬，公众对于生活中的张仃自然少有了解。那么，生活中的张仃先生是怎样的呢？

我最初认识张仃先生，是因为收集延安鲁艺的历史资料、拍摄老鲁艺人照片。在一个暮春的下午，我走进了张仃位于北京红庙的家中。后与张仃先生和夫人灰娃逐渐熟识，他们愿意接纳我作为他们的青年朋友，在此后年复一年的交往中，我们建立了很深的友情。

21世纪之初，张仃先生从城里搬到京西门头沟的山上居住。那是一座北欧民居风格的宅院。房子外墙、露台都以石块垒砌而成，房间内的家具陈设朴素而显露本色，窗台摆放着各种民间古陶罐，茶几上是中外民间陶瓷用具，沙发和座椅的布垫也都是用民间毛蓝土布缝制的，这些日常用品和陈设无不折射出张仃的喜好与品位。不大的院子里种满了银杏、玉兰、梧桐、丁香等一些花草树木，张仃先生晚年一直生活在这里，他非常喜欢这个被朋友和媒体称为"大鸟窝"的家。有趣的是，"大鸟窝"的名字来自张仃先生的一个梦，梦中他在森林里发现了一个大鸟窝，就和灰娃快乐地住了进去。灰娃把这个梦讲给朋友们听，大家一面直呼"童话""老天真"，一面欢笑不已。搬来的头些年，张仃还能和灰娃沿着弯弯的山路散步，春夏时节，路边的迎春花、山桃花、杏花次第开放，走累了，两个人就坐在路边小憩一会儿。有时候，灰娃还会采一捧野花野草回来，插在陶罐中，淡淡的花香和草气很快弥漫开来，屋子里好多天都会飘荡着清新的生命气息。待到花草慢慢枯萎，依旧是生长时的样子，他们就一直摆放在那里不肯扔弃。张先生很喜欢这些干枯的花草，他说："花草干枯了也是美的，死亡是生命的一部分，是生命的最后阶段。这些花草干了，但它的魂还在，美还在。"

住在山里的张仃，已经封笔不画画了，他在体力精力还充沛的时候，就决然停止了绘画，这在当代画家中十分罕见。对此他解释说："我年龄大了，不能去山里写生了，我把进山看作朝圣，即使身临其境，那山水不使我激动，我也不会动笔。"尽管不再作画，但张仃并没有远离他钟爱的笔墨，因为他太懂得中国画笔墨所蕴含的内在精神了。他把创作兴趣转移到了研习书法上，只要身体允许，每天都会笔耕不辍，他说这是做功课。

张先生晚年创作的书法作品，都是小篆书体，偶尔会有隶书，但数量极少。作品尺寸多是四尺整张、四尺横裁或斗方，大幅作品也多以四尺纸张拼接。为了每幅书法整体布局美观，夫人灰娃总是先按字数将宣纸折叠成格，并留出上下款位置，书写内容也是灰娃挑选的古诗文，工工整整地以繁体字抄写在大小不一的纸片上，有些字还要在一旁描

张仃

画出篆字的写法。灰娃将各项准备工作做得如此细致充分，以便张先生能全身心投入创作。张仃创作书法作品时，灰娃就在身边为他倒墨、抻纸、钤印，我去家中探望，看到最多的就是二人这样忙于工作的情景。《泰山颂》《师说》《赤壁怀古》等大幅书法作品都是在这期间创作的。我帮张先生选编过一本书法作品集，每次先生写完一批我就去拍摄一次，照片冲印出来后，再送回去请他挑选。先生当时虽年过九旬，但对创作从不马虎，不满意的作品就让灰娃撕掉，有时我们觉得可惜，想保留下来，但先生从不答应。2006年，张仃应邀为山东泰山书写季羡林先生的诗词《泰山颂》，他不顾酷暑天气，对作品的形式、布局、尺寸反复推敲，直到胸有成竹后才伏于案前创作。书写完毕，夫人灰娃把数张宣纸拼接起来的书法作品悬挂起来，一幅巨大的篆书作品呈现在了张仃面前，他手握烟斗，仔细端详了好一阵子，才不无遗憾地说："还可以吧。"张先生对自己作品的评价最常说的就是"还可以"和"差强人意吧"，可见他创作标准之高、要求之严。

苦苦思考的张仃

因东北沦陷，张仃少小离家到关内漂泊，但对故乡始终怀有深深眷恋。2005年10月，他特意将一批书画作品捐赠给辽宁博物馆收藏陈列，以回报这片土地的养育之恩。张仃的故园情怀，是具象的，也是广义和抽象的。他一生经历无数常人难以想象的人生苦难，但他总以大爱之心、悲悯胸怀观照世界。回望张仃的艺术创作，我们不难发现，他穷其一生，都在描绘着心中的"精神家园",以笔墨抒写对家园命运的思考、迷惘和喟叹。在他的画作里,无古人山水画中抚琴、品茗、对饮、观瀑的文人雅士,而是着意表现辛勤劳作的芸芸众生。我曾就此请教先生,他说:"古代画家的思想大都是出世的,而我是入世的。"先生着力守护的是一个民族的精神家园,是人类灵魂的栖息地。即便在创作书法时,他依旧喜欢书写"故园不可思""阳关第四声""摇落故园秋"等语句。

除了研习书法,张仃先生把更多的时间用来读书看报。张先生看书报时,都是坐在一张大藤椅上,面前开着一盏台灯,夏秋时节,旁边还会吊着一只装有蝈蝈的笼子,蝈蝈不时地鸣叫着,窗外偶尔也会传来一声声鸟鸣。张先生最喜欢读的是一套《鲁迅全集》,仿佛永远也读不够。其次是看篆书字典字帖,有时还会一边看一边用手指在旁边临写,对每个汉字的篆书字体都熟记于心。有关书画、工艺美术、民间美术类的图书也是张先生关注的。此外,灰娃还为他订阅了很多报刊,张先生对每天的报刊都会浏览,他把这作为自己知晓外部世界的一条通道。

印象中,张仃先生生活极有规律,每天上午早饭后就工作,中午小憩一会儿,下午继续工作,晚上通常看电视。他喜欢看抗战题材的影视剧,看到中国军民取得胜利,总是很开心,特别是看到中国民众设陷阱或埋伏鬼子中计时,顿时像个孩子一样笑得前仰后合。一般情况下,他10点钟就会上床就寝。张仃在艺术上向来提倡"大美术"观念,认为美术并非专指绘画、雕塑等方面,而是延伸渗透于日常生活。在创作上他主张中西合璧,多元包容,被称为"毕加索加城隍庙",也有学者认为他是现当代中国美术的立交桥,融会贯通了古今中外优秀文化艺术的气脉。生活中的张仃,在饮食、衣着等方面,同样是爱好多元、兴趣广泛,有独到的品位和喜好。每天早餐,灰娃为他安排西式餐饮,面包抹上厚厚的进口黄油和果酱,外加一个鸡蛋和一大杯浓浓

277

的咖啡奶。中午和晚上吃中餐，张先生照样津津有味。而且直到去世前，先生一直胃口好、饭量大，有时我从全聚德带去烤鸭，他能一口气吃七八个小饼卷鸭肉，如果兴致好还会喝半杯红酒。或许是饮食到位体力好的缘故，直到90多岁，张先生创作书法作品时，手都没有一丝颤抖。在人们的印象中，如雪的白发、上唇一抹整齐的白须、毛蓝色的中式服装、头顶的黑色贝雷帽、手里的手杖和烟斗，都是张仃形象的标志。艺术家陈丹青谈到对张仃先生的印象时说："好样子！绅士、老鹰、大艺术家、大孩子。"张先生吸烟的年头很长，孙女从欧洲为他寄来很多名牌烟丝供他享用，时间长了烟丝变干，张先生就拿苹果皮放在烟盒里增加烟的湿度，没想到这一招不仅保湿，还增加了烟丝香气，每次开盒取烟、吸烟，就会有一股令人愉悦的清香味在屋子里弥漫开来。医生根据张先生的身体状况，要他戒烟。朋友们听说有一种叫"如烟"的电子烟对身体无害，就为他买来替代真烟，我还多次为他在城里购买烟弹。后有媒体曝出这种电子烟同样对身体不好，张先生才真正把几十年的吸烟习惯戒掉了。

或许是经历了太多的人世沧桑，加之耳背，晚年张仃变得有些沉默，除了同夫人灰娃讲话多些，同他人少有语言交流，有客人来，相熟的会有交谈，其他人只是点个头，微笑一下。遇有媒体来访，张先生总是惜话如金，问一句说一句，从不多说，很多时候干脆就说记不清了。每当这时，灰娃只好帮着张先生介绍情况，为媒体提供资料，使采访得以进行下去。社会上很多人仰慕张仃名气，有的要求上门拜访，有的索要作品。对于这些，灰娃都耐心地进行处理和解释。民间工艺美术学会和清华美院等单位需要张先生写书法或题字，一些学生和画家朋友请求题写书名或展标，张先生和灰娃都会热情满足，从不收取任何费用。在张仃的生活中，灰娃既是夫人，也是秘书和保姆。张先生患有多种疾病，医嘱要服用什么药物、每天喝多少水、饮食注意什么事项、多长时间去医院检查一次身体,灰娃都熟记心中。张仃喜欢吃巧克力,但医生要求不能多吃,医生要张先生每天多喝水,而他却不情愿,灰娃为此想了很多办法。张先生因年迈体胖活动较少,医生要家人多为他进行脚部按摩,以促进血液循环,孙女只要有时间就为他热水洗脚和按摩,张先生也把这当成了一种十分惬意的享受。2005年,张仃因病住进北京医院,

张仃在天安门金水桥上

灰娃就在医院的病房里临时搭个小床,住在那里陪护,后因过度操劳病倒,被送往阜外医院救治。医生告知她需要静养,但她出院后,依旧每天为张仃的事情忙个不停。张仃曾为灰娃写下"人生岂得长无谓,怀古思乡共白头"和"沧波共白头"两幅书法作品,表达对灰娃的爱恋与感激。

每年农历五月十九日张仃先生生日,灰娃总是早早开始张罗,买回一束束红玫瑰、白玫瑰和别的花草布置在屋子里,为张先生订回最好的蛋糕,点上洁白的生日蜡烛,当张先生从楼上走下来时,望着眼前的情景,惊喜之情溢于言表。张先生从不主张把自己的生日告知外人,但很多熟识的青年朋友每年都会自发地从北京和外地赶来,表达对他的敬意和祝福。2009年生日前,张仃偶然说起想吃西餐,灰娃就让我去考察北京的马克西姆、福楼和莫斯科等西餐厅,因为张先生不喜欢餐厅的大红桌布,我们最终选定了北辰广场附近的一家台湾餐厅。餐厅经理得知前来用餐的是老艺术家张仃,立即带着员工手捧鲜花,唱着生日歌曲,前来为先生祝寿,张先生高兴地向他们道谢,这

也是他度过的最后一个生日。

  上了年纪的人大都喜欢怀旧，喜欢向后来者讲述自己的人生经历，但张仃不这样，他只专注做眼前的事情，对过去那些陈年往事并无兴致去回顾和怀想。为了还历史以本真面目，我曾数次去中央档案馆和全国政协资料室查阅张仃先生参与设计的全国政协会徽、中华人民共和国国徽的原始资料，曾查寻拍摄当年张仃先生布置新政协会议和开国大典现场的工作场所，还费尽心思找到一本张仃先生1949年在香山编辑的《中国人民解放战争三年战绩》。当我兴致勃勃地带着一堆资料去向张先生汇报时，他仔细翻阅了这些史料，在他的人生和创作中，这一时期无疑也是浓墨重彩的一笔。但谈及自己的贡献，他并没有表现出我想象中的自豪和喜悦，只是淡淡地说："这些都是有关方面交给我的工作，我只是尽力完成了任务。"

  张仃常年住在北京西山的家中，除了就医和极少的艺术活动很少进城。张仃十几岁就来北平学习，几乎在这里生活了一辈子，亲眼见证了这座历史文化古城的沧桑变迁。他曾参与人民英雄纪念碑、新中国成立10周年北京十大建筑、北京地铁和首都机场壁画等的设计领导工作，他总以大美术家的眼光，强调和谐与美观，强调城市建筑、公共艺术对人的熏陶。2008年初夏，我们开车接他进城，用轮椅推着他观看了鸟巢、水立方和国家大剧院等新型建筑，让他切身感受这座城市的新变化。2009年，故宫举办张仃捐赠作品展，他像往常一样，身穿毛蓝土布衣衫，手持手杖、烟斗，坐轮椅来到故宫博物院神武门，出席了开幕式和研讨会。慕名而来的观众见到张仃后纷纷上前问候、合影，许多人还请他签名留念。应付这样的场面对于年轻人来说也许不算什么，但对一位90多岁的老人来说并不轻松。尽管我们一再劝阻，但张先生还是微笑着一一满足大家的愿望。当天下午，故宫还安排了张仃艺术研讨会，与会专家学者对张先生的创作成就给予了高度评价，听到这些赞美之词,张先生脸上本能地露出羞涩,看上去很不好意思,仿佛自己名不副实似的。他在发言时真诚地说:"我是个乡下人,在绘画方面还是个小学生,我做得很不够,今后还要多努力。"我几次在展览和学术研讨会听到他说过这样的话,他不是故作谦虚,不是做作,是发自内心的。张先生很早听力就有些不济,这给他带来很多不便。我陪同他参加在世纪坛、故宫等处举办的展览时,仔细观察发现,在主持人介绍嘉宾时,他虽然听不清声音,但注意用眼睛余光观察身边的人,如果别人鼓掌,他也就跟着鼓掌,外人自然不知其中原委。

张仃先生很重友情,他同黄苗子、丁聪等人早在20世纪30年代就是同道好友,来山上居住后,曾和黄苗子、郁风夫妇,丁聪、沈峻夫妇在家中小聚雅集,留下美好回忆。因为身体原因,加之听力不济,与老朋友见见面、叙叙旧,都不是一件容易的事情了。有时候他会让灰娃代他打电话问候老友,老友病了,也会让我们代他登门看望。有一次,我受张先生之托,去看望病中的丁聪,丁聪坐在轮椅上,无力地垂着头,没有说什么话,夫人沈峻感慨地说:"91岁的老头儿还记得让人来探望92岁的老头儿,真是难得,也很有趣儿。"还有一次,黄苗子赠送张仃一副对联,内容为"相见亦无事,不来忽忆君",张仃见字如面,对老友的思念之情也油然而生,很快回赠黄先生一副"乾坤万里眼,时序百年心"。灰娃委托我给苗子先生送去。到了黄府,苗子先生让我把书法展开,用手举着展示给他看了老半天,才放下折叠起来。他们这一代人的君子之交,淡如水,却很绵长,经得起时间磨砺。2008年春夏,张仃和灰娃几次想把丁聪、黄苗子等人再次接到家中做客,我几次帮助协调,但因丁聪身体有病难以出门,黄苗子血压一直居高不下,最终未能成行,也成了永远的遗憾。随着时间的流逝,当年的同道朋友,大都先后谢世,每当听到老朋友去世的消息,灰娃都十分犯难,不告诉张仃,从感情上过不去,告诉他,无疑是一种折磨。

每当听到这样的消息，张仃先生都怔怔地坐在那里，许久不说一句话，内心深处的个中滋味只有他自己知道。

2009年9月21日，张仃因突发脑溢血被紧急送往解放军总医院抢救，这期间，我有时间就会去帮忙陪护。为方便治疗，医生剃去了他雪白的头发和胡须，但他看上去依旧那般慈祥。病中的张仃已经不能说话，但他的神志是清醒的，灰娃为了帮助他恢复健康，请来两位经验十分丰富的护工全天陪护照料。灰娃早上坐车从家中去医院，一待就是一天，晚上再奔波一个多小时回到家中。这对80多岁的老人来说，的确不易，每次回到家人就像散了架，瘫坐在椅子上，半天缓不过劲来。即便如此，灰娃依旧咬牙坚持着。在她的心中，张先生是她生活中至亲的爱人、艺术上的导师和知音，她多么希望张先生能再次战胜病魔回到熟悉的家中。她把张先生熟悉的烟斗、钟表从家中拿到医院，把张先生的照片装入小相册，一张张地翻给他看，一次次地附在张仃耳边，轻声叙说着心中的爱意与祝福。直到张仃弥留之际，灰娃坐在张仃身边，张先生用已无气力的手，握住灰娃的手，缓缓拉到自己胸口，就这样默默地相握着，久久不肯松开。

2010年2月21日，灰娃打来电话，告诉我，张仃先生刚刚在解放军总医院停止了呼吸。尽管早有思想准备，但当这一刻真正来临的时候，我的泪水夺眶而出。

正月十五，是传统的元宵节，这天下午，载着张仃先生遗体的灵车从解放军总医院前往八宝山火化。尽管张仃生前立下遗嘱不开追悼会，不搞遗体告别仪式，但仍有数百群众赶来，与灰娃和张仃的孩子们一起为他送行。人们凝望着八名礼兵抬着张仃先生的灵柩，一步步走向灵车。人群里有人脸上挂满晶莹的泪花，有人发出压抑不住的哽咽，还有人在一遍遍地念叨着："张先生一路走好。"

是夜，北京降下一场大雪，天地间一片圣洁。

张仃书法作品

张仃先生的墓园位于京西万佛园，墓碑由青铜和鹅卵石构成，碑后青松簇拥，碑前植有两株玉兰。每年清明，我都会带上一束白色菊花，陪同灰娃前去祭拜。

张仃（1917年5月—2010年2月），号它山，辽宁黑山人。中国当代著名国画家、漫画家、壁画家、书法家、工艺美术家、美术教育家、美术理论家，中华人民共和国国徽、政协会徽的主要设计者。曾担任中央工艺美术学院院长、中国文联委员、中国美术家协会全国壁画艺术委员会主任委员、中国工艺美术协会副理事长、中国画研究院院务委员、中国黄宾虹研究会会长等职。出版《张仃画室》《张仃全集》等。

娄师白，白石艺术的传承者

北京民族文化宫南边，有条幽静的国宏胡同，胡同里有个不大的院落，平日里大门总是紧闭着，如果有约定，按门铃后，很快就会有一位精神矍铄的老太太前来开门，把客人带进去。进到一间很大的画室，就会看到一位身材很胖，脑袋很大，穿大红毛衣，灰色背带裤的老者慢慢从正在创作的画案前抬起头，红润明亮的面庞一脸佛相，眉毛很浓，有几根很长，与稀疏的白发相映成趣。那个年代穿背带裤的人很少，我感觉很是新奇，印象也格外深。

最初与娄先生相识，是在我发放中南海参观票的时候，记不得他找什么人订了票，要我给他送去。对于去他家的路线他电话里讲得很清楚，但我找起来还是费了很大周折。老太太拿出精致的小点心招待我，那是我第一次吃到北京稻香村的点心，印象格外深刻。后来娄先生需要参观票就直接找我，来往便慢慢多了起来。

娄师白的画室很大，一条长长的画案在屋子中间摆放着，上面的笔墨纸砚印排列得井然有序，北墙上拉着一根铁丝，上面有许多小夹子，新创作的作品挂在上面晾着。娄先生整日里就在这里作画，累了就坐下来喝茶小憩。

在娄先生画室墙壁的极醒目处，悬挂着一幅黑底绿字的匾额，上书"老安馆"三个字，这是白石先生为娄师白题写的斋号。我向娄先生询问这方匾额的题写过程，才得知齐白石不仅为他题写了斋号，就连现用的名字也是白石先生给他起的。娄师白原来叫娄绍怀,白石先生为其刻名章时,把绍怀的"绍"改成"少"。他说"老者安之,朋友信之,少者怀之","少"字比"绍"字更有味道。白石先生还耐心地向娄师白解释了这句话出自《论语·公冶长》,是孔子与学生颜渊、子路在一起各言己志时的夫子自道。子路请老师讲自己的志向,于是孔子讲了这几句话。

娄少怀后来改名娄师白,也是白石先生改的。齐白石深情地对他说:"你跟我学画,学得很像了,将来变一下,必能成个大家。他日有成,切莫忘记老师。我给你改个号叫'师白'吧。"师白,自然是师承齐白石的意思,其中包含着白石先生对娄师白的期许和厚爱。

在齐白石众多弟子中,娄师白年龄最小,师从老师时间最长,整整27年时间,对于齐派艺术的风格特点有深入研究与继承。早在青年时代,娄师白临摹白石作品就能达到以假乱真的地步。有一次琉璃厂的画店来人取齐白石的画,见画案上娄师白的作品,以为是齐白石画的,要从中取走两张,娄师白赶忙上前说明原委。齐白石知悉后,特意在其中的一幅《青蛙芦苇》题:"少怀弟能乱吾真,而不能作伪,吾门客之君子也。"在娄师白送我的画册中就收入了这幅作品。

作为职业画家,娄师白每天的工作就是画画。我每次去看他,他都在潜心作画,画案上的作画工具摆放得很是规矩,什么工具放在什么位置,井然有序,有

娄师白

娄师白绘画作品

时边同我说话边画画,不用特意看也能准确地拿到想用的东西。记忆最深的是,竹质笔帘上整齐地摆放着很多大小不一的毛笔,这大概是我第一次见到这么多毛笔放在一起。看娄先生作画是一种享受,他画得很静很慢,一张洁白的宣纸,在他的笔下,先是出现一团水墨,然后红色的嘴巴、黄色的脚掌、绿色的柳条次第显现。曾听人这样说过当代画家的绝活:齐白石的虾,徐悲鸿的马,李可染的牛,黄胄的驴,娄师白的小鸭。我数次见过娄先生画小鸭子,的确活灵活现,乖巧可爱。娄先生告诉我:"当年在鸭场体验生活,总看到一群群小鸭子跑来跑去地觅食,憨态可掬,很是喜欢,就反复进行写生创作,慢慢就形成了自己的风格。因为大家很喜欢,后来这个题材画得就多了起来。"

娄师白在晚年的时候,从城里搬到了北郊的北苑宾馆旁边居住,房子和画室都大了很多,开始时那里还显得很偏远,我去看他的次数就少了。有一次他的夫人打电话,让我帮忙拍一组照片,出画册和宣传用。那天我们先是在画室拍摄,后又到院子里,拍摄了两个多小时。这之后,娄先生不知出于何种原因,留起了长长的胡须,或许别人看来颇有风度,但我还是喜欢娄先生弥勒佛式的形象,对大胡子的娄师白总有些陌生感。

娄师白是北京画院的职业画家,出版了《怎样治印》《娄师白画辑》《齐白石绘画艺术》《娄师白作品集》等。他曾数次签名赠送

娄师白书法作品

我他的画册，但书画作品是不轻易送人的。我因为是多年相熟的朋友，有时也帮他做些事情，所以后来送我两幅书法作品，在我的一本册页上画过一幅兰花，取名《王者之香》，寥寥数笔，却富有神韵。还有一次，他得知我在学习小篆书法，便将一张练习的书法草稿送我学习。为中央国家机关作画，娄先生向来都会爽快应邀，后来还委托我帮忙联系去人民大会堂拍摄他的一件大幅作品。

2007年6月2日，为祝贺娄师白90大寿、从艺75年，同时也是为缅怀艺术大师齐白石先生逝世50周年，"娄师白艺术展"在中国美术馆拉开帷幕。展览分为早期师从齐白石学艺、中年创新和衰年变法三个部分，内容包括了花鸟、山水、人物、篆刻和自作诗词等方面，还举办了娄师白艺术研讨会。

其实，娄先生很多年前身体就出了状况，一直在治疗中，但他心态很好,平淡看待,还是一门心思专注于书画创作。2010年12月13日,娄师白在北京走完了92个春秋,平静谢世。

娄师白(1918年6月—2010年12月),原名娄绍怀,斋号老安馆,湖南浏阳人,生于北京。1942年毕业于辅仁大学美术系,新中国成立后进入北京画院专事绘画,为国家一级美术师。曾任北京中国画研究会理事、副会长。全面继承齐白石艺术技法特色,继承中有创新发展,为齐派艺术重要的传承者。

方成，在人间播撒欢笑

早些年，方成先生住在人民日报社西门边上的一座小红楼里，房子只有两个小房间，一间卧室，另一间叫"多功能厅"，既是客厅、餐厅，又是书房和画室，方成先生的许多漫画作品都诞生于此。

我为方成先生拍摄完照片后，取出一本册页，请他在上面留下墨迹。他爽快地答应，然后开始腾移折叠式圆桌上的物品，一边搬一边说："这是我们家的多功能桌，开饭时用来吃饭，来客人摆上茶具喝茶，创作时就把桌面清理出一块地方画画、写书法、写大大小小的文章。"在这张桌子上，方成为我创作了一幅水墨画鲁智深，用墨不多，却十分生动，把鲁提辖鲁莽、仗义、勇猛的独特形象表现得淋漓尽致，令人爱不释手。

大约在十几年前，方成搬入人民日报社新建宿舍楼，房子又大又新，楼层又高，十分宽敞明亮。我去新家看望方成，他高兴得像个孩子，带着我像参观宫殿一样一边看一边介绍，兴奋之情溢于言表。他开玩笑说："我的新居可是五星级，和北京饭店的级别一样。"方成在快90岁的时候，终于有了自己专门的画室，一张大大的画案占据了多半空间，他开玩笑说自己原来的作品出身"贫农"，晚年乔迁新居后的作品就出身于"地主家庭"了。

方成有个习惯，客厅里放着一个签到本，只要有人来访，进门寒暄过后，就会请客人在本子上写下名字、单位、电话，有事情的客人还会记下本人要求和事项。由于来的客人多,本子用得也快,签完一本,就再启用一本,时间长了,这样的本子就有了厚厚一摞。我去得多了,有时就不签了。

　　随着交往的延续,我对方成先生的人生和创作多了一些思考。他们这一代人历经了数不清的自然的、政治的风风雨雨,见证了中国社会的沧桑变迁,因而对社会和人生有着更为深刻的认识,可以说,这一代人是有情怀的。方成先生早年艰辛求学,中年丧妻,还遭受过政治风浪冲击,生活的挫折与磨难,使他学会了坚强面对,笑对人生。在他的内心深处,有一盏灯始终没有熄灭过,那就是希望这个国家、这个民族能够好起来,希望世风民风能够好起来,希望普通百姓的日子能够好起来。他选择创作漫画,用手中的画笔,用幽默与欢笑、讽刺丑恶、针砭时弊,批判假恶丑,呼唤真善美,弘扬社会正能量。有一次,我请他书写自己的座右铭,他没有犹豫,提笔写下"为善最乐"四个字。据我所知,很多人向他求字,他书写的都是这句话,方成先生留世的这一内容的书法作品至少有几百幅之多,这是一位文化老人内心的希冀和呼唤。方成先生一生淡泊名利,即使是在许多艺术家开出天价润格,对书画作品完全按商业模式交易的今天,方先生的许多书画却是无偿相赠的,甚至有的骗子上门蒙骗,方成先生有时也假装浑然不知,其实他心里明镜似的。对于远在南国的家乡,方成心里也有一种浓得化不开的情怀。从1991年起,他先后四次向家乡广东

方成

290

中山捐赠自己的书画作品和艺术收藏，共计450多幅，支持家乡的文化建设。此外，他还向国家博物馆捐赠书画作品159幅，其中不乏《武大郎开店》《下海》《图穷币见》等漫画力作。记得有一次与方成聊天，我告诉他几天前的一场拍卖会，许多名家作品都拍出了很高的价格，他捐赠的冯玉祥、关山月、黄苗子等人的书画都很珍贵很有价值的，他笑着对我说："这么珍贵，就更要捐了，这样我晚上睡觉才踏实。"

作为漫画家，方成原本不用毛笔创作，但方成经常受邀参加一些笔会和文艺活动，大家都希望他能留下墨宝作为纪念。从那时起他开始画水墨画、写书法。方成早在少年时代就曾师从著名画家徐燕孙先生，正是因为有这样的童子功，他后来开创了用水墨创作漫画的新形式。他的书法也十分独特，既有法度，又率性而为，充满文人情趣，深受大众喜爱。但方成很是自谦，总说自己的书法拿不出手，他还写过一首自嘲诗："平时只顾作画，不知勤习书法，提笔重似千斤，也来附庸风雅。"我曾与一位喜欢收藏的朋友打算为他出一本书法作品集，方成先生也很支持我的想法，但在具体操作上，那位朋友有些贪心，此事最后不了了之，想来真是一种遗憾。

经常有人问方成保持健康长寿的秘诀，他用一首打油诗作了回答："生活一向很平常，骑车书画写文章。养生就靠一个字——忙。"方成喜欢喝酒，而且酒量大、酒风好，在酒友中口碑极好。我曾经与他喝过两次酒，的确是一种享受。席间他思维活跃、谈笑风生，让人心情大好。有一次春节前夕，我送他一瓶茅台酒，他很是高兴，当即铺纸提笔，现场创作两幅书法作品相赠，让我捡了一个大"便宜"。

方成从来都是一个大忙人，生活中没有周末，也没有节假日，只要有时间就埋头学习、写作和画画。有一次我问他长期这样创作，会不会感到生活单调辛苦。方成说他对漫画从来很是痴情，做自己喜欢的事，不仅不会觉得苦，反而乐在其中。人们在欣赏他的漫画忍俊

方成自画像

不禁时,在阅读他的书籍带来沉思时,很少会想到他为了提高自身的艺术修养,一辈子都在学习、思考、研究。他为创作一幅小小的漫画作品,要苦思冥想好多天,有时要反复修改十几稿才会出手。写作也是方成艺术的重要组成部分,他写杂文、小品、打油诗和研究幽默艺术的文章,先后出版数十本著作。有人粗算过,说方成先生晚年时期,平均每年出两三本书,这样的创作量,恐怕年轻人也难以企及。我每次去看望他,他都会问我:"你有我新出版的书吗?"如果我说没有,他就会去里屋取出来签名送我,这些年交往下来,我手里积攒了很多方成先生的签名本。有喜爱书的朋友也多次委托我求先生签名,他都爽快地一一满足。在他100岁的时候,广东人民出版社为他编辑出版了《方成全集》,对他在漫画、水墨画、书法、杂文、幽默艺术理论等方面的成就加以研究整理。

2010年1月23日,中国漫画年会暨加快我国动漫产业精品工程高层论坛在北京电影学院举行。有关方面特别授予华君武、方成、特伟、张仃4位在世的漫画名家"中国动漫艺术终身成就奖"。

记得颁奖那天特别寒冷,92岁的方成穿着厚厚的羽绒服,冒着刺骨的寒风,出席颁奖仪式,并应邀发表讲话。那天,我早早赶到电影学院等候他,他一出现就被大家认出,许多人上前与他合影,有的还请他签名,我主动为先生挡驾,但先生始终一脸微笑,尽可能一一满足大家的要求。上台致辞时,我怕他摔倒,想搀扶他上台,他笑着对我说:"我是不倒翁,摔不了,不用扶。"让人意想不到的是,此后不到半年的时间,这次授奖名单中的特伟、张仃、华君武三人先后辞世,方成成了新中国漫画硕果仅存的"活化石"。

方成先生写过一篇自传:"方成,不知何许人也。原籍广东中山,但生在北京,说一口北京话。自谓姓方,但其父其子都是姓孙的。非学画者,而以画为业。乃中国美术家协会会员,但宣读论文是在中国化学学会。终生从事政治讽刺画,却因不关心政治屡受批评。"

一次,我闲来无事,为他写了一首打油诗《戏说方成》:

祖上本姓孙,

他却叫方成;

专业学化工,

他却对漫画最痴情;

一生历经磨难,

他却总是满面笑容;

本是一介书生,

他却最爱鲁提辖和武松;

获得荣誉奖励无数,

他却不问收获只管耕种;

已是九八老叟,

他却依旧忙个不停。

为善最乐,

笑对人生,

是他不变的座右铭。

方成先生看后,忍不住大笑起来,连声说写得好。其实我心里清楚,他是在勉励我,他才是写打油诗的高手。

方成书画作品

  方成先生的漫画创作开始于 1946 年，创作时间长达 70 多年，艺术成就斐然，与丁聪、华君武并称中国漫画界三老，而且都是长寿之人。丁聪 2009 年去世，享年 93 岁；华君武 2010 年去世，享年 95 岁；方成活过了百岁。在方成先生人生的最后几年，考虑到他年事已高，不便打扰，我极少上门，内心却一直对他充满惦念与祝福。

  听到方成去世的消息，我的脑海里常常浮现出这样一个画面：2010 年方成应邀回到故乡广东中山，参加亚运会火炬传递活动。已是 92 岁高龄的方成举着火炬，精神抖擞地跑完了属于他的那 110 米路程。其实，在源远流长的中华文化传承中，方成也以坚毅的步伐，跑完了属于他的那一段历程，把不熄的火炬，交到了后来者手中。

方成（1918年10月—2018年8月），原名孙顺潮，祖籍广东中山，生于北京。漫画家、杂文家、幽默理论研究专家，擅长漫画。1942年毕业于武汉大学化学系，入黄海化学工业研究社任助理研究员。1946年在上海从事漫画创作，1947年被聘任《观察》周刊漫画版主编及特约撰稿人。

周令钊，为开国大典绘制毛主席画像

2023年1月3日下午，当代国宝级的艺术家周令钊先生在北京协和医院去世，平静地走完了自己104岁的漫长人生。

对于周令钊的名字，人们或许有些陌生，因为他从来就是一位默默做事、不求闻达的人。但如果说到他的艺术成就，却都是人们耳熟能详的：

他是中华人民共和国国徽和政协会徽的重要设计者之一；

他是第二、三、四套人民币的主要设计者之一；

他是开国大典天安门城楼毛主席画像的创作者；

他是1955年中国人民解放军授衔时八一勋章、独立自由勋章和解放勋章的设计者；

他是中国共产主义青年团团旗、中国少年先锋队队旗的设计者。

……

像周令钊这样深度参与新中国形象徽标设计的艺术家，大概再也找不出第二人了。

我记得第一次去拜访周令钊的时候，他和夫人陈若菊还住在北京红庙北里，房子是文化部分配的宿舍，家中没有什么奢华的家具摆设，朴素得甚至简陋。他和夫人陈若菊尽管已经退休多年，但还处在忙碌的工作状态。南侧朝阳的房子里摆放着一张大大的画案，周令钊每天大部分时间都是在这里度过的。我去的时候，他正在创作一幅水彩画，房间里十分安静，秋日的阳光透过窗口照射进来，柔和而斑驳。夫人陈若菊笑吟吟地走进来，递给我一杯热茶，就去忙自己的事情了。周令钊放下手中的画笔，坐下来与我聊天。尽管已是80多岁的人了，但周令钊依然脸膛红润，两道眉毛雪白，一双睿智明亮的眼睛，看上去精气神很足，全然看不到一点倦怠和暮气。

1919年5月2日，周令钊出生于湖南平江，母亲是当地的美术老师，父亲是一位金石书法家。受家庭深厚艺术氛围的熏陶，周令钊从小性情十分沉静，喜欢一个人躲在房间里写写画画，13岁的时候就考入了湖南私立华中高级艺术职业学校（今湖南艺术职业学院），开始接受专业的美术教育。周令钊成长的年代，正是风起云涌的革命与战争时期。入学不久，他就开始跟随高年级的同学从事进步活动。抗战爆发后，周令钊参加了湖南抗敌画会、广州"八一三"歌咏队等艺术团体，参加抗日救亡工作，后来又参加了抗敌演剧第五队和新中国剧社，运用自己的一技之长，创作抗日宣传画和抗日救国标语，小小年纪就在时代大潮中锻炼成长。1948年周令钊手持冯法祀送去的信函，北上北平，应徐悲鸿先生聘请进入国立北平艺专教书。也正是在这所院校里，他迎来了新中国的诞生，开启了自己崭新的人生和艺术之旅。

1949年春天，党中央从河北西柏坡进驻北平后不久，组织召开了中国新民主主义青年团第一次全国代表大会。团中央根据会议要求着手制定团旗、团徽和团歌，并在《人民日报》刊登启事，向全国征集设计方案。周令钊回忆说，记得是初夏的一天，《中国青年》杂志社的美术编辑娄霜来北平艺专拜访他，向他详细介绍了正在征集团旗设计方案的事情，希望他能参与进来。周令钊饶有兴趣地问："对设计方案有什么要求？"

娄霜工作在团中央主办的《中国青年》，又是杂志的美术编辑，所以对团十分了解，对团旗设计也有许多自己的想法。他说："设计要突出'在党的领导下'这一主题，青年团是党的助手和后备军，全国青年要团结围绕在中国共产党周围。"

周令钊坐在那里，静静地听着，许久没有吭声，他苦苦思考着如何把娄霜的话转换为图案语言。他的脑海里不断闪现出一个个创意设想，手也不由自主地在纸上勾画着，突然，他一拍脑门，用笔在纸上快速地勾画起来，不一会儿工夫，一幅设计稿就呈现在了纸面上：红红的底色上，一个金色的圆圈环绕着一颗金色的五星，看上去简洁、亮丽而又热烈。周令钊兴奋地对娄霜解释："这个图案的立意是五角星代表中国共产党的领导，圆圈代表全国团员青年手拉手围绕团结在党的周围，也象征着青年们红心向党。"

娄霜当即拍手赞同。两个人马上坐在桌前，进一步完善了图案，添加了设计创意说明，之后娄霜就兴冲冲地告别周令钊，带着设计图案回到团中央交给了有关部门。接下来便是漫长的等待，因为这幅设计图案参加了全国统一的征集评选，后来又几经修改，直到第二年4月才报送中央审核批准。

对于报送审核的过程，周令钊当时并不知晓。直到60多年后的2012年，他才在共青团纪念日活动的历史资料中，再次见到自己设计的团旗原图，得知这份设计方案和从全国征集的上百件方案中选出的十几件一起报送中央领导同志审阅。周令钊惊喜地发现，在他的设

周令钊

计方案上,毛主席的审核意见是"同意此式",刘少奇同志用红笔写下了"这个好",周总理的审核意见是具体的:"同意这个。须将金黄色圆圈及五角星移放下点,置于红旗四分之一的中间"。

1950年5月3日,《人民日报》发布了这次团旗的设计方案,中国新民主主义青年团团旗由此正式诞生。第二天,这份刚刚诞生的团旗就出现在了庆祝新中国第一个五四青年节的游行队列里。

1949年,对于中国这个古老的国度和人民大众来说,无疑是天翻地覆的一年,取得了革命胜利的中国共产党正着手建立一个全新的人民共和国。30岁的周令钊满怀对新生活的向往,积极投身新中国成立的各项筹备工作之中。作为政治上积极进步的国立北平艺专的老师,又是经验丰富的图案设计艺术家,他热情参加了中国人民政治协商会议会徽的设计,中华人民共和国国旗、国徽的设计工作。他的身上仿佛有使不完的劲儿,经常夜深了还坐在灯下埋头设计,才思泉涌,毫无倦意,总想着为党、为国家多贡献一份才智和力量。

1949年9月中旬的一天,艺专的领导江丰把周令钊找去,告诉他开国大典筹备处通知学院,安排他为天安门城楼绘制一幅毛泽东主席的巨幅画像,作为开国大典之用,时间紧,任务重,务必按时完成。

周令钊接受任务后,就匆匆赶回去着手准备。对于绘制毛主席画像他是有经验的,因为早在五六个月前,国共和谈要在北平六国饭店举行,国立北平艺专领受了会场的装饰布置任务后,就安排搞过舞美设计和舞台布景的周令钊承担。这对周令钊来说一点儿也不困难,他经过一番仔细的实地考察,很快就拿出了布置方案,报请有关领导批准后,就开始进行创作和设计施工。他参考一张毛主席延安时期的照片,绘制了一幅大大的画像,这是他第一次绘制毛主席画像,画面背景是热烈醒目的红色,毛泽东头戴八角帽,面带微笑,看上去意气风发,从容自信。这幅画像被高高悬挂在主席台上方,周令钊还创造性地根据这次会议的性质，在会场的八根柱子上分别写上和谈的八项条件，画上了象征和平的鸽子，将会场装点得十分庄重，又具有浓厚的政治氛围。

会谈结束后，学院领导特意找到周令钊，转告他上级对他的这次会场布置工作很满意。

毛主席认为周令钊绘制的画像好，这一点当然很重要，自然也是开国大典筹备组安排他承担天安

周令钊设计的国徽图案

门城楼毛主席画像任务的重要依据和原因。能够再次为毛主席绘制画像，无疑是一份巨大的荣誉，是组织上对自己的信任和考验，周令钊难掩心中的喜悦和兴奋，兴冲冲地回家把这一消息告诉了自己的新婚妻子陈若菊，并让妻子和自己一起承担这项任务。陈若菊闻讯高兴得几乎跳了起来，两人连夜着手制定工作流程和计划，全身心地投入创作之中。

绘制毛主席画像，首先要确定参考的资料，毛主席为筹备新中国的成立，日理万机，不可能为他当模特，所以只能从毛主席的照片中选取。周令钊把能够找到和借到的毛主席照片都找来，经过再三比对挑选，他选取了一张毛泽东在延安的照片，这张照片是由摄影家郑景康拍摄的。这张照片得到了领导的一致认可，都同意参照此照片进行创作绘制。

按照大典筹备会的要求，这幅毛主席画像为油彩画，高6米，宽4.6米，需要绘制在一种马口铁板上，创作的地方就安排在天安门城楼大殿外面东侧的墙边，时间紧，画幅大，创作空间狭小简陋，创作难度可想而知。周令钊和陈若菊先是带着学生把订制好的画板竖靠在一面墙上，把小照片用传统的格子放大法一次次放格、打素描。尺寸还是不够，但办法总比困难多，周令钊做了一个木匠的墨线盒子，和陈若菊一人一头，在30多平方米的画面上弹线画格，这个办法果然成功了。绘制画像期间，每天天刚蒙蒙亮，两个人就带着干粮从家中赶到天安门城楼开始忙活，常常是工作好久了，才看到东方的太阳刚刚升起来。他们累了就直起腰，擦擦汗，渴了就拿过水壶喝一口，饿了就掏出干粮吃几口，每天都是干到天完全黑下来了才收工，晚上回家躺在床上，腰酸痛得都翻不了身。周令钊有一次因过度劳累，在梯子上移动时差点掉了下来，但他没有一刻停止工作。就这样，周令钊夫妇全力赶时间、抢进度，连续奋斗近20天，一幅巨大的毛泽东主席画像，终于如期完成了。画像中的毛主席头戴八角帽，身穿呢子上衣，目光炯炯地眺望着远方，脸上洋溢着和蔼的笑容，画面极具亲和力、感染力。画像中周令钊按照照片的样子，把毛主席最上面的领扣画为敞开式样，同时还根据领导的建议，在画像底端仿照毛主席的书体，写上"为人民服务"五个字。

眼看着即将大功告成，周令钊和妻子陈若菊虽然晒黑了、累瘦了，还是长长地舒了口气。这天，时任北平市长的聂荣臻来天安门检查开国大典的相关准备情况，他仰着头，端详着毛主席画像，忍不住地称赞说："画得蛮像的！"但当他发现毛主席上衣的第一颗纽扣是敞开的时候，马上讲出了自己的看法：开国大典是一个庄重盛大的庆典，是全国的政治大事，画像上主席的衣扣不能敞开，这显得不严肃，还是扣起来好。

周令钊书法作品

  周令钊听取了聂荣臻的意见,马上调和油画颜料,爬上脚手架,认真进行了修改,之后又对着画像远远近近地端详了好几遍,确认没有问题后才拖着疲惫的身躯回家休息。

  9月30日晚上,是开国大典的前夜,周令钊带着助手经过数小时忙碌,才将画像安装到天安门城楼上,在场的工作人员都对画像称赞不已,周令钊听着大家的议论,心里感到十分欣慰,这么多天的艰辛付出总算画上了一个圆满的句号。他和陈若菊迈着轻快的步伐赶回家中,准备第二天去天安门城楼东侧的观礼区参加庆典活动。不承想,夜半时分一阵急促的敲门声将他惊醒,工作人员要他马上跟着来车去一趟天安门。原来,周恩来总理忙完一天的工作后,来到天安门对开国大典的准备工作进行最后一次检查验收。检查到毛主席的巨幅画像时,他先是站在金水桥上远远端详,脸上露出满意的神色,但慢慢走近后,神情突然变得凝重起来,他用手指着画像下沿"为人民服务"这几个字,对跟随身边的工作人员说:"'为人民服务'几个字不应该写在毛主席画像上，必须改掉。"

当时，大典的各项工作已经全部准备就位，安装画像的脚手架也都拆除了，而且这么大的画像已经完成安装，再完整地拆卸下来几乎是不可能的，工作人员只好调来几个聚光灯作为照明，又找来三个木梯子连接捆绑到一起，做成一个简易的长梯搭靠在城楼上，周令钊颤颤悠悠地爬上去，因画像太大，梯子又太简易，他只能费力地挥动着手中的画笔，一点一点小心地涂抹修改。周令钊用颜料把画像下端的字和白边改为衣服的颜色，改完发觉衣服下摆过大，只好又添加了一颗纽扣。在下面帮忙的陈若菊告诉他，修改后的整体感觉是协调的，周令钊放心不下，自己下来亲自察看修改后的效果，几次爬上爬下，反复调整，完成全部修改时，已经是10月1日的凌晨时分了。

当开国大典在天安门前隆重举行时，没有人能想到城楼上庄重醒目的毛主席巨幅画像，还是墨迹未干的……

周令钊（1919年5月—2023年1月），湖南平江人。1948年应徐悲鸿聘请任教国立北平艺专，曾担任中央美术学院教授、中国美术家协会理事、水粉协会会长等。代表作有开国大典天安门城楼毛主席像，八一勋章、独立自由勋章、解放勋章设计，为国徽、团旗作过设计。曾参加第二、三、四套人民币总体设计等。

古元与蒋玉衡，一对老实夫妻

我与古元先生并无深交，只是在一些展览和艺术活动中见过面。他给人的印象是质朴、内向、寡言，穿着一身有些旧的灰色衣服，戴一顶鸭舌帽，脚上是一双黑色布鞋。他脸上带着的是浅浅的、谦和的笑意，说话时，声音很轻，语调平和，很像是拿不准，在和你商量的口吻，即便是当了央美的院长也是如此。美院的毕业生聚在一起议论这位老夫子时，都说他好像从来不知道自己有多大的成就。

古元先生是一位杰出画家，这毫无争议，特别是他的版画创作，早在延安时期，就成就斐然。诗人艾青认为，他的艺术将在无限长的时间里得到难以限量的发展。抗战时期，周恩来将古元等人的木刻作品带去重庆参加第一届"双十"全国木刻展览，徐悲鸿当即订购了三幅古元的作品，还在评论文章中写道："发现了中国艺术界中一卓绝之天才，乃中国共产党之大艺术家古元。"其实，当时的古元还只是个20多岁的青年人呢。

古元创作成就如此巨大，为人却极其老实，我听来的三个故事可以佐证。

一次同版画家彦涵聊天，他说到古元的一则趣闻，早在延安时期，青年木刻家古元就以为人老实出名，这话甚至传到了毛主席的耳朵里。新中国成立初期，毛主席观摩一批出国展览的美术作品时，一看到古元的木刻，就饶有兴致地问陪同人员："古元在延安是个老实人，现在进城了还老实吗?"陪同观看的同志说:"还是很老实的。"毛主席满意地点点头,说:"这就好!做人就应该老老实实。"

古元在20世纪90年代初不幸患上了癌症,老友罗工柳很是关心,常用自己同癌症"战斗"的经验开导他,让他放宽心,心理负担不要太重,还介绍他到南海的一个岛上去疗养,那里负氧离子高,吃的也都是海产品,对提高身体免疫力十分有利。或许是性格的原因,古元对自己的病情还是想得很多,癌症复发转移后,身体每况愈下,他着手安排自己的身后事。古元同爱人蒋玉衡商量决定把平生创作的主要作品捐献给老家珠海,当地政府在后来为他筹建了古元美术馆。1996年8月10日,古元在他77岁时离开了这个世界。

2004年冬天,古元的夫人蒋玉衡也因病离开了这个世界。在八宝山举行的告别仪式上,我带了摄像机拍摄资料,老表演艺术家于蓝含着眼泪对我说,古元和蒋玉衡是一对难得的好人、老实人。他们俩能成为夫妻,还是于蓝做的媒。那时他们都在延安鲁艺学习,一天傍晚,古元在延安的延河边上找到于蓝,说喜欢音乐系的蒋玉衡,想让同学于蓝跟蒋玉衡说。于蓝问:你喜欢她,为什么不自己直接跟她说?古元腼腆地说:"我不好意思。"于蓝爽快地答应了古元的请求,约了蒋玉衡谈心,转达古元的爱慕之意,蒋玉衡很快就同意了。此后,在延河边上,经常可以看到古元和蒋玉衡一起漫步的身影。随着交流的不断深入,两个人渐渐有了在一起的生活愿望。

于蓝感慨地说:"我这一辈子就

蒋玉衡

古元书画作品

做了这一次媒,促成了一对老实人的姻缘,现在蒋玉衡也走了,两人算是恩恩爱爱一辈子。"

古元夫人蒋玉衡,同样是出了名的正直老实。我第一次去看她,随手给她带了一袋水果,她看到后坚辞不收,让我把水果放在家门口外离开时带走,否则不让进门,我只好尴尬地把果篮放在门外的过道里。进了门,蒋阿姨给我倒一杯白开水,开始热情地和我聊天,还按我的要求到院子里拍摄照片。后来我去送照片给她,她说照得很自然,她很喜欢。

有一次,她给我打电话,让我去家里一趟,有事情需要帮忙。我去了一落座,蒋阿姨就开始说起来,原来是她老家村子里,因为修路征地补偿款的问题,乡亲们不满意,没有得到满意的答复,他们想到了在村子里唯一的老革命蒋玉衡,苦求她为乡亲们伸张正义。但这样的事,她一个一辈子没做过官、早已离休多年的老太太,怎么能管得了呢?我帮她仔细分析梳理了有哪些解决办法,还去相关部门帮她咨询了有关的政策法规。据我所知,蒋阿姨从来不求人的,但为了乡亲们,她拉下脸上上下下找了很多人,所幸最后事情解决了,乡亲们比较满意,但蒋阿姨却因为此事,对社会现实心生悲凉。

事情结束后,蒋阿姨把我叫到家里,从抽屉里拿出两张古元先生的画作答谢我,让我任选一张。两幅作品一幅是纯墨手绘的,一幅是木刻《焚烧旧地契》,我向来喜欢手迹,就选了那幅小画。后来同彦涵先生谈及此事,他哈哈大笑,说:"小伙子,你做错了选择题,《焚烧旧地契》是古元的木刻代表作,现在价值连城的。"可我不后悔,还是喜欢这张小画。后来听蒋阿姨说,一家大拍卖公司举办首次木刻版画专场拍卖,考虑到古元的地位,一定要有他的作品,就上门征集。蒋阿姨说家里从来没拍卖过他的作品,只好商定出借那张版画给拍卖公司壮门面,拍卖会结束后再还回来。当时这幅版画定价十万元,以为不可能拍出去的,但没想到的是意外成交了,被买家买走了,蒋阿姨对此很不高兴。

古元书法作品

一次，我打电话给蒋阿姨，是她女儿古安村接的，说蒋阿姨生病住院了，我赶忙去复兴医院探望。不想蒋阿姨得的是脑部恶性肿瘤，开始去看她时，人还是清醒的，但反应有些迟缓，后来就一直处于酣睡状态，到去世再也没有醒来。

蒋阿姨去世时的遗照，用的是我为她拍的一幅照片，初夏时节，穿一身蓝色布衣，平静而祥和地站在绿树下。

古元（1919年8月—1996年8月），广东珠海人，新兴木刻版画代表性画家。历任人民美术出版社创作室主任、中央美术学院教授、院长、中国美术家协会副主席、中国版画家协会副主席等。作品有《减租会》《烧毁旧地契》《人桥》《刘志丹和赤卫军》《枣园灯光》等，出版有《古元木刻选》《古元水彩画选》等。

蒋玉衡（1921年—2004年12月），生于江苏溧阳，1938年9月进入延安鲁艺音乐系学习，曾参加延安黄河大合唱排练演出。新中国成立后一直在中央新闻纪录电影制片厂从事作曲工作，曾为电影《泥人张》《金色的股东》等作曲。

王琦，在黑白世界里求索

见到王琦先生，最直观的感受就是个子高，一米九多，他如果不坐下来，同他讲话就要仰着头。不但他个子高，夫人韦贤个子高，儿子王炜、王仲，女儿王倩个子都高。如果评选中国家庭平均身高最高奖，王琦家肯定能拔得头筹。这当然是玩笑话，但王琦先生在当代木刻版画创作上的成就之高，是艺术界和社会公认的。

20世纪三四十年代，中国新兴木刻运动是鲁迅先生倡导的，王琦正是在鲁迅所倡导的新兴木刻运动和鲁迅精神的感召下，成了新兴木刻运动的重要参与者和推动者。

1918年1月4日，王琦出生于四川宜宾，父亲是实业家但爱好音乐、书法，母亲则喜欢绘画。优越的家境使他受到良好的艺术熏陶。王琦回忆，他是中学时看到比利时版画家麦绥莱勒的连环画，开始对绘画产生浓厚兴趣的，考入上海美术专科学校后，开始专业学习美术。1938年春，王琦进入武汉政治部第三厅艺术处美术科从事抗日宣传工作，不久奔赴延安进入鲁艺第二期美术系学习。当时的鲁艺集结了江丰、沃渣、古元、罗工柳、彦涵等优秀木刻家，王琦在这里首次拿起刻刀学习木刻，由此走上了木刻艺术创作的道路。王琦在创作之初，就受到了鲁艺革命现实主义文艺思潮的影响，以描绘人民疾苦、民族危亡为己任，把艺术创作与社会救亡联系起来，表现出强烈的忧患意识与爱国热情。1939年王琦返回重庆，加入中华全国木刻界抗敌协会，从事木刻创作和组织开展艺术活动。他与卢鸿基主编《战斗美术》,向大众介绍新兴木刻艺术家及其作品。这一时期,王琦参加了中国木刻研究会(后改为"中华全国木刻协会")、中华全国木刻界抗敌协会等抗战时期新兴木刻运动的艺术组织和活动,成为革命美术活动的组织者和推动者。

1945年,王琦联合国统区的木刻版画家陈烟桥、汪刃锋、刘岘等举办"九人木刻联展",引起很大轰动。1946年,王琦与李桦、郑野夫、杨可扬等举办"抗战八年木刻展览"并出版大型展览画册,为抗战木刻运动画上了一个完美的句号。王琦对前来观展的鲁迅夫人许广平说:"我感到遗憾的是没有直接聆听过鲁迅先生的教诲,可他的著作和精神,始终是我学习效法的榜样,我一直是在鲁迅先生精神的感召下从事自己的工作的。"事实也的确如此,自1937年至1946年,王琦仅在重庆举办的各类美术展览就达300余次。上万件木刻作品,以及难以数计的木刻宣传卡片传递到抗战前线和大后方各地。巨大的艺术影响引起了美国《时代》周刊驻重庆记者的注意,他采访了王琦,并撰写文章把中国的新兴木刻活动介绍到了国外,美国《时代》《生活》《幸福》等刊物以《木刻帮助中国人民战斗》为名,大版面报道中国的抗战木刻创作活动,扩大了中国人民抗日战争的影响。

解放战争爆发后,一大批进步艺术家被迫转移香港,木刻家王琦也在其中。在香港的两年,他积极参与文化界集会,开展革命工作和

王琦

王琦木刻作品

美术活动,还多次举办进步画展,直到新中国成立后,才在党的安排下回到内地。

新中国成立以后,王琦先后担任中央美术学院教授、《美术》和《版画》杂志主编、中国版画家协会主席等,为美术教育、美术理论和艺术活动开展尽心尽力。

王琦的木刻版画创作始终坚持了现实主义风格,真实记录了当时的社会现实与民众生活,反映了不同时代的精神风貌,其中,《晚归》《候水》《古墙老藤》等是他代表性作品。或许是因为在革命年代,新兴木刻版画以其鲜明的艺术特性,发挥着鼓舞和引领民众争取独立解放的艺术作用,格外受到社会与大众的青睐。进入和平年代和改革开放后,随着国画、油画创作的繁荣,木刻版画逐渐沦为更加小众的绘画门类,这使得人们对王琦的艺术创作与贡献的了解,

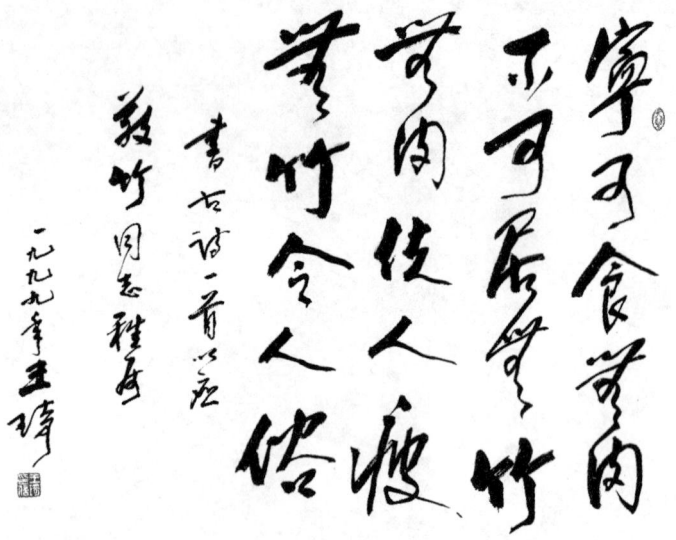

王琦书法作品

更多集中于革命年代与新中国成立初期。想来也是正常的，一代人有一代人的使命与担当，即便是一个人，也会因为时代和自身的原因，生命的辉煌只出现在那个年龄段，但只要有过辉煌，就足够欣慰和自豪了。

王琦先生作为知名艺术家，又长期担任美术界领导工作，自然积累了大量的创作作品与收藏。对于这些作品的归宿，他有自己的考虑。2005年初，他给时任中国美术馆馆长冯远写信，决定把伴随自己半个多世纪的作品及收藏的中外名家版画捐赠给中国美术馆。王琦对前去接收的工作人员说："要捐赠的作品，一部分是我创作的，有400多件；一部分是我多年来从事美术工作收藏的国内外著名版画家的作品，有800多件，其中有著名版画家李桦、郑野夫、王流秋、张漾兮等人的作品，也有俄罗斯、波兰、法国、英国、罗马尼亚等国版画家的作品，都很珍贵。我年事已高，对于这些作品，我考虑只有中国美术馆才是最好、最让我放心的地方，放在那里才能让更多的人了解它们、了解历史，使作品发挥更好的作用，让观众感受其艺术价值。"

2015年11月8日，王琦美术博物馆在重庆中山四路75号正式建成开馆，王琦捐赠了大量版画、中国画、书法和文献资料。王琦对接收人员说："重庆是我的故乡，又是我抗战时期工作的地方，我对这里怀有很深的感情，我捐赠这些作品，就是想表达心意，作品都是我亲自整理出来的，你们拿走，了却我的心愿，我就安心了。"

2016年12月7日，中国画坛的高个子王琦先生在北京去世，享年98岁。时隔一年，他的夫人韦贤去世，享年96岁。

王琦（1918年1月—2016年12月），版画家、美术理论家。1937年毕业于上海美术专科学校，1938年在延安鲁艺美术系学习。曾任中央美术学院教授、中国版画家协会主席等职，是中国版画艺术奠基人之一、中国新兴木刻运动参与者，曾参加人民英雄纪念碑浮雕草图起稿工作。

齐良迟，画界尊称"齐四爷"

在北京繁华的西单商业区西侧，一片林立的高楼边上，有一个看上去显得低矮破败的四合院，这就是书画大师齐白石先生的故居。

这是一座三合院带跨院的住宅，齐白石自50岁后直至逝世前一直住在这里。三间北房就是白石老人所说的"白石画屋"，因屋前安有铁栅栏，又称"铁栅屋"。北房檐下悬挂着三米多长、近一米高的篆体"白石画屋"横匾，系齐白石亲手篆刻。大门口的墙壁上镶嵌着北京市文物局列为重点文物的牌子。白石先生的四子齐良迟先生生前一直住在这里，几十年都没有搬离过。作为齐家的第二代掌门人，他执着地传承和延续着齐派艺术。

我是在1993年纪念毛泽东100周年诞辰书画笔会上与齐良迟先生认识的，后来就经常去看望他。齐先生住在故居的东屋里，屋子对面放有桌椅，供待客用。房间西窗下放着一张大画案，上面放有很多的毛笔和印章，先生不外出参加活动的时候，就一个人在这张画案前静静地写字、画画、治印。那时齐先生已经70多岁了，经常穿着一身浅灰色的中山装，头发几近脱光，面色红润，相貌酷似晚年时的齐白石，只是少了老人那一抹迷人的胡须，举止言谈都慢条斯理的，给人印象很是儒雅。

齐良迟为白石第二位夫人胡宝珠女士所生，系齐白石第四子，字子长，1921年生于湖南湘潭，十岁开始在父亲的指导下学习中国画。

齐白石对他甚是喜爱，寄予厚望，要求自然格外严格，这使得齐良迟对中国画的写生、临摹以及双勾等一招一式都有深入的学习和牢固的掌握，为其后来成为一代大家打下坚实根基。齐良迟16岁开始正式学习齐派大写意花卉时就出手不凡。他把自己创作的《芭蕉图》拿给父亲看，白石大加赞赏，并在画上题道："子长（齐良迟的字）初学能意造画局，可谓有能学之能，予喜。"父亲的鼓励，坚定了齐良迟从艺的决心。

1941年，齐良迟考入辅仁大学美术系，第一学期结束，他考试时的两张国画得分都不高，一张得了78分，另一张只得了59分。齐良迟并不气馁，相反学习更加刻苦，并开始学习西洋画，经过四年的奋发努力，以优异的成绩毕业。

有一次，我受人委托，带了两幅舞蹈家吴晓邦先生创作的国画请齐先生过目，并详细介绍了吴先生的学画经历和在舞蹈艺术方面的成就，当齐先生听说吴晓邦曾长期师从著名画家溥松窗先生，两人亦师亦友过从甚密时，笑着对我说："我在辅仁大学学习时，松窗先生是我的老师，他是皇室后裔，艺术修养极高，吴先生师从于他，算起来还是我的大师兄呢，可惜两位先生都已经不在世了。"齐先生让我把这两幅作品留在那里，过了几天，他精心完成题跋，才打电话让我取回。

在学画的同时，齐良迟先生还从小跟随一代篆刻宗师的父亲学习治印。每当父亲治印时，幼年的齐良迟常常帮助父亲做一些磨印石之类的辅助性工作，因此他从小就对

齐良迟

篆刻产生了浓厚的兴趣。进入辅仁大学后，他曾师从陆和九先生研读秦汉玺印，开始学习"双侧入刀"的治印方法，随后又跟随父亲学习了"单侧入刀"的治印方法，从此他在治印时，以"单侧入刀"为主，又吸收了"双侧入刀"法之长，使齐派篆刻艺术得到很好的发扬。

齐良迟先生自幼跟着父亲学习诗词创作。根据父亲的安排，他先熟读《唐诗三百首》《千家诗》，后读陆游、纳兰性德等人的诗词，此间，齐良迟还研读了父亲齐白石的诗。为了提高自己诗词的写作水平，30岁的齐良迟曾拜近代语言学大师黎锦熙先生学习平仄，先后学了有关诗韵、词韵及词谱等方面的知识。从此齐良迟先生的诗不仅内容丰富深刻，而且在形式上也十分工整，意境隽永，韵味绵长。齐先生晚年出版了一本很薄的诗词集，取名《补读斋诗词选》，内收诗词数量不多，却是篇篇精品，令人爱不释手。

齐良迟先生的书法也是在父亲的亲自教诲下学得的，其书法集柳公权、李北海、郑板桥、金农及其父亲之长，形成自己独特的书艺风格。齐良迟先生同他父亲一样，在诗、书、画及篆刻等方面均具有很高的造诣。

在白石先生的后人中，齐良迟先生是在父亲身边时间最长，距离最近的孩子。当年，为了照顾齐白石的生活创作，经周恩来总理亲自提议安排，齐良迟辞去工作，回家专门伺候父亲，并追随父亲学习齐派艺术。他为父亲付出了很多辛劳，也受益无穷，在白石老人去世后，逐步成为"齐派"艺术新的掌门人。

1992年，北京齐白石艺术研究会成立，齐先生被公推为会长。齐先生以其深厚鲜明的齐派艺术风格和谦虚平和的君子风范，汇集了启功、白雪石等一大批国内优秀书画家。齐良迟对待这些艺术大家像朋友一样，每逢传统节日，他都不顾自己年迈，不辞辛苦地亲自登门，一一看望。举办大型书画展等重要活动时，他也必是登门郑重邀请，他身上处处体现着传统美德。

印象中的齐良迟先生很是谦虚，待人谦和平易，对于创作始终怀敬畏之心，直到晚年也不愿举办个人画展，不愿出个人画册，不愿让人炒作宣传自己。他对我说："我是齐白石的儿子，说话、办事不能给父亲丢脸。"当年常有人从外地带着画来北京找齐良迟，求他鉴定白石老人作品的真伪。齐先生从不讲假话。一次有人拿着本册页到齐老师家，说是白石老人遗作请他鉴定。只要他认可为真迹，便有国外收藏家以80万美元买下。齐会长仔细翻看后，判定这本册页不是真迹。来人则说这是某名家收藏的，岂能有假？并强调只要齐老师认可并出鉴定文字，"少不了先生的好处"。但齐老师不为所动。事后他说："我不能见利忘义，愧对先人。"

齐良迟先生多年来热心社会公益事业，1998年安徽、江苏两省部分地区闹水灾，他组织北京百余名著名书画家，在人民大会堂举行书画捐赠活动，所得款项全部转给灾区群众。他积极参加社会各界组织的捐画、捐款活动，组织书画家举办大型赈灾义卖笔会，所得款项捐送中国红十字会和北京慈善协会。他担任北京市文史研究馆领导后不顾年事已高，带领馆员冒酷暑、顶严寒深入基层送文化下乡。许多机关、工矿、乡村、军营都留下了他的书画佳作和不倦身影。周恩来同志90周年诞辰时，他特意绘制了一幅《荔枝图》，邓颖超同志看后深为喜爱……

在与齐先生的交往中，我深刻感受到，齐先生与他的父亲一样，都是过惯了苦日子的人，生活十分节俭。作画裁下来的小片宣纸，从来不曾丢掉，总是极用心地在上面创作小幅作品，用以答谢对他有所帮助的人。有时去饭店吃饭，老板认出他，不肯收他的饭钱，他就特意画幅小画让人送去，有人送他水果他也会作小画回报。我有两次赶上过节去看望他时，先后送我的两幅小画，也是用这样的"下脚料"

创作的，画得极其精美，让人爱不释手。

有一年中秋前一天，我去看望齐先生，随身带了一本册页，请先生在上面留点墨宝，他打开册页，一页页地翻着其他人创作的书画，良久没有说话也没有动手。我以为他为难，就说："齐先生，如果不方便，也不用勉强。"先生依旧没有吭声，而是缓缓提笔在一张空白页上写下了一首七言律诗，是为纪念齐白石先生而作的，寄托着他对父亲深深的思念之情。回到家中后，我对着那首诗看了许久，猛然意识到什么，立即起身从书架找来一本画家辞典，翻到有关齐白石的条目一看，上面赫然写着："1957年9月16日，白石老人与世长辞。"我的心里猛地一紧，原来那天是齐白石先生去世的日子。齐先生在父亲故去整整40年后，依旧怀有深深的思念之情。当我的目光再次落到那首诗上时，顿觉万般感慨。

晚年的齐先生，无时无刻不在思考着如何将齐派艺术发扬光大，因此对齐白石艺术研究会的事格外用心，几乎到了事必躬亲的地步，对学习研究齐派艺术的人，更是大力提携。我的湖南朋友虢筱非，早年师从白石先生的弟子李立学习书画和篆刻，算是齐派艺术再传弟子，他回忆说："我在学生时代即临刻齐白石印章，李立老师见我兴趣深厚，便勉励我研究齐白石印章艺术。我知道白石先生四子齐良迟是齐派艺术的集大成者，便凭着年轻人的勇气，去北京请教他。齐良迟先生很是热情地接待了我，见我印谱中临摹了大量齐白石印章，便拿起刀石演示。老先生屏息握石，下刀处犁出一条条刀痕，石屑碎落，让我看得有心惊胆裂之感。刻完一个'齐'字后，又起身裁纸，书写了白石老人'大道纵横，放胆行去'的印语赠送我。"

这次访问，使虢筱非大受感动和鼓舞，回湘后发奋努力，潜心研究学习齐派艺术，终于写成了《齐白石印艺》专著，还编辑了《齐白石印谱》，为齐派艺术传承作出了重大贡献。

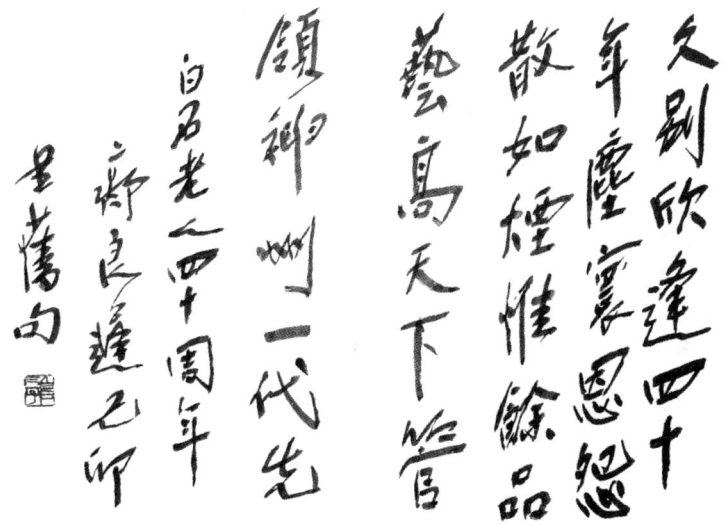

齐良迟书法作品

齐良迟先生的另一桩心事,就是在北京建立齐白石纪念馆。甚至表示愿意与齐家亲属将齐白石故居交给文化部或者中国美协,或者家属集资修缮故居,或者创立齐白石基金会筹办齐白石纪念馆。

在齐良迟先生去世前几年的时光里,他多方奔走,数度提案,为此费尽了心血,但最终因种种原因,修复齐白石故居的设想没有变成现实。

2003年5月7日,齐良迟因突发脑溢血,抢救无效病逝。当时正值北京闹非典,全城惶恐不安,很多人都未能送齐先生最后一程。我也因所在单位实行封闭式管理,没有参加先生的告别仪式,想来总觉有愧。

齐良迟（1921年10月—2003年5月），湖南湘潭人，画家，系齐白石第四子，十岁起在齐白石指导下学习绘画，1945年毕业于北京辅仁大学美术系，任教于国立北平艺术专科学校。后遵从周恩来总理嘱托，辞职回家专门侍奉白石老人并研习"齐派"绘画艺术。曾任北京文史研究馆副馆长，北京市齐白石艺术研究会会长，湘潭齐白石纪念馆名誉馆长。

韦启美，镌刻在墓碑上的自画像

20多年前，有两位老者是中国美术馆的常客，一位是中央美院附中的老校长丁井文，一位是中央美院的老教授韦启美。韦先生总是穿一身蓝色或浅灰的衣服，戴一顶鸭舌帽，鼻梁上架一副眼镜，手里拎着一个黄色的旧军包，精干巴瘦的身材在展馆里慢悠悠地晃动着，在一幅幅画作前驻足观赏。如果馆里没有举行什么展览的开幕仪式，参观的人会很少，偌大的展馆显得十分空旷，韦先生瘦小的身躯站在那里显得更加瘦小，甚至会让人忽略他的存在。而他的确是站在那里的，而且是那里的常客，他是那个时代奔涌的艺术潮流的同行者、观澜者。在我的记忆里，韦先生向来都是独来独往，偶尔有相熟的人上前打招呼，他的脸上会浮现出浅浅的笑容，原本不大的眼睛眯成一条细缝，热情地与人交谈一会儿，待人离去后，又会独自静静地观看展览。

有一次去美术馆参加画展开幕式，丁井文先生指着远处的韦启美对我说："韦先生是个大画家，不仅油画画得好，漫画同样非常出色。"

我听后心里痒痒的，就想认识韦先生。我请丁先生为我介绍，丁先生笑着说："不用的，他没架子，你直接找他就行。"

我就大着胆子去接触韦先生，他温和地望着我看了一会儿，然后笑着说："我周末有时间，你到煤渣胡同我家里去吧。"说完，从军包里拿出纸和笔，为我写下了他的住址和电话。

为了周末的见面，我回到单位就开始做功课，查阅了解韦启美先生的经历和成就。韦先生1923年生于安徽安庆,自幼学习油画和漫画。1942年考入南京的国立中央大学艺术系,师从徐悲鸿、吕斯百等人学习油画。毕业后应徐悲鸿之邀在国立北平艺专任教,一干就是一辈子,曾任油画系教研室主任、油画系研究生班主任等职,创作的《青纱帐》《模范饲养员》《附中的走廊》《独奏》等多幅油画作品被中国美术馆、中国人民革命军事博物馆、中央美术学院等机构收藏;《运砖》《好奇》等漫画作品荣获全国美术作品展览大奖;出版有《中国巨匠美术周刊——韦启美》《中国漫画书系·韦启美》等。

周六上午,我按照韦先生给的地址,骑自行车去拜访他。他的画室很小,靠墙摆放的两排书橱一直到天花板都放满了书籍,屋子中间靠窗边的地方放着一张书桌兼画案。韦先生泡一杯清茶给我,两个人就坐下来聊天。我那时正在集藏当代文化名人手迹,就把带去的册页拿给他看,其中很多人他都熟识,他显然对册页更有兴趣,不再同我聊天,而是一页页地仔细翻看,有时翻过去还会再回头看。过了好久,

韦启美

韦先生翻到了最后的空白面停下来,抬起头望着我问:"需要我给你写书法还是画画?"

"都可以的。"我连忙说。

韦先生一边做创作的准备,开始倒墨汁、泡毛笔,一边对我说:"很多人喜欢我的漫画自画像,你喜欢吗?"

我点点头。

韦先生拉开架势,开始画起来,或许是画得多了,很是熟练,只一会儿工夫,一幅栩栩如生的自画像

就呈现在了我的眼前。画作完成后，韦先生后退一步拉开距离端详一会儿，点点头，算是满意。

谈及自己的漫画创作，韦先生说他从小就喜欢看报，关心时局变化和市井新闻，还经常去街上的报亭里买《时代漫画》《上海漫画》拿回家去看，上面经常有叶浅予、张光宇、鲁少飞等人的漫画，他非常喜爱看。时间长了也手痒，就学着画，他把学校发的油印讲义翻过来订成本子，学着像叶浅予那样画四格漫画。1937年9月，他的老师孙多慈看他对漫画这么喜爱，就把他创作的反映抗战的一幅习作推荐给了《皖报》的编辑，想不到很快就发表了，韦启美由此开始了漫画创作。在之后的战乱流亡生活中，他对时局之乱与人民遭受的流离之苦深有感触，创作了大量漫画作品。后来，韦启美开始专注于油画创作，直到20世纪80代才重拾旧爱，接续早年的漫画创作。

韦先生十分健谈，不觉就到了中午时分，我起身告辞。韦先生打算清洗毛笔的时候，看到砚台里还剩下一点余墨，就又俯下身去，提笔在册页的空白页上写下鲁迅先生的两句诗，砚台里的墨汁算是用完了，我也因此有了额外的收获。

此后在中国美术馆，依然经常见到韦先生，我们开始像老朋友一样打招呼，他也会不时地向我问起一些他熟知的老艺术家的近况。他的手里依旧总是拎着那个黄色的旧军包。他的老学生、艺术家徐冰在一篇回忆文章中也谈到了这个旧军包："在我的印象中，不管在哪，只要见到韦先生就一定同时看到这个旧军包，包总是瘪瘪的，一把就能抓起来，里面像是没装什么东西。"

回想起来，北京当时的艺术界有一大批像韦启美这样的艺术家，他们从艺经历很长，取得的成就很大，但却不求闻达，与社会的喧嚣浮华警惕地保持着距离，独立地生活在自己的精神世界里，这也是韦启美一代不为社会大众所熟知的原因。2006年吴作人国际美术基金

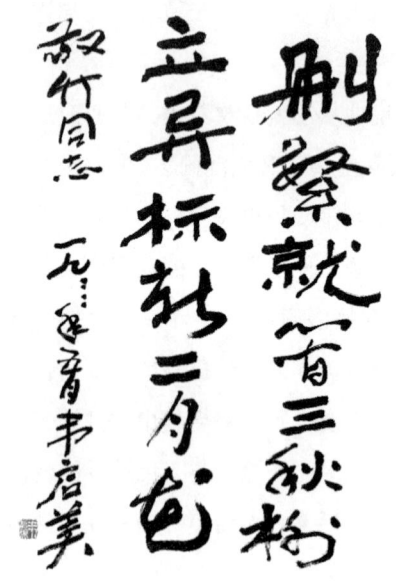

韦启美书画作品

会向韦先生颁发"造型艺术奖",颁奖辞这样写道:"他始终怀着一颗赤子之心,在漫长的油画与漫画艺术创作生涯中,朴实、细腻同时又不乏幽默地表现中国社会普通民众的生活,他的艺术传达了对生命和未来的美好理想。"作为画家,韦先生在油画、漫画两个领域取得卓越成就是美术界的共识。

许多年后,我去北京西郊万佛园给张仃先生扫墓,猛然看到不远处一座新立的墓碑,上面刻有一幅画像,走近一看竟然是韦启美先生的墓,上面的画像与韦先生画在我册页上的那幅几乎一模一样。

韦启美（1923年9月—2009年7月），安徽安庆人。少年时代师从孙多慈学习美术，长期任教于中央美术学院，曾任央美油画系教研室主任、油画系研究生班主任。油画《模范饲养员》等被中国美术馆、中国人民革命军事博物馆等收藏，漫画《运砖》获第六届全国美展银牌奖，出版画册《中国漫画书系·韦启美》《中国巨匠美术周刊——韦启美卷》（台湾）等。

李铎,在书写中体味快乐

在北京中国人民革命军事博物馆大厅的一层通向二层的楼梯旁,有一间狭小的房间,中国书法家协会副主席、将军书法家李铎先生一直在这里工作和创作。一进门,就能看到迎面悬挂着李铎自题的"仕龙书屋"大匾,匾下靠墙摆放着一排高大的书柜,里面堆满了书籍资料,屋子中央放置着一张书桌,上面是刚刚创作的飘着墨香的书法作品。李铎在这里生活几十年了,他的许多精品力作都诞生于此。

80多岁的李铎,头发已变得稀疏花白,左眼已近于失明,右眼的视力也只有0.3,即便如此,他依旧保持着几十年养成的军人风度与气质,坚持每天早早起床,整齐地穿好军装,然后坐到宽大的书案前,或是借助放大镜读书看报,或是挥毫创作书法作品。谈及自己在书法创作上取得的成就,李铎坦诚地说:"我始终在用心钻研书法艺术、用心修炼品德修养,我为此倾心付出,也从中体味快乐。"

李铎小时候上的是私塾,先生是一位70多岁的前清秀才,教书规矩而严谨。每天到学堂,要先向孔夫子的牌位叩头、进香,这是每天的必行之礼。然后先生才教他识字、背书和写字。李铎学写毛笔字时,先生要求他先练习画圈,由于年龄小,他哆哆嗦嗦地总是画不好。一次,李铎无意中发现了一个小"窍门"——用毛笔杆的另一头蘸上墨往纸上"盖戳",结果又省力又好看,李铎便"盖"了一篇作业交上去。第二天上课时先生二话没说,叫他把手伸出来,照着他的手掌"啪啪"就是几板子，李铎疼得哭了，放学回家又受到家长一顿斥责。李铎在晚年说起这件事时，还十分感慨，他说："先生打板子，这件事我记了一辈子，也受益了一辈子。先生让我懂得了一个道理，做学问来不得半点虚假，更没有捷径可走，只有下苦功夫、笨功夫，才能成功。"后来，李铎变得十分用功，经常受到先生夸奖。李铎的家乡盛产竹子，当地人把碗口粗的竹子截成段，慢慢烘干，然后在竹子上刻字、刻图案，很是好看。李铎从小喜欢刻竹，一有闲暇，便和伙伴们一起在竹片上尽情刻画。一次，老师让学生自己做匾，李铎做得十分认真，白天没做完，就晚上带回家坐在油灯下继续做，从刻匾、打磨，到上漆着色，一直干到深夜还不肯上床睡觉。匾终于做好了，他怀着忐忑的心情送去参加评比，没想到受到了老师和同学们的一致夸赞，李铎心里别提有多高兴了。

1949年8月，解放军中南军政大学湖南分校到李铎的家乡招生。李铎去投考被录取了，学习毕业后分配到部队工作，从此开始了自己的军旅生涯。

李铎白天工作，中午和晚上用来研习书法。他有个习惯，每天中午盛上一杯清水，用笔蘸着水在桌子上写字，写完拿抹布擦干再写，时间一长，桌子上的油漆都磨掉了。每逢节假日，他都要去逛书店，时间长了，常去的几家书店的人同他都很熟悉。有家书店里挂着一张很旧的拓片，他每次去都要观摩好久，后来问店主卖不卖？店主犹

李铎与作者

327

豫了一下说:"这张书法本来是非卖品,看你这么喜欢,就送你吧。"李铎如获至宝,回来挂在案头眼看手临,临摹了无数遍。

1959年国庆节前,北京十大建筑落成,其中就有军事博物馆。经过有关部门严格挑选,李铎被调到军博担任解说员。李铎回忆说:"冬天下大雪后,军博大楼前的广场一片洁白,我就拿着扫把或大笤帚,在雪地上尽情挥舞,写出一个个大字,有的字比双人床还大。这种习惯我坚持了好多年,中央电视台得知后还专门来拍摄了电视。有了这种锻炼,后来写大字我从不打怵,再大都敢写,有时挥大笔写榜书,感到更有情致,写起来更过瘾。"

有一次,李铎偶然在十三陵水库看到了郭沫若的书法,他很是喜欢,就掏出本子临摹起来。回城后经常对着小本子学习研究。后来每当见到郭沫若的墨迹,他都收集回来认真临摹,临摹久了,竟然达到乱真的地步。有人将李铎的字拿给郭沫若看,郭沫若看过后笑着说:"我的书法后继有人啊!"

正是凭着对书法艺术的执着追求,李铎逐步形成了自己古拙沉雄、苍劲挺拔、雍容大度而又舒展流畅的书法风格。他的书法作品多次应邀出国交流展览,还被中南海、人民大会堂、中国美术馆等单位收藏,全国许多名胜古迹也都能看到他的墨迹。

1991年,李铎决定书写《孙子兵法》,这无疑是他书法创作中的一件大事。

李铎创作《孙子兵法》书法长卷的想法,源于1987年访日。那次,一位日本朋友请李铎书写"风林火山"四个字,李铎不解其意,日本朋友解释说:"这是《孙子兵法》中四句话的最后一个字,原文是'其疾如风,其徐如林,侵掠如火,不动如山'。相传日本国古代有个将军,运用这四句话制定战术,结果打了大胜仗。"这对李铎触动很大。回国后,李铎开始搜集相关资料,学习名碑名帖,为创作《孙子兵法》

书法长卷进行准备。他先后写出五六种不同体势和形式的书法，摆在地上，发动家人评判优劣；他还用成卷的白报纸不断练习书写，反复练笔，直到满意才肯转入创作。

《孙子兵法》共6000余字，有大量的重复字和相近语句，一不留神，就会串行或错漏。为避免出问题，每次创作时，妻子李长华都为他用尺子压住原稿，一字一句地为他念，他写完一篇，妻子就认真地校对一篇，有一个字不满意就重新书写。第一个晚上，李铎吃过晚饭就开始工作，一直写到天亮，写了满满一屋子。作为一名军人书法家，李铎把书写这部兵法作为自己人生中的一次"重大战役"，每次提笔都像统率布阵、击鼓催征，完全进入"战斗状态"。他完全打通了书法与兵法的内在精神连接，通篇作品气势磅礴，展示出雄浑劲健、苍劲豪放的独特艺术个性。《孙子兵法》的全部创作，书写了林林总总的158张，碑刻长达220米，算得上当今第一部集兵法与书法于一体的巨作。

长卷完成之后，河南洛阳镌苑碑林依原貌刻制成长碑，供社会参观，成为书法艺术界的一大壮举。

李铎不仅书法艺术精湛，而且十分注重人品修养，他认为书法和品格学养是相关联的，人品不高，字写得好也

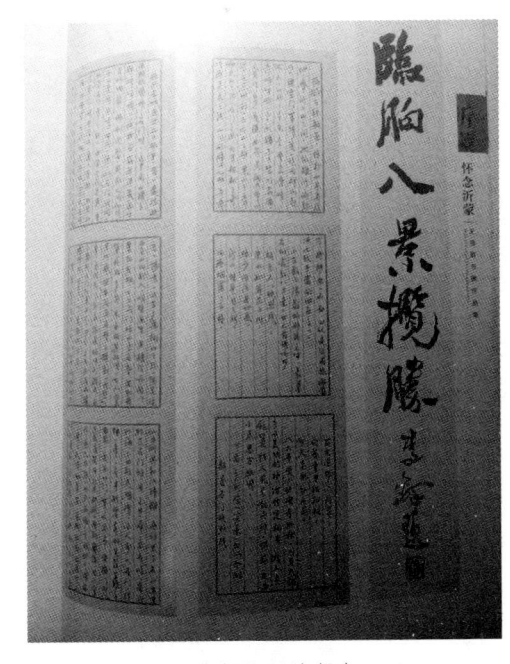

李铎题写的书名

不能传世。作为知名书家，他的书法深受人们喜爱，具有很高的收藏价值，有的精品力作已成为国宝。社会上有很多人出高价请他写字，他都一一回绝了，但为国家和社会、为慈善和公益事业的创作，他都踊跃参加。1990年他向北京亚运会捐赠精品书作100幅；1998年抗洪救灾，他在书法界带头捐款10万元；抗击"非典"，他带头捐款10万元；2008年四川特大地震李铎捐献20万元，还书写了多幅书法作品捐献灾区。

多年前，我老家的一位老师退休后要出版画册，我找到李铎先生请他为老师的画集题签，李先生爽快答应。老师从故乡寄来一方红丝砚要我呈送李铎表达谢意，但李铎坚辞不收，他动情地说："这位老师一辈子教书育人，对国家有很大贡献，我敬重他，愿意无偿为他的画册题签。"

李铎（1930年4月—2020年9月），湖南醴陵人，著名书法家。历任中国人民革命军事博物馆研究员、全国政协委员、中国书法家协会副主席，享受国务院特殊津贴，书法作品被多家博物馆收藏。曾获中国书法艺术特别贡献奖、中国书法兰亭奖终身成就奖等。

侯一民，用画笔记录时代

沿着北京莲石路西行至门头沟，有一条去往山里的路是通向戒台寺的。离戒台寺不远的地方，有一个杂树野草掩映的院子，或许是人迹罕至，不仔细辨认都很难从恣意疯长的荒草中辨认出路径了。美术家侯一民已经在这里居住20多年了。

驱车去拜访侯一民，车子刚到院门前，不知从哪里窜出几条大狗，又扑又叫的真叫人心惊肉跳。幸亏很快就有位中年男人小跑过来将狗赶走，我紧跟在他的身后，走进一扇厚重的大门。门里面的院子很大，因为摆满了各种材质的雕塑，所以看起来并不宽敞。进到屋子里面，更像是进了杂货铺子，到处堆放着书籍、画作、手稿和其他美术材料，乱得让人难以下脚。

随着一阵沉重、拖沓的脚步声，身材高大的侯一民拄着双拐，像一座山一样缓慢地从里屋移动过来。我简直不敢相信自己的眼睛，这就是那个高大魁梧，走起路来虎虎生风的侯一民吗？流光容易把人抛，红了樱桃，绿了芭蕉。时间的流逝了无痕迹，侯一民在走过90多年的风风雨雨后，垂垂老矣是再自然不过的事情了。老是老了，可他并没有停止手中的工作，每日里还在按照计划不停地写写画画，其中有些工作是早就定好的创作计划，也有些是他自己的兴趣和愿望。一个人如果几十年都在思考和创作，即便老了，也很难从这种状态中脱离出来。

侯一民是新中国第一代美术家，研究与创作领域很是宽泛，追求中西艺术的融合，作品具有现实主义的宏大气势，在油画、壁画、中国画、陶艺、雕塑及考古鉴定诸多方面都有成就和建树。

出生于革命家庭的侯一民，从小受到进步思想熏陶，早在1948年就秘密加入共产党，成为北平艺专学生中的秘密党员，在艺专党组织遭受破坏时临危受命担任党支部书记，冒着生命危险组织开展革命活动。北平解放前，受命与来自解放区的田汉向徐悲鸿、吴作人传达毛主席指示，挽留他们继续留在北平。他后来的《青年地下工作者》，再现的就是这一真实的历史场景。丰富的革命经历，使侯一民在新中国成立后成了中央美术学院年轻的"老革命"，董希文、艾中信、李桦、周令钊等著名画家都是由他介绍入党的。在创作方向上，他也始终秉持鲜明的方向，深入农村工矿，奔赴朝鲜战场，用手中的画笔为祖国、为人民、为时代服务。

20世纪60年代，侯一民满怀对新生活、新时代的向往，构思创作了《刘少奇与安源矿工》《毛主席与安源矿工》等油画作品，受到广泛关注与好评。进入改革开放后，他敏锐把握社会生活和大众需求，率先倡导推动新壁画艺术的发展，在中央美术学院创建壁画专业，组建成立中国壁画学会，组织举办壁画大展活动，创造了陶板高温窑变花釉壁画新工艺，承担国家委托的壁画工程……

侯一民

这一时期，侯一民

还创作了陶板壁画《百花齐放》、大型毛织壁画《丝路情》《华夏之歌》、工笔油彩壁画《清水江畔》、红结晶釉浮雕壁画《血肉长城》、红砂石浮雕墙《淮海战役》等。这些凝结着他才华和心血的艺术巨作，被永久陈列在不同的大型公共场所，装点着环境，美化着人们的日常生活。

1986年，他辞掉了在中央美院的11项领导职务，退休回家，一门心思搞创作。为减少无谓的应酬和干扰，他带着夫人邓澍从城里搬迁到了北京西郊的门头沟山上，一住就是几十年。

2008年5月，四川汶川发生特大地震，年近80的侯一民心系灾区，夜不能寐。汶川地震发生72小时后，他就匆匆赶到中央美院壁画高研班，提出要与学生们一起创作一幅巨幅美术作品，题目就叫"抗震壮歌"，赠送给灾区人民，以反映时代精神，表现人间大爱、颂扬中国人民面对灾难不屈不挠的民族精神。这是侯一民第三次为抗震救灾创作美术作品，第一次是为邢台地震，第二次是为唐山地震。这一次他不顾年事已高，带领学生夜以继日地创作，由于长时间的激动和劳累，他在创作的最后一天病倒了，但他坚持着在病房中忙到凌晨，直到作品全部完成才被推进手术室。经过艰苦努力，一幅长近200米、宽3.3米的《抗震壮歌》最终定稿，并高温烧制成素描壁画，赠送给四川人民，表达了一位老艺术家强烈的社会责任和对灾区人民的真挚感情。

在美院，侯一民是工作资历老，群众威信高，身上有红色光环的学院领导，回想自己最初如何确立为国家、人民和时代创作的理念时，侯一民说："1942年，毛主席发表《在延安文艺座谈会上的讲话》的时候，我年龄不大，但已经是地下党员了，记得当时我们在草丛里秘密学习的这篇讲话，心里就像被一盏灯一下子照亮了，那个情景一辈子都忘不了。"这无疑是他明确创作方向的重要起点，此后漫长的人生岁月里，无论道路多么曲折，形势多么复杂，他都没有迷失过、彷徨过，

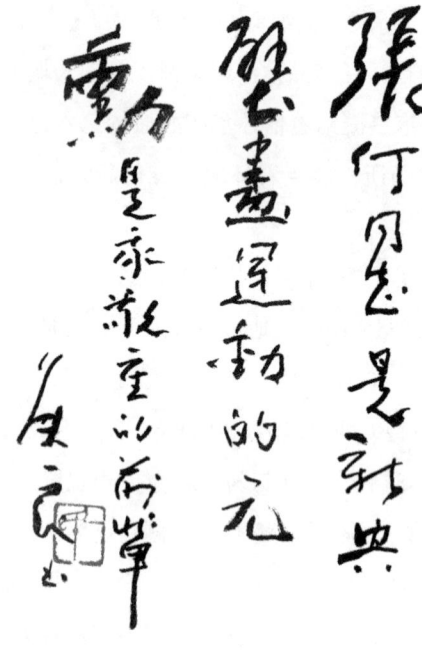

侯一民书法作品

即便是老了,身上还带有那种挥之不去的凛然正气,一副不怒自威的神态。

当今社会,书画艺术家们纷纷走向市场,出售自己的作品,这虽然是无可非议的事情,但侯一民没有这么做,他只专注于创作。他和夫人邓澍的作品都集中保存在家中,他们在家中建立了一座艺术馆,这也是他最引以自豪的事情。他说:"我所有创作,除了在那个年代被毁掉的以外,大都保存了下来,有的画被国家机构收藏了,包括收藏在国家博物馆的,我都重画一遍。我就是想有这么一个场所,作为历史的见证,让后来者知道,在20世纪有人是这样创作的,有人走的是这样的文艺路线……"

不出售作品,侯一民的生活自然没有别的画家富裕,他同朋友开玩笑说:"我不卖画,现在只能喝粥了,我喜欢喝粥,喝粥养生,能长寿。"他的日常生活十分朴素节俭,一日三餐粗茶淡饭,照样吃得津津有味。他常年埋头创作,活动少,肚子大,女儿特地为他从美国买了特型裤子,他穿了很多年,膝盖处破了,就缝了个比手机还大的补丁,照样穿在身上不舍得丢掉。

回望自己的人生经历,侯一民感慨地说:"当年我参加革命的时候,就把手中的笔当作一支战斗的枪,在文化艺术的阵地上苦心奋斗,一辈子没有停止过,年轻时确立的理想信仰也从没有改变过。我有幸亲历了中国历史上波澜壮阔的大变革,我个人的生命、我的艺术追求始终和国家、人民的命运紧紧连接在了一起,这是最令我感到欣慰的。"

侯一民(1930年8月—2023年1月),河北高阳人,蒙古族,著名画家、雕塑家、美术教育家。曾任中央美术学院第一副院长、中国壁画学会会长、吴作人国际美术基金会理事长等职。第三、四套人民币设计者之一。2013年,获文化部、中国文联、中国美协颁发的"中国美术终身成就奖"。

袁运甫，"大美术"理念的践行者

从外表看去，袁运甫留给我的印象是那样温和、儒雅，但当我真正走入他内心世界时，才发现他其实是一个特立独行的人，从国立北平艺专、中央美院、中央工艺美院到清华大学美术学院，一路走来，特殊的人生旅程和从艺经历，使他看上去比同辈艺术家更加厚重而深邃，即便是在70多岁以后，他对艺术的追求依旧那样执着，情感世界依旧那样丰富，社会责任感依旧那样强烈。在创作上他有鲜明的个性追求，对于民族艺术的传承与创新，更是有着自己独到的观点和主张，他依旧在为自己的艺术梦想奔波忙碌着。

2007年春天，中央办公厅和毛主席纪念堂的有关领导找到袁运甫，安排他为毛主席纪念堂复制大型艺术挂毯《祖国大地》。73岁的袁运甫没有丝毫犹豫，一口答应了下来。在袁运甫的心中，这是一项很光荣也很神圣的任务。

袁运甫第一次接受这项任务是在1977年，当时有关方面安排他和刘秉江等人为即将动工修建的毛主席纪念堂创作一件大型艺术作品，创作地点设在北京王府井北大街的中国社会科学院考古研究所。袁运甫有自己的创作习惯，他每次都是先在家中把艺术构思画成小稿，然后带到办公室去放大。那段时间他们前前后后创作设计了很多题材，经过筛选上报，准备取意毛主席诗词《咏梅》进行创作，但这个方案最终未被采纳，后来是按照毛泽东诗句"问苍茫大地，谁主沉浮？"

进行艺术构思。经过几个月的艰苦创作，袁运甫等人终于完成了送审稿，为把毛泽东坐像衬托得雄伟高大，他们采用了民族传统的画法：大山小画，以小见大。江河、树木和远方群山都用朦胧的画法来处理，使画面显得更加深远，把人们带入辽阔深远的意境。在此期间，他们根据毛主席纪念堂美术组和中央有关领导的意见，多次对作品进行严谨细致的修改，最终完成了高6米、宽2米的油画作品《祖国大地》。这件巨幅油画无论从艺术上还是政治上说，都堪称精品：画面上是东方欲晓的神州大地，近处山峦起伏，飞泉流泻，长江黄河千回百转，归向大海，远处雪山沧海，依稀可见。整个画面大气磅礴、基调明快，使人心潮澎湃，胸襟开阔。

这幅画由山东烟台的绒绣厂负责绣制绒绣画，袁运甫对女工的创作进行具体的艺术指导。

1977年毛主席逝世一周年前夕，毛主席纪念堂落成，这件羊毛挂毯就布置在巨大的毛泽东坐像背后。远远望去，毛泽东就像端坐在这群山之巅、大地怀中，好似在巡视祖国大地的途中小憩。这幅艺术珍品从此深深留在了无数人的记忆之中，也成为毛主席纪念堂里最珍贵的艺术品之一。

30年过去了，这件作品的颜色开始有些变化，毛主席纪念堂便安排他对这幅作品进行复制。袁先生原本以为这件事并不复杂，但接手以后，才知道事情并不像想象的那样简单。原来的画稿找不到了，复制的话需要重新进行创作。原来的创作集体早已不存在了，创作任务落在了他一个人头上。他推掉了其他一切应酬和活动，全力以赴地投入创作。历时数月，一幅同原稿一模一样的油画作品摆在了有关方面眼前。作品顺利通过审查后，他又开始马不停蹄地对绣制单位进行考察。经过全面论证衡量，他和有关单位一起确定了由清华美院纤维艺术研究所负责编织。袁运甫说："清华美院纤维艺术研究所把最新的纳米技术应用到创作中,使作品在色彩上更生动,质量上不变质、不变色、更长久。"袁先生对这件作品的创作格外用心,经常到所里进行创作指导,在质量上把关。

不久,这件新的艺术挂毯就布置到毛主席纪念堂,而原来的那件作品作为珍贵文物被永久收藏。

作为当代公共艺术的奠基者,袁运甫数十年来坚持在这一领域进行不懈探索。在他的影响和带动下,公共艺术已经作为一门新学科逐步建立和完善起来。袁运甫说,对城市的建设和改造,要有长远的、整体的规划,不能搞成千篇一律,让人走遍全国却感觉在同一座城市里旅行;更不能不考虑城市的历史与文化,一味地标新立异。袁运甫先后为首都国际机场创作壁画《巴山蜀水》,为北京建国门地铁站创作壁画《中国天文史》,为世界公园门口创作彩色花岗岩拼镶浮雕壁画《世界之门》,为人民大会堂山东厅创作锻铜贴金箔浮雕壁画《泰山揽胜》,为中华世纪坛大厅创作花岗岩拼镶浮雕壁画《中华千秋颂》,为全国政协创作花岗岩浮雕壁画《高山流水》。这些作品给人们带来了强烈的视觉冲击和审美愉悦,已经成为城市的重要符号,成为人们共同的美好记忆。

对于当代艺术教育,袁运甫一直呼吁建立"大美术"观念。他认为当下的艺术教育学科划分、课程设置过细,势必会导致学生的艺术视野和知识结构受到局限,使学生以后的发展道路变得狭窄。对于当

袁运甫

下流行的老师带弟子的做法，袁运甫也有看法。他认为艺术教育不是民间作坊，如果徒弟只去模仿师傅而没有创新将来是没有出路的。袁运甫倡导"自助式教育"，即实行学分制、增设选修课程，这在艺术院校过去是没有的。其次是建立工作室制，由志同道合的艺术家组成工作室，学生可自由选修。这样既保持了每个人的特点，又培养了学生的创造力。

早在很多年前，袁运甫就呼吁尽快建立国家艺术博物馆，集中展示我国珍贵艺术品，这是作为一个文化大国的必然要求。2003年，中国历史博物馆和中国革命博物馆合并组建的中国国家博物馆，部分实现了袁先生的愿望。

回顾自己的前半生，袁运甫很动情地说："我17岁考入国立杭州艺专，从那里走上艺术道路，能够取得今天的成就，与诸位艺术前辈的悉心栽培是分不开的，是他们把我引入艺术的殿堂，我能有今天的成就，正是仰赖这些可敬的前辈师友对我的培养。对于他们，我一生都怀有深深的感激之情。"

袁运甫说，前辈艺术家十分令人敬重，他们当时的创作环境比今天的我们要艰难得多，甚至不可同日而语，但他们对民族和祖国的忠诚、对艺术的不懈求索以及他们对精神世界的坚守都值得我们学习。袁运甫在国立杭州艺专学习时，曾经师从黄宾虹、林风眠等老一代艺术大师。袁运甫回忆说："那时80多岁的黄宾虹住在葛岭，他的儿子黄映宇和我是同学，经常带着我到他家中，使我有机会近距离接触老先生。"黄先生的生活很有规律，每天早晨先是气定神闲地打一套太极拳，那份从容淡泊不是一般人能达到的。然后开始大声朗读自己新写成的诗词，一字一句读得抑扬顿挫、韵味悠长。对于自己的班主任彦涵老师，袁运甫的记忆更为深刻。没有讲课任务的时候，彦涵总是早早起床到孤山画室去创作，他一进去就把门从里面锁上，开始忘我地

袁运甫绘画作品

创作,饿了就啃几口凉馒头,直到天黑才回家。袁运甫有时趴在窗子上偷看,被老师为了艺术而像苦行僧一样生活的精神所深深感染。后来有半个学期,学校安排外出创作,彦涵带上了袁运甫,两人吃住创作都在一起,使袁运甫从老师身上学到了很多东西。两人的师生情谊从那时一直持续到了最后。2005年,年近九旬的彦涵在中国美术馆举办艺术回顾展,袁运甫推掉了很多重要活动,和夫人早早赶来向老师祝贺,这份真情令彦涵动容。

袁运甫与画家吴冠中也是交情深厚,"文革"时两人一起被下放农村。即便是在那样的环境中,他们也没有放弃对艺术的追求,在劳作之余,他们利用粪筐作画架,偷偷作画,后来被朋友们戏称为"粪筐画派"。20世纪70年代初,为完成北京饭店大型美术作品《长江万里图》,他们一起从上海、苏州、黄山、武汉、三峡、重庆,一直到浙江及胶东的许多渔村共同生活创作,这一宝贵的人生经历,让袁运甫日后想来还留恋不已。

　　同许多北京的艺术家纷纷到郊区创作居住不同，袁运甫选择了留在城区生活，他的家在北京东城一个小区的居民楼里，环境清雅幽静。为了便于创作，袁先生在自己居住的楼里又购置了一个单元房子，在里面布置了一间大画室，他和爱人钱月华每人一张画案，只要有时间，就到那里去画画。在中国画领域，他尝试从材料、色彩、表现内容、创作方式等多方面入手来改造、丰富中国水墨画的表现力。他创作的彩墨画曾先后被国家领导人作为国礼，赠送给多国政要。

　　袁运甫和爱人钱月华是同学，两人从同窗之谊到心生爱慕，一起携手走过半个多世纪的风风雨雨。他们在艺术创作上是知音，在生活上是伴侣。他们的两个儿子早已长大成人，自立门户。有时，远在美国的小孙女和在北京的小孙子到他身边来过暑假，他教孩子画画，带孩子外出参加活动，在融融亲情中享受着天伦之乐。

　　袁运甫（1933年5月—2017年12月），江苏南通人，1949年考入国立杭州艺专，1953年考入中央美术学院，后任教于中央工艺美术学院。曾任中国工艺美术学会副理事长、中国壁画学会副会长、中国国家画院公共艺术院院长等。壁画作品有北京太庙国家礼器《中华和钟》、人民大会堂壁画《千里江山图》、全国政协壁画《晨曦》、中华世纪坛大厅壁画《中华千秋颂》、北京首都国际机场壁画《巴山蜀水》等。出版《袁运甫画集》《向世界博物馆推荐丛书——袁运甫》等画册。

刘文西，黄的是土红的是心

说起来，我与刘文西只有几面之缘。

1993年，我们在纪念毛主席百年诞辰大型书画笔会上相识，他是极红的知名画家，我是工作人员，彼此并无深交。后来我去延安革命纪念馆出差，在西安中转，就与同事去拜访他。

刘文西在西安美院的画室很大，墙壁上是一幅创作中的邓小平画像，背景是汹涌澎湃的海涛，场面极其壮阔。刘文西矮矮胖胖的身躯，在画前慢慢移动着，许久才会在画面的某个地方勾勒几笔，更多的时候是站在那里思考。作为一名老画家，他从事人物画创作的时间已经超过一个甲子了，但刘文西对待艺术创作的态度依旧如此认真虔诚，不敢有丝毫马虎懈怠，他的一幅幅精品力作都是这样创作出来的吧。他的这组描绘邓小平的国画分别为《与大海同在》《与祖国同在》和《与人民同在》，充分展示了邓小平作为"中国改革开放总设计师"的伟人风范。

刘文西不是地道的陕西人，他的老家是浙江嵊州，20岁考取当时中央美术学院华东分院（今中国美术学院）五年制国画系。院长莫朴先生经常到课堂看学生的作业，副院长潘天寿先生经常亲自给学生上书法和花鸟课。刘文西读书成长的年代正是新中国成立之初，中国大地一派欣欣向荣景象。刘文西受到这种浓郁政治气氛的哺育，思想上积极要求进步，被学校评为"优秀的三好积极分子"。

1958年，刘文西因为毕业创作第一次来到延安，陕北高原厚重的黄土地、高远的蓝天、淳朴的人民、丰富的民间文化，一下子就深深地打动了他。他在晚年回忆说："这里是中国革命的摇篮，毛泽东、周恩来、朱德、刘少奇、邓小平等老一辈革命家在这里生活战斗过，与这里的人民有着血浓于水的情感。一天，我在延河边写生，一位牧羊老汉赶着一群羊从沟坎上走来，头巾、胡子、皮袄、腰带，我立刻联想到毛主席在杨家岭与老百姓交谈的场景，便决定创作《毛主席和牧羊人》。没想到这幅作品引起很大反响，受到广泛好评。"

毕业后，刘文西被刘蒙天院长选调到西安美术学院工作，同去的还有女画家陈光健，后来两人结为夫妻，成为一对画坛伉俪，刘文西与陕西这片黄土地的情缘也由此开始了。

1960年，《人民日报》发表了刘文西的作品《毛主席和牧羊人》，毛主席看了说："文西画我很像，他是一位青年画家。"伟大领袖的赞扬极大地增强了刘文西的创作积极性。刘文西后来还向人讲起关于这幅画背后的一个故事。《毛主席和牧羊人》在《解放军画报》发表，叶剑英元帅看到后，对画报总编说："这幅画画得好，毛主席当年在延安就是这样的气质和神态，一点不错。"画报总编把这个消息转达给刘文西，刘文西备受鼓舞。根据画报总编的指点，刘文西怀着崇敬的心情又重新创作了一幅《毛主席和牧羊人》，并通过延安时期任毛主席警卫员、其时任中央美院附中校长的丁井文先生，将画作转赠叶帅。刘文西从来没有见过毛主席，但他凭着对领袖的热爱，先后创作出《在毛主席身边》《陕北人》《东方》《解放区的天》等100多幅国画作品，这对一个画家来说，也算是奇迹。

一方水土养一方人，陕北的黄土地既有着深厚的历史底蕴，又有着独特的民俗文化传承，世代生活在这里的乡亲，心里有一种浓得化不开的乡情。刘文西来到这里，就把自己的根深深地扎在这里。对于深入乡亲生活，刘文西有独到的见解。他不走马观花，而是把陕北的二十里铺、周家湾和四十里铺作为体验生活和写生的基地，寒暑假经常到那里去。为了真实体验生活，每次一进村子，他就借辆自行车，走东家，串西家，为大家作画，还帮助老乡解决家庭纠纷。老乡在烈日下干活，他就在烈日下写生；老乡住窑洞土炕，他晚上就在老乡家中住宿；老乡捧着大粗瓷碗吃饭，他盘腿坐下一起吃；春节到了，他就跟着秧歌队，看粗犷的农民纵情歌舞。他说："越去就越想去，时间长了不去，心里空得慌。遇到春节，我干脆就在老乡的土炕上过。乡亲们拿出苹果、瓜子、红枣让我吃，老大娘对我问寒问暖，亲得就像是一家人。几十年的交往，我深刻体会到他们的所思所愿、喜怒哀乐。"

岁月的流逝无声无息，总是了无痕迹。但刘文西不这么认为，他在半个多世纪的时间里，陕北去了60多次，跑遍了陕北所有的县，十多次在延安过春节，在陕北结交了几百个农民朋友，用画笔画了几千个农民肖像和上万张速写，为老乡们留住了一个个形象记忆。

刘文西在接受作者采访

延安二十里铺的阮明，从她五岁起刘文西就为她画像，从顽皮的小姑娘、戴红领巾的小学生、水灵的女青年，再到她年近40成为两个孩子的妈妈，刘文西一次次为她画下肖像。有一次画展，同时展出了她不同年龄的七张肖像画，这在当代画家展览中是绝无仅有的。正是因为有了这样的生活积累和体验，刘文西笔下的陕北人物从形态到表情，从场景到服饰，从外部描绘到内心刻画，真实准确得令人惊叹。他置身在这片黄土地上，创作出一幅幅关注社会、关注人类、关注生命的陕北系列作品。当地老乡看了说："像是村里人画的，外人不会这么了解我们，也画不出这种东西。"

刘文西是当代中国画坛开宗立派的人物，他是以画陕北成为大家的，他塑造了陕北，陕北成就了他，他的绘画，在朴拙亲切中揭示了中国农民的人性美，代表着中国画写实风格的发展方向，他的艺术精神，就是中华民族自强不息的精神，他在这里确立了自己在中国美术史上的地位。

"你要创作吗？到生活中去。你要激情吗？到人民中去。他们会启示你怎么创作，路该怎么走。"刘文西常常在课堂上这样对他的学生说。

1997年，刘文西作为第八届全国人大代表去北京开会。中国人民银行的有关人员找到他，请他为新版100元人民币画毛主席像。刘文西领受了这一任务。按照相关规定，刘文西的创作活动是保密的，"两会"结束回到西安后，他开始悄悄投入工作。刘文西找来百余张大小不一、角度不同、造型各异的毛主席不同年代的相片，放在一张大桌子上，一连几天反复拿着放大镜观察对比，有时还先用放大镜放大，再用小镜子折射，用这样的方法对毛主席的面部特征进行细致入微的观察，慢慢确立毛主席的画面形象。他还特意画出两张有细小差异的小稿，分别征求夫人陈光健和学生杨晓阳的意见，经过20多天的精心创作和修改，这幅毛主席头像才完全定稿。画稿通过中央领导和有关部门审定后，就再也没有任何消息反馈回来，直到1999年10月1日，新中国成立50周年大庆之日，第五套人民币正式发行之时，刘文西

刘文西书法作品

才又一次见到自己的心血之作。刘文西曾说:"我画过很多毛主席的形象,还是最喜欢100元人民币上的毛主席像,这张画13亿中国人看得最多、用得最多。"

此外,刘文西还描绘过周恩来、朱德、刘少奇等领袖形象,他创作的以毛泽东、刘少奇、周恩来、朱德为主体的巨幅画《东方》,陈列在人民大会堂里,画中四位伟人形神俱备,画面气势磅礴,驻足凝望,令人肃然起敬。

一顶淡蓝色的解放帽,一身洗旧了的银灰色衣裤,无论是在陕北的窑洞里,还是在北京的人民大会堂里,这是刘文西几十年不变的着装。2019年7月7日,被陕北老乡和中国画坛所熟知的刘文西,因病在西安交通大学第一附属医院去世,享年86岁。

刘文西（1933年10月—2019年7月），浙江嵊州人，中国人物画泰斗，黄土画派创始人、第五套人民币毛泽东画像作者。1958年浙江美术学院毕业后到西安美术学院工作。曾任中国美协副主席、陕西省文艺界联合会顾问、陕西省美术家协会名誉主席、西安美术学院名誉院长等。主要作品有《毛主席和牧羊人》《陕北人》《东方》《解放区的天》和巨幅系列长卷《黄土地的主人》等。

刘勃舒，画马的热心"伯乐"

已是人生暮年的刘勃舒先生，身体瘦削，头发花白，行动略微有些老态，但一双大大的眼睛依旧炯炯有神。近年来，书画创作和艺术交流收藏活动可谓异常热闹，喧嚣不已，但刘先生却不为所动，躲在家中吸烟、品茶、读书、作画，完全生活在自己的精神世界里。

我与刘先生相识很早，大约是在20世纪80年代末期，萧淑芳先生在北京国际艺苑举办回顾展，我应邀参加，在展览会上与刘先生相识并从此交往。他那时已经担任中国画研究院（今中国国家画院）院长，工作十分繁忙。其时，中国社会正处于改革开放转型时期，中国画研究院也在探索中寻求自己的定位与发展。那时的书画收藏市场不像现在这般红火，画院要办展览、要举办学术活动、要出版书籍和画册、要改善画家的创作条件，都需要四处筹集经费。这些具体而琐碎的事务性工作占去刘先生大量精力。但为了画院发展，为给院内画家创造一个好的创作环境，他好像一架上满发条的钟表，满负荷地工作着。我去看望他时，常常见到他在与人会面、洽谈、协商，说的全是画院活动和发展的事。

回望刘勃舒的艺术和人生，我们不难发现一个有趣的事情：在人生早期，他是一匹千里马，徐悲鸿先生是他的伯乐。早在少年时代，他就开始学习绘画，尤其喜爱画马。出于对大画家徐悲鸿先生的崇敬与仰慕，他大胆给徐悲鸿写信，寄上自己的习作请教。他的人生轨迹从此出现拐点，在徐先生的关怀下，刘勃舒1950年从老家江西来到北京，在徐悲鸿门下学画，后进入中央美院执教，并逐渐成长为一名优秀画家和画界领导。这便是人们所熟知的徐悲鸿提携青年画家的一段佳话。在走上领导岗位后，刘勃舒的人生角色发生了奇妙变化，由当初的千里马变为艺坛伯乐，发现和培养了许许多多的千里马。对于有艺术潜质却无人挖掘的画家，对于有艺术才华却无处展示的画家，对于身处偏远乡村登门求教的画家，他都给予了高度关注，都竭尽全力给予扶植和提携。记得有一次，给一位青年画家举办作品研讨会，中午招待与会者用餐时，刘勃舒从自己家中拉去两箱白酒，午餐结束时，他又自掏腰包，为这位画家垫付了餐费。这在当今社会听起来有些不可思议，但却真实地发生在刘勃舒的身上。2013年10月，家乡友人为我和画家李宽举办书画联展，我上门请刘先生题写展名，他其时正犯腰疼，不能站立很长时间，我心想这事肯定不行了，寒暄几句便要告辞，但刘先生要我留下来，坚持为我题写了"故乡情深"四个大字，其情其景，着实令人感动。

刘勃舒如此热心地为青年画家举办展览、出版画册、召开艺术研讨会，与之形成鲜明对照的是，直到从领导岗位上退下来，他也没有利用手中的权力和便利为自己举办过一次画展，出版过一本像样的画册。可见，作为徐悲鸿先生的关门弟子，刘勃舒在用心传承徐先生绘画技艺的同时，更是完美传承了徐先生的精神衣钵，而后者更为难能可贵。

刘勃舒

刘勃舒书法作品

刘勃舒是个很重情谊的人，他早年就读于中央美院附中，1950年考入中央美院，此后他的本科和研究生学习都是在中央美院完成的，毕业后长期任教于这所学院，后又担任中国画研究院院长和中国美协副主席，与美术界的前辈画家过从甚密，感情深厚。每当逢年过节、老人们生日他都会亲自登门看望，送去祝福。恩师徐悲鸿去世后，他对师母廖静文先生执弟子礼，60多年如一日，一直视若亲人悉心关照，崇敬有加。如若遇上有的老人生病住院或去世，他都会跑前跑后，对一些细小问题都仔细过问，帮助解决具体困难。记得2005年，老画家萧淑芳因病去世，已经晚上10点多了，他还给我打电话通报情况，联系熟知的朋友参加遗体告别。

在当今画坛，刘勃舒是一位真正的性情中人，他喜欢喝浓浓的茶，喜欢一支接一支地抽烟，喜欢静静地坐在家里弹琴，纤长的手指在黑白琴键上跳动，悠扬的旋律在房间里萦绕，别是一番难得的享受。据说夫人何韵兰当年爱上他，喜爱听他弹琴便是原因之一。饮酒，也是刘勃舒的一大爱好，新酒老酒、真酒假酒，他一品便知。与三五好友或艺术知己对饮，自是人生快事，喝到微醺之时，他一双大眼炯炯发光，神采奕奕，与朋友畅谈艺人艺事，无半点世故城府，看上去那般享受，那般可爱。

刘勃舒与夫人何韵兰都是地道的绘画专业毕业，都是当代知名的大画家，但一直到老年，他们都极少举办画展，而是默默无闻，潜心创作。直到后来许多同道艺友再三提议，他们才很是低调地在北京、西安、东莞、南充、烟台及台湾慢悠悠地进行艺展，他们给展览起名为"自在与坚守"。

自在与坚守，诠释的正是他们的生活状态和艺术主张。

刘勃舒（1935年11月—2022年7月）江西永新人，1955年中央美术学院绘画系研究生毕业，历任中央美术学院教授、副院长，中国画研究院院长，中国美术家协会副主席，全国美展中国画组主任评审委员，全国政协第八届、九届委员，文化部高级职称评委等，中国国家画院名誉院长。国画作品《双马图》被中国美术馆收藏。

田镛，为花鸟传神写照

我与田镛先生见面很早，开始交往却是后来的事。

早年我常去颐和园南门外的六郎庄看望他的父亲田世光先生。田世光先生师承张大千、吴镜汀、于非闇、齐白石诸先生，是张大千先生的入室弟子。他继承宋元派双勾重彩工笔花鸟画的传统技法，在创作实践中大胆求新求变，为我国现代工笔花鸟发展作出过重大贡献，可谓现当代中国花鸟的泰斗级大师。我去拜访田世光先生的时候曾见过田镛，但一直没有什么交往，对他也了解不多。直到田世光先生去世后，因为有些资料和照片要交给田镛先生，联系时才得知他就住在翠微西里，和我是相距数百米的邻居，我们的交往也由此开始，时间长了，我对田镛先生的从艺经历、为人秉性渐渐有所了解。在我的眼中，田镛先生是凭着对艺术的执着和痴迷，刻苦研习，不懈求索，一步一个脚印地走上绘画艺术之路的。

同田先生相熟后，一直想为他写点什么，但他为人极为谦逊低调，从不让人宣传自己，无奈之下，我只好上网查阅有关他的资料，一番搜索后，发现并没有什么像样的介绍评论文章。这有些出乎我的意料，但仔细想来却又在情理之中，这太符合田先生的性格和为人了。他向来坚持画家要用作品说话，画语比话语更重要。在敬佩田先生之余，我内心也不免好生感慨，当今时代，多少"画二代"都在利用父辈的光环，扩大自己的知名度和影响力，但他却从来没有这样做过。多少书画家整日里忙于应酬和炒作，艺术创作平庸社会知名度却不低，在很多场合都能混得脸熟。田镛不是这样的人，能成长为出色画家，完全是自己苦学出来的。父亲田世光在外人眼中和蔼可亲，但在家里规矩很大，对孩子们要求非常严厉。田镛从小喜欢画画，但父亲并没有专门教过他，有时父亲在家中作画，他就在一边偷偷看，用心记，然后再捡父亲丢弃的小纸片用心练习。后来父亲见他是真心喜欢画画，才同意他学习，并经常告诫他要想在画坛上站住脚，必须下苦功夫，如果学不出名堂来，就不能进入画坛。田镛因此学得十分刻苦，每天对着画谱临摹，不敢有丝毫的放松和懈怠。

刚开始，田镛学画的目的也十分现实，就是要为自己未来的生活找个饭碗，不仅自己能独立，也能帮着父亲减轻家里的负担。

为练就扎实的艺术功力，他把父亲收藏的艺术资料都找来临摹，有时一张稿子临摹十多遍。那时家庭经济十分拮据，为节省煤油灯芯他都舍不得将火光拨大一些，只能借着一粒豆大的灯光一画就是一个通宵，到早上鼻孔里面都是黑的。苦心人天不负，1959年，他的画作首次入选"北京市美术展览会"，这张现在看来有些稚气的工笔画《竹石伯劳》，是他学画道路上的一个重要起点，增强了他在艺术道路上坚定地走下去的信心和勇气。1961年，田镛考入北京中国画院（今北京画院）中国画研究生班，追随著名写意花鸟画家王雪涛先生学习写意花鸟画创作，开始在更高的起点上探索中国画创作。同时，他还随父亲学习工笔花鸟画创作。父亲对他要

田世光

353

田镛绘画作品

求很严,在他的记忆中,父亲对他的习作总是刻意挑剔和批评,很少有表扬和鼓励的时候,当时的田镛心里十分不解,直到许多年后才真正明白了父亲的良苦用心,正是在父亲的这种严格要求下,他才练就了扎实的艺术基本功,养成了严谨细致的创作态度。他在创作每一幅作品时,都是那样用心和投入,他把自己对生命的理解、对大自然的热爱、对花卉草木的怜惜,倾注到笔端,赋予花鸟以灵性、以美感,使作品富有人性之美。1962年田镛创作的《海棠黄鹂》,以新颖的构图,明快的色彩,入选"北京市花鸟画展",受到前辈画家的称赞和观众的喜爱。

1965年,27岁的田镛从中国画研究生班毕业,留在北京画院,成为一名专职画家。或许是出身名门,田镛年轻的时候,常常被掩盖在父亲田世光的光环之下,这多少让他感到苦恼,只能更加苦练内功,努力发出更多自己的光芒。他是一个耐得住寂寞、坐得住冷板凳的人，日复一日、年复一年地苦苦求索钻研，他汲取中国画古代源远流长的艺术的营养，不断提升自己的艺术修养和功力。正是在这种经年不断的学习钻研中，他的绘画水平取得了长足的进步，并逐渐成为北京画院的中坚力量，承担了许多为中南海、人民大会堂、钓鱼台国宾馆、外交部等中央、国家机关作画的重要创作任务。他还多次应邀赴美国、日本、韩国、马来西亚举办画展，先后出版十多部画集。

田镛在 80 岁的时候，无限感慨地说："从事绘画很容易，但要有所创新和突破，形成自己的风格很难，我一生都在用功，在努力，欣慰的是终于形成了自家风貌。"

田镛（1938 年 8 月—2020 年 6 月），生于北京市，曾任北京画院高级美术师、中国美术家协会会员、中国人民对外友好协会理事、中国画学会创会理事等。自幼随父亲田世光学习工笔花鸟创作，1961 年参加北京中国画院国画研究生班，毕业后任北京画院专业画家，为国家宾馆、艺术馆、大剧院和我国驻外使馆等创作多幅国画，出版有《田镛花鸟画集》。

韩美林，永葆一颗纯真的童心

认识韩美林的时候，他已经 60 岁出头了。但他身上的创作激情依然像风华正茂的青年，他张扬的艺术天性依然像没长大的孩子。

20 世纪 90 年代初，朋友推荐我去山东张店陶瓷厂采访并为他们撰写一篇报告文学。我在这家陶瓷厂里小住几天，了解大致情况后就返回了北京。陶瓷厂里最不缺的自然是陶瓷产品，回京时厂方送了我两大箱陶瓷，其中有一部分是韩美林和他的工作室设计制作的。我去之前，韩美林在那里设计创作了很多艺术作品，我去参观的时候，制作车间的地上还摆放了一地。我很喜欢这些作品，但那时还没有结婚分房，没有地方存放，就全都送给喜欢的朋友了，现在想来还是有些心疼。我这里想说的是另一件事，我从陶瓷厂带回北京的，除了那些陶瓷艺术品，还有一个大物件，是韩美林家卫生间里使用的。我受陶瓷厂领导的委托，坐火车为他从山东带回北京，单位派车帮我拉到了北京王府井北大街的韩美林工作室。沿着一条很短的胡同进去，从楼外的楼梯上到二楼，楼梯和过道里摆满了他大大小小的雕塑作品，韩美林正在一个很长的大画案上画画，上面堆满了画册和画稿。这是我第一次见到韩先生，小小的个子，瘦削的身材，印象最深的是他炯炯有神的眼睛，眼睛不大，但很清澈，很有光彩，特别是与你对视的时候，一下子就能抓住你的心，脸上的表情也极其丰富生动，很能感染人，让你不由自主地就会被完全笼罩在他的气场中。

我到的时候已经快中午时分了，小坐一会儿，韩美林便带着我和他三四岁的儿子一起去楼下的一家饭馆吃饭。感觉他是这里的常客，服务员都对他很热情，点完餐还让韩美林在点餐的单子上给她们画几个小动物。韩美林也不拒绝，接过来信手就在上面勾勾画画，转眼间，几个生动传神的小生灵就跃然纸上。韩美林笑着对我说："每次来都要给她们画，都成保留节目了，她们喜欢我就给她们画，对我来说，只是举手之劳的事儿。"看着服务员拿到韩美林画的小画儿开心离开的背影，我心里感慨韩美林是如此和蔼可亲。

就这样，我有时会去韩美林的工作室小坐，看得出他是个大忙人，每天创作活动不断，登门的朋友或陌生人不断，各地来采访他的媒体不断，经常同一时段聚合了两三拨来访者，一群原本不相识的人就在那里聊了起来。韩美林永远都是快乐的制造者，说话极其风趣幽默，不时引得大家哈哈大笑，有的人正喝着水笑喷了的场景都不鲜见。如果临近年底去看他，他会送我许多的挂历、台历，提着往回走感觉十分沉重，却满心喜欢，回来分送给朋友，大家更是喜欢得不得了，这份快乐当然是韩美林送给大家的。

记不得是哪一年了，韩美林在电话里对我说，他要包下中国美术馆，举办一次大型展览，我听到这个消息也很是振奋，马上找到朋友李亚蓉，想发一篇介绍韩美林的文章，李亚蓉兴奋地对我说："好啊，题目就叫'韩美林要包下中国美术馆'好了。"

韩美林果然没有吹

韩美林为恩师题写"周令钊艺术馆"

牛，他在中国美术馆举办了一次盛大的展览，展品有绘画、雕塑、书法、陶瓷、紫砂、布艺……林林总总让人眼前为之一亮。不仅展品多，参加开幕式的嘉宾和观众更是人山人海。凭请柬领取纪念品的柜台处拥挤得水泄不通，主办方专门派出维护秩序的人，还是没有办法保持队形，因为韩美林太大方了，发放的纪念品太诱人了，我家的书柜里至今还摆放着一个陕北的布老虎和一个河南的钧瓷小碗，实在是让人喜爱得不行。

韩美林是一个爱憎分明的艺术家，对于自己的情感从不掩饰。遇到开心事，他会高兴得手舞足蹈，忘我地哈哈大笑，完全像个没长大的孩子；他对待朋友慷慨大方，从没有防备之心，付出也从来不求回报；遇到不喜欢的人，他也不会刻意隐瞒遮掩自己的观点和情绪，当场就会很直接地表露出来。记得有一次我说起有一本册页，许多艺术家在上面留下了墨迹，他马上爽快地说道："快快来我工作室，我要为你画马。"我马上欢天喜地地带着册页赶过去，韩美林一边准备笔墨，一边信手翻阅前面的墨迹，突然之间，他脸色一下子变了，把册页重重地合上，很大声地说："不画了！我的画不能同此人的画出现在同一本册页里！"

我惊诧地看着他沉沉的脸色，不明就里，带着册页乘兴而来，失望而回。回来后我困惑地打电话向一位老艺术家诉说此事，对方听后哈哈大笑，然后认真地对我说："这件事发生在韩美林身上不奇怪，他从来就是一个爱憎分明的人。"

我从媒体上看到两件关于韩美林的报道让我深受感动。一件是2018年11月22日，韩美林在家中举办谢师宴，为老师周令钊庆贺生日。其间他拿出自己近年获得的"顾拜旦奖"和"韩国文化勋章"的奖章挂在周令钊胸前。韩美林动情地说："周老师，这些荣誉都是属于您的！"说完，双膝跪地给周令钊认认真真地磕了三个响头。另一件事是2021年5月，韩美林得知老师黄永玉不慎摔跤骨折，住院治疗很长时间才康复出院，他急忙带着夫人和孩子去黄老家中看望。一见面韩美林就走到黄老跟前长跪不起，黄老颤巍巍地过来扶起韩美林，师生相拥而泣。一位80多岁的学生跪拜自己两位近100岁的老师，这样的场景该是多么感人啊！

韩美林绘画作品

随着韩美林的名气越来越大，创作任务和艺术活动越来越多，加之他搬迁到北京东郊居住，后来我与他就没有了交往。但我从心眼儿里喜欢这个真性情、有情怀的艺术家，喜欢他那些充满浪漫情趣的艺术作品。

韩美林（1936年12月—），生于山东济南，毕业于中央工艺美术学院，曾任全国政协委员、中央文史研究馆馆员、中国美术家协会陶瓷艺术委员会名誉主任、中国工艺美术学会名誉会长。先后获颁联合国教科文组织"和平艺术家"称号、国际奥委会"顾拜旦奖""韩国文化勋章"及威尼斯大学"荣誉院士"。在北京、杭州等地建有韩美林艺术馆。

杜大恺,"光华路学派"的传灯人

80岁的杜大恺个子不高,身板却十分厚实朴拙,有着山东人热情坦荡的性情。他手持一支香烟,不时深深吸一口,然后慢慢吐出,他在缭绕的烟雾中端坐着,稀疏雪白的头发,宽大明亮的前额,深邃有神的双眼,看上去极像一尊入定的达摩。其实,这是杜大恺思考时的惯常状态。他对人生的开悟,对艺术的独特认知,他许多作品的精巧构思都是在这种状态下产生的。

杜大恺的人生道路十分曲折,更早品尝了人世间的艰辛。他四岁时父亲英年早逝,与母亲相依为命。他的母亲出身名门,毕业于南京金陵女子大学,知书达礼,自尊贤淑,有着孟母一般的情怀,不仅养育他长大,教他立身做人,更给他以知识的哺育。在那个知识和精神都极度贫乏单一的年代,母亲仍然要求杜大恺无论生活多么艰辛,都要坚持读书学习。

1959年,杜大恺从山东青岛二十八中学毕业后,开始走上工作岗位,先后在青岛第一靴鞋被服厂担任职校教师、工会宣传干事、青岛工艺美术研究所美工、青岛贝雕工艺品厂美术设计等。近20年的时间里,他在母亲的督导下,一边工作一边坚持自学,从未虚度一日时光。在母亲的心中,读书学习是人生大事,杜大恺受母亲影响,对读书像朝圣一样虔诚,每次都要把手洗得干干净净,正襟端坐,这个习惯至今没有改变。

经年苦读，蓄势待发的杜大恺在1978年迎来了自己人生的拐点，全国恢复高考制度，他以优异成绩考入中央工艺美术学院，与刘巨德、王玉良一起成为该院恢复高考后的首届研究生。2004年，他的母亲以92岁高龄辞世，杜大恺陷在悲伤的情绪里很长时间走不出来。"母亲是我人生的第一位老师，不仅抚养我长大，还给予我精神和思想哺育，让我受益一生。"杜大恺在晚年回忆母亲时，感恩之情依然溢于言表。

杜大恺入学后，开始师从祝大年、袁运甫先生攻读装饰绘画。那时的中央工艺美术学院可谓大师云集，张仃、庞薰琹、雷圭元、祝大年、郑可、张光宇、吴冠中、袁运甫等艺术大师执教于此，他们具有深厚的中国传统文化功力、融贯中西的艺术创作理念、开放包容的办学思想，逐步形成了独特的"光华路学派"。当时又正值改革开放初期，国门打开，各种艺术思潮和观念风起云涌，传统文化与西方观念交融碰撞，已是而立之年的杜大恺格外珍惜这来之不易的学习机遇，白天听课堂，晚上泡图书馆，周末去展览馆、博物馆观摩学习，他如饥似渴地汲取着知识的营养。同时，经历十年浩劫的新中国百废待兴，各项建设事业如火如荼，中央工艺美术学院作为全国工艺美术教育的领头羊，人才济济，承担着国家许多重要场馆的装饰创作任务。杜大恺入学当年就在老师的带领下，参加了首都国际机场壁画创作，协助祝大年先生为壁画《森林之歌》收集素材，协助袁运甫先生绘制壁画《巴山蜀水》。这次作为助手参与国家重大主题壁画创作的特殊人生经历，使杜大恺有幸近距离、长时间地与诸多导师亲密接触，学习他们从创意构思到讨论修改、从完成设计到制作安装全流程的艺术理念和智慧经验。一年多的时间里，杜大恺跟随老师奔波忙碌，常常熬到深夜还亢奋地沉浸在学习创作中，人累瘦了许多，但学习热情和精神状态却始终不减。从这时开始，杜大恺渐渐领悟到光华路学派的独特艺术魅力，于是选定了自己后来的艺术追求方向，加入这一方阵中。

1980年10月，杜大恺以优异成绩完成研究生学业并留校任教，成为自己导师们年轻的同事，同时成为光华路学派的虔诚追随者。

杜大恺的艺术创作，一开始就呈现出多元化的态势，在连环画、壁画、水墨、书法等方面都有鲜明独特的追求和风格。他早年热衷于连环画创作，创作出版了《鲁班学艺》《花木兰》《女娲补天》《崂山道士》《愚公移山》等30余部连环画，成为颇有声望的连环画画家。

他的壁画创作大都取材于中华传统历史文化，场景宏大，意蕴生动，厚重华美又饱含深情，给人以强烈的审美愉悦，更给人以启迪和思考。他为西安皇城宾馆创作的重彩壁画《唐宫佳丽》，为敦煌山庄创作的重彩壁画《丝路英杰》，为北京西站创作的紫砂陶版壁画《中华锦绣》，为人民大会堂创作的紫砂陶版壁画《中华颂》，为青岛东海路创作的《世纪柱廊》，为青岛博物馆创作的花岗岩浮雕壁画《生命礼赞》，为青岛人民大会堂创作的纤维壁画《生命的乐章》，为加拿大中国文化中心创作的花岗岩浮雕壁画《孔子讲学图》，为青岛高科园广场创作的《崂山故事》柱廊，为中国科学院图书馆创作的漆壁画《文明的历程》，为郑州市人民代表大会办公楼创作的花岗岩浮雕壁画《黄河万古流》等，无不

杜大恺

彰显和诠释着他一以贯之的创作风格和审美追求。

杜大恺的水墨画创作开始于1990年,以江南水乡、山水民居和现实人物创作为主。他对生活中的各种物象有着宗教般的迷恋,观察捕获极为广泛：道路、厂房、广告牌、转播塔、渔村、路灯、铁丝网、标志牌、围墙……这些在传统中国画中常常被忽略的物象在他的笔下皆可入画。细察之下,这些看似普通的物象和景观,绝非信手拈来,而是杜大恺精心选定的,真真是"看似寻常最奇崛"。他在作品中试图通过一片叶子去解读一棵繁茂大树的基因,通过一个细小的破败折射世间的苍凉,通过一个绳结暗示生活的错位与纠结。从这一点上说,他的绘画带有强烈的叙事性,弥漫着淡淡的诗意与哲思。

无名的山川是杜大恺经常性的创作题材,但他极少去表现名山大川的雄伟、险峻和华美,在他的笔下,山川是厚重、朴拙、沉寂、灵性的,是有大美而不言,他把山作为心灵的寄托,作为信仰或人格的一种喻示。山是一种精神图腾和象征,传递的是崇高、永恒和无比的力量。杜大恺在《七十自语》中这样写道："山是平凡的,无论高低,无论远近,从不拒绝观看；水是平凡的,江海涛涛,溪流潺潺,人近之而声重,人远之而音稀,遂人有无……因为平凡,故有恒长。"这应当是他山水画创作最为准确的解读。

在杜大恺的水墨画创作中,女性人物是其重要组成部分,出现在他笔下的以中老年女性居多,而且大都处于劳作状态。她们丰硕、健壮、阳光,展示着对艰辛与苦难的强大承受力,以赞美女性的质朴、勤劳、贤惠和善良,闪耀着母性的光芒。这或许与杜大恺的人生经历不无关系,是他悲悯情怀的不经意流露。

画家冯远认为,杜大恺赋予水墨画这一古老的画种以鲜明的当代性,直面生活而不拘泥于林林总总的古典图像,开拓出一个"入画"

的新境界。

杜大恺的水墨创作，大都来源于对景写生。他用手中的画笔描绘着进入视野、触动心灵、引发创作欲望的物象和人物。他的作品几乎都是以写生创作的，这一点极像他尊崇的张仃先生。张仃先生晚年搁笔时说："我的绘画就像是朝圣，只有面对山川，心里才会生发创作冲动。我年龄大了，不能出外写生了，自然就搁笔不画了。"谈及这一点，杜大恺先生说："画眼睛看见的世界，不为别的，唯其真实。没有什么比真实更可宝贵，繁芜丛杂的价值系统都是从追寻真实并接受真实的验证为始终的，眼睛撷取事物的瞬间是全部历史的凝结，刹那间一切关于传统与现代、东方与西方、抽象与具象等的万千争论都会汇聚在一起，图形、颜色、姿态、声音、空间、时序以及缠绕其间的可以说得清楚抑或不能说得清楚的情景都在其中，没有什么可以游离其外，这或许是今天被称作图像时代并将观看当作认识世界的第一选择的缘故。观看并不排斥想象，观看的过程中物理的真实和心理的真实是可以兼顾的。眼睛是心灵的窗户，这句老话似乎直到今天才真正得到了历史的实证。我都看见了什么，我的作品在做回答。"

张仃与杜大恺，作为光华路学派的两代代表画家，这种艺术创作理念的暗合的确耐人寻味。作为晚学的杜大恺不仅是这一理念的躬身实践者，还进行了深入思考与阐述。

杜大恺的画有很强的现代意识，他把自己的艺术追求概括为"当代的""中国的""我的"三个层次。三个层次相互融合，互相依存，互为表里，是一个有机的系统。作为著名画家，杜大恺虽然在水墨画中已找到了独特语言方式，但他探索的动力是其一生都在追寻的中国当代绘画必须具有的当代性的语言阐释方式。杜大恺写山、写水、写人文景象，充分映照了他的这种坚定执着的艺术理想和追求。

杜大恺书法作品

杜大恺的水墨创作,与当代主流创作有着明显的界限,看上去更像是一个人在大原上独自行走。但如果回望他最初接受的精神哺乳,把他放置到光华路学派的方阵中观照,就不难解释这种创作风格和其合理性。他早年曾从事装饰艺术创作,在陶瓷、金工、纤维、木、石、漆等各种工艺门类中均有所斩获;所师者如庞薰琹、祝大年、吴冠中、袁运甫等多位均为革故鼎新的倡导者和践行者。略显驳杂甚至有些迷离的艺术起点,决定了杜大恺艺术认知结构和实践方式的开放性,而其中不断酿造的革新意识,则使他注定要成为对未知领域充满好奇并加以探索的人。

前几年,清华大学美术学院成立书法研究所,杜大恺众望所归地担任了所长。其实他的书法是有童子功的。早在孩提时代,他就在母亲的辅导下临帖学习,无论是在青岛工作还是后来成为教授,从来不曾中断过,遍临诸帖,汲取众家之长,并依据审美趣味形成自己的书法风格。他的书法来源传统,具有古典韵味,同时有鲜明的自家面貌。清代书法家刘熙载在《书概》一书中就说:"书,如也,如其学,如其才,如其志,总之曰:如其人而已。"杜大恺的书法正是他丰富学养的外在折射,是他率真性情的自然流露。他取法汉魏碑刻,线条劲健,富有金石气,又奔放洒脱,格调高古,给人诗意的抒情之美。

在清华美院，杜大恺还有一个特殊的头衔——张仃艺术研究中心主任，第一届主任是他的导师袁运甫先生，袁先生去世后，就由杜大恺接任。张仃先生是新中国工艺美术事业的重要奠基者，是光华路学派的重要创立者，是杜大恺景仰的老院长。他牺牲自己宝贵的创作时间，为弘扬传承老院长张仃先生的艺术精神做了大量工作，特别是为纪念张仃先生百年华诞，举办大型展览，出版学术专著，召开理论研讨会……在近一年的时间里，他劳心费神、奔波忙碌，活动圆满成功，杜大恺却因劳累过度，大病一场。尽管如此，他却毫无怨言。作为张仃艺术和精神的重要传承者，他愿意全力付出，为老院长做更多的事情。

出生于 1943 年的杜大恺，已经 80 岁了，是学院唯一一位如此高龄还在工作的老教授。许多朋友和学生都劝他拿出时间做一次回顾展，杜大恺自己也认为很有必要将几十年林林总总的创作进行一次回望梳理，所以疫情防控期间，他一直在清理登记自己的作品。这无疑是一件繁杂辛苦的差事，但每每也会有意外的发现，令他欣喜不已。

或许，待到杜大恺回顾展开幕的时候，呈现出来的是一座未被重视的金矿，同样令观众欣喜不已。

杜大恺（1943年8月—），生于河南叶县，祖籍山东黄县。1978年考入中央工艺美术学院，师从祝大年、袁运甫，攻读装饰绘画，研究生毕业后留校任教。其创作领域广泛，在连环画、壁画、装饰画、国画等方面都有很高建树。主要作品有重彩壁画《屈原·九歌》《悠悠五千年》《理想·意志·追求》。曾任北京市美术家协会副主席、清华大学美术学院教授、清华大学美术学院中国书法研究所所长。2018年入选清华大学首批文科资深教授名单。

王镛，看似寻常最奇崛

在当代书坛，王镛像一位隐士，很少出现在公众视野中。

2008年秋，我为张仃先生选编一本书法集，需写篇序言。我问张仃先生由谁写，张先生端坐在藤椅上，抽着烟斗略一深思，说："你去找王镛吧。"王镛谦虚地说自己是学生辈分，岂敢为先生写序，但先生之命不敢不从。不久，就收到了王镛用毛笔书法精心创作的一篇美文，仿古信笺足足写了三页，文章与书法俱佳。我送呈张仃先生过目，先生很是满意，连声说好。这篇文章不仅成为《张仃书法近作选》的序言，后来也收入了纪念张仃先生的多部文集中。

因了这样的机缘，我与王镛先生相识并开始交往。时间一长，对他的艺术人生逐渐有所认识和了解。

王镛同他的导师李可染先生一样，也是一个苦学派。在他的心中，艺术是崇高而神圣的，令他始终怀有虔诚与敬畏之心。与当下很多艺术家不同，王镛很少对人谈及自己的从艺经历，在几十年崎岖而漫长的求索中，他究竟走过了多少风雨泥泞，倾注了多少心血汗水，面对过多少抉择与纠结，体验过多少人生况味，恐怕只有他自己知道。

回望王镛的艺术之旅，我们不难发现，早在少年时代，他就选定了自己的人生梦想，只是特殊的时代使他的梦想平添了许多苦涩与磨砺。少年王镛十分喜爱写字画画，一有时间就对着楷书字帖临习不辍，字帖都翻烂了还爱不释手。幼小的他特别崇拜齐白石。12岁那年父亲带他去中国美术馆参观徐悲鸿、齐白石、黄宾虹遗作展，这是他第一次近距离观看艺术大家的书画原作，他在一幅幅作品前驻足流连，久久不愿离去。回来后他向父亲提出自己想学习治印，父亲以为这是小孩子的一时冲动，并未在意。没想到他对治印到了痴迷的境地，每天放学后匆匆做完功课，就拿起刻刀在石头上不停地刻刻画画，常常到了半夜时分还不肯上床休息。经过一段时间的刻苦学习，他已经能有模有样地为人刻印了。14岁那年，王镛进入北京少年宫开始系统学习书画和治印，艺术之门由此向他徐徐开启。凭着对艺术的痴迷和聪颖的天分，他创作的书法和篆刻多次在北京青少年书画比赛中获奖。从此，王镛的名字不断出现在当时的展览比赛中。

王镛成长的年代十分特殊，他的个人命运不可能游离于时代之外。1968年他同无数北京青年一样，加入上山下乡的行列，先后在内蒙古科尔沁右翼中旗和阿荣旗插队落户，开始了单调而又繁重的生产劳动和没完没了的政治学习。即便如此王镛也没放弃追求，劳动和学习之余，一有时间就写写画画，继续编织心中的梦想。回到北京后，他成了一名中学美术教师，教学之余，王镛把时间和精力都用在了学习上。他没有门户之见，广采博取，集众家之长为其所用，经过苦行僧般的磨砺和修行，渐渐成了诗、书、画、印都有所涉猎的艺术"杂家"。

1979年，李可染教授首次在中央美术学院招收研究生，招收名额只有五人，其中只招一名兼攻书法和篆刻的研究生。当时的报名者达数百人之众，而且考生大多是艺术科班出身，竞争十分激烈。王镛没有上过大学，只能以同等学力身份报名，备考难度可想而知，但他凭借自己书、画、印甚至素描、油画等都接触过的独到优势，受到考官垂青，如愿走进了中央美术学院。李可染先生的人格魅力与艺术理念,对王镛艺术风格的影响无疑是巨大而深远的。我们通过比对不难发现,与同门兄弟比较,王镛的作品看上去最不像"李家山水",但毫无疑问,他是从李可染先生身上学得最多,功夫也下得最深的。他深知艺术不是技术,不能简单地模仿面貌,应坚持师心而不蹈迹,努力领悟传承先生的学术主张与艺术精神。

许多年后,王镛忆及自己的导师,依然充满了敬仰和怀念之情,他动情地说:"导师李可染先生的人格魅力与艺术理念,给了我深深震撼,先生授课从不讲具体的绘画技能,而是注重从画理、画道的高度启发学生进行深层思考,培养高远眼界与心境。系主任叶浅予先生为人为艺的至诚和孤高耿介的品性,同样令我敬佩不已。我的副导师梁树年先生,擅诗文,亦擅篆刻,他的格调很高,对我影响也很大。"

正可谓苦心人,天不负。在1981年的研究生毕业展中,王镛获"叶浅予奖学金"一等奖并留校执教。进入中央美术学院后,王镛甘于寂寞,潜心研修。这一时期,他参加了张仃主持的北京地铁车站大型山水壁画《大江东去图》《燕山长城图》的绘制,他的书画作品先后在法国、日本、韩国等国举办展览,多幅作品被中国美术馆、辽宁博物馆、甘肃博物馆等单位收藏。王镛的名字开始受到艺术界和媒体的密切关注。

王镛

王镛是一个追求创新的人,他早年的学艺经历是在民间由着个人的天性学习参悟，不是由院校教育按照模式培养出来的；研究生学习时走入的是大匠之门，受到很好的熏陶与浸染；在中央美院时，又正值中国刚刚结束政治禁锢、倡导思想解放时期。王镛回忆说："当时的中国正处于改革开放的破冰时期，人们的思想观念在不断碰撞中消除桎梏，我们对艺术自由充满了渴求。"

王镛在长期的书法创作与研究中，对中国书法现状与发展走向的深层思考也渐渐明晰起来，他深谙世之万物，均须与时俱进，不变就会陈腐与僵化，就要落伍甚至死亡。书法亦是如此，纵观数千年的书法发展史概莫能外。这一时期，中国书法出现了一个争议最大的名词——"流行书风"。而王镛被普遍认为是"流行书风"的主要倡导者。他策划主持的"流行书风·流行印风大展"，鲜明地亮出了自己的书法追求与艺术主张，一大批青年脱颖而出，为当时的书坛注入了一股清新之气，也使沉寂的书坛泛起层层涟漪，至今尚未完全平复。王镛认为，今天看待书法应该站在艺术立场上，用艺术手段创作书法，在书法的实用功能逐渐消退后，还用初级的审美观念——清楚、整齐、均匀等来衡量，已经不合时宜。毫无疑问，即便许多年后，人们在回望中国当代书法发展史时，王镛，依然是一个绕不开的名字。这样的反响，是王镛所始料不及的，他不想被推到风口浪尖上，也不想成为被关注的焦点，他只是出于对中国书法艺术的热爱与忧虑，以艺术家的责任与良知在做自己喜欢做、必须做的事而已，舍此，别无他求。对于世人标注的流行艺术，王镛亦未持异议，他认为每个时代都有流行艺术。20世纪80年代，朦胧诗、流行歌曲以势不可当的态势出现，是因为合乎时代潮流，表达了年轻人的所思所想；王羲之流行了千余年，是因为他传承了一种书法精神和审美愉悦。对于这样的流行趋势，任何消极抵触和排斥从来都是惘然。创新求变是艺术生命力之所在，没有创新就没有艺术的繁荣与发展。王镛说："我不想重复别人，也不想重复自己，我在同一天搞出的作品，也要追求变化，尽最大的努力摇摆着向前走。"同时，他也鼓励同道者、鼓励年轻人大胆探索，勇于创新。王镛甚至认为，现代书法不再依附于书写内容，书法本身就是一种独立的视觉艺术，流行歌曲的歌词也可以作为书写内容，他的几个外国留学生对汉语并不精通，但一样能写出漂亮的书法作品，因为他们理解了书法的视觉美感。

2004年，中国艺术研究院中国书法院宣告成立，王镛被聘为院长。他以艺术家的使命与担当，全力组织领导教学工作，逐步建立起一套科学、完备而又富有特色的书法教育体系。他牺牲大量创作时间，用心传道授业，深受弟子爱戴与尊崇。按照常人的思维和做法，王镛只需融入世俗，遵从社会上的潜规则，做一个识时务者，他的人生轨迹可能会完全被改写。但王镛之所以是王镛，就在于他不可能强迫自己为了顺从什么、迎合什么而改变自己，他以特有的执着与孤傲，苦苦坚持着自己的做人准则，坚守着自己一以贯之的艺术追求与学术主张。

相较于他人的浮躁，王镛却"躲进小楼成一统"，不管春夏与秋冬，一如既往地潜心研习自己喜爱的艺术。这份洒脱与超然，着实难得。远远看去，王镛好似一位隐士，更多的时候是行走在主流视线之外。对于当代书坛他说得不多，写得也不多，他只是用作品说话，信守着"士有志于千秋，宁为狂狷，毋为乡愿"。他勤于思、敏于行而讷于言，做事不事张扬，为人也颇低调。我曾在现代人查阅资料十分倚重的网络上搜索他的名字，虽然词条很多，但却鲜有详细介绍他的文章。这也暗合了我对他为人低调、处世含蓄，与世俗始终警惕地保持着距离的印象。

王镛的艺术修养是综合的、全面的，他的艺术探索是全方位、多

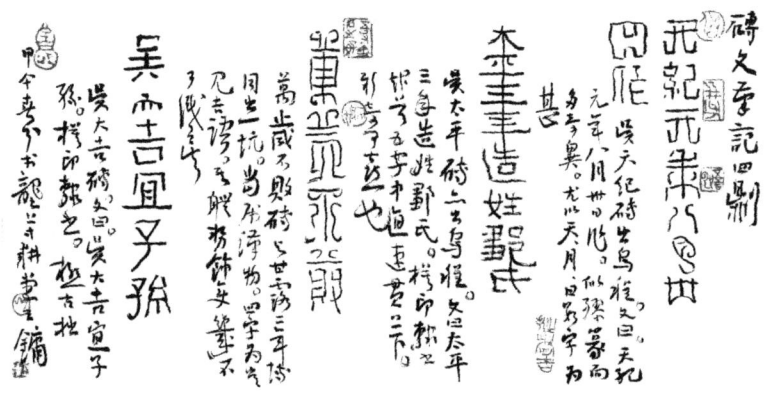

王镛书法作品

方向的，这也使他成为当代为数不多的一个复合的、多面体的艺术家，很难明确地为其贴上哪一类、哪一派的标签。他十分注重修炼内功，算得上是饱学之士，他对传统的民间艺术有着特殊的兴致，对墓志、摩崖、简帛、瓦当、金印、砖铭、鼎铭、秦权等老玩意儿几乎到了痴迷的境地，一有时间就把玩研究，从中汲取营养。他还酷爱参禅诗，在他的书法内容中，禅诗、经文占有相当比重；他的绘画，更是充满禅意，每当思有所得，他便以禅境入画。他说："世间万法，一切技艺、一切事用，当其行至极处，无不合于道而通于禅。诗歌如是，书画如是，茶道、弓道、瓷鉴之道莫不如是。"也许正是因了多年的修行与参悟，才使得王镛的作品这般曲径通幽、别有天地，才使得王镛的心胸这般沉寂如山、宁静如水。可惜像王镛这样的士大夫式的文人已寥若晨星了。放眼当下，书、画、印、文达到如此境界恐鲜有出其右者。因此，在吴昌硕、齐白石、李可染等大师的背影远去之后，有人称"王镛是这个时代最有希望的一位艺术家"，想来不无道理。

王镛（1948年—），太原人，生于北京。1979年考取中央美院中国画系，为李可染、梁树年教授研究生，攻山水画和书法篆刻。1981年获"叶浅予奖学金"一等奖并留校执教。曾任中央美术学院教授、书法艺术研究室主任，中国艺术研究院书法院院长等。

孔紫，足迹、心迹、画迹

在当代女画家中，孔紫以其独特的绘画风格与艺术追求，格外引人关注。解读孔紫的艺术世界，首先要深入探寻她的成长轨迹与心路历程。

从孔紫的绘画中，我们不难发现，在孔紫心灵深处，对故乡有一种浓得化不开的情结。孔紫出生于燕赵大地，当地淳朴的民风，浓郁的亲情，农民对土地的深厚情感，无不在孔紫幼小的心灵里留下深深烙印。孔紫初中毕业后下乡插队，又回到农村生活了两年。这些经历，使她对中国北方农村、农民的日常生活有了深入了解，对乡土、乡村有了深刻认知，对乡音、乡情产生了难以割舍的眷恋。因而当她拿起画笔的时候，她的目光就不由自主地投向了生于斯、长于斯的这片热土，表现乡土生活就成了她艺术创作的不二取向。诗人艾青曾这样写道："为什么我的眼中常含泪水/因为我对这土地爱得深沉。"画家孔紫怀着同样的情愫，用手中的画笔描绘着心中的至爱。古老的土地，坐落在土地上的村庄，生长在土地上的作物以及在这片土地上生息劳作的乡亲，是她心中最熟悉的景象。她选择了玉米、高粱、谷子等北方最寻常的农作物，选择了农村妇女、老人、孩童等常见的人物作为描绘对象。在她笔下，物有人的灵性，人有物的形迹，物人交融，天人合一，从而使她的作品散发着生命的气息、泥土的芬芳，具备了自然质朴，大美而又诗意的特征。这种来自深刻生命体验、包含创作激情的绘画作品，无疑更具穿越表象、直抵心灵的情感力量，使人在观看时产生巨大的审美愉悦和情感共鸣。孔紫此类绘画作品的社会反响，每每印证了这一观点，她的《秋风》（组画）、《青玉米》《苞谷熟了》等众多代表性作品，在全国全军组织的重要评比与展事中相继荣获大奖，在中国画坛引起广泛关注。

除却故乡，对孔紫创作影响最大的就是军营。在她的生命中，有着长达几十年的军旅生涯。她柔弱的外表下，是军人的刚毅与坚韧。作为人民军队培养起来的优秀画家，她以强烈的使命感，创作出一大批反映火热部队生活，表现当代军人精神风貌，鼓舞部队士气斗志，陶冶官兵心灵情操的优秀美术作品。在她的军事美术作品中，没有宏大的战争场面，没有悲壮的拼搏景象，而是把细腻的笔触，伸向军人平凡的生活、火热的心扉、丰富多彩的情感世界。孔紫认为，军队是由人组成的，他们是兵，更是普通人，同样有着普通人的喜怒哀乐。从某种意义上说，士兵的情感比普通人更丰富，更值得敬佩，因为军人的职业决定了他们必须具备无私的牺牲奉献精神。基于这样的思考，孔紫的一系列军事题材的美术作品，无不散发着人性的光芒。在创作抗洪题材的美术作品《儿子》时，她没有直接描绘壮怀激烈的抗洪抢险场景，而是关照到三位战士与洪水搏斗间隙躺在防洪大堤上小憩的情景，表现了年轻士兵从容面对苦与累、生与死的考验，折射出当代军人以血肉之躯保卫百姓家园的献身精神。女画家朱理存对此评价说："孔紫的绘画，内在情感非常细腻，表现解放军抗洪累得躺在地上，如

孔紫与全国人大常委会副委员长顾秀莲在画展上

同母亲眼中的儿子那般令人疼惜，蕴含的情感非常能打动人。"此外，她的《高粱青青》《青春华彩》《女兵一二一》《新兵日记系列》等军事美术作品，也都受到了当代军人的格外喜爱与好评。

张仃先生在《谈艺录》中说："画画，画到最后是比修养，你有多少修养，最终都会在画面上表露出来。"孔紫向来重视自我修炼，注重提高自己的文化修养、艺术品位和思想境界。清代唐岱在《绘事发微》中认为："画学高深广大，变化幽微，天时、人事、地理、物态无不备焉，古人天资颖悟，识见宏远，于书无所不读，于理无所不通，斯得画中三昧……胸中具上下千古之思，腕下具纵横万里之势，立身画外，存心画中，发墨挥毫，皆成天趣。读书之功，焉可少哉。"中国画作为一种集诗、书、画、印等诸多因素之大成的综合艺术，加之其文化意味和哲学理致高于形质的特殊形态，要求画家不仅要具备画家之情趣，亦应具备诗人之怀抱，书法家之意致，哲学家之理智，甚至戏曲家之雅谑……这是因为其他文化领域的很多知识及规律性的认识，往往可以启迪画家的创作思路，提升画家审美情趣，使之达到曲径通幽、峰回路转的妙悟境界。孔紫平素讷于言，不尚空谈，却勤于思、敏于行，几十年如一日，工作再忙，创作任务再重，依旧坚持读书思考。她酷爱古典诗词，对唐诗、宋词、元曲中的经典之作能熟读熟记；她酷爱古老的佛学文化，潜心研究参悟；她酷爱书法艺术，坚持临习不辍。她兴趣广泛，对历史、哲学，甚至戏曲、音乐等多有涉猎。正是这些画外的学养与品德修行，使她一步步向着深厚之学养、独立之精神、自由之思想、包容之胸怀的境界靠近，也使她的作品更加富有禅境与诗意。

探索与创新是孔紫艺术追求的重要特征。她不重复他人，也不愿重复自己，从创作题材、绘画语言到审美趣味，无不追求变化与新意，其作品充满了探索性，充满了陌生化效果。翻阅她的画册，我们不难

377

发现，她不同时期的作品，有着鲜明的阶段性艺术特征。进入中国国家画院后，孔紫多次带领学员深入陕北、西北等地采风写生，她的视野更开阔，创作题材更宽泛，艺术语言也更加富有个性。她创作的《酸奶》、《记忆》（组画）等作品，都给人以新的视觉冲击与审美愉悦。正是这种孜孜以求的创新精神，使她的创作充满生机与活力，也使她的绘画在求索与突破中臻于化境。

　　孔紫走过的创作道路十分独特，她曾长期处于业余创作状态，在遵守正常的军营生活秩序之下，在完成繁杂的正常工作之外，她克服了许许多多常人难以想象的困难，顽强地坚持和延续着自己的创作。作家冰心曾这样写道："成功的花／人们只惊慕她现时的明艳／然而当初她的芽儿／浸透了奋斗的泪泉／洒遍了牺牲的血雨。"孔紫的艺术成长经历正是如此。在20世纪80年代，孔紫的生活条件还十分窘迫，她甚至没有一张固定的画案，只好在床和沙发之间支起一块木板作画。即便如此，也要等孩子在这里做完作业睡觉后，她才能铺开作画工具，潜心研习画事。没有人能想到，在沉沉夜色下，当人们都已进入梦乡的时候，还会有一位痴迷绘画的女人在灯下苦学。在中国美术学院和解放军艺术学院学习深造时，孔紫的勤奋与刻苦同样给老师同学留下了极为深刻的印象。即便是在成为知名画家，搬进了新居有了宽敞的画室，在调入国家画院成为职业画家后，孔紫依旧对艺术虔诚而执着，依旧坚持每天读书、作画到深夜。在这样一个充满了太多浮躁、太多诱惑的时代，愈来愈多的人在追求物质享受，陶醉于时尚生活的时候，她却能秉持自己的人生信仰，坚守自己的心灵家园，着实令人钦佩和敬重。

　　孔紫说："绘画是我生命无法割舍的一部分，让我感到充实和欣慰，让我的心灵祥和平静。我甚至觉得我就是为了绘画来到这个世界的，我知道画画很难，而且越画越难；但我既然选择了这个行当，就会不

孔紫扇面国画作品

停地画下去。"

　　孔紫出生于燕赵大地，可谓其根繁茂；成长于绿色军营，可谓其骨强健；现又供职修行于国家画院，可谓身处艺术殿堂；身为女美术家协会主席，可谓执大旗者。我们有理由对她充满新的期待。

　　孔紫（1952年—），生于河北唐山。1985年入中国美术学院国画系学习，1989年毕业于解放军艺术学院美术系。现为中国国家画院专业画家、中国美术家协会理事、中国画学会理事、中国女美术家协会主席。代表作有《青春华彩》《秋风》《高粱青青》《儿子》《都市阳光》等，荣获全国美展银奖、文化部群星奖金奖、庆祝建军80周年美术作品展览金奖。作品被中国美术馆、中国军事博物馆、联合国教科文组织等国内外机构收藏。

后记　寻觅抑或挽留

2020年年初，我离开工作岗位，原本早就想好的到各地走走，谁知计划赶不上变化，遭遇了一场波及世界的疫情。在家里待久了，总要做点事情才行。这时，我想到了把从前撰写过的有关文化名人的文章汇总到一起，出版一本书。

其实，选编这样一本集子的想法，对我来说由来已久。

早在1995年《人民日报》（海外版）连载我与作家董保存合作撰写的《江淮出师》中的部分章节，其间与该报编辑杨鸥相识，在她的约请下，我开始断断续续地为这家报纸撰写当代文化名人专访。由于我人在军旅，属于个人写作的时间并不多，加之本人写作并不勤奋，幸亏有杨鸥的不断敦促，才使我的写作活动持续了下来。

漫长的岁月里，我利用工作之余，身背相机，带着采访本，或是乘坐公交，或是骑着单车，穿行在北京的大街小巷中，驻足于高楼平房前，轻轻叩动一扇扇陌生的门扉，出现在一位位名家学者身边。这些学界前辈在各自的领域里都有着很高的成就和建树，有的社会知名度很高，有的却并不为世人所熟知。他们人生经历大不相同，性格也有着天壤之别，但对于我来说，每一个人都是一本厚重的大书。作为一名倾听者、记录者，我在并不富裕的时间里，努力让自己走进他们的心里，一点一点地感受他们博大丰富的内心世界。

正是因为这样的缘由，我同这些人有了一面之交，也同其中的许多人一见如故，在后来的时间里成为很好的忘年交，但无论如何，正是在这年复一年的寻访中，在一次次与采访对象的交谈交流中，我的心灵也在潜移默化地受到熏陶，对生命、艺术、情感和苦难等诸多重大人生命题的思考慢慢变得深入。

出于文章发表和个人爱好，我在采写过程中，为他们每个人都拍摄了照片，同时请他们在我随身携带的册页上留下了手迹。这些手迹中有的是他们喜爱的诗词名言，有的是他们的座右铭，也有的是他们率意而为的结果。他们中的许多人都不是专门的书法家，有的人甚至因为年龄和研究专业的关系，并不习惯使用毛笔，而且许多人都是在无准备的情况下完成的，因此这些手迹都是原生态的，是他们性情习惯的真实体现，正所谓字如其人。

在经历了人生的波折与辉煌之后，他们中的许多人逐渐淡出了人们的视野，有的人甚至长期在医院的病床上同疾病进行着顽强抗争。近些年来，当我从报刊电视上得知季羡林、张岱年、任继愈、吴祖光、汪曾祺、周而复、张仃、华君武等先生先后离世的消息时，心中总会产生莫名的忧伤。我深知生老病死是人生不可改变的自然规律与法则，我所能做的，就是把自己的所见所闻真实地记录下来，尽可能地为这个时代留下一道道美丽的人生风景。

人的生命只是一个或长或短的过程，有生就有死，在这条法则面前所有人概莫能外。既然曾经来到过这个世界，总会留下生命的印记，或多或少，或深或浅，有的随着时间的流逝很快被人忘却，也有的会被长久记忆。这些记忆有的属于家人亲友，有的属于社会，属于时代，甚至属于历史。

这些文化艺术名家，是创造精神产品的特殊人群，他们的作品，以及他们的人生轨迹和艺术活动，是应当被记录的。很多年来，我所做的正是这样一份努力，充满艰辛，却也自得其乐；微不足道，却也小有收获。

记得南宋词人蒋捷《一剪梅·舟过吴江》中有这样的诗句："流光容易把人抛。红了樱桃，绿了芭蕉"。在岁月的河流中，很多东西付诸水流，逝去无痕，也会有另一些东西被时代挽留和记忆。前辈文化大家终将远去，这是不可更改的自然法则。一些新的文化大家正在创造新的辉煌并逐渐进入我们的视野，这同样是不可更改的规律。我们的国家和民族也正是在这样的传承与接力中走向未来。

本书采用照片及手迹均为本人拍摄和集藏，因年代跨度大，与受访者或其亲属联系实属不易，但那份美好的情感记忆我会永存心中，在此对他们表达真诚的谢意，如有故人或其家属对书中内容存有疑问，可通过出版社与我联系。此书的面世，得到了王萌女士等众多友人热情相助，文化发展出版社领导、责任编辑一丝不苟、严谨细致的职业态度与工作作风，令我印象深刻，在此一并表示感谢。

愿这些小小的有些散乱的碎片，折射出微光，照亮苍凉岁月，温暖我们的心灵。

2023年中秋前夜改定于北京西局

作者简介

常敬竹

　　山东临朐人,毕业于解放军艺术学院文学系,长期从事警卫部队文化宣传工作,大校军衔。著有诗集《中南海情思》《生命中不可忽略的时光》,纪实文学《中国历代智囊人物·李斯》《新四军初创与征战》《战地女杰》等。荣获中国人民解放军图书奖、国家图书奖提名奖。现为中华诗词学会会员、中国工艺美术学会会员、北京书法家协会会员、李可染画院书法篆刻院研究员、清华大学张仃艺术研究中心副秘书长等。